Fiquei
com o seu
número

OBRAS DA AUTORA PUBLICADAS PELA EDITORA RECORD

Como Sophie Kinsella

Amar é relativo
Fiquei com o seu número
Lembra de mim?
A lua de mel
Mas tem que ser mesmo para sempre?
Menina de vinte
Minha vida (não tão) perfeita
Samantha Sweet, executiva do lar
O segredo de Emma Corrigan
Te devo uma

Juvenil
À procura de Audrey

Infantil
Fada Mamãe e eu

Da série Becky Bloom:
Becky Bloom — Delírios de consumo na 5ª Avenida
O chá de bebê de Becky Bloom
Os delírios de consumo de Becky Bloom
A irmã de Becky Bloom
As listas de casamento de Becky Bloom
Mini Becky Bloom
Becky Bloom em Hollywood
Becky Bloom ao resgate
Os delírios de Natal de Becky Bloom

Como Madeleine Wickham

Drinques para três
Louca para casar
Quem vai dormir com quem?
A rainha dos funerais

SOPHIE KINSELLA

Fiquei com o seu número

Tradução de
REGIANE WINARSKI

12ª edição

EDITORA RECORD
RIO DE JANEIRO • SÃO PAULO
2021

CIP-BRASIL. CATALOGAÇÃO NA FONTE
SINDICATO NACIONAL DOS EDITORES DE LIVROS, RJ

K64f
12ª ed.

Kinsella, Sophie, 1969-
Fiquei com o seu número / Sophie Kinsella; tradução de Regiane Winarski. – 12ª ed. – Rio de Janeiro: Record, 2021.

Tradução de: I've got your number
ISBN 978-85-01-09863-4

1. Ficção inglesa. I. Winarski, Regiane. II. Título.

12-1040

CDD: 823
CDU: 821.111-3

Título original em inglês:
I've got your number

Copyright © Sophie Kinsella 2012

Texto revisado segundo o novo Acordo Ortográfico da Língua Portuguesa.

Todos os direitos reservados. Proibida a reprodução, no todo ou em parte, através de quaisquer meios. Os direitos morais da autora foram assegurados.

Ilustração de capa: Marilia Bruno

Direitos exclusivos de publicação em língua portuguesa somente para o Brasil adquiridos pela
EDITORA RECORD LTDA.
Rua Argentina, 171 – Rio de Janeiro, RJ – 20921-380 – Tel.: (21) 2585-2000, que se reserva a propriedade literária desta tradução.

Impresso no Brasil

ISBN 978-85-01-09863-4

Seja um leitor preferencial Record.
Cadastre-se no site www.record.com.br e receba informações sobre nossos lançamentos e nossas promoções.

Atendimento e venda direta ao leitor:
sac@record.com.br

Para Rex

UM

Foco. Preciso de foco. Não é um terremoto, nem um ataque de um atirador enlouquecido, nem um acidente nuclear, é? Na escala de desastres, não é um dos maiores. *Não* é dos maiores. Um dia espero que eu me lembre deste momento, ria e pense: "Ha, ha, como fui boba em me preocupar..."

Para, Poppy. Nem tenta. Não estou rindo. Na verdade, estou passando mal. Ando às cegas pelo salão do hotel, com o coração disparado, procurando sem sucesso no tapete estampado azul, atrás de cadeiras douradas, debaixo de guardanapos de papel usados, em lugares onde ele nem poderia estar.

Eu o perdi. A única coisa no mundo que eu não poderia perder. Meu anel de noivado.

Dizer que esse é um anel especial não chega nem perto da verdade. Ele está na família de Magnus há três gerações. É uma esmeralda espetacular com dois diamantes, e Magnus teve que tirá-lo de um cofre exclusivo no banco antes de me pedir em casamento. Eu tenho o maior cuidado com ele todo santo dia há três meses, coloco-o religiosamente num prato de porcelana à noite, tateio para garantir que está no meu dedo a cada trinta segundos... E agora, no dia em que os pais dele vêm dos Estados Unidos, eu o perdi. Logo *hoje*.

Os professores Antony Tavish e Wanda Brook-Tavish estão, neste exato momento, voltando de um período sabático de seis meses em Chicago. Consigo imaginá-los agora, comendo amendoins torrados com mel e lendo artigos acadêmicos em seus Kindles idênticos. Sinceramente, não sei qual dos dois é mais intimidante.

Ele. Ele é tão sarcástico.

Não, ela. Com aquele cabelo todo encaracolado e sempre perguntando o que você acha sobre o feminismo.

Certo, os dois são terrivelmente apavorantes. E vão pousar daqui a mais ou menos uma hora, e é claro que vão querer ver o anel...

Não. Nada de surtar, Poppy. Continua otimista. Só preciso pensar na situação por um ângulo diferente. Como... O que Poirot faria? Poirot não correria de um lado para o outro em pânico. Ele manteria a calma e usaria as pequenas células cinzentas para se lembrar de algum pequeno e crucial detalhe que seria a pista para resolver tudo.

Fecho os olhos com força. Pequenas células cinzentas. Vamos. Deem o melhor de si.

O problema é que não tenho certeza se Poirot tomou três copos de champanhe rosé e um mojito antes de solucionar o assassinato no Expresso do Oriente.

— Senhorita?

Uma senhora grisalha da equipe de limpeza está tentando passar por mim com um aspirador e quase dou um gritinho de pânico. Já estão aspirando o salão? E se aspirarem o anel?

— Me desculpa. — Eu seguro no ombro azul de náilon dela. — Pode me dar só mais cinco minutos para procurar antes que você comece a aspirar?

— Ainda está procurando o seu anel? — Ela balança a cabeça com desconfiança, mas logo sorri. — Acho que você vai encontrar em casa. Deve ter ficado lá o tempo todo!

— Talvez. — Eu me forço a concordar com educação, embora sinta vontade de gritar: "Não sou *tão* burra!"

Do outro lado do salão vejo outra faxineira jogando migalhas de cupcake e guardanapos de papel amassados num saco de lixo preto. Ela não está prestando nenhuma atenção. Será que não estava me escutando direito?

— Com licença! — Minha voz soa estridente quando corro em direção a ela. — *Está* procurando o meu anel, não está?

— Nem sinal dele até agora, meu anjo. — A mulher joga outro montinho de detritos no saco de lixo sem nem olhar direito.

— Cuidado! — Eu agarro os guardanapos e os tiro do saco, tateando um por um em busca de algo duro, sem ligar de estar ficando com cobertura de buttercream nas mãos.

— Querida, estou tentando limpar aqui. — A faxineira pega os guardanapos das minhas mãos. — Olha a bagunça que você está fazendo!

— Eu sei, eu sei. Me desculpa. — Pego as forminhas de cupcake que derrubei no chão. — Mas você não está entendendo. Se eu não encontrar o anel, estou morta.

Quero agarrar o saco de lixo e fazer uma perícia forense no conteúdo usando pinças. Quero colocar fita adesiva ao redor do salão inteiro e declará-lo como local de um crime. Tem que estar aqui, *tem* que estar.

A não ser que ainda esteja com alguém. É a única outra possibilidade à qual estou me apegando. Uma das minhas amigas ainda está com ele no dedo e, de alguma maneira, não reparou. Talvez tenha deslizado para dentro de uma bolsa... Talvez tenha caído num bolso... Ou esteja preso nas linhas do casaco de alguém... As possibilidades na minha cabeça estão ficando cada vez mais absurdas, mas não consigo abrir mão delas.

— Já tentou o toalete? — A mulher desvia para passar por mim.

É claro que tentei o banheiro. Verifiquei, engatinhando, cada cabine. E todas as pias. Duas vezes. Tentei persuadir o concierge a fechar o banheiro para examinar todos os canos das pias, mas ele não aceitou. Disse que seria diferente se eu soubesse de fato que o anel tinha sido perdido ali e que tinha certeza de que a polícia concordaria com ele, e será que eu podia me afastar da mesa pois havia pessoas esperando?

A polícia. Rá. Achei que ela viria correndo nas viaturas assim que liguei, em vez de me dizer para ir até a delegacia fazer um boletim de ocorrência. Não tenho tempo para fazer um boletim de ocorrência! Preciso encontrar meu anel!

Volto correndo para a mesa circular onde estávamos sentados naquela tarde e engatinho para baixo dela, apalpando o carpete de novo. Como pude deixar isso acontecer? Como pude ser tão *burra*?

Foi ideia da minha velha amiga de escola, Natasha, comprar ingressos para o Chá com Champanhe Marie Curie. Ela não pôde ir ao meu fim de semana de despedida de solteira no spa, então isso foi uma espécie de substituição. Estávamos em oito à mesa, todas alegres tomando champanhe e comendo cupcakes, e foi um pouco antes do início do sorteio que alguém disse:

— Então, Poppy, deixa a gente ver esse anel.

Agora nem consigo lembrar quem foi. Annalise, talvez? Annalise foi minha colega de faculdade e agora trabalhamos juntas na First Fit Physio com Ruby, que também era da nossa faculdade de fisioterapia. Ruby também estava no chá, mas não tenho certeza se ela experimentou o anel. Experimentou?

Não consigo acreditar no quanto sou péssima nisso. Como posso bancar o Poirot se nem consigo me lembrar do básico? Na verdade, parece que *todo mundo* estava experimentando o anel: Natasha, Clare e Emily (velhas amigas de escola de Taunton), Lucinda (a cerimonialista do meu casamento, que acabou virando minha amiga), a assistente dela, Clemency, e Ruby e Annalise (não apenas amigas de faculdade e colegas, mas minhas duas melhores amigas, que também vão ser minhas damas de honra).

Eu admito: estava maravilhada com tanta admiração. Ainda não consigo acreditar que uma coisa tão grandiosa e linda é minha. O fato é que ainda não consigo acreditar em *nada* do que aconteceu. Estou noiva! Eu, Poppy Wyatt. De um palestrante universitário alto e bonito que escreveu um livro e até apareceu na TV. Apenas seis meses atrás minha vida amorosa era desastrosa. Nada significativo havia acontecido durante um ano e eu estava relutantemente decidindo que deveria dar uma segunda chance ao cara com mau hálito do site de relacionamentos... E agora faltam só dez dias para o meu casamento! Acordo todos os dias de manhã, olho para as costas macias e sardentas de Magnus ainda dormindo e penso: "Meu noivo, o doutor Magnus Tavish, membro do King's College de

London",[1] e quase nem acredito. Depois me viro e olho para o anel, brilhando luxuoso na minha mesa de cabeceira, e, mais uma vez, quase nem acredito.

O que Magnus vai dizer?

Meu estômago se contrai e engulo em seco. Não. Não pense nisso. Vamos, pequenas células cinzentas. Ao trabalho.

Eu lembro que Clare ficou muito tempo usando o anel. Ela não queria tirá-lo. E então Natasha começou a puxar o anel e dizer: "Minha vez, minha vez!" E me lembro de ter avisado a ela: "Com delicadeza!"

O que quero dizer é que não fui *irresponsável*. Observei o anel com cuidado enquanto ele passava de mão em mão.

Mas de repente minha atenção se dividiu, porque começaram os sorteios, e os prêmios eram fantásticos. Uma semana numa *villa* italiana, um corte de cabelo num salão de luxo, um voucher para a loja Harvey Nichols... O salão estava uma loucura com as pessoas pegando bilhetes e com números sendo anunciados no palco e mulheres pulando e gritando: "Eu!"

E foi *nesse* momento que eu errei. O momento de dar nó no estômago e pelo qual me arrependo. Se eu pudesse voltar no tempo, seria nessa hora que eu andaria até mim e diria com severidade: "Poppy, *prioridades*."

---

1. A especialidade dele é Simbolismo Cultural. Fiz leitura dinâmica do livro dele, *A filosofia do simbolismo*, depois do nosso segundo encontro e tentei fingir ter lido um tempão antes, por coincidência, como lazer. (Só que, para falar a verdade, ele não acreditou nem por um minuto.) Mas o que importa é que li. E o que mais me impressionou foi que tinha tantas notas de rodapé. Eu adorei isso. Elas não são práticas? É só inserir uma delas quando quiser para no mesmo instante parecer inteligente.

Magnus diz que notas de rodapé são para coisas que não são nossa preocupação principal, mas que ainda assim despertam algum interesse. Esta é minha nota de rodapé sobre notas de rodapé.

Mas a gente não percebe, não é? O momento surge, a gente comete o erro terrível e ele acaba, e a chance de fazer qualquer coisa já era.

O que aconteceu foi que Clare ganhou ingressos para Wimbledon no sorteio. Adoro Clare de paixão, mas ela sempre foi meio tímida. Ela não se levantou e gritou "Eu! Woo-hoo!" o mais alto que pôde, só ergueu a mão alguns centímetros. Até mesmo a gente, *da mesa dela*, não percebeu que ela tinha ganhado.

Assim que me dei conta de que Clare estava sacudindo um bilhete sorteado no ar, a apresentadora no palco disse:

— Acho que vamos sortear de novo, se ninguém ganhou...

— Grita! — Cutuquei Clare e sacudi a mão freneticamente. — Aqui! Quem ganhou está aqui!

— E o novo número é... 4-4-0-3.

Para minha completa surpresa, uma garota de cabelos escuros do outro lado do salão começou a gritar e a sacudir um bilhete.

— Ela não ganhou! — gritei com indignação. — *Você* ganhou.

— Não importa. — Clare estava se encolhendo.

— *É claro* que importa! — berrei antes de conseguir me controlar, e todo mundo da mesa começou a rir.

— Vai, Poppy! — gritou Natasha. — Vai, Cavaleira Branca! Resolve isso aí!

— Vai, Cavaleirinha!

É uma piada antiga. Só porque houve *um* incidente na escola, no qual fiz um abaixo-assinado para salvar os hamsters, todo mundo começou a me chamar de Cavaleira Branca. Ou só Cavaleirinha, para abreviar. Meu suposto lema era: "*É claro* que importa!"[2]

---

2. Frase que, na verdade, eu nunca falei. Assim como Humphrey Bogart nunca disse "Toque de novo, Sam" em *Casablanca*. É uma lenda urbana.

Enfim. Basta dizer que em dois minutos eu estava no palco com a garota de cabelos escuros, discutindo com a apresentadora sobre o bilhete da minha amiga ser mais válido do que o dela.

Agora eu sei que nunca deveria ter saído da mesa. Nunca deveria ter abandonado o anel, nem por um segundo. Posso ver como isso foi imbecil. Mas, para minha defesa, eu não *sabia* que o alarme de incêndio ia disparar, sabia?

Foi tão surreal. Num minuto, estávamos sentados num alegre chá com champanhe. No seguinte, uma sirene estava soando e o pandemônio começou, com todo mundo ficando de pé e correndo em direção às saídas. Pude ver Annalise, Ruby e as outras pegando as bolsas e correndo para os fundos do salão. Um homem de terno foi até o palco e começou a me empurrar e a empurrar a garota de cabelos escuros e a apresentadora para uma porta lateral, sem nos deixar ir na direção contrária. "Sua segurança é a prioridade", ele ficava repetindo.[3]

Mesmo naquele momento, não fiquei *preocupada*. Não achei que o anel tivesse *desaparecido*. Supus que uma das minhas amigas estivesse com ele e que eu as encontraria na rua e então o pegaria de volta.

Do lado de fora estava um caos, é claro. Além do nosso chá, tinha uma grande conferência de negócios acontecendo no hotel, e todos os participantes estavam saindo para a rua por diferentes portas, e os funcionários tentavam dar avisos usando megafones, e os alarmes dos carros haviam disparado, e demorei séculos só para encontrar Natasha e Clare na confusão.

— Vocês estão com o anel? — perguntei no mesmo instante, tentando não falar em tom de acusação. — Com quem está?

---

3. É claro que o hotel não estava pegando fogo. O sistema tinha entrado em curto-circuito. Descobri isso depois, mas não serviu de consolo.

As duas fizeram cara de quem não sabia do que eu estava falando.

— Não sei. — Natasha deu de ombros. — Não estava com Annalise?

Então voltei para o meio da multidão para procurar Annalise, mas não estava com ela. Ela achava que estava com Clare. E Clare achava que estava com Clemency. E Clemency achava que talvez estivesse com Ruby, mas Ruby já não tinha ido embora?

O problema do pânico é que ele toma conta de você de repente. Num minuto você ainda está bastante calma, dizendo para si mesma: "Não seja ridícula. É claro que não está perdido." No minuto seguinte, a equipe do Marie Curie está anunciando que a noite vai ser encerrada mais cedo por causa das circunstâncias inesperadas e entrega bolsas com produtos. E todas as suas amigas desaparecem para pegar o metrô. E seu dedo ainda não tem nada nele. E uma voz dentro da sua cabeça grita: "Ai, meu Deus! Eu sabia que isso ia acontecer! Ninguém devia ter confiado a mim um anel antigo! Que grande erro! Grande erro!"

E é assim que você se vê debaixo de uma mesa uma hora depois, tateando um carpete de hotel imundo, rezando desesperadamente por um milagre. (Embora o pai de seu noivo tenha escrito um livro inteiro, que foi um sucesso de vendas, sobre como os milagres não existem e que é tudo superstição, e que até mesmo dizer "Ai, meu Deus" é sinal de uma mente fraca.)[4]

---

4. Poirot alguma vez disse "Ai, meu Deus"? Aposto que sim. Ou "Sacrebleu!", o que dá no mesmo. E isso não contradiz a teoria de Antony, pois as células cinzentas de Poirot são obviamente mais fortes do que as de qualquer outra pessoa? Eu talvez faça essa observação para Antony um dia. Quando tiver coragem. (Coisa que nunca vai acontecer se eu tiver mesmo perdido o anel, obviamente.)

De repente, percebo que meu celular está piscando e agarro o aparelho com os dedos tremendo. Chegaram três mensagens e leio uma por uma cheia de esperança.

Já encontrou? bj, Annalise

Desculpa, querida, não vi o anel. Relaxa, não vou dizer nada pro Magnus. bjs, C

Oi, Pops! Meu Deus, que coisa horrível perder o anel! Na verdade, acho que vi... (mensagem em transferência)

Olho para o celular, empolgada. Clare acha que o viu? Onde?
Saio dali debaixo da mesa e sacudo o telefone de um lado para o outro, mas o resto da mensagem se recusa a chegar. O sinal aqui é péssimo. Como este hotel pode se dizer ser cinco estrelas? Vou ter que ir lá fora.

— Oi! — Eu me aproximo da faxineira grisalha e aumento o tom da voz para falar mais alto do que o barulho do aspirador. — Vou dar uma saída para ler uma mensagem. Mas se *encontrar* o anel, me liga. Já te dei o número do meu celular, vou estar ali fora, na rua...

— Tudo bem, querida — diz a faxineira, toda paciente.

Corro pelo saguão, desviando de grupos de pessoas da conferência, e ando mais devagar ao passar pela mesa do concierge.

— Algum sinal do...

— Nada foi entregue ainda, senhorita.

O ar lá fora está agradável, com um leve toque de verão, embora estejamos apenas no meio da primavera. Espero que o tempo permaneça assim daqui a dez dias, porque meu vestido de noiva é frente única e estou contando que faça um dia bonito.

Há degraus largos e baixos na entrada do hotel e eu subo e desço por eles, sacudindo o celular para a frente e para trás, tentando conseguir sinal, e nada. Acabo indo para a calçada, balançando o telefone com mais força, depois levanto os braços e me inclino em direção à tranquila Knightsbridge Street, com o celular nas pontas dos dedos.

Vai, celular, eu penso, bajulando-o mentalmente. *Você consegue. Faz isso pela Poppy. Termina de receber a mensagem. Deve ter sinal em algum lugar... você consegue, vai...*

— Aaaaaaah!

Ouço meu próprio grito de choque antes mesmo de registrar o que aconteceu. Sinto uma dor no ombro. Meus dedos parecem arranhados. Uma pessoa de bicicleta pedala muito rápido em direção ao fim da rua. Só tenho tempo de registrar um casaco cinza com capuz e calça jeans preta skinny antes de a bicicleta dobrar a esquina.

Minha mão está vazia. Que palhaçada é essa que...

Olho para a palma da minha mão incrédula e meio entorpecida. Já era. Aquele cara roubou meu celular. *Roubou* a porcaria do meu celular.

Meu celular é minha *vida*. Não existo sem ele. É um órgão vital.

— Senhora, você está bem? — O porteiro está descendo os degraus correndo. — Aconteceu alguma coisa? Ele machucou você?

— Eu... eu acabei de ser roubada — consigo gaguejar. — Levaram meu celular.

O porteiro faz um ruído de solidariedade.

— Aproveitadores, isso que eles são. A gente tem que tomar cuidado por essas bandas daqui...

Não estou ouvindo. Começo a tremer toda. Nunca me senti tão desolada e com tanto pânico. O que vai ser de mim sem o meu celular? Como vou viver? Minhas mãos ficam procurando automaticamente o aparelho no lugar em que costumo colocá-lo no bolso. Meu instinto é mandar uma mensagem de texto para alguém dizendo: "Ai, meu Deus, perdi meu celular!" Mas *como posso fazer isso sem um maldito celular?*

Ele é meu companheiro. É meu amigo. Minha família. Meu trabalho. Meu mundo. É tudo. Sinto como se alguém tivesse arrancado de mim os equipamentos que me mantêm viva.

— Preciso chamar a polícia, senhora? — O porteiro está me olhando com ansiedade.

Estou distraída demais para responder. Consumida por uma repentina e ainda mais terrível percepção. O anel. Dei o número do meu celular para todo mundo: para as faxineiras, para os funcionários do toalete, para o pessoal do Marie Curie, para todo mundo. E se alguém encontrar o anel? E se alguém está com ele e está tentando me ligar *neste minuto* e ninguém atende porque o cara de capuz já jogou meu chip no rio?

Ai, Deus.[5] Preciso falar com o concierge. Vou dar meu número de casa para ele...

Não. Péssima ideia. Se deixarem um recado, Magnus pode acabar ouvindo.[6]

Tudo bem, então... então... vou dar o número do meu trabalho. Isso.

Só que ninguém vai estar na clínica de fisioterapia esta noite. Não posso ir para lá e ficar sentada durante horas, só por garantia.

---

5. Mente fraca.
6. Posso me permitir ao menos uma *chance* de recuperá-lo em segurança sem que ele jamais tenha que saber, não posso?

Estou começando a ficar seriamente apavorada agora. Tudo está dando errado.

Para piorar ainda mais as coisas, quando corro para o saguão, o concierge está ocupado. A mesa dele está cercada por um grande grupo de pessoas que estão participando da conferência, falando sobre reservas de restaurante. Tento chamar a atenção dele, na esperança de que sinalize para que eu me aproxime por considerar que tenho prioridade, mas ele me ignora de propósito, e fico um pouco sentida. Sei que tomei muito do tempo dele esta tarde, mas será que ele não percebe a crise horrível pela qual estou passando?

— Senhora. — O porteiro me seguiu até o saguão e está com a testa franzida de preocupação. — Quer alguma coisa para passar o susto? Arnold! — Ele chama bruscamente um garçom. — Um conhaque para a senhora, por favor, por conta da casa. E se conversar com nosso concierge, ele ajudará você com a polícia. A senhora gostaria de se sentar?

— Não, obrigada. — Um pensamento me ocorre de repente. — Talvez eu devesse ligar para meu próprio número! Ligar para o ladrão! Eu poderia pedir que ele voltasse, poderia oferecer uma recompensa... O que é que você acha? Posso usar seu telefone?

O porteiro quase se encolhe quando estico a mão.

— Senhora, acho que seria uma atitude muito tola — diz ele com severidade. — E tenho certeza de que a polícia concordaria que a senhora não deveria fazer isso. Acho que a senhora deve estar em choque. Por favor, sente-se e tente relaxar.

Humm. Talvez ele esteja certo. Não gosto muito da ideia de negociar com um criminoso de capuz. Mas não posso me sentar e relaxar; estou agitada demais. Para acalmar meus nervos, começo a andar em círculos, com os saltos estalando no piso de mármore. Passo pela enorme figueira num vaso...

passo pela mesa cheia de jornais... passo por uma enorme lata de lixo metálica... e volto até a figueira. É um circuito reconfortante, e posso manter os olhos fixos no concierge o tempo todo enquanto espero que fique disponível.

O saguão ainda está repleto de executivos da conferência. Pelas portas de vidro, consigo ver que o porteiro voltou para os degraus e está ocupado chamando táxis e guardando gorjetas. Um japonês baixinho de terno azul está perto de mim com alguns executivos de aparência europeia, exclamando no que parece ser japonês em voz alta e em tom furioso e gesticulando para todo mundo, com o crachá da conferência pendurado no pescoço num cordão vermelho. Ele é tão pequeno e os outros homens parecem estar tão nervosos que quase sinto vontade de sorrir.

O conhaque chega numa bandeja e faço uma breve pausa para tomar tudo de uma vez, depois volto a andar pelo mesmo caminho repetitivo.

Figueira no vaso... mesa de jornais... lata de lixo... figueira no vaso... mesa de jornais... lata de lixo...

Agora que me acalmei um pouco, começo a ter pensamentos assassinos. Aquele cara de capuz se dá conta de que arruinou minha vida? Será que ele percebe o quanto um celular é *crucial*? É a pior coisa que se pode roubar de alguém. A *pior*.

E nem era um celular muito bom. Era bem velho. Então boa sorte para o cara de capuz se ele quiser digitar a letra "B" num SMS ou entrar na internet. Espero que ele tente e não consiga. *Aí* ele vai se lamentar.

Figueira... jornais... lixo... figueira... jornais... lixo...

E ele machucou meu ombro. Maldito. Talvez eu pudesse processá-lo e ganhar milhões. Se algum dia o pegarem, o que não vai acontecer.

Figueira... jornais... lixo...
Lixo.
Espere.
O que é aquilo?

Fico paralisada e olho para dentro da lixeira me perguntando se alguém está pregando uma peça em mim ou se estou tendo uma alucinação.

É um celular.

Bem ali na lata de lixo. Um telefone celular.

DOIS

Pisco algumas vezes e volto a olhar, mas ele ainda está lá, meio escondido entre alguns folhetos da conferência e um copo do Starbucks. O que um celular está fazendo numa *lata de lixo*?

Olho ao redor para ver se alguém está me observando, depois enfio o braço com cuidado na lixeira e o pego. Está com algumas gotas de café em cima, mas parece perfeito. É um celular bom. Um Nokia. Novo.

Eu me viro cautelosamente e noto o saguão lotado. Ninguém está dando nem um pingo de atenção para mim. Nem tem alguém correndo e dizendo: "Olha *ali* meu celular!" E estou andando por esta área há uns dez minutos. Quem jogou esse celular nesta lixeira fez isso há algum tempo.

Tem um adesivo na parte de trás do celular com um *Grupo de Consultoria White Globe* impresso em letras pequenas e um número. Alguém o jogou fora? Será que está quebrado? Aperto o botão de ligar e a tela acende. Parece estar funcionando perfeitamente bem.

Uma vozinha na minha mente me diz que devo entregá-lo. Que devo ir à recepção e dizer: "Com licença, acho que alguém perdeu este celular." É o que eu deveria fazer. Apenas andar até a recepção, neste momento, como qualquer cidadão responsável e com consciência cívica...

Meus pés não se mexem nem um centímetro. Minha mão se fecha ao redor do celular de forma protetora. O problema é que *preciso* de um celular. Aposto que o *Grupo de Consultoria White Globe*, seja lá quem for, tem milhões de celulares. E não o achei no chão nem no banheiro, não é? Estava numa lixeira. Coisas jogadas na lixeira são *lixo*. Não são de ninguém. Foram descartadas no mundo. Essa é a regra.

Olho novamente dentro da lata de lixo e vejo um cordão vermelho, igual ao que há nos pescoços dos caras da conferência. Dou uma olhada para ter certeza de que o concierge não está vendo, então enfio a mão de novo na lata de lixo e pego um crachá. A foto de uma garota deslumbrante parece me encarar, sob a qual está impresso: *Violet Russell, Grupo de Consultoria White Globe*.

Estou criando uma teoria muito boa agora. Eu poderia ser Poirot. Esse é o celular de Violet Russell e ela o jogou fora. Por... algum motivo.

Bom, a culpa é dela. Não minha.

O telefone toca de repente e eu levo um susto. Merda! Está vivo. O toque começa no volume máximo, e é a música "Single Ladies", da Beyoncé. Aperto rapidinho o botão "ignorar", mas logo depois ele toca de novo, alto e inconfundível.

Não tem controle de volume nessa porcaria? Algumas executivas que estavam ali perto se viraram para olhar e fico tão perturbada que aperto o botão de atender em vez de o de ignorar. As executivas ainda estão olhando para mim, então levo o celular ao ouvido e me viro.

— A pessoa para quem você ligou não está disponível no momento — digo, tentando imitar uma voz gravada. — Por favor, deixe seu recado após o bip. — Isso vai dispensar seja lá quem for.

— Onde você *está*, porra? — Uma voz estável e educada de homem começa a falar e eu quase grito de susto. Funcionou! Ele acha que sou a caixa postal! — Acabei de conversar com Scottie. Ele tem um contato que acha que pode fazer. Vai ser como uma cirurgia por vídeo. Ele é bom. Não vai deixar vestígios.

Não ouso respirar. Nem coçar o nariz, onde de repente fiquei com uma coceira insuportável.

— Beleza — diz o homem. — Então, o que quer que faça, tome cuidado, porra.

Ele desliga e eu fico olhando para o celular, atônita. Nunca achei que a pessoa fosse mesmo deixar um *recado*.

Agora me sinto um pouco culpada. Ele deixou mesmo um recado na caixa postal, e Violet não vai receber. Quero dizer, não é culpa *minha* ela ter jogado o celular fora, mas mesmo assim... Por impulso, procuro uma caneta na minha bolsa e pego a única coisa que tenho onde posso escrever, um velho programa de teatro.[7] Eu rabisco: "Scottie tem um contato, cirurgia por vídeo, sem vestígios, tome cuidado, porra."

Só Deus sabe sobre o *que* era o recado. Lipoaspiração, talvez? Enfim, não importa. A questão é, se algum dia eu encontrar essa tal de Violet, vou poder dar o recado.

Antes que o telefone possa tocar de novo, corro até a mesa do concierge, que está milagrosamente vazia.

— Oi — digo, sem fôlego. — Eu de novo. Alguém achou meu anel?

---

[7]. *O rei leão*. Natasha conseguiu os ingressos de graça. Achei que ia ser uma bobeirinha para crianças, mas foi *sensacional*.

— Posso garantir, senhora — diz ele com um sorriso nada amistoso —, que teríamos avisado se tivéssemos encontrado. *Temos* o número do seu celular...

— Não têm, não! — interrompo-o de maneira quase triunfante. — Aí é que está o problema! O número que te dei... hum... já era. Morreu. De verdade. — A última coisa que quero que ele faça é ligar para o cara de capuz e mencionar um anel de esmeralda valiosíssimo. — Por favor, não liga para aquele número. Pode substituir o que te dei por esse? — Copio cuidadosamente o número que está escrito na parte de trás do celular da Consultoria White Globe. — Na verdade, só para garantir... posso testar? — Estico a mão para o telefone do hotel e digito o número impresso. Um segundo depois, a voz de Beyoncé começa a berrar do celular. Tudo bem. Pelo menos posso relaxar um pouco. Tenho um número.

— Mais alguma coisa, senhora?

O concierge está começando a parecer irritado e tem uma fila se formando atrás de mim. Agradeço outra vez e vou até o sofá mais próximo, tomada pela adrenalina. Tenho um celular e um plano.

Só levo cinco minutos para escrever o número do meu novo telefone em vinte folhas de papel do hotel, com "POPPY WYATT – ANEL DE ESMERALDA, LIGUE, POR FAVOR!!!!" em enormes letras de forma. Para minha irritação, as portas do salão agora estão trancadas (embora eu tenha *certeza* de estar ouvindo as faxineiras ainda lá dentro), então sou obrigada a vagar pelos corredores do hotel, pelo salão de chá, pelos toaletes femininos e até pelo spa, entregando meu número para cada funcionário do hotel que encontro e explicando a história.

Ligo para a polícia e informo o novo número. Mando uma mensagem de texto para Ruby, cujo número sei de cor, dizendo:

Oi! Roubaram meu telefone. Este eh meu n novo. Pode passar pra todo mundo? Algum sinal do anel???

Em seguida, me jogo outra vez no sofá, exausta. Sinto como se tivesse passado o dia morando neste hotel. Eu também deveria ligar para Magnus para dar o número do celular a ele, mas ainda não consigo encarar isso. Tenho uma convicção irracional de que ele conseguirá perceber apenas pelo meu tom de voz que o anel sumiu. Ele vai sentir que meu dedo está sem nada assim que eu disser "Oi".

Por favor, anel, aparece. Por favor. POR FAVOR, aparece...

Eu me reclino no sofá, fecho os olhos e tento enviar uma mensagem telepática pelo cosmos. Então, quando a voz de Beyoncé começa a tocar novamente, dou um pulo de susto. Talvez seja ele! Meu anel! Alguém encontrou! Nem olho na tela antes de apertar o botão para atender e falar um "alô" empolgado.

— Violet? — Uma voz de homem no meu ouvido. Não é o homem que ligou antes, é um cara com voz mais grave. Ele parece meio mal-humorado, se é que dá para perceber isso ao ouvir apenas três sílabas.[8] Ele também respira pesado, o que significa que é pervertido ou que está fazendo algum tipo de exercício. — Você está no lobby? O grupo japonês ainda está aí?

Por uma reação automática, olho ao redor. Tem vários japoneses perto das portas.

— Estão sim — respondo. — Mas não sou a Violet. Este celular não é mais dela. Desculpa. Você pode de repente avisar por aí que o número dela mudou?

Preciso tirar os amigos da Violet da jogada. Não dá para eles ficarem me ligando a cada cinco segundos.

---

8. Eu acho que dá.

— Perdão, mas quem é? — pergunta o homem. — Por que atendeu esse telefone? Onde está a Violet?

— Esse celular é meu agora, está em minha posse — digo com mais confiança do que sinto. Mas é verdade. Dono é quem tem posse de um objeto.[9]

— Em sua *posse*? Que porra é essa que você está... Ai, meu Deus. — Ele fala mais alguns impropérios e consigo claramente ouvir passos ao longe. Parece que ele está correndo escada abaixo.[10] — Só me diz se eles estão indo embora?

— Os japoneses? — Semicerro os olhos para ver melhor o grupo. — Talvez. Não tenho certeza.

— Tem um cara baixinho com eles? Acima do peso? De cabelo volumoso?

— Está falando do cara de terno azul? Sim, ele está bem na minha frente. Parece irritado. Agora está vestindo a capa de chuva.

O japonês baixinho pegou um casaco Burberry da mão de um colega. Está com um olhar de raiva enquanto se veste, e um fluxo constante de palavras furiosas em japonês sai da boca dele, e todos os seus amigos assentem com nervosismo.

— Não! — A exclamação do homem ao telefone me pega de surpresa. — Ele não pode ir embora.

— Pois é, desculpa, mas ele está indo.

— Você *tem* que impedir. Vai lá e não deixa ele sair do hotel. Corre lá agora. Faz qualquer coisa para não deixar.

— *O quê?* — Eu olho para o celular. — Olha só, desculpa, mas eu nunca nem te vi...

---

9. Nunca tive muita certeza do que isso quer dizer.
10. Então talvez não seja pervertido.

— Eu também não — responde ele. — E quem é você, afinal? É amiga da Violet? Pode me dizer exatamente por que ela decidiu largar o emprego no meio da maior conferência do ano? Será que ela acha que de repente não *preciso* mais de uma assistente?

A-rá. Então Violet é assistente dele. Faz sentido. E ela largou o cara na mão! Bom, não estou surpresa, ele é tão mandão.

— De qualquer jeito, não importa. — Ele mesmo interrompe o que estava dizendo. — A questão é que estou na escadaria, no nono andar e o elevador quebrou. Chego aí embaixo em menos de três minutos, e você precisa segurar Yuichi Yamasaki até eu chegar. Seja lá quem você for.

Que coragem.

— Senão o quê? — pergunto.

— Senão um ano de uma cuidadosa negociação vai por água abaixo por causa de uma confusão ridícula. O maior negócio do ano vai desmoronar. Uma equipe de vinte pessoas vai perder o emprego. — A voz dele é incansável. — Gerentes seniores, secretárias, todos. Só porque não consigo chegar aí embaixo rápido o suficiente e a única pessoa que poderia ajudar não quer ajudar.

Ah, droga.

— Tudo bem! — digo, irritada. — Vou fazer o melhor que puder. Como é o nome dele mesmo?

— Yamasaki.

— Espera! — Aumento o tom de voz enquanto corro pelo saguão. — Por favor! Sr. Yamasaki? O senhor poderia esperar um minuto?

O Sr. Yamasaki se vira, duvidoso, e alguns funcionários puxa-sacos dão um passo à frente e ficam dos dois lados dele, para protegê-lo. Ele tem o rosto largo, ainda enrugado de raiva, e um pescoço grosso ao redor do qual está enrolando um cachecol de seda. Tenho a sensação de que ele não quer bater papo.

Não tenho ideia do que dizer depois. Não falo japonês, não sei nada sobre negócios japoneses nem sobre cultura japonesa. Além de sushi. Mas não posso exatamente ir até ele e dizer "sushi!" do nada. Seria como chegar perto de um executivo americano bambambã e dizer "hambúrguer".

— Sou... uma grande fã — falei de improviso. — Do seu trabalho. O senhor pode me dar um autógrafo?

Ele parece perplexo, e um dos colegas sussurra a tradução no ouvido dele. Imediatamente sua testa se desfranze e ele faz uma reverência para mim.

Eu retribuo a reverência com cuidado, e ele estala os dedos e dá alguma instrução. Um momento depois, uma bela pasta de couro está aberta em frente a ele e o Sr. Yamasaki escreve alguma coisa elaborada em japonês.

— Ele ainda está aí? — A voz do estranho emana de repente do celular.

— Está — murmuro. — Por pouco. Onde você está? — Dou um sorriso largo para o Sr. Yamasaki.

— No quinto andar. Segura o japonês aí. Independente do que tenha que fazer.

O Sr. Yamasaki me entrega o pedaço de papel, coloca a tampa da caneta, faz outra reverência e se prepara para sair andando.

— Espera! — falo, desesperada. — Será que eu posso... mostrar uma coisa pra você?

— O Sr. Yamasaki está muito ocupado. — Um dos colegas dele, usando óculos de aço e a camisa mais branca que já vi, se vira para mim. — Faça a gentileza de entrar em contato com nosso escritório.

Estão se afastando de novo. O que faço agora? Não posso pedir outro autógrafo. Não posso derrubá-lo como num jogo de rúgbi. Preciso chamar a atenção dele de alguma maneira...

— Tenho um comunicado especial a fazer! — exclamo, correndo atrás deles. — Sou um telegrama cantado! Trago um recado dos muitos fãs do Sr. Yamasaki. Seria muito deselegante da parte dele com os fãs se não quiser me ouvir.

A palavra "deselegância" parece fazê-los parar de repente. Estão franzindo a testa e trocando olhares confusos.

— Um telegrama cantado? — pergunta com desconfiança o homem de óculos de aço.

— Tipo um Gorillagram — continuo. — Só que cantado.

Não sei se ajudou em alguma coisa associar esses serviços de recado, com alguém fantasiado de gorila, ao que estou querendo fazer.

O intérprete murmura freneticamente no ouvido do Sr. Yamasaki, e depois de alguns minutos ele diz para mim:

— Pode se apresentar.

O Sr. Yamasaki se vira e todos os colegas dele também, cruzando os braços, em expectativa, e formando uma fileira, lado a lado. Ao redor do saguão posso ver alguns olhares interessados partindo de outros grupos de executivos.

— Onde você *está*? — murmuro desesperadamente ao telefone.

— No terceiro andar — diz a voz do homem depois de um momento. — Meio minuto. Não deixa ele fugir.

— Comece — diz o homem de óculos de aço de maneira incisiva.

Alguns outros hóspedes do hotel que estão no saguão pararam para olhar. Ai, Deus. Como eu fui me meter nisso? Primeiro, não sei cantar. Segundo, o que canto para um executivo japonês que nunca vi antes? Terceiro, *por que* falei telegrama cantado?

Mas se eu não fizer alguma coisa logo, vinte pessoas podem perder o emprego.

Faço uma reverência exagerada só para ganhar mais tempo e todos os japoneses fazem uma reverência em resposta.

— *Comece* — repete o homem de óculos de aço, com os olhos brilhando ameaçadoramente.

Eu respiro fundo. Vamos lá. Não importa o que eu fizer. Só precisa durar meio minuto. Depois posso sair correndo e eles nunca vão me ver de novo.

— Sr. Yamasaki... — começo com hesitação no ritmo de "Single Ladies". — Sr. Yamasaki. Sr. Yamasaki, Sr. Yamasaki. — Balanço os quadris e os ombros para ele exatamente como a Beyoncé.[11] — Sr. Yamasaki, Sr. Yamasaki.

Na verdade, isso é bem fácil. Não preciso de letra, posso ficar cantando "Sr. Yamasaki" sem parar. Depois de um tempinho, alguns dos japoneses até começam a cantar junto e a dar tapinhas nas costas do Sr. Yamasaki.

— Sr. Yamasaki, Sr. Yamasaki. Sr. Yamasaki, Sr. Yamasaki. — Levanto o dedo e fico balançando para ele com uma piscadela. — Ooh-ooh-ooh... ooh-ooh-ooh...

A música é ridiculamente contagiante. Todos os japoneses estão cantando agora, menos o Sr. Yamasaki, que está ali de pé com cara de satisfação. Um pessoal da conferência que estava por perto se juntou à cantoria e consigo ouvir um deles dizendo:

— Isso é um daqueles flash mobs?

— Sr. Yamasaki, Sr. Yamasaki, Sr. Yamasaki... Onde você *está*? — murmuro ao telefone, ainda sorrindo com alegria.

---

11. OK, não como a Beyoncé. Como eu imitando a Beyoncé.

— Assistindo.

— *O quê?* — Eu levanto a cabeça e percorro o saguão com o olhar.

De repente, meu olhar se fixa num homem de pé sozinho, a uns 30 metros de distância. Ele usa um terno escuro e tem cabelo preto e cheio, que está todo bagunçado, além de estar com um telefone no ouvido. Mesmo de longe consigo perceber que está rindo.

— Há quanto tempo está aí? — pergunto, furiosa.

— Acabei de chegar. Não quis interromper. Ótimo trabalho, aliás — acrescenta ele. — Acho que você convenceu Yamasaki a nosso favor nesse momento.

— Obrigada — digo com sarcasmo. — Fico feliz em poder ajudar. Ele é todo seu. — Faço uma reverência para o Sr. Yamasaki com um floreio, me viro e sigo rapidamente para uma saída, ignorando os gritos desapontados dos japoneses. Tenho coisas mais importantes com que me preocupar do que estranhos arrogantes e seus negócios idiotas.

— Espera! — A voz do homem me segue pelo aparelho.

— O telefone. É da minha assistente.

— Bom, então ela não deveria ter jogado o aparelho fora — respondo, empurrando as portas de vidro. — Achado não é roubado.

Há 12 paradas do metrô de Knightsbridge até a casa dos pais de Magnus no norte de Londres, e assim que saio na superfície, olho o celular. Está piscando com novas mensagens, umas dez de texto e uns vinte e-mails, mas só há cinco mensagens de texto para mim e nenhuma delas com novidades sobre o anel. Uma é da polícia, e meu coração dá um salto de esperança, mas é só para confirmar que registrei um boletim de ocorrência e para perguntar se quero uma visita do oficial de apoio às vítimas.

O resto são mensagens de texto e e-mails para Violet. Conforme vou olhando, percebo que "Sam" aparece no assunto de vários e-mails. Com a sensação de ser Poirot de novo, verifico a função "chamadas recebidas" e, obviamente, o último número que ligou para este celular foi o "Sam Celular". Então é ele. O chefe da Violet. O cara de cabelo escuro e desgrenhado. E para provar, o e-mail dela é assistentedesamroxton@consultoriawhiteglobe.com.

Por pura curiosidade, clico num dos e-mails. É de jennasmith@grantlyassetmanagement.com e o assunto é: "Re: Jantar?"

> Obrigada, Violet. Por favor, não comente nada disso com Sam. Estou meio sem jeito agora!

Opa. Por que ela está sem jeito? Antes que eu consiga me impedir, mudei de tela para ler o e-mail anterior, que foi enviado ontem.

> Na verdade, Jenna, você precisa saber de uma coisa: Sam está noivo. Atenciosamente, Violet.

Ele está noivo. Interessante. Enquanto releio as palavras, sinto uma reação estranha dentro de mim que não consigo identificar. Surpresa?

Mas por que eu deveria estar surpresa? Nem conheço o cara.

Muito bem, agora eu *tenho* que saber a história toda. Por que Jenna está sem jeito? O que aconteceu? Volto ainda mais alguns e-mails e encontro um longo, o primeiro, de Jenna, que conheceu esse Sam Roxton num evento de trabalho, ficou doida por ele e o convidou para jantar duas semanas atrás, mas ele não retornou as ligações.

> ... tentei novamente ontem... talvez esteja ligando para o número errado... alguém me disse que ele é famoso e que a assistente dele é o melhor caminho para fazer contato... mil desculpas por incomodar... talvez só me diz se é possível...

Coitadinha. Estou muito indignada por ela. Por que ele não respondeu? Qual é a dificuldade de enviar um e-mail rápido dizendo "Não, obrigado"? E ainda por cima ele é noivo, pelo amor de Deus.

Enfim. Deixa para lá. De repente, me dou conta de que estou xeretando a caixa de e-mails de uma pessoa quando tenho tantas outras coisas mais importantes em que pensar. *Prioridades, Poppy.* Preciso comprar vinho para os pais de Magnus. E um cartão de boas-vindas. E, se eu não achar o anel nos próximos vinte minutos... um par de luvas.

Desastre. *Desastre.* Acontece que luvas não são vendidas em abril, no auge da primavera. As únicas que consegui encontrar estavam no depósito de uma loja Accessorize. Estoque antigo de Natal, só disponíveis no tamanho pequeno.

Não consigo acreditar que estou mesmo planejando cumprimentar meus futuros sogros com luvas de lã vermelha com desenhos de renas e apertadas demais. Com franjas.

Mas não tenho escolha. É isso ou entrar com as mãos nuas.

Quando inicio a longa subida da colina que leva à casa deles, começo a me sentir enjoada de verdade. Não é só o anel. É toda a coisa dos futuros sogros. Dobro a esquina e vejo que todas as janelas da casa estão acesas. Eles estão em casa.

Nunca vi uma casa tão adequada a uma família quanto a dos Tavish. É mais velha e maior do que qualquer outra casa da rua, e olha para elas de cima, de sua posição superior. Há teixos e uma araucária chilena no jardim. Os tijolos são cobertos de hera e as janelas ainda são as de madeira originais de 1835. Dentro, há papel de parede William Morris dos anos 1960, e o piso é coberto de tapetes turcos.

Mas não dá para *ver* de fato os tapetes porque costumam estar sob camadas de documentos e manuscritos velhos que ninguém se dá o trabalho de recolher. Ninguém na família Tavish é muito fã de arrumação. Uma vez achei um ovo cozido fossilizado numa cama do quarto de hóspedes, ainda no oveiro, com uma torrada ressecada como escudeira. Já devia ter feito aniversário de um ano.

E em todos os cantos, por toda a casa, há livros. Colocados em três fileiras de profundidade nas prateleiras, empilhados no chão e nas laterais de cada banheira manchada de limo. Antony escreve livros, Wanda escreve livros, Magnus escreve livros e o irmão mais velho dele, Conrad, escreve livros. Até mesmo a mulher de Conrad, Margot, escreve livros.[12]

E isso é ótimo. Quero dizer, é uma coisa maravilhosa, todos esses gênios intelectuais numa só família. Mas acaba fazendo você se sentir um tiquinho de nada deslocado.

Não me entenda mal, eu me acho bem inteligente. Sabe, para uma pessoa normal que frequentou a escola e a faculdade e tem um emprego e tal. Mas essas pessoas não são normais, elas estão em outro nível. Elas têm supercérebros. São a versão

---

12. Não livros com enredo, a propósito. Livros com notas de rodapé. Livros *sobre assuntos*, como história e antropologia e relativismo cultural no Turcomenistão.

acadêmica de *Os Incríveis*.[13] Só me encontrei com os pais dele algumas vezes, quando voltaram a Londres por uma semana para Antony dar uma palestra importante, mas foi o suficiente para eu perceber. Enquanto Antony fazia a palestra sobre teoria política, Wanda estava apresentando um estudo sobre o judaísmo feminista para um grupo de reflexão, e depois os dois apareceram no *The Culture Show*, dando opiniões *contrárias* sobre um documentário que tratava da influência da Renascença.[14] Esse foi o contexto de quando nos conhecemos. Sem pressão nenhuma, ou qualquer coisa do tipo.

Fui apresentada aos pais de vários namorados ao longo dos anos, mas essa era com certeza a pior experiência de todas. Tínhamos acabado de apertar as mãos e conversado sobre bobeiras e eu estava contando com orgulho para Wanda em qual faculdade eu tinha estudado quando Antony olhou por cima dos óculos meia-lua e disse:

— Diploma em fisioterapia. Que divertido.

Eu me senti imediatamente arrasada. Não sabia o que falar. Na verdade, fiquei tão sem reação que saí de onde estávamos para ir ao banheiro.[15]

Depois disso, óbvio que fiquei travada. Aqueles três dias foram pura tortura. Quanto mais intelectual a conversa ia se tornando, mais constrangida e incapaz de falar eu ficava. Meu segundo pior momento: pronunciar "Proust" errado e todo

---

13. Tenho curiosidade em saber se todos tomam óleo de peixe. Preciso me lembrar de perguntar.
14. Não me pergunte. Prestei muita atenção e mesmo assim não consegui entender como eles podiam discordar. Acho que o apresentador também não conseguiu acompanhar.
15. Magnus me disse depois que ele estava brincando. Mas não *pareceu* ser uma brincadeira.

mundo trocar olhares.[16] Meu pior momento de todos: quando estávamos assistindo *University Challenge* juntos na sala de TV e surgiu o assunto ossos. Minha especialidade! Eu estudei isso! Sei os nomes em latim e tudo! Mas quando estava pegando fôlego para responder a primeira pergunta, Antony já tinha dado a resposta certa. Fui mais rápida na segunda vez... mas ele foi ainda mais rápido do que eu. O programa todo se passou como se fosse uma corrida, e ele ganhou. Ao final, ele olhou para mim e perguntou:

— Não ensinam anatomia na faculdade de fisioterapia, Poppy?

Eu me senti *humilhada*.

Magnus diz que *me* ama, não ao meu cérebro, e que tenho que ignorar os pais dele. E Natasha disse para eu pensar na pedra do anel e na casa de Hampstead e na *Villa* da Toscana. Essa é a Natasha. Minha abordagem tem sido a seguinte: simplesmente não pensar neles. Estava funcionando. Eles estavam quietinhos em Chicago, a milhares de quilômetros de distância.

Mas agora, estão de volta.

Ai, Deus. E eu ainda estou um pouco abalada com aquela história do "Proust". (Prust? Prost?) E não revisei os nomes dos ossos em latim. E estou usando luvas vermelhas de lã com desenho de renas em pleno abril. Com franjas.

Minhas pernas estão tremendo quando toco a campainha. Tremendo mesmo. Eu me sinto como o espantalho em *O mágico de Oz*. A qualquer minuto vou cair no chão e Wanda vai tacar fogo em mim por ter perdido o anel.

Para, Poppy. Está tudo bem. Ninguém vai desconfiar de nada. A minha história é que queimei a mão. Essa é a minha história.

---

16. Nunca li nada de Proust. Não sei por que toquei no nome dele.

— Oi, Poppy!

— Felix! Oi!

Estou tão aliviada de ser Felix abrindo a porta que meu cumprimento sai como um suspiro trêmulo.

Felix é o caçula da família. Só tem 17 anos e ainda está no colégio. Na verdade, Magnus está morando naquela casa com ele durante o tempo em que os pais estão fora, como se fosse uma babá, e fui morar lá também assim que ficamos noivos. Não que Felix precise de uma babá. Ele é completamente independente, lê o tempo todo e nunca nem percebemos que ele está em casa. Uma vez tentei bater um papinho legal sobre drogas com ele. Felix educadamente me corrigiu em cada fato que mencionei, depois disse que reparou que bebo Red Bull acima do limite recomendado e perguntou se eu não achava que talvez fosse viciada? Aquela foi a última vez em que tentei bancar a irmã mais velha.

Mas enfim... Tudo isso vai terminar agora que Antony e Wanda estão voltando dos Estados Unidos. Voltei a morar no meu apartamento e começamos a procurar um lugar para alugar. Magnus era a favor de continuarmos aqui. Ele achou que podíamos ficar no quarto extra com banheiro que tem no último andar, e isso não seria conveniente, porque assim ele poderia continuar a usar a biblioteca do pai?

Ele ficou maluco? Não vou viver sob o mesmo teto que os Tavish *de jeito nenhum*.

Sigo Felix até a cozinha, onde Magnus está sentado à vontade numa cadeira, gesticulando para uma página impressa e dizendo:

— Acho que seu argumento está equivocado aqui. Segundo parágrafo.

Não importa como Magnus se senta, não importa o que ele faça, de alguma maneira sempre consegue parecer elegante. Os pés com sapatos de camurça estão em cima de outra cadeira, ele está no meio de um cigarro[17] e seu cabelo está penteado para trás como uma cachoeira.

Todos os Tavish têm a mesma cor de cabelo, como uma família de raposas. Wanda até tinge seus fios com hena. Mas Magnus é o mais bonito de todos, e não estou falando isso só porque vou me casar com ele. A pele dele tem sardas, mas também se bronzeia muito fácil, e o cabelo castanho-avermelhado escuro parece saído de um comercial de produto de cabelo. É por isso que deixa o cabelo comprido.[18] Ele é bem vaidoso quanto a isso.

Além do mais, apesar de ser um acadêmico, não é um cara antiquado que fica em casa lendo livros o tempo todo. Ele esquia muito bem e vai me ensinar. Na verdade, foi assim que nos conhecemos. Ele tinha torcido o pulso esquiando e nos procurou para fazer fisioterapia por indicação médica. Ele deveria se consultar com Annalise, mas ela o trocou por um dos clientes fixos e ele acabou vindo parar comigo. Na semana seguinte ele me convidou para sair e depois de um mês, me pediu em casamento. Um mês![19]

Agora Magnus olha para a frente e seu rosto se ilumina.

— Amor! Como está minha linda? Vem cá. — Ele me chama para me dar um beijo, depois coloca as mãos ao redor do meu rosto, como sempre faz.

---

17. Eu sei. Já *falei* isso com ele, um milhão de vezes.
18. Não a ponto de fazer rabo de cavalo, o que seria nojento. Só um pouco comprido.
19. Acho que Annalise nunca me perdoou. Na cabeça dela, se não tivesse trocado os horários dos clientes, *ela* estaria se casando com ele agora.

— Oi. — Dou um sorriso forçado. — E aí, seus pais estão aqui? Como foi o voo? Mal posso *esperar* para ver os dois.

Estou tentando parecer o mais animada possível, embora minhas pernas estejam querendo sair correndo pela porta colina abaixo.

— Você não recebeu minha mensagem de texto? — Magnus parece intrigado.

— Que mensagem de texto? *Ah.* — De repente me dou conta. — Claro. Eu perdi meu celular. Estou com um número novo. Deixa eu te dar.

— Você perdeu o celular? — Magnus fica me olhando. — O que houve?

— Nada! — digo com alegria. — Só... perdi aquele e precisei de outro. Nada de mais. Nada dramático.

Decidi seguir a estratégia de que quanto menos eu disser para Magnus agora, melhor. Não quero entrar numa discussão sobre o motivo de estar agarrada desesperadamente a um celular qualquer que achei numa lata de lixo.

— E aí, o que dizia a mensagem? — acrescento rapidamente, tentando fazer a conversa seguir em frente.

— O avião dos meus pais foi desviado. Eles tiveram que ir para Manchester. Só vão chegar amanhã.

Desviado?

Manchester?

Ai, meu Deus. Estou salva! Ganhei tempo! Minhas pernas não param de tremer! Quero cantar o coral de *Aleluia. Ma-an-chester! Ma-an-chester!*

— Meu Deus, que *pena*. — Estou fazendo um esforço enorme para ficar com cara de decepção. — Pobrezinhos. Manchester. Fica a quilômetros de distância! Eu também estava muito ansiosa para ver os dois. Que droga.

Acho que fui bem convincente. Felix me lança um olhar estranho, mas Magnus já pegou o texto impresso de novo. Não comentou sobre minhas luvas. Nem Felix.

Talvez eu possa relaxar um pouco.

— Então... hum... rapazes. — Dou uma olhada no lugar. — E a cozinha, hein?

Magnus e Felix disseram que iam arrumar naquela tarde, mas a cozinha parece que foi bombardeada. Há caixas de comida de restaurante sobre a mesa e uma pilha de livros em cima do fogão, e até outra apoiada numa frigideira.

— Seus pais vão voltar amanhã. Não é melhor a gente fazer alguma coisa?

Magnus permanece impassível.

— Eles não vão ligar.

Para ele é supertranquilo dizer isso. Mas *eu* sou a nora (quase) que mora aqui e vai levar a culpa.

Magnus e Felix começaram a falar sobre uma nota de rodapé,[20] então vou até o fogão e começo a dar uma arrumada rápida. Nem ouso tirar as luvas, mas os rapazes não estão prestando a menor atenção em mim, ainda bem. Pelo menos sei que o resto da casa está OK. Dei uma olhada em tudo ontem, troquei as embalagens velhas de sabonete líquido e comprei uma cortina nova para o banheiro. O melhor foi que encontrei algumas anêmonas para o estudo de Wanda. Todo mundo sabe que ela adora anêmonas. Até escreveu um artigo sobre "Anêmonas na Literatura". (O que é típico dessa família: você não pode simplesmente gostar de uma coisa, tem que virar o maior especialista nela.)

---

20. Está vendo? Só se fala em notas de rodapé.

Magnus e Felix ainda estão concentrados na conversa enquanto termino. A casa está arrumada. Ninguém me perguntou sobre o anel. Vou parar enquanto estou ganhando.

— Então vou para casa — digo casualmente e dou um beijo na testa de Magnus. — Fica aqui fazendo companhia para o Felix. Dá um oi de boas-vindas aos seus pais por mim.

— Dorme aqui! — Magnus passa um braço pela minha cintura e me puxa. — Eles vão querer ver você.

— Não, recebam seus pais vocês. Amanhã eu passo aqui. — Dou um sorriso intenso, para afastar a atenção do fato de que estou indo em direção à porta, com as mãos atrás das costas. — Vamos ter muito tempo.

— Eu não culpo você — diz Felix, olhando para a frente pela primeira vez desde que abriu a porta para mim.

— Como? — pergunto, um pouco confusa. — Não me culpa por quê?

— Por não querer ficar. — Ele dá de ombros. — Acho que você tem sido extremamente otimista, levando em consideração a reação deles. Estava querendo te dizer isso há semanas. Você deve ser uma pessoa muito boa, Poppy.

Do que ele está *falando*?

— Não sei... O que você quer dizer? — Eu me viro para Magnus em busca de ajuda.

— Não é nada — diz ele, rápido demais. Mas Felix está olhando para o irmão mais velho com uma luz de entendimento nos olhos.

— Ai, meu Deus. Você não contou a ela?

— Felix, cala a boca.

— Não contou, não é? Isso não é justo, é, Mag?

— Me contou o quê? — Viro o olhar de um rosto para o outro. — O quê?

— Não é nada. — Magnus parece perturbado. — Só... — Ele me olha nos olhos, por fim. — Tudo bem, meus pais não ficaram exatamente felizes ao ouvirem que estamos noivos. Só isso.

Por um momento, não sei como reagir. Eu olho para ele em silêncio, tentando processar o que acabei de ouvir.

— Mas você falou... — Não confio na minha voz. — Você falou que eles ficaram animados. Disse que estavam empolgados!

— Eles vão ficar animados — diz ele, irritado. — Quando tiverem um pouco de sensatez.

Eles *vão* ficar?

Meu mundo todo está prestes a desmoronar. Já era bem ruim quando eu achava que os pais de Magnus eram apenas gênios intimidantes. Mas esse tempo todo eles foram *contra o nosso casamento*?

— Você me disse que eles não conseguiam imaginar uma nora mais doce e encantadora. — Estou tremendo toda agora. — Disse que eles me mandaram lembranças especiais de Chicago! Era tudo *mentira*?

— Eu não queria aborrecer você! — Magnus olha com raiva para Felix. — Não é nada de mais. Eles vão mudar de ideia. Só acham que tudo foi muito rápido... que não conhecem você direito... São uns idiotas — conclui ele com desdém. — Falei isso para eles.

— Você brigou com seus pais? — Eu o encaro, consternada. — Por que não me contou nada disso?

— Não foi briga — diz ele na defensiva. — Foi mais... uma desavença.

Uma desavença? *Uma desavença?*

— Uma desavença é pior do que uma briga! — grito, apavorada. — É um milhão de vezes pior! Ai, Deus, eu queria que você tivesse me contado... O que vou fazer? Como posso olhar na cara deles?

Eu sabia. Os professores não me acham boa o bastante. Sou como a garota da ópera que abre mão do amante por não ser adequada, depois pega tuberculose e morre, e bem feito para ela, porque era tão inferior e burra. Ela provavelmente também não conseguia pronunciar "Proust" direito.

— Poppy, fica calma! — disse Magnus com irritação. Ele fica de pé e me segura com firmeza pelos ombros. — Foi exatamente por isso que não contei. É besteira de família e não tem nada a ver conosco. Eu te amo. Vamos nos casar. Vou em frente com isso independentemente do que qualquer pessoa diga, seja meus pais, meus amigos ou qualquer outra pessoa. Nosso relacionamento é nosso. — A voz dele está tão firme que começo a relaxar. — E, seja como for, assim que passarem mais tempo com você, sei que vão mudar de ideia. Eu sei.

Não consigo evitar um sorriso relutante.

— Essa é minha linda garota. — Magnus me dá um abraço apertado e eu retribuo, me esforçando para acreditar nele.

Quando ele se afasta, seu olhar pousa nas minhas mãos e ele franze a testa, parecendo perplexo.

— Amor... por que você está de luvas?

Vou ter um colapso nervoso. Vou mesmo.

O desastre do anel quase foi revelado. Teria acontecido se não fosse por Felix. Eu estava no meio da minha desculpa absurda e vacilante sobre a queimadura na mão, esperando que Magnus desconfiasse a qualquer momento, quando Felix bocejou e disse "Vamos para o pub?", e Magnus de repente se lembrou de um e-mail que tinha que enviar antes e todo mundo se esqueceu das minhas luvas.

E aproveitei a oportunidade para ir embora. Rapidinho.

Agora estou sentada no ônibus, olhando para a noite escura, sentindo um frio por dentro. Perdi o anel. Os Tavish não querem que eu me case com Magnus. Meu celular já era. Sinto como se todas as coisas que me davam segurança tivessem sido arrancadas de uma vez só.

O telefone no meu bolso começa a tocar Beyoncé de novo, e eu atendo sem muitas esperanças.

Realmente, não é nenhuma das minhas amigas ligando para dizer: "Encontrei!" Nem a polícia, nem o concierge do hotel. É ele. Sam Roxton.

— Você fugiu — diz ele, sem preâmbulos. — Preciso do celular de volta. Onde você está?

Encantador. Nem um "Muito obrigado por me ajudar com meu negócio com os japoneses".

— De nada — respondo. — Disponha.

— Ah. — Ele parece momentaneamente constrangido. — É mesmo. Obrigado. Estou em débito contigo. Agora como você vai me devolver o celular? Pode deixar no escritório ou eu posso mandar um boy buscar. Onde você está?

Fico em silêncio. Não vou devolver para ele. Preciso deste número.

— Alô?

— Oi. — Eu seguro o aparelho com mais força e engulo em seco. — O problema é que eu preciso desse telefone emprestado. Só por um tempo.

— Ai, Jesus. — Consigo ouvi-lo expirar. — Olha, infelizmente não está disponível para "empréstimo". É propriedade da empresa e preciso dele de volta. Ou será que por "empréstimo" você quer dizer "roubo"? Porque, acredite, *posso* rastrear você, e não vou te pagar 100 libras pelo prazer de fazer isso.

É isso que ele acha? Que quero dinheiro? Que sou alguma espécie de sequestradora de telefone?

— Não quero *roubar* o telefone! — exclamo, indignada. — Só preciso dele por alguns dias. Dei o número para todo mundo, e é uma emergência de verdade...

— Você fez *o quê*? — Ele parece desnorteado. — Por que você faria isso?

— Perdi meu anel de noivado. — Mal consigo suportar falar em voz alta. — É muito antigo e valioso. E depois meu celular foi roubado, e fiquei completamente desesperada, então passei por uma lata de lixo e ele estava lá. No *lixo* — acrescento, para dar ênfase. — Sua assistente jogou o aparelho fora. Quando uma coisa vai para a lata de lixo, é pública, sabe? Qualquer um pode ficar com ela.

— Que papo furado — responde ele. — Quem te falou isso?

— É... é de conhecimento geral. — Tento parecer firme. — Mesmo assim, por que sua assistente foi embora e jogou o celular no lixo? Não é uma boa assistente, se quer saber.

— Não. Não é uma boa assistente. É na verdade a filha de um amigo que nunca deveria ter sido contratada para o emprego. Está trabalhando há três semanas. Pelo que soube, conseguiu um contrato de modelo ao meio-dia de hoje. Um minuto depois, foi embora. Nem se deu o trabalho de me contar que ia sair. — Ele parece bem irritado. — Escuta, senhorita... qual é o seu nome?

— Wyatt. Poppy Wyatt.

— Bem, chega de brincadeira, Poppy. Eu sinto muito pelo seu anel. Espero que apareça. Mas esse celular não é um brinquedinho do qual você pode se apropriar para seus próprios fins. É um celular empresarial que recebe mensagens de negócios o tempo todo. E-mails. Coisas importantes. Minha assistente governa minha vida. *Preciso* dessas mensagens.

— Eu as encaminho — ofereço no ato. — Encaminho tudo. Que tal?

— Mas que... — Ele murmura alguma coisa baixinho. — Tudo bem. Você venceu. Compro um celular novo para você. Me dá seu endereço, mando para lá...

— Preciso *deste* aqui — digo com teimosia. — Preciso deste número.

— Pelo amor de...

— Meu plano pode funcionar! — Minhas palavras saem em turbilhão. — Tudo que chegar, eu te mando na mesma hora. Você nem vai saber a diferença! Você ia ter que fazer isso de qualquer maneira, não ia? Se perdeu sua assistente, de que serve o celular de uma assistente? Assim é *melhor*. Além do mais, você me deve uma por eu ter impedido o Sr. Yamasaki de ir embora. — Não consigo não mencionar isso. — Você mesmo falou.

— Não foi *isso* que eu quis dizer e você sabe...

— Você não vai perder nada, prometo! — Interrompo o resmungo irritado dele. — Vou encaminhar todas as mensagens. Olha, vou te mostrar, espera só um pouquinho...

Eu desligo, abro as mensagens que chegaram no celular desde a manhã e num minuto encaminho uma a uma para o celular de Sam. Meus dedos trabalham na velocidade da luz.

Mensagem de texto de "Vicks Myers": encaminhada. Mensagem de texto de "Sir Nicholas Murray": encaminhada. É uma questão de segundos até que eu tenha encaminhado todas. E os e-mails podem todos ir para samroxton@consultoriawhiteglobe.com.

E-mail de "Departamento de RH": encaminhado. E-mail de "Tania Phelps": encaminhado. E-mail de "Pai"...

Eu hesito por um momento. Preciso tomar cuidado aqui. Será que é o pai de Violet ou o de Sam? O endereço no alto do e-mail é peterr452 @hotmail.com, o que não ajuda muito.

Digo para mim mesma que é por uma boa causa e abro para dar uma olhada.

Querido Sam,
Já faz um bom tempo. Penso muito em você. Fico imaginando o que tem feito, e adoraria conversar quando desse. Recebeu alguma das minhas mensagens no celular? Não se preocupe, sei que você é um homem ocupado.
Se algum dia estiver aqui por perto, você sabe que pode sempre vir me visitar. Tem um assunto que preciso discutir com você, uma coisa bem legal pra falar a verdade, mas, como falei, não tem pressa.
Com carinho,
seu Pai

Quando chego ao final, fico um pouco chocada. Sei que esse cara é um estranho e que não é da minha conta. Mas, sinceramente. Ele bem que poderia responder os recados do pai. Qual é a dificuldade de dedicar meia hora para conversar com o pai? E o pai dele parece tão fofo e humilde. Pobre coroa, tendo que mandar e-mail para a assistente do filho. Sinto vontade de eu mesma responder. Sinto vontade de visitá-lo em seu pequeno chalé.[21]

Enfim. Não importa. Não é a minha vida. Aperto o botão de encaminhar e o e-mail segue junto com os outros. Um momento depois, Beyoncé começa a cantar. É Sam de novo.

---

21. Supondo que ele mora num pequeno chalé. Ele dá a impressão de que mora. E sozinho, talvez com um cachorro fiel como companhia.

— Quando exatamente Sir Nicholas Murray mandou uma mensagem de texto para Violet? — pergunta ele abruptamente.

— Hum... — Eu olho para o telefone. — Umas quatro horas atrás. — As primeiras palavras da mensagem aparecem na tela, então não há nenhum grande mal em clicar nela e ler o resto, não é? Não que seja muito interessante.

> Violet, por favor, peça a Sam para me ligar. O telefone dele está desligado. Abçs, Nicholas.

— Merda. *Merda.* — Sam fica em silêncio por um momento. — Tudo bem, se ele mandar outro SMS, me avisa logo em seguida, certo? Dá uma ligada.

Abro minha boca automaticamente para dizer: "E seu pai? Por que você nunca liga pra *ele*?" Mas a fecho de novo. Não, Poppy. *Péssima* ideia.

— Ah, deixaram um recado de voz mais cedo — digo, me lembrando de repente. — Sobre lipoaspiração ou alguma coisa assim, eu acho. Não era pra você?

— *Lipoaspiração?* — repete ele, incrédulo. — Não que eu saiba.

Ele não precisa parecer tão debochado. Eu só estava perguntando. Devia ser para Violet. Não que ela deva precisar de lipoaspiração se foi ser modelo.

— Então... combinado? Temos um acordo?

Ele fica em silêncio por alguns segundos, e eu o imagino olhando com raiva para o celular. Não tenho exatamente a sensação de que ele está gostando desse acordo. Mas que escolha ele tem?

— Vou pedir que o endereço de e-mail da assistente seja transferido para a minha caixa de entrada — diz ele com irritação, quase que para si mesmo. — Vou falar com o pessoal técnico amanhã. Mas as mensagens de texto vão continuar chegando aí. Se eu perder alguma...

— Não vai! Olha, eu sei que não é o ideal — digo, tentando acalmá-lo. — E sinto muito. Mas estou realmente desesperada. Todos os funcionários do hotel estão com este número... todas as faxineiras... é a minha única esperança. Só por alguns dias. E prometo que vou encaminhar todas as mensagens que chegarem. Pela honra de uma Brownie.

— O *quê* de uma Brownie? — Ele parece perplexo.

— Honra! Os Guias Brownie? Das escoteiras? Você levanta uma das mãos e faz o sinal e um juramento... Espera, vou te mostrar. — Eu desligo o telefone.

Há um espelho sujo à minha frente no ônibus. Faço uma pose em frente a ele, segurando o celular numa das mãos, e reproduzo o sinal Brownie na outra com meu melhor sorriso de "sou uma pessoa sã". Tiro uma foto e mando como mensagem para o Celular de Sam.

Cinco segundos depois chega uma mensagem de texto.

Eu poderia mandar isso pra polícia te prender.

Sinto uma onda de alívio. *Poderia*. O que significa que ele não vai fazer isso. Eu respondo:

Agradeço muito, muito mesmo. Tks. ☺☺☺

Mas nenhuma resposta chega.

TRÊS

Na manhã seguinte, acordo de repente e vejo o celular piscando com uma mensagem de texto do hotel Berrow e me sinto tão aliviada que quase sinto vontade de chorar. Encontraram! Encontraram!

Meus dedos se atrapalham ao destravar o celular; minha mente está a mil. Uma faxineira do turno da madrugada encontrou o anel entalado num aspirador de pó... achou no banheiro... viu um brilho no tapete... agora está guardado num cofre do hotel...

Prezado Hóspede, oferta de metade do preço nos feriados de verão. Visite www.berrowhotellondon.co.uk para mais detalhes. Atenciosamente, a equipe do Berrow

Eu afundo na cama tomada pela decepção. Sem mencionar a raiva de quem me botou na lista da mala direta. Como puderam fazer isso? Estão *tentando* brincar com as minhas neuroses?

Ao mesmo tempo, uma compreensão desagradável está se revirando em meu estômago. Oito horas se passaram desde que perdi o anel. Quanto mais tempo ele passar perdido...

E se...

Nem consigo concluir meus pensamentos. Levanto da cama de repente e ando até a cozinha. Vou preparar uma xícara de chá e mandar mais algumas mensagens para Sam Roxton. Isso vai me distrair um pouco.

O telefone começou a vibrar de novo com mensagens de texto e e-mails, então coloco a chaleira para esquentar, me sento perto da janela e começo a verificá-los, tentando desesperadamente não me encher de esperanças. É claro que todas as mensagens são de algumas amigas perguntando se eu já encontrei o anel e dando sugestões do tipo: Será que verifiquei os bolsinhos dentro da minha bolsa?

Não há nenhuma mensagem de Magnus, embora eu tenha mandado algumas para ele ontem à noite, perguntando o que mais os pais dele tinham dito sobre mim, quando ele planejava me contar, como eu ia encará-los agora e se ele estava me ignorando de propósito.[22]

Por fim, me dedico às mensagens de Sam. Ele obviamente ainda não resolveu a questão da transferência dos e-mails, porque tem uns cinquenta que chegaram durante a noite e esta manhã. Caramba, ele tinha razão. A assistente tomava *mesmo* conta da vida dele toda.

Há pessoas e assuntos de todos os tipos aqui. O médico dele, colegas, pedidos de caridade, convites... É como uma linha direta para o universo de Sam. Consigo descobrir onde ele compra camisas (Turnbull & Asser). Consigo descobrir em que faculdade ele estudou (Durham). Consigo ver o nome do encanador que trabalha para ele (Dean).

---

22. Certo, não foram só algumas mensagens. Foram umas sete. Mas só apertei o botão de enviar para umas cinco.

Conforme vou descendo os e-mails, começo a me sentir desconfortável. Nunca tive tanto acesso ao celular de outra pessoa. Nem ao dos meus amigos. Nem mesmo ao de Magnus. Tem certas coisas que não se compartilha. Magnus já tinha visto cada centímetro do meu corpo, inclusive as partes das quais não me orgulho, mas eu nunca, *em hipótese alguma* o deixaria chegar perto do meu celular.

As mensagens de Sam estão misturadas aleatoriamente com as minhas, e isso é bem estranho. Passo por duas mensagens minhas, umas seis de Sam e outra minha. Todas lado a lado; todas coladas entre si. Nunca compartilhei uma caixa de entrada com ninguém na vida. Eu não esperava que a sensação fosse tão... *íntima*. É como se de repente compartilhássemos a gaveta de roupas íntimas ou algo parecido.

Seja como for, não é nada demais. Não é por muito tempo.

Faço meu chá e encho uma tigela com cereais. Enquanto mastigo, vou selecionando as mensagens lentamente, descobrindo quais são para Sam e encaminhando as dele.

Não vou *espioná-lo* nem nada. Óbvio que não. Mas tenho que clicar em cada mensagem para encaminhá-la, e às vezes meus dedos automaticamente apertam o botão de abrir a mensagem sem querer e dou uma olhada no texto. Só às vezes.

Está claro que não é só o pai dele que está tendo dificuldade para entrar em contato. Ele deve ser *péssimo* mesmo em responder e-mails e mensagens de texto, pois há tantos pedidos suplicantes para Violet: "Esse é um bom meio de falar com Sam?" "Oi! Me desculpe o incômodo, mas deixei várias mensagens para Sam..." "Oi, Violet. Será que você poderia dar um toque em Sam sobre um e-mail que mandei semana passada? Vou repetir os pontos principais aqui..."

Não é que eu esteja lendo todos os e-mails *inteiros* nem nada. Nem lendo os e-mails anteriores. Nem criticando as respostas dele e reescrevendo-as na minha cabeça. Afinal, não é da minha conta o que ele escreve ou não. Ele pode fazer o que quiser. Moramos num país livre. Minha opinião não vale de nada...

Meu Deus, as respostas dele são curtas e grossas! Está me irritando! Será que tudo *precisa* ser tão curto? Será que ele *precisa* ser tão grosso e antipático? Enquanto leio mais uma resposta curta, não consigo deixar de exclamar em voz alta:

— Você é alérgico a digitar ou algo do tipo?

É ridículo. Parece que ele está determinado a usar o menor número de palavras possível.

Sim, tudo bem. Sam

Pronto. Sam

OK. Sam

Será que ele morreria se acrescentasse "Abçs"? Ou uma carinha feliz? Ou se dissesse obrigado?

E já que estou falando nisso, por que ele não pode simplesmente *responder*? A pobre Rachel Elwood está tentando organizar uma competição de corrida para arrecadar fundos para caridade e perguntou duas vezes se ele podia organizar uma equipe. Por que ele não ia querer fazer isso? É divertido, saudável, junta dinheiro para caridade, não é para amar?

Ele também não respondeu sobre a hospedagem para a conferência da empresa em Hampshire na semana que vem. Vai ser no hotel Chiddingford, que parece excelente, e ele tem uma suíte reservada, mas precisa especificar para uma pessoa chamada Lindy se ainda está planejando chegar tarde. Mas ele não respondeu.

O pior de tudo é que a recepcionista do dentista dele mandou e-mail para marcar um check-up quatro vezes. *Quatro vezes.*

Não consigo evitar dar uma olhada na correspondência anterior, e Violet obviamente tinha desistido de tentar. Cada vez que ela marcava a consulta, ele mandava um e-mail dizendo: "Cancele. S". E uma vez até escreveu: "Você só pode estar brincando."

Será que ele *quer* que os dentes dele apodreçam?

Quando estou saindo para o trabalho às 8h40, uma nova leva de e-mails chega. Obviamente essas pessoas começam a trabalhar logo de manhãzinha. O primeiro é de Jon Mailer, com o assunto "Qual é a história?", o que parece bastante intrigante. Então, enquanto ando pela rua, eu o abro.

> Sam.
> Encontrei Ed no Groucho Club ontem à noite, e ele estava péssimo. Só digo isso: não deixa ele ficar no mesmo ambiente que Sir Nicholas tão cedo, ou vai deixar?
> Atenciosamente
> Jon

Ah, agora também quero saber qual é a história. Quem é Ed e por que ele estava péssimo no Groucho Club?[23]

O segundo e-mail é de uma pessoa chamada Willow, e quando clico nele, meus olhos são agredidos por caixa alta para todo lado.

---

[23] Poirot provavelmente já teria descoberto.

Violet.
Vamos agir como adultas em relação a isso. Você OUVIU minha briga com Sam. Não faz sentido esconder nada de você.
Então, como Sam SE RECUSA a responder o e-mail que enviei meia hora atrás, será que você poderia fazer a gentileza de imprimir o anexo e COLOCAR SOBRE A MESA DELE PARA QUE ELE LEIA?
Muito obrigada.
Willow

Fico olhando para o celular em estado de choque, quase com vontade de rir. Willow deve ser a noiva dele. Rá.

O endereço de e-mail dela é willowharte@consultoriawhiteglobe.com. Então é óbvio que ela trabalha na Consultoria White Globe, mas ainda assim manda e-mails para ele? Não é estranho? A não ser que talvez trabalhem em andares diferentes. Faz sentido. Uma vez mandei um e-mail para Magnus do andar de cima para pedir que me fizesse uma xícara de chá.

Fico curiosa para saber o que é o anexo.

Meus dedos hesitam quando paro em frente a uma faixa de pedestres. Seria errado ler. Muito, muito errado. Quero dizer, não é um e-mail aberto enviado para várias pessoas em cópia. É um documento particular entre duas pessoas que têm um relacionamento. Eu *não deveria* olhar. Já foi ruim o bastante eu ter lido o e-mail do pai dele.

Mas, por outro lado... ela quer que seja impresso, não quer? E colocado sobre a mesa de Sam, onde qualquer pessoa poderia ler se passasse por lá. E não sou nada *indiscreta*. Não vou comentar isso com ninguém; ninguém nem ao menos vai saber que eu li...

Meus dedos parecem ter vida própria. Já estou clicando no anexo. Leva um tempo até eu colocar o documento em foco, tem tanta letra em caixa alta.

Sam
Você ainda não me respondeu.
É o que pretende fazer? Você acha que isso NÃO É IMPORTANTE?????
Meu Deus.
É apenas a coisa mais importante DAS NOSSAS VIDAS. E como pode passar o dia tão calmo... Não sei. Me dá vontade de chorar. Precisamos conversar, muito, muito mesmo. E sei que em parte é minha culpa, mas até que a gente comece a desfazer os nós JUNTOS, como vamos saber quem está puxando qual corda? Como?
O problema, Sam, é que às vezes nem sei se você está segurando uma corda. A coisa está ruim assim. NÃO SEI SE VOCÊ ESTÁ SEGURANDO ALGUMA CORDA.
Consigo ver você balançando a cabeça, Sr. Negação. Mas está. Está RUIM ASSIM, OK???
Se você fosse um ser humano com um pingo de emoção, estaria chorando a essa altura. Eu estou. E esse é outro problema. Tenho uma reunião às 10h com Carter, mas você ESTRAGOU A PORRA TODA porque deixei a PORRA DO RÍMEL em casa.
Então, sinta-se orgulhoso.
Willow

Meus olhos estão tão arregalados que parecem dois pires. Nunca vi nada assim na vida.

Releio o anexo, e de repente me vejo dando risadinhas. Sei que eu não deveria. Não é engraçado. É evidente que ela está muito chateada. E sei que eu já falei umas coisas terríveis para Magnus, quando fiquei irritada e tomada pelos hormônios. Mas eu jamais, *jamais* colocaria num e-mail e mandaria a assistente dele imprimir...

Minha cabeça se ergue com uma percepção repentina. Merda! Não há mais Violet. Ninguém vai imprimir e colocar a mensagem na mesa de Sam. Ele não vai saber, não vai responder e Willow vai ficar ainda mais furiosa. O pior de tudo é que essa ideia me dá ainda mais vontade de rir.

Eu me pergunto se esse é um dia ruim ou se ela é sempre intensa assim. Não consigo resistir a digitar "Willow" no sistema de busca, e toda uma série de e-mails aparece. Tem um de ontem, com o assunto: "Você está tentando me foder ou foder COMIGO, Sam? Ou SERÁ QUE NÃO CONSEGUE DECIDIR?" E tenho outra crise de risos. Nossa. Eles devem ter um desses relacionamentos de altos e baixos. Talvez joguem coisas um no outro, gritem e berrem, depois façam sexo louco e apaixonado na cozinha...

Beyoncé começa a gritar de repente no celular e quase o deixo cair quando vejo "Celular do Sam" escrito na tela. Tenho um pensamento repentino e louco de que ele deve ser médium e sabe que ando espionando a vida amorosa dele.

Chega de xeretar, prometo apressadamente para mim mesma. Nada de buscar sobre Willow de novo. Conto até três... e aperto o botão para atender.

— Ah, oi oi! — Tento parecer relaxada e sem culpa, como se estivesse pensando em outra coisa completamente diferente e não em Sam fodendo a noiva em cima de uma pilha de louça quebrada.

— Eu recebi um e-mail de Ned Murdoch hoje de manhã? — Ele começa sem nem falar um "oi".

— Não. Encaminhei todos os e-mails. E bom dia para você também — acrescento com alegria. — Estou muito bem, e você?

— Achei que você poderia ter deixado passar um. — Ele ignora totalmente meu comentário sarcástico. — É extremamente importante.

— Bem, eu sou extremamente cuidadosa — respondo, assertiva. — Pode acreditar, tudo que chega nesse aparelho está indo para você. E não chegou nada de Ned Murdoch. Aliás, uma pessoa chamada Willow acabou de mandar um e-mail — acrescento casualmente. — Vou encaminhar. Tem um anexo que pareceu importante. Mas obviamente, não olhei. Nem li, nem nada.

— Humm. — Ele dá uma espécie de resmungo evasivo. — E aí, encontrou seu anel?

— Ainda não — admito com relutância. — Mas tenho certeza de que vai aparecer.

— Você deveria informar à seguradora, sabia? Às vezes tem um limite de tempo para o comunicado. Uma colega minha cometeu esse erro outro dia.

Seguradora? Limite de tempo?

De repente, me sinto tomada de culpa. Não pensei nisso em momento algum. Não verifiquei meu seguro nem o dos Tavish nem nada. Em vez disso, estou em frente à faixa de pedestres, deixando de andar e lendo os e-mails de outras pessoas para depois rir deles. *Prioridades,* Poppy.

— Certo — consigo dizer finalmente. — É, eu já sabia. Estou cuidando disso.

Eu desligo e fico parada por um momento, com o trânsito a toda à minha frente. Parece que ele estourou minha bolha. Tenho que contar a verdade. O anel é dos Tavish. Eles precisam saber que foi perdido. Tenho que contar a eles.

Oi! Sou eu, a garota que vocês não querem que se case com seu filho. Adivinhem, perdi o valioso anel da sua família!

Vou me dar mais 12 horas, decido de repente, e aperto o botão para acionar o sinal de pedestres de novo. Só para ver o que acontece. *Só* isso.

Depois conto para eles.

Sempre pensei que seria dentista. Várias pessoas na minha família são, e sempre me pareceu uma carreira boa. Mas aí, quando eu tinha 15 anos, minha escola me mandou para uma experiência de trabalho na unidade de fisioterapia no hospital local. Todos os fisioterapeutas eram tão empolgados com o que faziam que focar só em dentes passou a parecer pouco para mim. E nunca me arrependi da minha decisão. Tem tudo a ver comigo, ser fisioterapeuta.

O First Fit Physio Studio fica a uma caminhada de exatos 18 minutos do meu apartamento em Balham, depois de uma Costa e ao lado de uma Greggs, a padaria. Não é o melhor emprego do mundo; eu provavelmente ganharia mais se trabalhasse em alguma academia chique ou num grande hospital. Mas estou aqui desde que me formei e não consigo me imaginar trabalhando em qualquer outro lugar. Além do mais, trabalho com amigos. Você não abriria mão disso à toa, abriria?

Chego às 9 horas, esperando encontrar a reunião habitual da equipe. Temos reunião toda quinta de manhã, na qual discutimos sobre pacientes e metas, novas terapias, a mais recente pesquisa, coisas do tipo.[24] Na verdade, tem um paciente em particular sobre quem quero falar: a Sra. Randall, minha doce paciente de 65 anos com problema nos ligamentos. Ela

---

24. Somos apenas três e nos conhecemos há séculos. Então só *de vez em quando* desviamos para outras áreas, como nossos namorados e a liquidação da Zara.

está praticamente recuperada, mas semana passada veio duas vezes e esta semana, marcou três horários. Já falei que ela só precisa se exercitar em casa com os elásticos Dyna Band, mas ela insiste que precisa da minha ajuda. Acho que ela se tornou completamente dependente de nós, o que pode ser bom para o nosso caixa, mas *não* é bom para ela.

Portanto, estou ansiosa pela reunião. Mas, para minha surpresa, a sala de reuniões está arrumada de modo diferente do costume. A mesa foi empurrada para um dos cantos com duas cadeiras atrás, e há uma cadeira solitária de frente a ela no meio da sala. Parece a arrumação para uma entrevista.

A porta da recepção emite o sinal que avisa que alguém entrou, e quando me viro vejo Annalise entrando com uma bandeja do Costa Coffee. Ela está com uma trança elaborada no cabelo longo e louro, idêntica a uma deusa grega.

— Oi, Annalise. O que está acontecendo?

— É melhor você falar com Ruby. — Ela me lança um olhar de lado, sem sorrir.

— Quê?

— Acho que eu não devo te dizer. — Ela toma um gole de cappuccino, olhando para mim com ar misterioso por cima do copo.

O que está acontecendo agora? Annalise é uma pessoa bastante irritadiça; na verdade, ela é bastante infantil. Do nada ela fica toda quietinha e rabugenta, e aí você descobre que no dia anterior você pediu com certa impaciência o histórico de um paciente e isso acabou magoando os sentimentos dela.

Ruby é o oposto. Ela tem a pele lisa, da cor de café com leite, um busto enorme e maternal e é tão cheia de bom-senso que praticamente escorre pelas orelhas. No minuto em que ela chega ao seu lado, você se sente mais sã, mais calma, mais alegre e mais forte. Não é surpresa que a clínica de fisioterapia seja um sucesso. Annalise e eu somos boas no que fazemos, mas Ruby é a grande estrela. Todo mundo a adora. Os homens, as mulheres, as vovós, as crianças. Foi ela também quem juntou dinheiro e investiu no negócio,[25] então, oficialmente, ela é a minha chefe.

— Bom dia, querida. — Ruby sai rapidamente da sala de terapia, sorrindo largamente, como o habitual. Seu cabelo está penteado para trás e preso num coque, com detalhes retorcidos de cada lado. Tanto Annalise quanto Ruby capricharam nos penteados. É quase como uma competição entre as duas. — Olha só, é um saco, mas preciso fazer uma audiência disciplinar com você.

— *O quê?* — Olho para ela boquiaberta.

— Não é culpa minha! — Ela ergue as mãos. — Quero credenciamento de um novo grupo, o PFFA. Andei lendo o material deles, e eles dizem que se alguém da equipe dá em cima de pacientes, essa pessoa precisa ser punida. Devíamos ter feito isso mesmo, você sabe, mas agora tenho que ter os documentos prontos para o inspetor. Vamos acabar rapidinho.

— Eu não dei em cima dele — falei, na defensiva. — Ele deu em cima de *mim*!

— Acho que o comitê vai decidir isso, não é? — diz Annalise, com hostilidade. Ela está tão séria que fico até um pouco preocupada. — Eu *falei* que você tinha sido antiética — acrescenta ela. — Você devia ser processada.

— *Processada?* — Eu apelo para Ruby.

---

25. Ou melhor, foi o pai dela. Ele já é dono de uma cadeia de lojas de fotocópias.

Não consigo acreditar que isso esteja acontecendo. Quando Magnus me pediu em casamento, Ruby disse que era uma história tão romântica que ela tinha vontade de chorar e que, tudo bem, estritamente falando, era contra as regras, mas na opinião dela o amor superava tudo, e me perguntou se *"por favor*, ela poderia ser dama de honra?".

— Annalise, você não quer dizer "processada". — Ruby revira os olhos. — Venha. Vamos montar o comitê.

— Quem compõe o comitê?

— Nós — diz Ruby com alegria. — Eu e Annalise. Sei que devíamos ter alguém de fora, mas eu não sabia quem chamar. Vou dizer para o inspetor que convoquei uma pessoa, mas ela ficou doente. — Ela olha para o relógio. — Certo, temos vinte minutos. Bom dia, Angela! — ela acrescenta com alegria quando nossa recepcionista abre a porta da frente. — Não passe nenhuma ligação, está bem?

Angela apenas concorda, funga e solta a bolsa no chão. O namorado dela toca numa banda, então ela nunca é muito comunicativa de manhã.

— Ah, Poppy — diz Ruby por cima do ombro ao seguir na frente em direção à sala de reuniões. — Eu devia ter dado duas semanas de aviso para você se preparar. Mas você não precisa disso tudo de tempo, né? Podemos dizer que você teve? Porque só falta um pouco mais de uma semana para o casamento, e adiar significaria tirar você da sua lua de mel ou deixar para quando você voltasse, e eu quero *mesmo* resolver a papelada...

Ela está me guiando até a cadeira solitária, abandonada no meio da sala, enquanto ela e Annalise tomam seus lugares atrás da mesa. A qualquer minuto, espero uma luz intensa ser apontada para o meu rosto. Isso é horrível. Tudo de repente mudou. São elas contra mim.

— Você vai me *despedir*? — Eu me sinto ridiculamente em pânico.

— Não! É claro que não! — Ruby está desenroscando a tampa da caneta. — Não seja boba!

— Poderíamos — diz Annalise, me lançando um olhar ameaçador.

Obviamente, ela está adorando o papel de Braço Direito da chefona. Eu sei por que tudo isso. É porque eu fiquei com Magnus e ela não.

O problema é o seguinte: Annalise é a mais bonita. Até mesmo eu quero ficar olhando para ela o dia todo, e eu sou mulher. Se você dissesse para qualquer pessoa no ano passado "Qual dessas três vai fisgar um cara e ficar noiva até a primavera?", ela teria dito imediatamente: "Annalise."

Por isso consigo entender seu ponto de vista. Ela deve se olhar no espelho e se ver (deusa grega), depois me ver (pernas finas, cabelo escuro, melhor característica: cílios longos) e pensar... "PQP. Sério?"

Além do mais, como eu já tinha dito, Magnus estava marcado com ela a princípio. E, no último minuto, trocamos de pacientes. O que *não é culpa minha.*

— Pois bem. — Ruby tira os olhos do bloco pautado. — Vamos pontuar os fatos, Srta. Wyatt. No dia 15 de dezembro do ano passado, você atendeu um homem chamado Sr. Magnus Tavish aqui na clínica.

— Sim.

— Qual era o tipo de lesão?

— Torção de pulso durante prática de esqui.

— E ao longo dessa consulta ele demonstrou... algum interesse por você que fosse inadequado? Ou você por ele?

Puxo do fundo da minha memória aquele primeiro instante em que Magnus entrou na minha sala. Ele usava um casaco comprido cinza de tweed, o cabelo castanho-avermelhado brilhava por causa da chuva e o rosto estava vermelho por ter andado rápido. Ele estava dez minutos atrasado e entrou correndo, segurou minhas mãos e disse "*Mil* perdões pelo atraso" com uma voz adorável e bem-educada.

— Eu... hum... não — falei, na defensiva. — Foi só uma consulta padrão.

No momento em que digo isso, sei que não é verdade. Em consultas rotineiras, seu coração não dispara quando você segura o braço do paciente. Os cabelos da sua nuca não ficam eriçados. Você não segura a mão dele só um pouquinho mais do que precisa.

Não que eu possa dizer qualquer uma dessas coisas. Eu realmente seria demitida.

— Eu tratei o paciente durante o período de uma série de consultas. — Tento parecer calma e profissional. — Quando percebemos o que sentíamos um pelo outro, o tratamento dele já tinha terminado. Portanto, foi totalmente ético.

— Ele me falou que foi amor à primeira vista! — diz Annalise. — Como você explica *isso*? Ele me disse que vocês ficaram instantaneamente atraídos um pelo outro e que ele queria atacar você ali mesmo, no sofá. Contou que nunca viu nada tão sexy quanto você de uniforme.

Vou *dar um tiro* em Magnus. Para que ele foi dizer isso?

— Protesto! — Eu olho para ela com raiva. — A evidência foi obtida sob influência de álcool e de uma forma não profissional. Portanto, não pode ser utilizada no tribunal.

— Pode sim! E você está *sob juramento*! — Ela aponta o dedo para mim.

— Protesto aceito — interrompe Ruby, levantando os olhos ao terminar de escrever com um olhar distante e melancólico.

— Foi mesmo amor à primeira vista? — Ela se inclina para a frente e seus grandes seios uniformizados se espalham para todos os lados. — Você *sabia*?

Fecho os olhos e tento visualizar aquele dia. Não tenho certeza sobre o que eu sabia além de que eu também queria atacá-lo no sofá.

— Sabia — digo, por fim. — Acho que sim.

— É *tão* romântico — suspira Ruby.

— E errado! — grita Annalise com severidade. — Assim que ele demonstrou interesse, você deveria ter dito: "Senhor, este comportamento é inadequado. Gostaria de encerrar esta consulta e que você fosse atendido por outra fisioterapeuta.

— Ah, outra fisioterapeuta! — Não consigo segurar uma risada. — Como *você*, por acaso?

— Talvez! Por que não?

— E se ele tivesse demonstrado interesse por você?

Ela ergue o queixo com orgulho.

— Eu teria lidado com a situação sem comprometer meus princípios éticos.

— Eu fui ética! — digo, revoltada. — Fui completamente ética!

— Ah, é? — Ela aperta os olhos, como um advogado de acusação. — O que levou você a sugerir trocar de consultas comigo antes da primeira consulta dele, Srta. Wyatt? Será que já não tinha jogado o nome dele no Google e decidido que queria ele pra você?

Já não resolvemos isso?

— Annalise, *você* quis trocar de consultas! Nunca sugeri nada! Eu nem fazia ideia de quem ele era! Então se você acha que saiu perdendo, azar o seu. Da próxima vez, não troque!

Por um momento, Annalise não diz nada. O rosto dela vai ficando cada vez mais e mais rosa.

— Eu sei — diz ela, e bate com o punho na testa. — Eu sei! Fui tão *burra*. *Por que* fui trocar?

— E daí? — interrompe Ruby com firmeza. — Annalise, supera. Magnus obviamente não era para ser seu, era para ser de Poppy. Que importância tem?

Annalise fica em silêncio. Percebo que não está convencida.

— Não é justo — murmura ela, finalmente. — Você *sabe* quantos banqueiros massageei na Maratona de Londres? Você *sabe* o quanto me esforcei?

Annalise começou a se interessar pela Maratona de Londres havia alguns anos, quando estava assistindo na TV e percebeu que tinha um bando de caras de 40 anos sarados e cheios de energia que provavelmente estavam solteiros porque a única coisa que faziam era correr, e é verdade que 40 anos era meio velho, mas *pense* no tipo de salário que eles devem ganhar.

Assim, ela começou a se voluntariar como fisioterapeuta de emergência todos os anos depois disso. Ela vai pelo faro direto para os homens atraentes e massageia os músculos da panturrilha ou algum outro enquanto os mira com os enormes olhos azuis e diz que sempre ajudou aquela mesma instituição de caridade.[26]

Para ser justa, ela já conseguiu muitos encontros assim (um cara até a levou a Paris), mas nada mais duradouro ou sério, que é o que ela quer. O que ela não admite, óbvio, é o elevado grau de exigência que tem. Ela finge que quer "um cara legal

---

26. E também ignora completamente as pobres mulheres que torceram o tornozelo. Se você for mulher, nunca corra a maratona quando Annalise estiver de serviço.

e sincero com bons valores", mas vários assim já ficaram desesperadamente apaixonados por ela. E ela deu o fora neles, até naquele ator que era bem bonito (a peça dele saiu de cartaz e ele não tinha outra para fazer depois). O que ela quer *mesmo* é um cara que parece saído de um comercial da Gilette com um salário enorme e/ou um título. De preferência, os dois. Acho que é por isso que ela está tão furiosa por ter perdido Magnus, pois ele é "doutor". Uma vez ela me perguntou se ele se tornaria "pós-doutor" um dia e eu disse que provavelmente sim, e ela ficou meio verde.

Ruby escreve alguma coisa e tampa a caneta.

— Bem, acho que cobrimos os fatos. Muito bem, pessoal.

— Você não vai dar uma advertência a ela nem nada? — Annalise ainda está fazendo beicinho.

— Ah, é justo. — diz Ruby, e limpa a garganta. — Poppy, não faça isso de novo.

— Tudo bem. — Eu dou de ombros.

— Vou colocar essa declaração por escrito e mostrar para o inspetor. Isso deve calar a boca dele. Aliás, eu disse que encontrei o sutiã sem alças *perfeito* para colocar com meu vestido de dama de honra? — Ruby dá um sorrisão para mim, voltando a ser a pessoa alegre de sempre. — É de cetim verde-azulado. Um luxo.

— Parece incrível! — Eu me levanto e estico a mão em direção à bandeja do Costa Coffee. — Um desses é pra mim?

— Eu trouxe para você um café com leite — diz Annalise de má vontade. — Com noz moscada.

Quando o pego, Ruby sufoca um gritinho.

— Poppy! Você não achou o anel?

Levanto a cabeça e vejo Annalise e Ruby olhando para a minha mão esquerda.

— Não — admito com relutância. — Quero dizer, tenho certeza de que vai aparecer em algum lugar...

— Merda. — Annalise está com a mão por cima da boca.

— Achei que tivesse encontrado. — Ruby está com a testa franzida. — Eu tinha certeza de que alguém me disse que você tinha encontrado.

— Não. Ainda não.

Eu *realmente* não estou gostando da reação delas. Nenhuma das duas está dizendo "não se preocupe" nem "essas coisas acontecem". As duas parecem horrorizadas, até mesmo Ruby.

— O que você vai fazer então? — As sobrancelhas de Ruby estão quase unidas.

— O que Magnus disse? — pergunta Annalise.

— Eu... — Tomo um gole do café para ganhar tempo. — Ainda não contei pra ele.

— Ai, meu Deus — diz Ruby baixinho.

— Quanto ele vale? — Posso *contar* com Annalise fazer todas as perguntas sobre as quais não quero pensar.

— Muito, eu acho. Mas tem sempre o seguro... — falo de forma nada convincente.

— Quando você pretende contar para o Magnus? — Ruby está com uma expressão desaprovadora. Odeio essa expressão. Ela faz com que eu me sinta pequena e humilhada. Como naquela vez horrível em que ela me pegou fazendo um ultrassom e enviando mensagem de texto ao mesmo tempo.[27] Ruby é daquelas pessoas que você instintivamente quer impressionar.

---

27. Em minha defesa, era emergência. Natasha tinha terminado com o namorado. E o paciente não conseguia ver o que eu estava fazendo. Mas eu sei que foi errado, sim.

— Hoje à noite. Nenhuma de vocês viu o anel por aí, né?
— Não consigo evitar a pergunta, embora seja uma pergunta ridícula, como se de repente elas fossem dizer: "Ah, vi sim, está na minha bolsa!"

As duas dão de ombros, indicando um não silencioso. Até Annalise parece estar com pena de mim.

Ai, Deus. Minha situação está bem ruim.

Às 6 horas da tarde, a situação está ainda pior. Annalise jogou "anéis de esmeralda" no Google.

Eu pedi para ela fazer essa pesquisa? Não. Não pedi. Magnus nunca me contou quanto vale o anel. Eu perguntei brincando quando ele o colocou no meu dedo pela primeira vez, e ele brincou em resposta que era valiosíssimo, como eu. Foi tudo tão lindo e romântico. Estávamos jantando no Bluebird e eu não fazia ideia de que ele ia me pedir em casamento. Nem sonhava.[28]

Mas a questão é que eu nunca soube o preço do anel e nunca quis saber. Fico treinando em pensamento coisas que posso dizer para Magnus, como "Bem, eu não *sabia* que era tão valioso! Você devia ter me *contado*!".

Não que eu tivesse coragem de dizer isso. O quão burra você precisa ser para não perceber que uma esmeralda saída de um cofre de banco vale uma bela quantia? Ainda assim, é um certo consolo não ter um valor preciso na cabeça.

Mas agora Annalise está segurando uma folha de papel que ela imprimiu da internet.[29]

---

28. Sei que as garotas dizem isso, mas o que realmente querem dizer é: "Dei um ultimato a ele e o deixei pensar que tinha tido a ideia sozinho, e seis semanas depois, bingo." Mas não foi assim. Eu realmente não fazia ideia. Bem, você também não faria, não é, depois de um *mês*?

29. Que aposto que ela *não* fez na hora de almoço dela. *Ela* devia ter sido avaliada pelo comitê disciplinar.

— Esmeralda de alta qualidade, art déco, com diamantes baguete. — Ela lê. — Estimativa: 25 mil libras.

O quê? Minhas entranhas viram geleia. Isso não pode estar certo.

— Ele não me daria uma coisa tão cara. — Minha voz está meio trêmula. — Professores são *pobres*.

— Ele não é pobre! É só ver a casa dos pais dele! O pai dele é uma celebridade! Olha aqui, esse custa 30 mil. — Ela mostra outra folha de papel. — É exatamente igual ao seu. Você não acha, Ruby?

Não consigo olhar.

— *Eu* jamais tiraria esse anel do dedo — acrescenta Annalise, arqueando as sobrancelhas, e quase sinto vontade de bater nela.

— Foi *você* quem quis experimentar! — digo furiosamente. — Se não tivesse sido por você, eu ainda teria o anel!

— Não fui eu! — responde ela com indignação. — Eu só experimentei porque todo mundo estava experimentando. Já estava circulando pela mesa.

— Então de quem foi a ideia?

Eu andei fundindo o cérebro quanto a isso outra vez, mas se minha memória estava devagar ontem, hoje está ainda pior.

Nunca vou acreditar num mistério de Poirot novamente. Nunca. Todas aquelas testemunhas dizendo: "Sim, eu me lembro que eram exatamente 15h06 porque olhei para o relógio ao pegar a colher do açúcar, e Lady Favisham estava claramente sentada no lado direito da lareira."

Baboseira. Eles não têm ideia de onde Lady Favisham estava, só não querem admitir na frente de Poirot. Fico impressionada que ele consiga chegar a algum resultado.

— Tenho que ir. — Eu me viro antes de Annalise poder me provocar com outros anéis caros.

— Contar para Magnus?
— Primeiro tenho uma reunião sobre o casamento com Lucinda. Depois com Magnus e a família dele.
— Depois diz para a gente o que aconteceu. Manda um SMS! — Annalise franze a testa. — Aliás, isso me lembrou de uma coisa, Poppy... por que você mudou seu número?
— Ah, é. Bem, eu saí do hotel para conseguir um sinal melhor e estava segurando o celular com a mão esticada...

Eu paro de falar. Pensando bem, não estou disposta a falar de toda a história do roubo e do celular no lixo e de Sam Roxton. É complicado demais e não tenho energia para isso.

Em vez disso, dou de ombros.

— Foi que... você sabe. Perdi meu celular. Comprei outro. Vejo vocês amanhã.
— Boa sorte, senhorita. — Ruby me puxa e me dá um rápido abraço.
— SMS! — ouço Annalise gritar atrás de mim quando saio pela porta. — Queremos atualizações a cada hora!

Ela teria sido ótima em execuções públicas, a Annalise. Teria sido a que fica na frente, lutando para ter uma boa visão do machado, já esboçando os detalhes sangrentos para colocar no quadro de avisos da aldeia para o caso de alguém ter perdido.

Ou, sei lá, fazer o que quer que fosse que faziam antes do Facebook existir.

Não sei por que me dou o trabalho de correr, porque Lucinda está atrasada, como sempre.

Na verdade, não sei por que me dei o trabalho de ter uma cerimonialista. Mas só tenho esse pensamento em segredo, porque Lucinda é uma velha amiga da família Tavish e, toda vez que a menciono, Magnus diz "Vocês duas estão se dando bem?" num tom esperançoso, como se fôssemos dois pandas em extinção que têm que fazer um bebê.

Não é que eu não *goste* de Lucinda. Mas ela me estressa. Ela me manda relatórios por mensagem de texto o tempo todo informando o que está fazendo e onde está, e fica me dizendo que tremendo esforço ela está fazendo por mim, como na aquisição dos guardanapos, que acabou sendo uma saga *enorme* que demorou uma eternidade e exigiu três idas ao depósito de tecidos em Walthamstow.

Além do mais, as prioridades dela parecem um pouco distorcidas. Por exemplo, ela contratou um "Especialista em TI de Casamentos" por um preço altíssimo, que criou coisas como um sistema de alerta por mensagem de texto que envia atualizações aos convidados[30] e uma página na internet em que os convidados podem registrar quais roupas vão vestir e evitar "coincidências infelizes".[31] Mas ao mesmo tempo em que fazia tudo isso, ela não fez contato com o bufê que queríamos e nós quase o perdemos.

Vamos nos encontrar no saguão do Claridge's. Lucinda adora saguões de hotel, não me pergunte por quê. Fico pacientemente sentada lá por vinte minutos, bebendo um chá preto fraco, desejando ter cancelado o encontro e me sentindo cada vez mais enjoada ao pensar em ver os pais de Magnus. Estou imaginando se vou mesmo ter que ir ao toalete para vomitar quando ela aparece de repente, com cabelos negros ao vento, perfume Calvin Klein e seis ilustrações debaixo do braço. Os sapatos de camurça de saltos baixos e bico fino cor-de-rosa estalam no piso de mármore e o casaco rosa de caxemira esvoaça atrás dela como um par de asas.

---

30. Que nós nunca usamos.
31. Na qual ninguém se registrou.

Logo atrás dela vem Clemency, a "assistente". (Isso se uma garota de 18 anos que não recebe salário pode ser chamada de assistente. Eu chamaria de escrava.) Clemency é elegante, doce e morre de medo de Lucinda. Ela respondeu ao anúncio de Lucinda no *The Lady*, que pedia uma estagiária, e vive me dizendo o quanto é ótimo aprender o ofício em primeira mão com uma profissional experiente.[32]

— Andei conversando com o vigário. Essa disposição *não vai* funcionar. A porcaria do púlpito tem que ficar no lugar. — Lucinda se senta esparramada com as longas pernas dentro de uma calça Joseph, e as pranchetas caem todas no chão. — Não sei por que as pessoas não podem ser mais *prestativas*. O que vamos fazer agora? E nem tive resposta do bufê...

Mal consigo me concentrar no que ela está dizendo. De repente me pego querendo ter combinado de encontrar Magnus primeiro, sozinha, para contar sobre o anel. Assim, poderíamos encarar o pai dele juntos. Será que é tarde demais? Será que eu poderia mandar uma mensagem de texto rápida no caminho?

— ... e ainda não consegui um trombeteiro. — Lucinda expira com força com duas unhas pintadas encostadas à testa. — Tem tanta coisa por fazer. É uma loucura. *Loucura*. Teria *ajudado* se Clemency tivesse digitado a Ordem de Serviço corretamente — acrescenta ela com um pouco de grosseria.

A pobre Clemency fica vermelha como uma beterraba e lanço um sorriso simpático a ela. Não é culpa dela ser disléxica e ter escrito "quântico" em vez de "cântico" e a coisa toda ter que ser refeita.

---

32. Pessoalmente, duvido da dita "experiência" de Lucinda. Sempre que pergunto sobre outros casamentos que ela planejou, ela só fala de um, que foi de outra amiga e que consistia de 30 pessoas num restaurante. Mas obviamente nunca falo isso na frente dos Tavish. Nem de Clemency. Nem de ninguém.

— Vai dar tudo certo! — digo de maneira encorajadora. — Não se preocupe!

— Tenho que dizer que depois que isso acabar, vou precisar de uma semana num spa. Você viu minhas *mãos*? — Ela as empurra em minha direção. — Isso é estresse!

Não tenho a menor ideia do que Lucinda está falando, as mãos dela parecem perfeitamente normais para mim. Mas olho para elas obedientemente.

— Está vendo? Destruídas. Tudo por seu casamento, Poppy! Clemency, peça um gim com tônica para mim.

— Certo. Pode deixar. — Clemency dá um salto e fica de pé com ansiedade.

Tento ignorar uma leve irritação. Lucinda sempre solta coisas assim no meio da conversa: "Tudo pelo seu casamento." "Só para fazer você feliz, Poppy." "A noiva sempre tem razão!"

Ela é bem grosseira às vezes, e acho isso um tanto desconcertante. Não *pedi* que ela fosse cerimonialista, pedi? E estamos pagando muito dinheiro a ela, não estamos? Mas não quero dizer nada porque ela é velha amiga de Magnus e tudo mais.

— Lucinda, eu estava pensando, já escolhemos os carros? — pergunto com hesitação.

Fica um silêncio sinistro. Percebo que há uma onda de fúria crescendo em Lucinda pelo jeito que o nariz dela começa a tremer. Por fim, a onda surge, na hora em que a pobre Clemency volta.

— Ah, *maldição*. Ah, porra... *Clemency!* — Ela dirige a ira para a garota trêmula. — *Por que* você não me lembrou dos carros? Eles precisam de carros! Precisamos reservar!

— Eu... — Clemency olha indefesa para mim. — Hum... Eu não sabia...

— Sempre tem alguma coisa! — Lucinda está quase falando sozinha. — Sempre falta alguma coisa em que se pensar. Não tem fim. Por mais que eu dê tudo de mim, não acaba nunca...

— Olha, posso cuidar dos carros? — digo apressadamente. — Tenho certeza de que posso escolher.

— Você faria isso? — Lucinda parece despertar. — Será que você pode fazer isso? É que sou uma só, sabe, e passo a *semana* toda trabalhando nos detalhes, tudo pelo *seu* casamento. Poppy...

Ela parece tão estressada que me sinto um pouco culpada.

— Claro! Sem problemas. É só eu procurar nas Páginas Amarelas ou algo do tipo.

— E como está indo com o seu cabelo, Poppy? — Ela então se concentra na minha cabeça, e eu silenciosamente mando meu cabelo crescer rapidinho mais um centímetro.

— Nada mal! Tenho certeza de que vai dar para fazer o coque. Com certeza. — Tento parecer mais otimista do que me sinto.

Lucinda me falou umas cem vezes o quanto eu fui limitada e tola de cortar meu cabelo acima do ombro quando estava prestes a ficar noiva.[33] Também me falou na loja de vestidos de noiva que, com a minha pele pálida,[34] um vestido branco nunca ia ficar bom e que eu devia usar verde-limão. No meu *casamento*. Felizmente, a dona da loja de vestidos de noiva se meteu e disse que Lucinda estava falando besteira: meus cabelos e olhos escuros ficariam lindos com o branco. Preferi acreditar nela.

A bebida chega e Lucinda toma um grande gole. Tomo outro gole de chá preto morno. A pobre Clemency não está bebendo

---

33. Era para eu ser *médium*?
34. "Branco-cadáver" foi como ela chamou.

nada, mas parece estar tentando se fundir com a cadeira e não chamar atenção nenhuma.

— e... você ia pesquisar sobre o confete? — pergunto com cautela. — Mas posso fazer isso também. — Recuo rapidamente ao ver a expressão de Lucinda. — Vou ligar para o vigário.

— Ótimo! — Lucinda expira intensamente. — Eu adoraria que você fizesse isso! Porque eu sou uma *só* e *consigo* estar em apenas um lugar de cada vez... — Ela para de falar abruptamente quando seu olhar cai sobre minha mão. — Onde está seu anel, Poppy? Ah, meu Deus, você ainda não o *encontrou*?

Quando ela ergue o olhar, parece tão estupefata que começo a me sentir enjoada de novo.

— Ainda não. Mas vai aparecer logo. Tenho certeza. A equipe do hotel está procurando...

— E você não contou a Magnus?

— Vou contar! — Engulo em seco. — Em breve.

— Mas não é uma joia importante da família? — Os olhos cor de mel de Lucinda estão arregalados. — Não vão ficar furiosos?

Ela está *tentando* me fazer ter um colapso nervoso?

Meu telefone vibra e eu pego o aparelho, agradecida pela distração. Magnus acabou de me mandar uma mensagem de texto que frustra minha esperança secreta de os pais dele repentinamente desenvolverem uma infecção estomacal e terem que cancelar.

Jantar às 8, família toda aqui, mal podem esperar para te ver!

— É seu celular novo? — Lucinda franze a testa de forma crítica ao vê-lo. — Você recebeu minhas mensagens de texto?

— Recebi, obrigada. — Eu concordo com a cabeça. Só umas 35, que lotaram minha caixa de entrada.

Quando soube que perdi o celular, Lucinda insistiu em encaminhar todas as mensagens de texto recentes que tinha me enviado, para que eu não "desanimasse". Para ser justa, foi uma bela de uma ideia. Fiz com que Magnus encaminhasse todas as mensagens recentes também, e as garotas do trabalho.

Ned Murdoch, seja lá quem for, finalmente fez contato com Sam. Esperei por esse e-mail o dia todo. Olho para ele distraidamente, mas ele não parece nada de terrível: "Re Oferta de Ellerton. Sam, oi. Alguns detalhes. Você pode ver no anexo, blá-blá-blá…"

Enfim, melhor eu mandar logo. Aperto o botão de encaminhar e me certifico de que foi enviado. Em seguida, digito uma resposta rápida para Magnus, com os dedos tremendo de nervosismo.

> Ótimo! Mal posso esperar para ver seus pais!!!! Muito empolgada!!!! ☺☺☺ PS: podemos nos encontrar do lado de fora antes? Quero falar uma coisa. Só uma coisinha. Bjsssss

QUATRO

Agora tenho insight histórico. *Sei* de verdade qual foi a sensação de ter que ir andando em direção à guilhotina na Revolução Francesa. Conforme subo a colina ao sair do metrô, segurando o vinho que comprei ontem, meus passos vão ficando mais e mais lentos. Cada vez mais.

Na verdade, me dou conta de que não estou mais andando. Estou parada. Estou olhando para a casa dos Tavish e engolindo em seco sem parar, tentando me forçar a seguir em frente.

Foco, Poppy. É só um anel.

São só seus futuros sogros.

Foi apenas um "desentendimento". De acordo com Magnus,[35] eles nunca disseram abertamente que não querem que ele se case comigo. Apenas *insinuaram*. E talvez tenham mudado de ideia!

Além do mais, descobri uma coisa positiva, pequena, mas positiva. Meu seguro doméstico paga por perdas, ao que tudo indica. É alguma coisa. Estou até pensando em *começar* a conversa sobre o anel falando do seguro e do quanto ele é útil. "Sabe, Wanda, eu estava lendo um folheto do HSBC outro dia..."

---

35. Acabei arrancando isso dele por telefone na hora do almoço.

Ai, meu Deus, quero enganar a quem? Não tem como melhorar a situação. É um pesadelo. Vamos acabar logo com isso.

Meu telefone apita e o tiro do bolso só por força do hábito. Já desisti de me agarrar a um milagre.

— Você tem uma nova mensagem — diz a voz familiar e sem pressa da mulher do correio de voz.

Sinto como se *conhecesse* essa mulher de tanto que ela já falou comigo. Quantas pessoas já não ouviram a voz dela, desesperadas para que ela falasse logo, com os corações a toda de medo ou esperança? Embora ela pareça tranquila toda vez, sempre do mesmo jeito, como se nem *ligasse* para o que você está prestes a ouvir. Você deveria poder escolher opções diferentes para tipos de notícias diferentes, para que ela pudesse começar assim: "Adivinhe! Ótimas notícias! Escute seu correio de voz, oba!" Ou: "Sente-se, querida. Tome alguma coisa. Você tem um recado e não é bom."

Aperto "1", mudo o celular de mão e começo a andar devagar. O recado foi deixado quando eu estava no metrô. Deve ser de Magnus, perguntando onde estou.

— Oi, aqui é do hotel Berrow e temos um recado para Poppy Wyatt. Srta. Wyatt, parece que seu anel *foi* encontrado ontem. No entanto, por causa do caos depois do alarme de incêndio...

O quê? *O quê?*

A alegria percorre meu corpo como fogos de artifício. Não consigo ouvir direito. Não consigo absorver as palavras. Encontraram!

Já abandonei o recado. Estou ligando pela discagem direta para o concierge. Eu amo esse homem. Eu *amo* esse homem!

— Hotel Berrow... — É a voz do concierge.

— Oi! — digo, sem fôlego. — É a Poppy Wyatt. Vocês encontraram o meu anel! Você é demais! Vou direto praí buscar?

— Srta. Wyatt — interrompe ele. — A senhorita ouviu o recado?

— Eu... em parte.

— Infelizmente... — Ele faz uma pausa. — Infelizmente, não estamos certos do paradeiro do anel.

Fico paralisada e olho para o celular. Ele acabou de dizer o que eu acho que ele disse?

— Você disse que tinha encontrado. — Estou tentando ficar calma. — Como pode não ter certeza do paradeiro?

— De acordo com um funcionário, uma garçonete encontrou um anel de esmeralda no tapete do salão durante o momento do alarme de incêndio e o entregou para a nossa gerente, a Sra. Fairfax. No entanto, não estamos certos do que aconteceu depois. Não conseguimos encontrá-lo no cofre e em nenhum dos nossos locais seguros. Lamentamos muito e faremos o possível para...

— Bem, fale com a Sra. Fairfax! — Tento controlar minha impaciência. — Descubra o que ela fez com ele!

— Com toda certeza. Mas infelizmente ela entrou de férias, e apesar dos nossos esforços, não conseguimos fazer contato com ela.

— Ela o *roubou*? — digo, horrorizada.

Vou encontrá-la. Custe o que custar. Detetives, polícia, a Interpol... Já estou de pé no tribunal, apontando para o anel num saco plástico de provas, enquanto uma mulher de meia-idade, bronzeada por ter se escondido em Costa del Sol, olha para mim com raiva do banco dos réus.

— A Sra. Fairfax é uma funcionária fiel há trinta anos e já devolveu vários itens de valor que pertenciam a hóspedes. — Ele parece levemente ofendido. — Acho difícil acreditar que ela faria uma coisa dessas.

— Então deve estar em algum lugar no hotel — digo, esperançosa.

— É o que estamos tentando descobrir. Obviamente, assim que eu souber de mais alguma coisa, entrarei em contato. Ainda posso usar este número, não posso?

— Pode! — Eu instintivamente aperto ainda mais o telefone. — Use este número. Por favor, ligue *assim* que souber de qualquer coisa. Obrigada.

Quando desligo, estou ofegante. Não sei como me sentir. Quero dizer, a notícia foi boa. Mais ou menos. Não é?

Exceto pelo fato de que ainda não estou com o anel em segurança no meu dedo. Mesmo assim todo mundo vai ficar preocupado. Os pais de Magnus vão pensar que sou estranha e irresponsável e jamais vão me perdoar por fazê-los passar por esse tipo de estresse. Então continuo tendo um pesadelo dos brabos pela frente.

A não ser... A não ser que eu possa...

Não. Eu não poderia. Poderia?

Estou parada imóvel, como uma pilastra presa ao chão, com a mente a mil. Certo. Vamos pensar nisso direito. Lógica e eticamente. Se o anel não está *realmente* desaparecido...

Passei por uma farmácia Boots na rua principal, uns 400 metros atrás. Quase sem perceber o que estou fazendo, refaço os passos. Ignoro a vendedora que tenta me dizer que estão fechando. E com a cabeça baixa, vou até a prateleira de primeiros socorros. Tem uma espécie de luva e alguns rolos de curativos adesivos. Compro tudo.

Alguns minutos depois, estou subindo a colina de novo. Minha mão está coberta de curativos, e não dá para perceber se estou usando o anel ou não, e nem tenho que mentir, posso dizer: "É difícil usar anel com a mão queimada." E é verdade.

Estou quase chegando na casa quando o telefone toca e chega uma mensagem de Sam Roxton.

Onde está o anexo?

Típico. Nada de "oi" nem explicação. Ele apenas espera que eu saiba do que ele está falando.

Como assim?

O e-mail de Ned Murdoch. Não veio anexo nenhum.

Não foi culpa minha! Apenas encaminhei o e-mail. Eles devem ter esquecido de anexar. Por que não pede que eles mandem de novo, COM o anexo? Direto para o seu computador?

Sei que pareço um pouco exasperada, e é claro que ele percebe de cara.

A ideia de dividir o telefone foi sua, caso não se lembre. Se está cansada disso, devolva o aparelho.

Apressadamente, mando em resposta:

Não, não! Tranquilo. Se chegar, eu encaminho. Não se preocupa. Achei que você ia pedir que os e-mails fossem para o seu endereço.

O pessoal técnico disse que resolveria rápido. Mas eles são uns mentirosos.

Há uma pausa curta e ele manda outra mensagem.

E aí, achou o anel?

Quase. O hotel achou, mas perdeu de novo.

Típico.

Pois é.

A essa altura, parei de andar e estou encostada num muro. Sei que vou me atrasar, mas não consigo evitar. É reconfortante ter essa conversa virtual pelo cosmos com uma pessoa que não me conhece e não conhece Magnus, nem mais ninguém. Depois de algum tempo, mando uma mensagem num surto confessional.

Não vou contar para os meus sogros que perdi o anel. Acha que é muito ruim?

Não acontece nada por um tempo, mas depois ele responde.

Por que teria que contar?

Que tipo de pergunta ridícula é *essa*? Eu reviro os olhos e digito:

O anel é deles!

Quase imediatamente chega a resposta dele:

Não é deles. É seu. Não é da conta deles. Nada tão preocupante.

Como ele pode escrever "não tão preocupante"? Enquanto respondo, aperto as teclas com irritação.

É uma maldita HERANÇA DE FAMÍLIA. To indo jantar com eles agora. Vão querer ver o anel no meu dedo. É mais do que preocupante. Valeu.

Por um tempo, há silêncio e acho que ele desistiu da nossa conversa. Mas quando estou prestes a sair andando, outra mensagem de texto chega no celular.

Como vai explicar o anel desaparecido?

Tenho um momento de debate interno. Por que não ter uma segunda opinião? Acerto a tela com cuidado, tiro uma foto da mão coberta de curativos e mando por mensagem multimídia. Cinco minutos depois, ele responde:

Tá de brincadeira.

Sinto um ressentimento de leve e me vejo digitando:

O que VOCÊ faria então?

Estou meio com esperança de que ele tenha uma ideia brilhante que não tinha me ocorrido. Mas a mensagem seguinte apenas diz:

É por isso que homem não usa anel.

Que ótimo. Bem, ajudou muito. Estou prestes a digitar uma coisa sarcástica em resposta quando uma segunda mensagem de texto chega:

Parece falso. Tira um dos curativos.

Eu olho para a minha mão consternada. Talvez ele esteja certo.

OK. Tks.

Solto um curativo e começo a jogá-lo para dentro da bolsa quando escuto a voz de Magnus de repente.
— Poppy! O que você está fazendo?
Olho para a frente e vejo que ele está descendo a rua na minha direção. Desnorteada, coloco o celular na bolsa e fecho o zíper. Ouço o som de outra mensagem chegando, mas vou ter que olhar depois.
— Oi, Magnus! O que você está fazendo aqui?
— Vim comprar leite. Acabou. — Ele para à minha frente e coloca as duas mãos nos meus ombros, com os olhos castanhos me observando com carinho e brilhando de alegria. — O que houve? Está adiando o momento terrível?
— Não! — Dou uma risada defensiva. — É claro que não! Estou indo para a sua casa.
— Sei o que você queria conversar comigo.
— Você... Sabe? — Olho involuntariamente para minha mão coberta de curativos e depois desvio o olhar.
— Meu amor, me ouve. Você *precisa* parar de se preocupar com os meus pais. Eles vão amar você quando te conhecerem

direito. Vou cuidar para que isso aconteça. Vamos nos divertir hoje à noite. OK? Você só tem que relaxar e ser você mesma.

— Tudo bem. — Eu faço que sim com a cabeça e ele me aperta, depois olha para os curativos.

— A mão ainda está ruim? Coitadinha.

Ele nem mencionou o anel. Sinto uma pontinha de esperança. Talvez a noite seja boa, afinal.

— Você contou para os seus pais sobre o ensaio? É amanhã de noite na igreja.

— Eu sei. — Ele sorri. — Não se preocupe. Está tudo certo.

Enquanto ando ao lado dele, saboreio a ideia. A antiga igreja de pedra. O órgão tocando quando entro. Os votos.

Sei que algumas noivas só pensam na música ou nas flores ou no vestido. Mas eu só penso nos votos. *Na saúde e na doença... Na riqueza e na pobreza... Prometo lhe dar minha fidelidade eterna...* Durante toda a minha vida eu ouvi essas palavras mágicas. Em casamentos da família, em cenas de filmes, até em casamentos reais. As mesmas palavras, sempre repetidas, como uma poesia que resistiu aos séculos. E agora vamos recitá-las um para o outro. Faz minha espinha dorsal formigar.

— Estou tão ansiosa para dizer nossos votos. — Não consigo deixar de falar, embora já tenha dito isso para ele umas cem vezes antes.

Houve um curto período, logo depois que ficamos noivos, em que Magnus pareceu achar que íamos nos casar num cartório. Ele não é religioso, nem os pais dele. Mas assim que expliquei para ele *o quanto* sempre desejei fazer os votos na igreja, ele mudou de ideia e disse que não conseguia imaginar nada mais maravilhoso.

— Eu sei. — Ele aperta minha cintura de novo. — Eu também.

— Você não se importa mesmo de recitar aquelas palavras antigas?

— Amor, elas são lindas.

— Eu também acho. — Eu suspiro com alegria. — É tão romântico.

Todas as vezes em que me imagino com Magnus no altar, com as mãos unidas e dizendo aquelas palavras para ele e ele para mim com a voz clara e alta, parece que nada mais importa.

Mas quando nos aproximamos da casa vinte minutos depois, minha sensação de segurança começa a desaparecer. Os Tavish estão realmente de volta. A casa inteira está acesa e ouço pela janela o som de uma ópera. De repente me lembro da vez em que Antony me perguntou o que eu achava de *Tannhäuser* e eu disse que não fumava.

Ai, Deus. *Por que* não fiz um curso intensivo sobre ópera? Magnus abre a porta da frente e estala a língua.

— Droga. Esqueci de ligar para o Dr. Wheeler. Vou demorar só alguns minutos.

Não consigo acreditar. Ele está subindo a escada em direção ao escritório. Ele não pode *me deixar.*

— Magnus. — Tento não parecer muito em pânico.

— Entra! Meus pais estão na cozinha. Ah, comprei uma coisa para você, para a lua de mel. Abre! — Ele me joga um beijo e entra no corredor.

Há uma caixa enorme com um laço na poltrona do hall. Uau. Conheço a loja e sei que é cara. Abro a caixa, rasgo o papel de seda verde-claro de qualidade e vejo um quimono japonês estampado de cinza e branco. É lindíssimo, e tem até uma combinação.

De impulso, entro na sala de estar da frente, a que ninguém usa. Tiro a blusa e o cardigã, visto a camisola e recoloco a roupa.

Ficou um pouco grande, mas é linda mesmo assim. Toda macia da seda e com uma sensação de que é um luxo.

É um presente lindo. É mesmo. Mas, para ser sincera, o que eu preferia agora era Magnus ao meu lado com a mão segurando a minha com firmeza e me dando apoio moral. Dobro o penhoar e o recoloco no meio do papel rasgado, sem me apressar.

Nenhum sinal de Magnus. Não posso adiar mais.

— Magnus? — É a voz aguda e distinta de Wanda, vinda da cozinha. — É você?

— Não, sou eu! Poppy! — Minha garganta está tão apertada de nervosismo que pareço uma estranha.

— Poppy! Entre!

Relaxe. Seja você mesma. Vamos.

Seguro a garrafa de vinho com firmeza e entro na cozinha, que está quente e com cheiro de molho à bolonhesa.

— Oi, como vocês estão? — digo, nervosa e bem rápido. — Eu trouxe um vinho. Espero que vocês gostem. É tinto.

— *Poppy*. — Wanda anda em minha direção. O cabelo desgrenhado dela foi recentemente pintado com hena e ela está usando um dos vestidos estranhos e soltinhos feito do que parece ser seda de paraquedas e sapatos estilo boneca com sola de borracha. A pele dela está tão pálida, sem maquiagem, como sempre, embora tenha feito um traço torto nos lábios de batom vermelho.[36] A bochecha dela roça na minha e sinto um aroma de perfume velho. — A nooooiva! — Ela pronuncia a palavra com um cuidado que beira o ridículo. — A "prometida".

---

36. Magnus diz que Wanda nunca tomou sol na vida, e ela acha que as pessoas que viajam de férias para se deitar em espreguiçadeiras devem ser deficientes mentais. Eu devo ser uma, então.

— A "nubente" — diz Antony, levantando-se da cadeira. Ele está usando uma jaqueta de tweed, a mesma da foto na quarta capa do livro, e me examina com o mesmo olhar intenso e perturbador. — "O papa-figo casa-se com sua parceira sarapintada, o lírio é noivo da abelha." Outro para sua coleção, querida? — acrescenta ele para Wanda.

— Isso mesmo! Preciso de uma caneta. Onde tem uma *caneta*? — Wanda começa a procurar em meio aos papéis que já tomam conta da bancada. — O *dano* infligido à causa feminista pelo *ridículo* e preguiçoso antropomorfismo. "Casa-se com sua parceira sarapintada." Eu lhe pergunto, Poppy! — Ela se dirige a mim e eu dou um sorriso sem jeito.

Não faço ideia do que ela está dizendo. Nenhuma. Por que eles não podem simplesmente dizer "oi, como você está?", como as pessoas normais?

— Qual é a *sua* visão sobre a reação cultural ao antropomorfismo? Do ponto de vista de uma jovem mulher?

Meu estômago dá um salto quando me deu conta de que Antony está olhando na minha direção de novo. Ah, minha mãe do céu. Ele está falando comigo?

Antro o quê?

Se ao menos ele escrevesse as perguntas e me desse cinco minutos para pesquisar (e talvez um dicionário), sinto que eu teria um pouco de chance de dizer algo inteligente. Afinal, eu *fiz* faculdade. *Tenho* trabalhos escritos nos quais usei palavras longas e tenho uma dissertação.[37] Minha professora de inglês até disse uma vez que eu tinha uma "mente investigativa".[38]

---

37. "O estudo do movimento contínuo passivo após artroplastia total do joelho." Ainda tenho guardado, dentro de uma pasta de plástico.
38. Mas não disse exatamente *o que* ela estava investigando.

Mas não tenho cinco minutos. Ele está esperando que eu fale. E tem alguma coisa no olhar intenso dele que transforma minha língua em poeira.

— Bem. Hum... Acho que... é... um debate interessante — digo fracamente. — Crucial nos dias e na época de hoje. Como foi o voo de vocês? — acrescento rapidamente. Talvez possamos falar de filmes ou alguma coisa assim.

— Horrível. — Wanda tira os olhos do papel no qual está escrevendo. — *Por que* as pessoas viajam de avião? *Por quê?*

Não tenho certeza se ela espera uma resposta ou não.

— Hum... para viajarem de férias e tal...

— Já comecei a tomar notas para um artigo sobre esse assunto — diz Wanda, me interrompendo. — "O impulso migratório". Por que os humanos se sentem compelidos a se lançarem de um lado para outro do globo terrestre? Será que estamos seguindo os antigos caminhos migratórios dos nossos ancestrais?

— Você leu Burroughs? — diz Antony para ela com interesse. — *Não* o livro, a tese de doutorado.

Ninguém me ofereceu algo para beber até agora. Sem fazer barulho, tentando me camuflar ao ambiente, vou até a área da cozinha para servir uma taça de vinho para mim.

— Eu soube que Magnus deu a você o anel de esmeralda da avó dele.

Dou um salto de pânico. Já estamos falando do anel. Há um tom de provocação na voz de Wanda ou foi impressão minha? Será que ela *sabe*?

— Deu! É... é lindo. — Minhas mãos estão tremendo tanto que quase derramo o vinho.

Wanda não diz nada, só olha para Antony e ergue as sobrancelhas de forma significativa.

O que isso quis dizer? Por que um elevar de sobrancelhas? O que eles estão pensando? Merda, merda, eles vão pedir para ver o anel, tudo vai desmoronar...

— É... é difícil usar anel com a mão queimada — digo desesperadamente.

Pronto. Não era mentira. Exatamente.

— *Queimada?* — Wanda se vira e segura a minha mão cheia de curativos. — Minha querida! Você precisa ir ver Paul.

— Paul. — concorda Antony. — Com certeza. Ligue para ele, Wanda.

— Nosso vizinho — explica ela. — Dermatologista. O melhor. — Ela já está ao telefone, enrolando o fio antiquado ao redor do pulso. — Ele mora do outro lado da rua.

Do outro lado da rua?

Fico paralisada de pavor. Como as coisas puderam dar tão errado tão rápido? Tenho uma visão de um homem enérgico com valise de médico entrando na cozinha e dizendo "Vamos dar uma olhada", e todo mundo se reunindo ao redor para ver enquanto tiro os curativos.

Será que devo correr para o andar de cima e procurar um fósforo? Ou água fervente? Para ser sincera, acho que eu preferiria a dor agonizante a ter que admitir a verdade...

— Droga! Ele não está em casa. — Ela coloca o fone no gancho.

— Que pena — consigo dizer quando Magnus aparece na porta da cozinha seguido de Felix, que diz "Oi, Poppy" e mergulha de volta no livro acadêmico que estava lendo.

— E então? — Magnus olha para mim e para os pais, como se estivesse tentando avaliar o astral no ambiente. — Como vocês estão? Poppy não está ainda mais bonita do que o normal? Ela não é linda? — Ele pega meus cabelos na mão e depois os solta.

Eu queria que ele não fizesse isso. Sei que está tentando ser legal, mas me faz me encolher de medo. Wanda parece confusa, como se não tivesse ideia de como responder a isso.

— Encantadora. — Antony sorri com educação, como se estivesse admirando o jardim de alguém.

— Conseguiu falar com o Dr. Wheeler? — pergunta Wanda.

— Consegui. — responde Magnus. — Ele diz que o foco *é* a gênese cultural.

— Bem, eu devo ter lido isso errado — diz ela com irritação. — Estamos tentando ver se conseguimos ter artigos publicados no mesmo periódico. — Wanda se vira para mim. — Todos nós seis, incluindo Conrad e Margot. Trabalho familiar, sabe. Felix fará o índice. Todos envolvidos!

Todos menos eu passa pela minha cabeça.

E isso é ridículo. Porque será que eu *quero* escrever um artigo acadêmico num periódico obscuro que ninguém lê? Não. Será eu que sou capaz? Não. Sei o que é gênese cultural? Não.[39]

— Sabe, Poppy já publicou artigos na área dela — anuncia Magnus de repente, como se ouvisse meus pensamentos e desse um salto em minha defesa. — Não foi, querida? — Ele sorri para mim com orgulho. — Não seja modesta.

— Você já publicou? — Antony desperta e olha para mim com mais atenção do que nunca. — Ah. *Isso* é interessante. Em que periódico?

Olho com impotência para Magnus. De que ele está *falando*?

---

39. Embora eu seja boa em notas de rodapé. Poderiam me deixar responsável por elas.

— Você se lembra! — diz ele para mim. — Você não disse que tinha saído uma coisa sua naquele periódico de fisioterapia?

Ah, Deus. Não.

Vou *matar* Magnus. *Como* ele pôde falar nisso?

Antony e Wanda estão esperando que eu responda. Até Felix está olhando com interesse. Estão obviamente esperando que eu anuncie uma descoberta na influência cultural da fisioterapia nas tribos nômades, ou algo do tipo.

— Foi no *Physiotherapists' Weekly Roundup* — murmuro por fim, olhando para os meus pés. — Não é exatamente um periódico. É mais... uma revista. Publicaram uma carta minha uma vez.

— Sobre uma pesquisa? — diz Wanda.

— Não. — Eu engulo em seco. — Foi sobre quando os pacientes têm ce-cê. Falei que talvez devêssemos usar máscara de gás. Foi... você sabe. Era para ser engraçado.

Silêncio.

Fico tão envergonhada que não consigo nem erguer a cabeça.

— Mas você escreveu uma dissertação para se formar — arrisca Felix. — Você não me contou uma vez?

Eu me viro com surpresa e vejo que ele está me olhando com seriedade e encorajamento.

— Sim. Mas... não foi publicada nem nada. — Dou de ombros de maneira desajeitada.

— Eu gostaria de ler um dia.

— Tudo bem.

Dou um sorriso, mas para ser sincera, é patético. É claro que ele não quer ler, só quer ser gentil. E é fofo da parte dele, mas faz com que eu me sinta ainda pior, porque tenho 29 anos e ele tem 17. Além do mais, se ele estava tentando aumentar minha confiança na frente dos pais dele, não deu certo, porque eles nem estão ouvindo.

— É claro que o humor *é* uma forma de expressão que é preciso levar em conta na narrativa cultural da pessoa — diz Wanda sem muita segurança. — Acho que Jacob C. Goodson fez um trabalho interessante sobre "Por que os humanos fazem piada"...

— Acho que era "Os humanos fazem piada?" — corrige Antony. — É claro que a tese dele era a de que...

Eles recomeçam. Eu expiro, com as bochechas ainda quentes. Não consigo lidar com isso. Quero alguém com quem falar sobre férias, a novela ou qualquer coisa, menos isso.

Quero dizer, é claro que eu amo Magnus e tal. Mas estou aqui há cinco minutos e estou tendo um ataque de nervos. Como vou sobreviver ao Natal todos os anos? E se nossos filhos forem todos superinteligentes e eu não conseguir entender o que eles estão dizendo e eles me desprezarem porque não tenho doutorado?

Há um cheiro forte no ar, e de repente me dou conta de que o molho à bolonhesa está queimando. Wanda está ali ao lado do fogão, tagarelando sobre Aristóteles e nem reparou. Eu gentilmente pego a colher na mão dela e começo a mexer. Graças a Deus, não é preciso ter Prêmio Nobel para isso.

Pelo menos, terminar o jantar me fez sentir útil. Mas meia hora depois estamos todos sentados ao redor da mesa e estou de volta ao estado mudo de pânico.

Não é de surpreender que Antony e Wanda não queiram que eu case com Magnus. Eles obviamente acham que sou burrinha. Estamos no meio do jantar e não disse uma única palavra. É tão difícil. A conversa é como um rolo compressor. Ou talvez uma sinfonia. Sim. E sou a flauta. E *tenho* uma melodia, e gostaria de tocá-la, mas não há maestro para me introduzir na música. Então fico pegando fôlego e desisto por medo.

— ... o editor encarregado infelizmente viu de outra forma. Então não vai haver uma nova edição do meu livro. — Antony faz um som triste de estalo. — *Tant pis*.

De repente, estou alerta. Pela primeira vez eu entendo a conversa e tenho uma coisa a dizer!

— Que terrível! — falo, dando meu apoio. — Por que não querem publicar uma nova edição?

— Precisam de leitores. Precisam de procura. — Antony dá um suspiro teatral. — Ah, bem. Não importa.

— É *claro* que importa! — Eu me sinto energizada. — Por que não escrevemos para o editor e nos passamos por leitores dizendo o quanto o livro é ótimo e pedimos uma nova edição?

Já estou planejando as cartas. *Prezado senhor, estou chocada em saber que uma nova edição desse livro maravilhoso não foi publicada.* Podíamos imprimi-la usando fontes diferentes, mandá-las de áreas diferentes do país...

— E você compraria mil exemplares? — Antony me olha com aquela expressão de abutre.

— Eu... hum... — Eu hesito, sem jeito. — Talvez...

— Porque infelizmente, Poppy, se o editor publicar mil livros que não venderem, eu ficaria numa situação ainda pior do que antes. — Ele me dá um sorriso cruel. — Está vendo?

Eu me sinto totalmente derrotada e burra.

— É — murmuro. — Sim. Eu... entendo. Me desculpa.

Tento manter a compostura e começo a tirar os pratos da mesa. Magnus está rabiscando um argumento para Felix num pedaço de papel e nem sei se ele ouviu. Ele me dá um sorriso distraído e aperta minha bunda quando eu passo. E isso não faz eu me sentir melhor, para falar a verdade.

Mas quando nos sentamos de novo para comer o pudim, Magnus bate com o garfo no copo e se levanta.

— Eu gostaria de fazer um brinde a Poppy — diz ele com firmeza. — E de dar-lhe as boas-vindas à família. Assim como é bonita, ela também é carinhosa, engraçada e uma pessoa maravilhosa. Sou um homem de muita sorte.

Ele olha para as pessoas da mesa como se desafiasse alguém a discordar, e dou um sorrisinho agradecido.

— Eu também gostaria de dar as boas-vindas por mamãe e papai terem voltado. — Magnus ergue o copo e os dois assentem. — Sentimos saudades quando vocês estavam fora!

— Eu não — diz Felix, e Wanda dá uma gargalhada.

— É claro que não, garotinho terrível!

— E *por fim*... — Magnus bate no copo de novo para obter atenção. — É claro... Feliz aniversário para mamãe! Muitos anos de vida é o desejo de todos nós. — Ele joga um beijo para ela por cima da mesa.

O quê? *O que* ele acabou de dizer?

Meu sorriso gruda nos lábios.

— Viva, viva! — Antony levanta o copo. — Feliz aniversário, Wanda, meu amor.

É *aniversário* da mãe dele? Mas ele não me falou. Não comprei cartão. Nem presente. Como ele pôde fazer isso comigo?

Os homens são uns *idiotas*.

Felix tirou um pacote de debaixo da cadeira e o está entregando a Wanda.

— Magnus — sussurro desesperadamente quando ele se senta. — Você não me falou que era aniversário da sua mãe. Nunca me disse nada! Devia ter me avisado!

Estou quase gaguejando de pânico. É meu primeiro encontro com os pais dele desde que ficamos noivos, eles não gostam de mim, e agora isso.

Magnus parece perplexo.

— Querida, qual é o problema?

Como ele pode ser tão burro?

— Eu teria trazido um *presente!* — digo baixinho ao mesmo tempo em que Wanda agradece a Felix por um livro antigo que ainda está desembrulhando.

— Ah! — Magnus acena. — Ela não se importa. Para de se estressar. Você é um anjo e todos amam você. Você gostou da caneca, aliás?

— A o quê? — Nem consigo acompanhar o que ele está dizendo.

— A caneca de "Recém-casados". Deixei na bancada do hall. Para nossa lua de mel — diz ele ao ver minha expressão confusa. — Eu falei sobre ela! Achei bem legal.

— Não vi caneca nenhuma. — Olho para ele sem entender. — Achei que você tinha me dado aquela caixa grande com laço de fita.

— Que caixa grande? — diz ele, parecendo intrigado.

— E agora, minha querida — está dizendo Antony com pompa para Wanda —, não me importo de dizer que este ano *gastei* a valer. Se me der um minuto...

Ele se levanta e está indo em direção ao hall.

Ah, Deus. Minhas entranhas parecem ter virado água. Não. Por favor. Não...

— Acho... — eu começo a falar, mas minha voz não sai direito. — Acho que eu talvez... por engano...

— *Mas que...* — A exclamação de Antony soa no hall. — O que aconteceu com isto?

Um momento depois, ele entra na sala, segurando a caixa. Está toda bagunçada. O papel rasgado está todo espalhado. O penhoar está meio caído para fora.

Minha cabeça está latejando.

— Lamento muito... — Mal consigo emitir as palavras. — Achei... achei que era para mim. Então eu... eu abri.

Há um silêncio mortal. Todos os rostos estão perplexos, inclusive o de Magnus.

— Querida... — ele começa a dizer fracamente, mas se interrompe como se não conseguisse pensar no que dizer.

— Não se preocupe! — diz Wanda rapidamente. — Me dê aqui. Não me importo com o embrulho.

— Mas tinha outra coisa! — Antony está mexendo no papel de seda, procurando. — Onde está a outra parte? Estava aqui.

De repente, me dou conta do que ele está falando e dou um choramingo interior. Todas as vezes em que penso que as coisas não podem piorar, elas despencam. Encontram novas e apavorantes profundezas.

— Acho... você quer dizer... — Estou gaguejando e meu rosto está vermelho como um pimentão. — Isto? Puxo uma ponta da camisola para fora da blusa e todos olham para ela, chocados.

Estou sentada à mesa de jantar, usando a lingerie da minha futura sogra. É como um sonho distorcido do qual você acorda e pensa: "Caramba! Ainda bem que *isso* não aconteceu!"

Os rostos ao redor da mesa estão imóveis e de queixos caídos, como uma fileira de versões daquele quadro, *O Grito*.

— Vou... vou mandar para a lavanderia — sussurro roucamente. — Desculpa.

Certo. Esta noite se desenrolou da maneira mais terrível possível. Só há uma solução, que é continuar bebendo vinho até meus nervos ficarem dormentes ou eu desmaiar. O que acontecer primeiro.

O jantar acaba e todos superaram o incidente da camisola. Mais ou menos.

Na verdade, decidiram transformar o incidente numa piada familiar. E é gentil da parte deles, mas significa que Antony fica fazendo comentários irritantemente engraçadinhos como "Vamos comer chocolates? A não ser que Poppy *já tenha comido todos*". E sei que eu deveria ter senso de humor, mas cada vez que ele fala, eu me encolho.

Agora estamos sentados nos velhos sofás caroçudos na sala de visitas jogando Palavras Cruzadas. Os Tavish são completamente loucos por Palavras Cruzadas. Eles têm um tabuleiro especial que gira, peças chiques de madeira e até um livro de capa de couro no qual anotam a pontuação desde 1998. Wanda é a líder atual, com Magnus em segundo lugar por uma pequena diferença.

Antony começou e escreveu BROMAR (74 pontos). Wanda fez IRÍDIO (65 pontos). Felix fez BARCAÇA (80 pontos). Magnus fez CONTUSÃO (65 pontos).[40] E eu fiz LUA (5 pontos).

Em minha família, "LUA" seria uma *boa* palavra. Cinco pontos seria uma pontuação legal. Você não receberia olhares de piedade e ruídos com a garganta, e nem se sentiria uma derrotada.

Não costumo pensar sobre o passado nem ficar relembrando. Não é o tipo de coisa que eu goste de fazer. Mas sentada ali, rígida de fracasso, dobrando os joelhos, inspirando o cheiro de mofo dos livros e tapetes e da lareira velha dos Tavish, não consigo evitar. Só um pouco. Só um pedacinho de lembrança. Nós na cozinha. Eu e meus irmãozinhos, Toby e Tom, comendo torrada com realçador de sabor Marmite ao redor do tabuleiro

---

40. Não faço ideia do que a maioria dessas palavras significa.

de Palavras Cruzadas. Eu lembro claramente; até consigo sentir o gosto de Marmite. Os dois ficaram tão frustrados que fizeram um monte de peças adicionais de papel e decidiram que podiam pegar quantas quisessem. A sala toda ficou coberta de quadrados de papel cortados com letras escritas à caneta. Tom se deu uns seis "z's" e Toby tinha uns dez "e's". E *mesmo assim* eles só faziam uns quatro pontos a cada jogada e terminaram brigando e gritando: "Não é justo! Não é justo!"

Sinto as lágrimas nos meus olhos e pisco furiosamente. Estou sendo burra. *Ridícula*. Primeiro, esta é minha nova família e estou tentando me inserir. Segundo, Toby e Tom estão na faculdade agora. Eles têm vozes grossas e Tom deixou a barba crescer. Nunca mais jogamos Palavras Cruzadas. Nem sei onde está a caixa do jogo. Terceiro...

— Poppy?

— Certo. Sim! Estou... decidindo...

Estamos na segunda rodada. Antony aumentou BROMAR para EMBROMAR. Wanda fez simultaneamente OD[41] e OVÁRIO. Felix fez a palavra ELICIAR, e Magnus fez JAJA, da qual Felix duvidou, mas ela estava no dicionário e ele marcou muitos pontos pela pontuação de palavra dobrada. Agora Felix foi fazer café e eu estou mexendo nas minhas peças sem esperanças há cinco minutos.

Quase não consigo jogar na minha vez de tão humilhada que estou. Eu nunca deveria ter concordado em jogar. Fiquei olhando para as letras idiotas, e esta é, para ser sincera, a melhor palavra que consigo fazer.

— BOI — lê Antony com cuidado conforme coloco minhas peças. — Boi. O mamífero, suponho?

---

41. Que, pelo que entendi, *é* uma palavra. Boba, eu.

—Muito bem! — diz Magnus com animação. — Seis pontos!

Não consigo olhar para ele. Estou procurando com tristeza em outras duas peças. A e L. Como se elas fossem me ajudar.

— Ei, Poppy — diz Felix, voltando para a sala com uma bandeja. — Seu telefone está tocando na cozinha. O que você colocou? Ah, boi. — Quando ele olha para o tabuleiro, os lábios dele se contorcem e vejo Wanda franzir a testa ameaçadoramente.

Não consigo mais suportar.

— Vou lá ver quem ligou, se vocês não se importam — digo.

— Pode ser importante.

Fujo para a cozinha, tiro o telefone da bolsa e me recosto no calor reconfortante do fogão. Há três mensagens de texto de Sam, começando com *"Boa sorte"*, que ele mandou duas horas atrás. Há vinte minutos ele mandou *"Preciso pedir um favor"*, seguido de *"Está aí?"*

A ligação também era dele. Acho que é melhor eu ver o que está acontecendo. Digito o número dele e pego com irritação alguns restos de bolo de aniversário na bancada.

— Ótimo. Poppy. Você pode me fazer um grande favor? — diz ele assim que atende. — Estou longe do escritório e aconteceu alguma coisa com o meu celular. Não consigo enviar nada, e preciso mandar um e-mail para Viv Amberley. Você se importa?

— Ah, sim, Vivien Amberley. — Eu começo a falar com conhecimento, mas me faço parar.

Talvez eu não devesse revelar que li toda a correspondência sobre Vivien Amberley. Ela trabalha no departamento de estratégias e se candidatou para um emprego em outra empresa de consultoria. Sam está tentando desesperadamente mantê-la na empresa, mas nada funcionou e ela disse que vai pedir demissão amanhã.

Certo. Eu *sei* que fui xereta. Mas quando você começa a ler os e-mails de outra pessoa, não consegue parar. Você precisa saber o que aconteceu. É bem viciante ir descendo pelas infinitas trocas de e-mails para entender a história. Sempre para trás. É como enrolar pequenos carretéis de vida.

— Se você pudesse mandar um e-mail rápido para ela, eu ficaria muito agradecido — diz Sam. — De um dos meus endereços eletrônicos. Para vivienamberley@skynet.com. Anotou?

Francamente. O que eu sou, assistente dele?

— É... tudo bem — digo contrariada e clico no endereço dela. — O que eu escrevo?

— Oi, Viv. Eu adoraria conversar sobre isso com você de novo. Por favor, ligue para marcar uma reunião num horário conveniente para você amanhã. Tenho certeza de que podemos pensar em alguma coisa. Sam.

Digito com cuidado, usando minha mão sem curativos, mas depois hesito.

— Já mandou? — diz Sam.

Meu dedo está sobre a tecla, pronto para enviar. Mas não consigo.

— Alô?

— Não a chame de Viv — digo, de ímpeto. — Ela detesta. Gosta de ser chamada de Vivien.

— *O quê?* — Sam parece chocado. — Como diabos...

— Estava num e-mail antigo que foi encaminhado. Ela pediu para que Peter Snell não a chamasse de Viv, mas ele não percebeu. Nem Jeremy Atheling. E agora você também vai chamar de Viv!

Há um silêncio curto.

— Poppy — diz Sam por fim, e imagino aquelas sobrancelhas escuras dele completamente franzidas. — Você andou lendo meus e-mails?

— Não! — respondo, na defensiva. — Só dei uma *olhada* em alguns...

— Mas tem certeza dessa história de Viv?

— Tenho! Claro!

— Estou procurando o e-mail agora... — Enfio um pedaço de glacê na boca enquanto espero, mas logo Sam volta à linha. — Você está certa.

— É claro que estou!

— Tudo bem. Pode mudar o nome dela pra Vivien?

— Espere um minuto... — Conserto o e-mail e o envio. — Pronto.

— Valeu. Me salvou. Foi bem atento da sua parte. É sempre tão esperta assim?

Até parece. Sou tão esperta que a única palavra que consigo pensar no Palavras Cruzadas é "boi".

— Sim, o tempo todo — digo com sarcasmo, mas acho que ele não repara no meu tom.

— Bem, estou em débito com você. E me desculpe por perturbar sua noite. É que a situação é bem urgente.

— Não se preocupa. Eu entendo — digo, de maneira compreensiva. — Sabe, tenho certeza de que Vivien *quer* ficar na Consultoria White Globe.

Ops. Isso escapou.

— Ah, é? Achei que não tivesse lido meus e-mails.

— Não li! — falo apressadamente. — Quero dizer... você sabe. Talvez um ou dois. O suficiente para formar uma ideia.

— Uma ideia! — Ele dá uma risada curta. — Tudo bem, Poppy Wyatt, qual é a sua ideia? Pedi a opinião de todo mundo, por que não ouvir a sua? Por que nossa melhor estrategista está dando um passo para trás para uma empresa inferior quando ofereci tudo que ela poderia querer, desde uma promoção e dinheiro à notoriedade...

— Bem, esse é o problema — interrompo-o, intrigada. Ele deve ter percebido. — Ela não quer nada disso. Ela fica muito estressada por causa da pressão, principalmente pelas coisas de mídia. Como naquela vez em que ela teve que falar na Rádio 4 sem ser avisada.

Há um longo silêncio do outro lado da linha.

— Certo... que merda que está acontecendo? — diz Sam, por fim. — Como *você* ia saber de algo desse tipo?

Não há como eu sair dessa.

— Vi na avaliação dela. — Acabo confessando. — Eu fiquei muito entediada no metrô hoje, e estava num anexo...

— *Não* estava na avaliação dela. — Ele parece nervoso. — Acredite, já li esse documento de trás para a frente, e não tem nada sobre fazer aparições na mídia...

— Não na mais recente. — Faço uma careta de constrangimento. — Na avaliação de três anos atrás. — Não consigo acreditar que estou admitindo que li aquele também. — Além do mais, ela disse naquele primeiro e-mail para você: "Já te contei meus problemas, mas ninguém deu valor nenhum." Acho que é isso que ela quer dizer.

A verdade é que sinto uma afinidade enorme com Vivien. Eu também ficaria apavorada de falar na Rádio 4. Todos os apresentadores parecem Antony e Wanda.

Há outro período de silêncio, tão longo que me pergunto se Sam ainda está lá.

— Você pode estar certa — diz Sam por fim. — Talvez esteja certa.

— É só uma ideia — digo, recuando. — Devo estar errada.

— Mas por que ela não *diria* isso pra mim?

— Talvez tenha vergonha. — Dou de ombros. — Talvez ela pense que já deixou claro e que você não vai fazer nada em relação ao que ela sente. Talvez ache mais fácil mudar de emprego.

— Certo. — Sam expira. — Obrigado. Vou atrás disso. Estou muito feliz por ter ligado, e lamento ter perturbado sua noite.

— Não tem problema. — Dou de ombros com tristeza e pego algumas migalhas de bolo. — Para ser sincera, estou feliz em escapar.

— Está tão bom assim, é? — Ele parece estar se divertindo. — E a história dos curativos, como foi?

— Acredite, os curativos são o menor dos meus problemas.

— O que está acontecendo?

Eu abaixo a voz e olho para a porta.

— Estamos jogando Palavras Cruzadas. É um pesadelo.

— Palavras Cruzadas? — Ele parece surpreso. — Palavras Cruzadas é legal.

— Não quando você está jogando com uma família de gênios. Eles formam palavras tipo "irídio". E eu fiz "boi".

Sam cai na gargalhada.

— Fico feliz em ser engraçada — digo com irritação.

— Tudo bem. — Ele para de rir. — Estou em débito com você. Me diga suas letras. Te dou uma palavra boa.

— Não consigo lembrar! — Eu reviro os olhos. — Estou na cozinha.

— Você deve se lembrar de algumas. Tenta.

— Muito bem. Tenho um W e um Z. — Essa conversa é tão bizarra que não consigo evitar dar uma risadinha.

— Olha as outras. Manda por mensagem. Vou te dar uma palavra.

— Pensei que você estivesse num seminário!

— Posso estar num seminário e jogar Palavras Cruzadas ao mesmo tempo.

Ele está falando sério? Essa é a ideia mais ridícula e absurda que já ouvi.

Além do mais, isso seria roubo.

E, além do mais, quem disse que ele é bom em Palavras Cruzadas?

— Tudo bem — digo depois de alguns segundos. — Combinado.

Eu desligo e volto para a sala de visitas. No tabuleiro parece ter brotado uma série de palavras impossíveis. Alguém fez a palavra UGAR. Isso é uma palavra? Só se for numa língua esquimó.

— Tudo bem, Poppy? — pergunta Wanda com um tom tão intenso e artificial que instantaneamente sei que estavam falando de mim. Provavelmente disseram a Magnus que, se ele se casar comigo, vão deixá-lo sem um tostão, ou algo assim.

— Tudo! — Tento parecer alegre. — Foi um paciente que ligou — acrescento, cruzando os dedos nas costas. — Às vezes faço consultas por telefone, então eu talvez tenha que mandar uma mensagem de texto, se não se importarem.

Ninguém responde. Estão todos olhando para suas peças de novo.

Posiciono o celular de forma que a tela pegue o tabuleiro e minhas peças. Em seguida, aperto o botão de tirar foto.

— Só estou tirando uma foto em família! — digo rapidamente quando os rostos se levantam em resposta ao flash. Já estou enviando a foto para Sam.

— É sua vez, Poppy — diz Magnus. — Você quer alguma ajuda, querida? — diz ele baixinho.

Sei que ele está tentando ser gentil. Mas tem alguma coisa no jeito como ele fala que me magoa.

— Está tudo bem, obrigada. Pode deixar. — Começo a mexer nas letras no suporte, tentando parecer confiante.

Depois de um ou dois minutos, olho o celular, para o caso de uma mensagem de texto ter chegado sem que eu percebesse, mas não tem nada.

Todo mundo está concentrado em suas peças ou no tabuleiro. A atmosfera é silenciosa e intensa, como numa sala de provas. Mexo nas minhas peças cada vez mais bruscamente, desejando que alguma palavra estupenda surja na minha cabeça. Mas, independentemente do que eu faça, a situação está uma droga. Posso fazer NUA. Ou NAU.

E o celular ainda está em silêncio. Sam devia estar brincando quando falou em me ajudar. É *claro* que estava brincando. Sinto uma onda de humilhação. O que ele vai pensar quando uma foto de um tabuleiro de Palavras Cruzadas aparecer no celular dele?

— Alguma ideia, Poppy? — diz Wanda, num tom encorajador, como se eu fosse uma criança deficiente. De repente, me pergunto se Magnus mandou os pais serem legais comigo enquanto eu estava na cozinha.

— Só estou decidindo entre as opções que eu tenho. — Procuro dar um sorriso alegre.

Certo. Tenho que fazer isso. Não posso mais adiar. Vou fazer NUA.

Não, NAU.

Ah, qual é a diferença?

Com o coração no chão, coloco o U e o A no tabuleiro na hora em que meu celular faz o barulho de mensagem de texto.

Usa uma palavra escocesa, dicionarizada. WHAIZLED. Pega o D de IRÍDIO. Pontuação tripla com 50 pontos de bônus.

Ai, meu Deus.
Não consigo evitar uma gargalhada, e Antony me lança um olhar estranho.
— Me desculpe — digo apressadamente. — É só... o meu paciente fazendo uma piada. — Meu celular toca de novo.

É dialeto escocês, aliás. Usado por Robert Burns.

— Então essa é a sua palavra, Poppy? — Antony está olhando para a minha jogada patética. — "Nua"? Muito bom. Parabéns!
A exaltação dele é dolorosa.
— Me desculpa — corrijo-me rapidamente. — Erro meu. Pensando bem, acho que vou fazer essa palavra *aqui*.
Com cuidado, coloco a palavra WHAIZLED no tabuleiro e me reclino de volta, parecendo indiferente.
Há um silêncio atônito.
— Poppy querida — diz Magnus por fim. — Tem que ser uma palavra *verdadeira*, sabe. Você não pode inventar...
— Ah, você não conhece essa palavra? — Eu adoto um tom de surpresa. — Me desculpa. Achei que era bastante conhecida.
— Whay-zled? — arrisca-se Wanda com insegurança. — Why-zled? Como se pronuncia exatamente?
Ai, Deus. Não faço a mínima ideia.

— Hum... depende da região. É um dialeto tradicional escocês, é claro. Usado por Robert Burns — acrescento com ar de sabedoria, como se eu fosse Stephen Fry.[42] — Assisti a um documentário sobre ele outro dia. É uma paixão minha, na verdade.

— Não sabia que você se interessava por Burns. —Magnus parece surpreso.

— Ah, sim — prossigo da maneira mais convincente possível. — Sempre me interessei.

— Em *qual* poema a palavra "whaizled" aparece? — insiste Wanda.

— É... — Eu engulo em seco. — É um poema bem bonito na verdade. Não consigo me lembrar do título agora, mas é mais ou menos assim...

Eu hesito, tentando pensar em como seria um poema de Burns. Ouvi alguns numa festa de Ano-Novo escocês, mas não entendi uma palavra.

— *"Twas whaizled... when the wully whaizle... wailed."* Algo do tipo "Fora difícil pra ti então sussurrar. Mas é audível aqui o som da brisa no ar". E por aí vai! — interrompo-me com alegria. — Não vou entediar vocês.

Antony ergue o olhar do volume de N a Z do dicionário em inglês, que ele pegou no mesmo instante em que coloquei as peças e que estava folheando.

— Está certo. — Ele parece um pouco confuso. — *Whaizled.* Correspondente a "wheezed" no dialeto escocês. Muito bem. Impressionante.

---

42. Estou falando de Stephen Fry do programa *QI*, não do programa de comédia *Jeeves and Wooster*. Embora Jeeves provavelmente soubesse bastante sobre as poesias de Burns também.

— Bravo, Poppy. — Wanda está fazendo a conta. — Tem pontuação tripla e bônus de cinquenta pontos... então dá... 131 pontos! A pontuação mais alta até agora!

— Cento e trinta e um? — Antony pega a folha de papel. — Tem certeza?

— Parabéns, Poppy! — Felix se inclina para apertar a minha mão.

— Não foi nada demais. — Sorri com modéstia. — Vamos continuar?

CINCO

Ganhei! Ganhei o jogo de Palavras Cruzadas!

Todos ficaram boquiabertos. Fingiram não estar, mas estavam. As sobrancelhas erguidas e olhares perplexos ficaram mais frequentes e menos cautelosos conforme o jogo prosseguiu. Quando consegui pontuação tripla com OVÍPARO, Felix começou a aplaudir e disse "Bravo!". E quando estávamos arrumando a cozinha depois, Wanda me perguntou se eu já tinha pensado em estudar linguística.

Meu nome foi acrescentado ao caderno de Palavras Cruzadas da família, e Antony me ofereceu o "copo de vinho do porto do vencedor", e todos aplaudiram. Foi um momento tão legal.

Tudo bem. Sei que foi roubo. Sei que foi uma coisa errada de se fazer. Para ser sincera, esperava que alguém me denunciasse. Mas coloquei o celular no silencioso e ninguém percebeu que eu estava enviando mensagens de texto para Sam o tempo todo.[43]

---

43. Será que Antony e Wanda nunca tomaram conta de provas no trabalho? Só estou dizendo.

E sim, é *claro* que me sinto culpada. Na metade do jogo, me senti ainda pior quando mandei a seguinte mensagem de admiração para Sam:

Como você sabe todas essas palavras?

Ele respondeu:

Eu não sei. A internet sabe.

A *internet*?
Por um momento, fiquei chocada demais para responder. Achei que ele estivesse *pensando* nas palavras, não procurando em PalavrasCruzadas.com ou algum outro site parecido. Digitei:

Isso é ROUBO!!!!

Ele respondeu:

Você já rompeu essa barreira. Qual é a diferença?

E acrescentou:

Me sinto honrado de você ter achado que eu era um gênio.

É claro que nessa hora me senti muito burra.
E ele tinha razão. Quando se começa a roubar, faz alguma diferença saber quais são os métodos?
Sei que estou acumulando problemas para o futuro. Sei que Sam Roxton não vai estar sempre do outro lado do telefone

para me mandar palavras. Sei que não poderia repetir o feito. E é por isso que estou planejando me aposentar do Palavras Cruzadas da família a partir de amanhã. Foi uma carreira curta e brilhante. Mas agora acabou.

A única pessoa que não caprichou nos elogios foi Magnus, e isso foi um tanto surpreendente. Ele disse "muito bem" com todo mundo, mas não me deu um abraço especial nem me perguntou como eu sabia todas essas palavras. E quando Wanda disse "Magnus, você não nos contou que Poppy era tão talentosa!", ele deu um sorriso rápido e disse "eu falei que Poppy era brilhante em tudo". O que foi legal, mas meio que não quis dizer nada também.

O problema é que... ele ficou em segundo lugar.

Ele não pode estar com *inveja* de mim, será?

São quase 11 horas da noite agora e estamos no meu apartamento. Estou meio tentada a falar com Magnus sobre tudo, mas ele desapareceu para se preparar para uma palestra sobre "Símbolos e Pensamento Simbólico em Dante"[44] que ele vai dar amanhã. Então me acomodo no sofá e encaminho alguns e-mails que chegaram para Sam mais cedo.

Depois de alguns, não consigo deixar de estalar a língua de frustração. Metade desses e-mails são lembretes, e de pessoas procurando por ele. Sam ainda não respondeu sobre a acomodação da conferência no hotel Chiddingford, nem sobre a corrida nem sobre o dentista. *Nem* sobre o novo terno James & James feito sob medida que está pronto para ele buscar quando quiser. Como é possível alguém ignorar roupas novas?

---

44. Na primeira vez que Magnus me contou que sua especialidade era Símbolos, achei que ele quis dizer Címbalos. O instrumento. Não que eu tenha algum dia admitido isso para ele.

Só há algumas poucas pessoas a quem ele parece responder rápido. Uma é uma garota chamada Vicks, que gerencia o Departamento de imprensa. Ela é bastante profissional e direta, assim como ele, e anda se consultando com ele sobre um lançamento que vão fazer juntos. Ela mandou cópia para o endereço de Violet várias vezes, mas quando encaminho o e-mail, Sam já respondeu. Outro é um cara chamado Malcolm, que pede a opinião de Sam sobre alguma coisa de hora em hora. E, é claro, Sir Nicholas Murray, que obviamente é um funcionário muito antigo e importante na empresa e está fazendo trabalhos para o governo no momento.[45] Ele e Sam parecem se dar muito bem, se é que dá para confiar nos e-mails. Eles trocam informações como se estivessem numa conversa entre velhos amigos. Não consigo entender metade do que estão dizendo, principalmente as piadas internas, mas o tom é óbvio, assim como o fato de que Sam troca mais e-mails com Sir Nicholas do que com qualquer outra pessoa.

A empresa de Sam obviamente faz algum tipo de consultoria. Dizem para outras empresas como cuidar dos negócios e fazem muita "facilitação", seja lá o que for isso. Acho que são como negociadores, mediadores ou algo do tipo. Devem ser muito bem-sucedidos, porque Sam parece muito popular. Ele foi convidado para três coquetéis só esta semana, e para um evento de tiro de um banco particular na semana que vem. E uma garota chamada Blue mandou o terceiro e-mail perguntando se ele gostaria de ir a uma recepção especial para comemorar

---

45. Não que eu esteja espionando. Mas não dá para evitar dar uma olhada nas coisas enquanto as encaminha, e também não dá para não reparar em referências a "PM" (Primeiro-Ministro) e a "Número Dez" (a residência oficial do Primeiro Ministro).

a fusão da Johnson Ellison com a Greene Retail. Vai ser no Savoy, com banda de jazz, canapés e bolsas com brindes.

E ele ainda não respondeu. Ainda.

Não consigo entendê-lo. Se eu fosse convidada para uma coisa tão legal, teria respondido na hora: "Sim! Muito obrigada! Mal posso esperar! ☺☺☺." Mas ele nem *confirmou o recebimento*.

Eu reviro os olhos e encaminho todos os e-mails, depois mando uma mensagem de texto.

> Obrigada de novo pelo jogo! Acabei de mandar outros e-mails. Poppy.

Um momento depois, meu telefone toca. É Sam.

— Ah, oi... — começo a falar.

— Tudo bem, você é um gênio — interrompe ele. — Tive um palpite de que Vivien ia trabalhar até tarde. Aí a chamei para uma conversa e falei dos assuntos que discutimos. Ela falou tudo. Você estava certa. Vamos conversar de novo amanhã, mas acho que ela vai ficar.

— Ah — digo, satisfeita. — Legal.

— Não — diz ele com firmeza. — Não é só legal. É maravilhoso. Incrível. você sabe quanto tempo, dinheiro e aborrecimentos você me poupou? Meu débito com você é enorme. — Ele faz uma pausa. — Ah, e você tem razão, ela odeia ser chamada de Viv. Então meu débito é duplo.

— Não foi nada! Disponha.

— Então... isso é tudo que eu tinha para dizer. Não quero te atrapalhar.

— Boa noite. Fico feliz de ter dado certo.

Quando desligo, me lembro de uma coisa e mando uma mensagem de texto rápida.

> Já marcou o dentista? Vai ficar banguela!!!

Alguns segundos depois, o telefone faz o ruído com a resposta:

Vou correr o risco.

Correr o risco? Ele é *doido*? Minha tia é auxiliar de dentista, então sei o que estou dizendo.

Procuro na web a foto mais nojenta e asquerosa de dentes podres que existe. Estão todos pretos e alguns caíram. Aperto o botão de enviar como mensagem multimídia.

O celular quase imediatamente toca com a resposta:

Você me fez cuspir a bebida.

Dou uma risada e respondo:

Tenha medo!!!!

Quase acrescento: "Willow não vai ficar impressionada se seus dentes caírem!!!" Mas paro no meio, me sentindo estranha. É preciso ter um limite. Apesar de tantas mensagens de texto, não *conheço* esse cara. E muito menos a noiva dele.

Mas a verdade é que sinto como se a conhecesse. E não de uma maneira boa.

Nunca conheci ninguém nem nada como Willow. Ela é inacreditável. Eu diria que ela mandou vinte e-mails para Sam desde que estou com este celular. Cada e-mail novo é pior que o anterior. Pelo menos ela desistiu de mandar mensagens endereçadas diretamente a Violet. Mas ela ainda copia os e-mails para o endereço da assistente, como se quisesse ter o maior número de chances possível de ser lida por Sam sem se importar com quem lê o quê.

Por que ela tem que mandar os pensamentos mais particulares por e-mail? Por que não podem ter essas conversas *na cama*, como as pessoas normais?

Esta noite ela estava falando de um sonho que teve com ele ontem e sobre como se sentiu sufocada e ignorada ao mesmo tempo, e será que ele se dava conta do quanto era "ácido"? Será que ele se dava conta do quanto estava "CORROENDO O ESPÍRITO DELA"??????

Sempre digito uma resposta para ela. Não consigo evitar. Desta vez, escrevo:

Você se dá conta do quanto VOCÊ é ácida? Bruxa Willow?

Mas depois apago. Naturalmente.

A coisa mais frustrante é que nunca vejo as respostas de Sam. A correspondência não segue por meio de respostas; ela sempre cria um e-mail novo. Às vezes são simpáticos, como o que ela mandou ontem e que dizia: "Você é um homem muito, muito especial, sabia, Sam?" Foi muito carinhoso. Mas em nove entre dez vezes, ela reclama. Não consigo não sentir pena dele.

Mas não importa. É a vida dele. A noiva dele. Ele que sabe.

— Querida! — Magnus entra na sala e interrompe meus pensamentos.

— Ah, oi! — Eu desligo rapidamente. — Terminou o trabalho?

— Não deixa eu te perturbar. — Ele indica o telefone. — Conversando com as meninas?

Dou um sorriso vago e enfio o celular no bolso.

Eu sei, eu sei, eu sei. Isso é ruim. Guardar segredo de Magnus. Não contar sobre o anel, nem sobre o telefone nem sobre nada disso. Mas como posso começar agora? Por onde eu começaria? E talvez me arrependesse. E se eu confessar tudo e provocar uma briga enorme, e então meia hora depois o anel aparece e eu não teria precisado dizer nada?

— Você me conhece! — respondo por fim e dou uma risadinha. — O que você falou com os seus pais hoje? — Mudo rapidamente para o assunto sobre o qual *realmente* quero saber, ou seja, o que os pais dele acham de mim e se mudaram de ideia.

— Ah, os meus pais. — Ele faz um gesto impaciente e afunda no sofá. Começa a tamborilar os dedos no braço do móvel e fica com o olhar distante.

— Você está bem? — pergunto com cautela.

— Estou ótimo. — Ele se vira para mim e as nuvens somem do olhar dele. De repente, ele está concentrado. — Você se lembra de quando nos conhecemos?

— Lembro. — Dou um sorriso. — É claro que eu lembro.

Ele começa a acariciar a minha perna.

— Cheguei esperando a generala parrudinha. Mas lá estava *você*.

Eu queria que ele não ficasse chamando Ruby de generala parrudinha. Ela não é. É linda, adorável e sexy. Os braços dela são só um *pouquinho* carnudos. Mas escondo a minha leve irritação e continuo sorrindo.

— Você parecia um anjo naquele uniforme branco. Nunca vi nada tão sexy na minha vida. — A mão dele está subindo pela minha perna com vontade. — Eu quis você naquele lugar, naquela hora.

Magnus adora contar essa história e eu adoro ouvir.

— E eu quis você. — Eu me inclino e mordo devagar a orelha dele. — No minuto em que te vi.

— Sei que quis. Deu para perceber. — Ele puxa minha blusa para o lado e começa a passar o rosto no meu ombro nu. — Ei,

Poppy, vamos voltar naquela sala um dia — sussurra ele. — Foi o melhor sexo que já fiz. Você, de uniforme branco, naquele sofá, com aquele óleo de massagem... Meu Deus...[46] — Ele começa a puxar a minha saia e nós dois caímos do sofá para o tapete. Quando o meu celular apita com outra mensagem de texto, nem percebo.

Só mais tarde, quando estamos nos aprontando para a cama e estou passando hidratante,[47] Magnus solta a bomba.

— Ah, mamãe ligou mais cedo. — A fala dele está confusa por causa da pasta de dente. — Sobre o cara da pele.

— O quê?

Ele cospe e limpa a boca.

— Paul. Nosso vizinho. Ele vai ao ensaio do casamento para ver sua mão.

---

46. Tudo bem. Pega no flagra. Não contei a verdade *absoluta* na minha audiência disciplinar.
A questão é a seguinte: sei que fui totalmente antiprofissional. Sei que deveria ser demitida. O manual de ética de fisioterapia praticamente *começa* dizendo: "Não faça sexo com seu paciente no sofá, aconteça o que acontecer." Mas o que eu digo é: se você faz uma coisa errada, mas ela não magoa ninguém e ninguém sabe, você deveria ser punida e perder toda sua carreira? Não existe todo um contexto?
Além do mais, só fizemos uma vez. E foi bem rápido. (Não de uma maneira ruim. Só de uma maneira rápida.)
E Ruby uma vez usou o escritório para uma festa, e abriu todas as três portas de incêndio, o que é *totalmente* contra as regras de segurança. Então. Ninguém é perfeito.
47. Faz parte do meu regime pré-casamento, que consiste em esfoliação e hidratação diária, máscara facial, capilar e para os olhos toda semana, cem abdominais todos os dias e meditação para manter a calma. Até agora cheguei só à hidratação.

— *O quê?* — Minha mão se contrai automaticamente e derramo hidratante pelo banheiro todo.

— Mamãe diz que nunca se pode exagerar com queimaduras e acho que ela está certa.

— Ela não precisava fazer isso! — Estou tentando não parecer estar em pânico.

— Querida. — Ele beija a minha cabeça. — Está tudo combinado.

Ele sai do banheiro e fico olhando para o meu reflexo. Meu brilho feliz pós-sexo sumiu. Estou de volta ao buraco negro do medo. O que faço? Não posso continuar desviando do problema para sempre.

Não estou com a mão queimada. Não tenho anel de noivado. Não tenho conhecimento enciclopédico de palavras daquele jogo de tabuleiro. Sou uma enganação total.

— Poppy?

Magnus reaparece na porta do banheiro. Sei que ele quer dormir porque tem que ir para Brighton amanhã cedo.

— Estou indo.

Eu o sigo até a cama, me encolho nos braços dele e faço uma imitação muito boa de uma pessoa caindo tranquila no sono. Mas por dentro estou a mil. Todas as vezes em que tento me desligar, um milhão de pensamentos voltam correndo. Se eu cancelar com Paul, o dermatologista, será que Wanda vai desconfiar? Será que consigo fazer uma imitação de queimadura na mão? E se eu contasse tudo para Magnus agora?

Tento imaginar essa última situação. Sei que é a mais sensata. É a que seria recomendada por qualquer conselheira sentimental. Acorde-o e conte.

Mas não consigo. Não *consigo*. E não só porque Magnus fica rabugento se é acordado no meio da noite. Ele ficaria chocado. Os pais dele sempre pensariam em mim como a garota que perdeu o anel da família. Isso me definiria para sempre. Mancharia todas as outras coisas.

E a questão é que eles não *precisam* saber. Isso não *precisa* ser dito. A Sra. Fairfax pode ligar a qualquer momento. Se eu puder esperar até lá...

Quero pegar o anel de volta e silenciosamente enfiá-lo no dedo sem ninguém saber de nada. É o que quero.

Olho para o relógio (2h45) e depois para Magnus, respirando pacificamente, e sinto uma onda de ressentimento irracional. Está tudo bem para ele.

De repente, tiro as pernas da coberta e estico a mão para pegar um penhoar. Vou tomar uma xícara de chá de ervas, como recomendam nos artigos de revista sobre insônia, assim como escrever todos os seus problemas numa folha de papel.[48]

O celular está carregando na cozinha, e enquanto espero que a água ferva, clico nas mensagens, encaminhando-as metodicamente para Sam. Há uma mensagem de texto de um novo paciente meu que acabou de fazer cirurgia no ligamento cruzado anterior e está tendo dificuldades. Mando uma rápida mensagem tranquilizadora em resposta, dizendo que vou tentar encaixá-lo numa sessão amanhã.[49] Estou colocando água quente num saquinho de chá de camomila e baunilha quando uma mensagem de texto chega e me dá um susto.

---

48. Para quê? Para o seu namorado encontrar?
49. Não dou meu número para todos os pacientes. Só para pacientes com tratamentos mais longos, os de emergência e os que parecem precisar de apoio. Esse cara é um daqueles que diz que está ótimo, mas você o vê branco de dor. Tive que *insistir* para que ele me ligasse sempre que quisesse e tive que repetir para a esposa dele, senão ele teria nobremente seguido em frente com dor.

O que está fazendo acordada tão tarde?

É Sam. Quem mais? Eu me sento com o chá e tomo um gole, depois respondo:

Não consigo dormir. O que VOCÊ está fazendo acordado?

Esperando para falar com um cara em LA. Por que não consegue dormir?

Minha vida acaba amanhã.

Certo, isso pode ser um pouco de exagero, mas agora é o que parece.

Entendo como isso pode manter você acordada. Por que acaba?

Se ele quer mesmo saber, vou contar. Tomo o chá e encho cinco mensagens de texto com a história sobre como o anel foi encontrado, mas foi novamente perdido. E que Paul, o dermatologista, quer olhar a minha mão. E que os Tavish *já* são bem desagradáveis em relação ao anel sem nem saber que foi perdido. E que tudo isso está ficando complicado para mim. E que me sinto como uma jogadora que precisa de mais uma rodada da roleta para que tudo fique bem, mas não tenho mais fichas.

Digitei tão freneticamente que meus ombros estão doendo. Eu os movimento algumas vezes, tomo alguns goles de chá e começo a pensar em abrir um pacote de biscoitos quando uma nova mensagem de texto chega.

Te devo uma.

Leio o texto e dou de ombros. Certo. Ele me deve uma. E daí? Um momento depois, uma segunda mensagem chega.

Posso te dar uma ficha.

Eu olho para a tela, confusa. Ele sabe que o lance da ficha é uma *metáfora*, não sabe? Não está falando de uma ficha de pôquer de verdade, né?
Ou será que é de uma cartela de consumação?
Não há o som habitual do tráfego diurno, o que deixa a cozinha silenciosa de um jeito incomum, exceto por uma ocasional vibração da geladeira. Pisco para a tela sob a luz artificial, depois esfrego os olhos cansados e me pergunto se devo desligar o celular e ir para a cama.

O que você quer dizer?

A resposta dele vem quase imediatamente, como se tivesse percebido que a última mensagem era estranha.

Tenho um amigo joalheiro. Faz réplicas para a TV. Muito realistas. Vai te dar mais tempo.

Um anel falso?

Acho que devo ser muito, muito burra. Porque nunca tinha *pensado* nisso.

SEIS

Certo. Um anel falso é uma *má* ideia. Há um milhão de razões para isso. Tais como:
É desonesto.
Provavelmente não vai ficar convincente.
É antiético.[50]

Ainda assim, aqui estou eu em Hatton Garden às 10 horas da manhã do dia seguinte, passeando e tentando esconder o fato de que estou de olho nos ladrões. Nunca fui a Hatton Garden antes e nem sabia que existia. Uma rua inteira de joalheiros?

Há mais diamantes aqui do que já vi na minha vida inteira. Placas em todos os cantos anunciam melhores preços, quilates maiores, valores excelentes e design inovador. Obviamente, é a cidade dos anéis de noivado. Casais passeiam e garotas apontam para as vitrines. Os homens estão sorrindo, mas parecem um tanto enjoados sempre que as namoradas se viram.

Nunca entrei numa joalheria. Não numa assim, de adulto. A única joia que tive veio de feiras e da Topshop ou de simi-

---

50. Antiético é o mesmo que desonesto? Esse é o tipo de debate moral sobre o qual eu poderia ter perguntado a Antony. Em circunstâncias diferentes.

lares. Meus pais me deram um par de brincos de pérola no meu aniversário de 13 anos, mas não entrei na loja com eles. Joalherias são lugares pelos quais passei achando que eram para outras pessoas irem. Mas agora, como estou aqui, não consigo não dar uma boa olhada.

Quem compraria um broche feito de diamantes amarelos no formato de uma aranha por 12.500 libras? Para mim é um mistério, como quem compra aqueles sofás horrendos com braços em espiral que anunciam na TV.

A loja do amigo de Sam se chama Mark Spencer Designs, e ainda bem que não tem nenhuma aranha amarela. Na verdade, tem vários diamantes em alianças de platina e uma placa dizendo: "Champanhe de graça para noivos. Torne sua experiência de escolher a aliança mais agradável." Não fala nada sobre réplicas ou falsificações, e começo a ficar nervosa. E se Sam entendeu errado? E se eu acabar comprando um anel de esmeralda de verdade devido ao constrangimento e tiver que passar o resto da minha vida pagando por ele?

E onde *está* Sam, aliás? Ele prometeu aparecer para me apresentar ao amigo. Pelo que entendi, ele trabalha ali na esquina, embora não tenha revelado exatamente onde. Eu me viro e observo a rua. É meio estranho nunca termos nos encontrado cara a cara.

Tem um homem de cabelo escuro andando rapidamente do outro lado da rua, e por um breve momento acho que talvez seja ele, mas então uma voz grave diz:

— Poppy?

Eu me viro, e, é claro, *este* é ele: o cara de cabelo escuro desgrenhado andando na minha direção. Ele é mais alto do que me lembro do saguão do hotel, mas tem as mesmas sobrancelhas grossas e os mesmos olhos profundos. Está usando um terno escuro e uma camisa branca impecável com gravata cinza-chumbo. Ele me lança um sorriso rápido e reparo que seus dentes são muito brancos e certos.

É... Não vão ficar assim por muito tempo se ele não for ao dentista.

— Oi, Poppy. — Ele hesita ao se aproximar, mas resolve estender a mão. — É bom conhecer você pessoalmente.

— Oi. — Dou um sorriso hesitante e apertamos a mão um do outro. Ele tem um aperto firme. Caloroso e positivo.

— Vivien vai mesmo ficar conosco. — Ele inclina a cabeça. — Obrigado de novo pela dica.

— Imagine! — Dou de ombros, sem graça. — Não foi nada.

— É sério. Agradeço muito.

Isso é estranho, conversar cara a cara. Fico distraída com os contornos das sobrancelhas dele e com o cabelo balançando na brisa. Eu me pergunto se ele sente a mesma coisa.

— E aí? — Ele aponta para a joalheria. — Vamos?

A loja é muito legal e cara. Eu me pergunto se ele e Willow foram escolher as alianças deles lá. Devem ter ido. Quase fico tentada a perguntar, mas não consigo tocar no nome dela. É constrangedor demais. Sei muito sobre os dois.

A maioria dos casais você conhece no pub ou na casa deles. Você conversa sobre trivialidades com eles. Férias, hobbies, receitas de Jamie Oliver. Só com o tempo você começa a falar de coisas pessoais. Mas com esses dois, eu me sinto como se tivesse sido jogada direto no meio de um documentário sob o ponto de vista de um observador escondido. Encontrei um e-mail antigo de Willow ontem à noite que dizia apenas: "Sabe quanto SOFRIMENTO você me causou, Sam? Sem contar todas as porras de DEPILAÇÕES??"

E isso foi uma coisa que eu não queria ter lido. Se algum dia eu a conhecesse, só conseguiria pensar nisso. Depilações.

Sam tinha apertado a campainha e estava me guiando para dentro da loja elegante e com iluminação fraquinha. Imediatamente uma garota de terninho cinza aparece.

— Olá, posso ajudar? — Ela tem uma voz leve e doce que é totalmente adequada à decoração suave da loja.

— Viemos ver Mark — diz Sam. — Sou Sam Roxton.

— Certo — diz outra garota de cinza. — Ele está esperando por você. Leve os dois, Martha.

— Aceitam uma taça de champanhe? — diz Martha, me lançando um sorriso compreensivo enquanto saímos andando. — Senhor? Champanhe?

— Não, obrigado — responde Sam.

— Pra mim também não — completo.

— Têm certeza? — Ela pisca para mim. — É um grande momento para vocês dois. Só uma taça, para ajudar com o nervosismo?

Ai, meu Deus! Ela acha que somos um casal de noivos. Olho para Sam pedindo ajuda, mas ele está digitando alguma coisa no celular. E não vou falar da história de perder o valioso anel de família na frente de estranhos *de jeito nenhum*, nem vou ouvir as interjeições horrorizadas.

— Estou bem, de verdade. — Eu sorrio desajeitada. — Não é... Quero dizer, não somos...

— Que relógio maravilhoso, senhor! — A atenção de Martha mudou de foco. — É Cartier vintage? Nunca vi um assim.

— Obrigado. — diz Sam. — Comprei num leilão em Paris.

Agora que reparo, o relógio de Sam *é mesmo* impressionante. Tem uma antiga tira de couro e o mostrador de ouro velho tem uma oxidação de outra época. E ele o comprou em Paris. Isso é bem legal.

— Meu Deus.

Conforme andamos, Martha pega o meu braço e se inclina para perto, baixando a voz e falando de garota para garota. — Ele tem gosto *requintado*. Sortuda! Não se pode dizer o mesmo dos homens que vêm aqui. Alguns escolhem coisas horrendas. Mas um homem que compra para si um relógio Cartier antigo tem que fazer a escolha certa!

Isso é doloroso. O que eu digo?

— Humm... é — murmuro, olhando para o chão.

— Ah, me desculpe, não quero deixar você sem graça — diz Martha com encanto. — Por favor, me avise se mudar de ideia quanto ao champanhe. Tenham uma ótima sessão com Mark!

Ela nos leva para uma sala grande nos fundos com chão de concreto e armários com portas de metal nas paredes. Um cara de jeans e óculos sem aro sentado a uma mesa grande se levanta e cumprimenta Sam calorosamente.

— Sam! Quanto tempo!

— Mark! Como você está? — Sam dá um tapinha nas costas de Mark e dá um passo para o lado. — Esta é Poppy.

— É um prazer conhecê-la, Poppy. — Mark aperta a minha mão. — Pelo que eu soube, você quer a réplica de um anel.

Sinto uma onda imediata de paranoia e culpa. Ele precisava dizer isso em voz alta, para qualquer um ouvir?

— Só por um tempinho. — Mantenho a voz baixa, quase num sussurro. — Até eu encontrar o verdadeiro. E isso vai ser bem rápido.

— Entendi — concorda ele. — Mesmo assim, é útil ter uma réplica. Fazemos várias substituições para viagens e situações deste tipo. Normalmente só fazemos réplicas de joias que nós mesmos desenhamos, mas podemos abrir uma exceção para os amigos. — Mark pisca para Sam. — E tentamos ser *um tanto* discretos quanto a isso. Não queremos interferir com o negócio principal.

— Sim! — digo rapidamente. — É claro. Eu também quero ser discreta. Muito.

— Você tem uma imagem? Uma foto?

— Aqui.

Tiro a foto que imprimi do meu computador naquela manhã. É de mim e Magnus no restaurante onde ele me pediu em casamento. Pedimos para o casal da mesa ao lado tirar uma foto nossa, e estou com a mão esquerda erguida com orgulho, com o anel claramente visível. Estou risonha e com cara de boba. E, para ser justa, era assim que eu estava me sentindo.

Os dois olham em silêncio.

— Então é esse o sujeito com quem você vai casar — diz Sam, por fim. — O viciado em Palavras Cruzadas.

— É.

Tem alguma coisa no tom dele que me deixa na defensiva. Não faço ideia do motivo.

— O nome dele é Magnus.

— Ele não é o acadêmico? — Sam está franzindo a testa para a foto. — Que tinha uma série de TV?

— É. — Sinto um orgulhinho. — Exatamente.

— É uma esmeralda de quatro quilates, eu diria? — Mark Spencer levanta o olhar que estava na foto.

— Talvez — respondo sem convicção. — Eu não sei.

— Você não *sabe* quantos quilates seu anel de noivado tem?

Os dois homens me lançam um olhar estranho.

— O quê? — Sinto que fiquei vermelha. — Me desculpem. Eu não *sabia* que ia perdê-lo.

— Isso é adorável — diz Mark com um sorrisinho irônico. — A maioria das garotas sabe os quilates do anel até a casa decimal. E arredonda para cima.

— Ah. Bem. — Dou de ombros para encobrir o constrangimento. — É um anel de família. Acabamos não conversando sobre isso.

— Temos várias bases aqui. Vou procurar...

Mark empurra a cadeira e começa a procurar nas gavetas de metal.

— Então ele ainda não sabe que você perdeu?

Sam aponta a foto de Magnus com o polegar.

— Ainda não. — Eu mordo o lábio. — Tenho esperança de que apareça e...

— Ele nunca vai precisar saber que você perdeu — conclui Sam por mim. — Você vai guardar bem o segredo até morrer.

Olho para o outro lado, sentindo uma dorzinha bater. Não gosto disso. Não gosto de esconder coisas de Magnus. Não gosto de ser o tipo de pessoa que age pelas costas do noivo. Mas não tem outro jeito.

— Ainda estou recebendo os e-mails de Violet aqui. — Aponto para ele com o celular para me distrair. — Achei que o pessoal técnico estava resolvendo.

— Eu também.

— Bem, chegaram alguns novos. Já perguntaram quatro vezes sobre a corrida.

— Humm.

Ele mal mexe a cabeça.

— Você não vai responder? E quanto ao quarto de hotel da conferência de Hampshire? Você precisa dele para uma noite ou duas?

— Vou ver. Ainda não tenho certeza.

Sam parece tão inabalado que fico meio frustrada.

— Você nunca *responde* seus e-mails?

— Eu priorizo.

Ele bate calmamente na tela.

— Ah, hoje é aniversário de Lindsay Cooper! — Agora estou lendo um e-mail com destinatários múltiplos. — Lindsay, do marketing. Quer desejar feliz aniversário a ela?

— Não quero, não.

Ele é tão inflexível que me sinto um pouco afrontada.

— O que há de errado em dizer feliz aniversário para uma colega?

— Eu não a conheço.

— Conhece sim! Você trabalha com ela.

— Trabalho com 243 pessoas.

— Mas não foi essa a garota que mandou aquele documento sobre estratégia em sites outro dia? — digo, me lembrando de repente de uma troca de e-mails antiga. — Vocês não ficaram muito satisfeitos?

— Sim — diz ele. — O que isso tem a ver?

Meu Deus, ele é teimoso. Desisto do aniversário de Lindsay e passo para o e-mail seguinte.

— Peter concluiu o acordo da Air France. Ele quer entregar o relatório completo para você logo depois da reunião de equipe. Tudo bem pra você?

— Tudo. — Sam mal tira o olho do celular. — Apenas me encaminhe. Obrigado.

Se eu encaminhar, o e-mail vai ficar esquecido o dia todo e ele não vai responder.

— Por que eu não respondo? — proponho. — Já que você está aqui e estou com o e-mail aberto. Só vai levar um minuto.

— Ah. — Ele parece surpreso. — Obrigado. Apenas diga "sim".

— Sim — digito com cuidado. — Mais alguma coisa?

— Acrescente "Sam".

Eu olho para a tela, insatisfeita. "Sim, Sam." Parece tão curto. Tão direto.

— Que tal acrescentar alguma coisa do tipo "parabéns"? — sugiro. — Ou "Você conseguiu! Viva!", ou apenas "Tudo de bom e obrigado por tudo"?

Sam não parece impressionado.

— "Sim, Sam" é o suficiente.

— Típico — murmuro baixinho.

Mas talvez não tenha sido *tão* baixinho quanto eu pretendia, porque Sam levanta o olhar.

— Como?

Eu sei que devia morder a língua. Mas estou tão frustrada que não consigo me controlar.

— Você é tão rude! Seus e-mails são tão curtos! São horríveis!

Há uma longa pausa. Sam parece tão atônito quanto ficaria se a cadeira começasse a falar.

— Me desculpe — acrescento por fim, dando de ombros constrangida. — Mas é verdade.

— Tudo bem — diz Sam por fim. — Vamos esclarecer as coisas. Em primeiro lugar, pegar esse telefone emprestado *não* dá o direito de você ler e criticar meus e-mails. — Ele hesita. — Em segundo lugar, e-mails curtos são bons.

Já estou arrependida de ter falado. Mas não posso recuar agora.

— Não *tão* curtos — respondo. — E você ignora completamente a maioria das pessoas! É grosseiro!

Pronto. Falei.

Sam está me olhando com raiva.

— Como falei, eu priorizo. Agora, como a situação do seu anel está resolvida, talvez você queira devolver o celular, e assim meus e-mails não vão mais te perturbar.

Ele estica a mão.

Ai, Deus. É *por isso* que ele está me ajudando? Para que eu devolva o celular?

— Não! — Eu agarro o aparelho. — Quero dizer... por favor. Ainda preciso dele. O hotel pode ligar a qualquer momento. A Sra. Fairfax está com este número...

Sei que é irracional, mas sinto que, no momento em que entregar o celular, vou estar dando adeus a qualquer chance de achar o anel.

Eu o coloco nas costas para garantir e olho suplicante para ele.

— Meu Deus — exclama Sam. — Isso é *ridículo*. Vou entrevistar uma assistente nova hoje à tarde. Esse celular é da empresa. Você não pode ficar com ele.

— Não vou! Mas posso ficar por mais alguns dias? Não vou mais criticar seus e-mails — acrescento com docilidade. — Prometo.

— Certo, pessoal! — diz Mark, nos interrompendo. — Boas notícias. Encontrei uma base. Agora vou escolher algumas pedras para você olhar. Com licença um minuto...

Quando ele sai da sala, meu telefone apita com uma nova mensagem de texto.

— É de Willow — digo, olhando para baixo. — Olha. — Aponto para a minha mão. — Encaminhando. Sem fazer comentário. Nenhum.[51]

---

51. O que é uma pena, porque o que estou morrendo de vontade de perguntar é: por que Willow fica mandando mensagens por mim quando já deve saber que não sou Violet? E qual é o objetivo de ficar se comunicando pela assistente dele, afinal?

— Hummm. — Sam dá o mesmo resmungo evasivo que soltou antes quando mencionei Willow.

Há uma pausa constrangedora. O que *devia* acontecer agora era eu perguntar alguma coisa educada como "E então, como vocês se conheceram?" e "Quando vão se casar?", e começaríamos uma conversa sobre listas de casamento e preços de bufê. Mas por algum motivo não consigo fazer isso. A relação deles é tão peculiar que não quero falar nisso.

Sei que ele pode ser curto e grosso, mas ainda não consigo vê-lo com uma vaca egoísta e reclamona como Willow. Principalmente agora que o conheci pessoalmente. Ela deve ser mesmo muito, muito, *muito* linda, eu concluo. Do padrão de supermodelo. A aparência deslumbrante dela o cegou para todas as outras características. É a única explicação.

— Um monte de gente está respondendo ao e-mail sobre o aniversário de Lindsay — comento, para quebrar o silêncio.

— *Elas* com certeza não têm problema em fazer isso.

— E-mails para um monte de destinatários é coisa do demônio. — Sam nem muda de tom. — Eu preferiria dar um tiro na cabeça a responder a um deles.

Bem, *essa* é uma atitude legal.

Essa Lindsay obviamente é muito popular. A cada vinte segundos, uma mensagem respondida a todos aparece na tela, dizendo coisas como "Feliz aniversário, Lindsay! Que sua comemoração seja maravilhosa, seja ela qual for". O telefone fica tocando e piscando. Parece que está havendo uma festa ali dentro. E só Sam se recusa a participar.

Ah, não aguento. Qual é a dificuldade de digitar "feliz aniversário"? Por que não? São só duas palavras.

— Não posso escrever "feliz aniversário" por você? — imploro. — Vamos. Você não precisa fazer nada. Eu digito.

— Puta que *pariu*! — Sam tira o olhar do próprio celular. — Tudo bem. Como quiser. Diga feliz aniversário. Mas nada de rostos sorridentes e nem beijos — acrescenta ele de forma ameaçadora. Apenas "Feliz aniversário. Sam.".

— "Feliz aniversário, Lindsay!" — digito de maneira desafiadora. — "Espero que esteja se divertindo muito hoje. Parabéns mais uma vez pela estratégia do site, foi incrível. Felicidades, Sam."

Eu envio depressa, antes que ele possa se perguntar por que estou digitando tanta coisa.

— E o dentista? — Eu decido abusar da sorte.

— *O que tem* o dentista? — diz ele, e sinto uma enorme onda de exasperação. Ele está fingindo que não sabe o que estou dizendo ou realmente esqueceu?

— Prontinho! — A porta se abre e Mark reaparece, segurando uma bandeja de veludo azul-marinho. — Estas são nossas imitações de esmeralda.

— Uau — digo baixinho, não mais prestando atenção ao celular.

À minha frente há dez fileiras de esmeraldas cintilantes. Eu sei que não são verdadeiras, mas, para ser franca, não consigo notar a diferença.[52]

— Tem alguma pedra que você ache particularmente parecida com a que perdeu?

— Aquela. — Aponto para uma pedra oval no meio. — É quase igual. É incrível!

---

52. O que faz pensar: se o homem consegue *fazer* esmeraldas hoje em dia, por que gastamos montes de dinheiro com as verdadeiras? Além disso: será que devo comprar um par de brincos?

— Ótimo. — Ele pega a pedra com uma pinça e a coloca num pequeno prato plástico. — Os diamantes obviamente são menores e menos perceptíveis, então estou bem confiante em achar uma correspondência. Quer um pouco de desgaste? — acrescenta ele. — Que tire o brilho?

— Você pode fazer isso? — pergunto, impressionada.

— Podemos fazer qualquer coisa — diz ele com confiança. — Uma vez fizemos as joias da coroa para um filme de Hollywood. Pareciam verdadeiras, embora nem tenham sido usadas no filme.

— Uau. Bem... sim, quero!

— Tudo bem. Deve ficar pronto em... — Ele olha para o relógio. — Três horas?

— Ótimo!

Eu me levanto impressionada. Não acredito que foi tão fácil. Na verdade, estou sentindo um alívio enorme. Isso vai me ajudar por alguns dias, depois vou recuperar o anel verdadeiro e tudo vai ficar bem.

Quando voltamos para a entrada, sinto que há uma movimentação interessada em nós dois rolando. Martha deixa de lado o caderno no qual estava escrevendo, e algumas garotas de cinza estão sussurrando e acenando para mim de perto da porta. Mark nos leva até Martha de novo, que me dá um sorriso ainda maior que o anterior.

— Cuide dessas pessoas adoráveis para mim, Martha, por favor — diz ele, dando a ela um pedaço de papel dobrado. — Aqui estão os detalhes. Até mais tarde.

Ele e Sam apertam as mãos calorosamente e Mark desaparece nos fundos da loja.

— Você parece feliz! — diz Martha para mim com uma piscadela.

— Estou muito feliz! — Não consigo conter minha alegria. — Mark é brilhante. Não consigo *acreditar* no que ele consegue fazer!

— Sim, ele é muito especial. Ah, estou tão feliz por você. — Ela aperta meu braço. — Que dia *maravilhoso* para vocês!

Ah... merda. De repente, me dou conta do que ela quer dizer. Olho intensamente para Sam, mas ele deu um passo para o lado para ler alguma coisa no celular e não reparou.

— Estamos morrendo de vontade de saber. — Os olhos de Martha estão brilhando. — O que vocês escolheram?

— Hum...

Essa conversa definitivamente foi na direção errada. Mas não consigo pensar em como corrigi-la.

— Martha nos contou sobre o relógio Cartier vintage! — Outra garota de cinza se junta à conversa, e posso ver duas outras se aproximando para ouvir.

— Estamos todas curiosas aqui. — Martha assente. — Acho que Mark vai fazer uma coisa bem especial e sob medida pra vocês. Com algum toque maravilhoso e romântico. — Ela une as mãos. — Talvez um diamante perfeito...

— Aqueles com lapidação princesa são lindíssimos — diz uma garota de cinza.

— Ou uma antiguidade — diz outra garota ansiosamente. — Mark tem alguns diamantes antigos *incríveis*, cada um com uma história. Tem um rosa pálido lindíssimo, ele mostrou para vocês?

— Não! — eu digo rapidamente. — Hum... vocês não entenderam. Eu não... Quero dizer...

Oh, Deus. O que posso dizer? *Não* vou contar a elas a história toda.

— Adoramos um belo anel. — Martha suspira com alegria. — Não importa qual, desde que seja mágico para *você*. Ah, vamos. — Ela dá um sorriso travesso. — Eu *tenho* que saber. — Ela abre o papel com um floreio. — E a resposta é...

Quando ela começa a ler as palavras no papel, sua voz é interrompida por uma espécie de gritinho sufocado. Por um momento, ela parece incapaz de falar.

— Oh! Uma imitação de esmeralda — ela acaba por dizer, com voz estrangulada. — Adorável. E imitações de diamantes também. *Muito* lindo.

Não tem nada que eu possa dizer. Estou ciente das expressões desapontadas olhando para mim. Martha parece a mais decepcionada de todas.

— Achamos que era um anel lindo — eu digo meio desajeitada.

— E é! É sim! — Martha está obviamente se forçando a assentir com animação. — Bem... parabéns! É *tão* sensato você escolher imitações. — Ela troca olhares com as outras garotas de cinza, que rapidamente concordam.

— Sem dúvida!

— É muito sensato!

— Linda escolha!

As vozes animadas *não* correspondem aos rostos. Uma das garotas quase parece querer chorar.

Martha parece um tanto obcecada pelo Cartier vintage de ouro de Sam. Praticamente consigo ler a mente dela: *Ele tem dinheiro para um Cartier vintage para si mesmo e comprou uma IMITAÇÃO para a namorada?*

— Posso ver o preço? — Sam acabou de mexer no celular e pega o papel da mão de Martha. Ao ler, ele franze a testa. — Quatrocentos e cinquenta libras. É muito. Pensei que Mark tivesse prometido fazer um desconto. — Ele se vira para mim. — Você não acha muito?

— Talvez.[53] — Eu concordo com a cabeça, um pouco envergonhada.

— Por que é tão caro? — Ele se vira para Martha e os olhos dela voam mais uma vez em direção ao relógio Cartier antes de ela se dirigir a ele com um sorriso profissional.

— É a platina, senhor. É um material precioso e eterno. A maior parte dos nossos clientes valoriza um material que dure a vida toda.

— Bem, não dá para usar uma coisa mais barata? Prata? — Sam se vira para mim. — Você concorda, não é, Poppy? O mais barato possível?

Ouço alguns sons de indignação dentro da loja. Vejo a expressão horrorizada de Martha e não consigo não ruborizar.

— Sim! É claro — eu murmuro. — O que tiver de mais barato.

— Vou ver com Mark — diz Martha, depois de uma longa pausa. Ela se afasta e faz uma rápida ligação. Quando volta ao caixa, está piscando rápido e não consegue me olhar nos olhos. — Falei com Mark, e o anel pode ser feito de níquel banhado em prata, o que baixa o preço para... — Ela digita de novo. — Cento e doze libras. O senhor prefere esta opção?

— Bem, é claro que sim. — Sam olha para mim. — Sem dúvida, não é?

— Entendo. É claro. — O sorriso de Martha parece congelado. — Está... ótimo. Níquel banhado em prata. — Ela parece

---

53. Eu achei *mesmo* que era muito. Mas achei que era o golpe que eu tinha que levar. Eu jamais questionaria o preço de um anel numa loja chique, nem em um milhão de anos.

recuperar o controle. — Em termos de apresentação, senhor, oferecemos uma caixa de couro de luxo por 30 libras, ou uma mais simples, de madeira, por 10 libras. Qualquer uma das opções vem forrada de pétalas de rosas e pode ser personalizada. Talvez iniciais ou uma pequena mensagem?

— *Mensagem?* — Sam dá uma risada incrédula. — Não, obrigado. E nada de caixa. Vamos querer só o anel. Você quer uma sacola, Poppy? — Ele olha para mim.

Martha está respirando cada vez com mais dificuldade. Só por um momento, acho que ela vai perder o controle.

— Tudo bem! — diz ela por fim. — Não tem problema nenhum. Nada de caixa, nada de pétalas de rosas, nada de mensagem... — Ela digita no computador. — E como você vai pagar pelo anel, senhor? — Ela obviamente está reunindo todas as energias para continuar sendo agradável.

— Poppy? — Sam assente para mim, esperando.

Quando pego minha bolsa, a expressão de Martha é tão horrorizada que quase morro de constrangimento.

— Então... *você* vai pagar pelo anel, senhora. — Ela obviamente mal consegue dizer as palavras. — Maravilhoso! Isso é... maravilhoso. Não tem problema nenhum.

Digito minha senha e pego o recibo. Mais garotas de cinza aparecem na loja, e estão aglomeradas, falando de mim. Meu corpo inteiro está tomado de humilhação.

Sam, é claro, não percebeu nada.

— Vamos ver vocês dois mais tarde? — Martha faz um esforço evidente para se recuperar enquanto nos leva até a porta. — Vamos ter champanhe esperando, e vamos tirar uma foto para o álbum de vocês, é claro. — Um pequeno brilho retorna aos olhos dela. — É um momento *tão* especial quando você recebe o anel e coloca no dedo dela...

— Não. Já passei tempo demais aqui — diz Sam, olhando distraidamente para o relógio. — Você não pode mandar o entregador levar para Poppy?

Esta parece ser a gota d'água para Martha. Depois de eu passar para ela meus dados e quando estamos saindo, ela exclama de repente:

— Posso dar uma palavrinha com você sobre cuidados com o anel, senhora? Rapidamente? — Ela pega meu braço e me leva para a loja, com o toque surpreendentemente forte. — Em sete anos vendendo anéis de noivado, nunca fiz isso antes — sussurra ela com urgência no meu ouvido. — Sei que ele é amigo do Mark. E sei que é muito bonito. Mas... você tem *certeza*?

Quando volto para a rua, Sam está me esperando com ar de impaciência.

— O que foi isso? Está tudo bem?

— Sim! Tudo bem!

Meu rosto está vermelho e só quero sair dali. Quando olho para a loja, vejo Martha conversando animadamente com as outras garotas de cinza e gesticulando em direção a Sam, com uma expressão de revolta no rosto.

— O que está acontecendo? — Sam franze a testa. — Ela não tentou vender o anel caro pra você, tentou? Porque vou falar com Mark...

— Não! Não aconteceu nada disso. — Eu hesito, quase constrangida demais para contar.

— Então o que foi? — Sam olha para mim.

— Ela achou que você era meu noivo e que estava me obrigando a comprar meu próprio anel de noivado — eu acabo por admitir. — Me disse para não me casar com você. Estava muito preocupada comigo.

Não vou falar sobre a teoria de Martha sobre generosidade na joalheria e generosidade na cama e em como se relacionam.[54]

Vejo o entendimento lentamente surgir no rosto dele.

— Ah, isso é engraçado. — Ele cai na gargalhada. — É muito engraçado. Ei. — Ele hesita. — Você não *queria* que eu pagasse, queria?

— Não, é claro que não! — eu digo, chocada. — Não seja ridículo! Eu só me senti péssima porque a loja inteira pensa que você é mesquinho, quando na verdade você estava me fazendo um enorme favor. Sinto muito. — Eu faço uma careta.

Sam parece perplexo.

— Qual é a importância? Não ligo para o que pensam de mim.

— Ah, deve ligar *um pouco*.

— Nem um pouco.

Olho para ele com atenção. O rosto dele está calmo. Acho que está falando sério. Ele não liga. Como é possível não ligar?

Magnus se importaria. Ele sempre flerta com vendedoras e tenta fazer com que o reconheçam da TV. E uma vez, quando o cartão dele foi recusado no supermercado perto de casa, ele fez questão de voltar lá no dia seguinte para dizer que o banco tinha cometido um erro *enorme* no dia anterior.

Melhor assim. Agora não me sinto tão mal.

— Vou comprar um café no Starbucks. — Sam começa a descer a rua. — Quer?

— Eu compro. — Saio andando rapidamente atrás dele. — Estou em débito com você. Muito.

Só preciso voltar à clínica depois do almoço, porque consegui que Annalise trocasse a manhã comigo. Com um suborno polpudo.

---

54. "Eu poderia desenhar um gráfico, Poppy. Um *gráfico*."

— Você se lembra que falei de um homem chamado Sir Nicholas Murray? — diz Sam ao abrir a porta da cafeteria. — Ele vai mandar um documento. Falei para ele usar meu endereço de e-mail, mas se por acaso ele mandar para você por engano, por favor, me avise *imediatamente.*

— Tudo bem. Ele é bem famoso, não é? — Não consigo resistir. — Ele não foi o número 18 na lista de empreendedores mundiais de 1985?

Fiz algumas pesquisas no Google ontem à noite e estou por dentro de tudo sobre a empresa de Sam. Sei tudo. Eu poderia participar do programa *Mastermind.* Poderia fazer uma apresentação de PowerPoint. Na verdade, eu queria que alguém me pedisse isso! Fatos que sei sobre a Consultoria White Globe, apresentados de forma aleatória:

1. Foi fundada em 1982 por Nicholas Murray e agora foi comprada por um grande grupo multinacional.
2. Sir Nicholas ainda é o presidente. Ao que parece, ele consegue aliviar a atmosfera de uma reunião simplesmente por chegar lá e consegue parar uma negociação no meio com um mero aceno de cabeça. Sempre usa camisas com estampas florais. É a marca dele.
3. O diretor financeiro era protegido de Sir Nicholas, mas saiu da empresa recentemente. O nome dele é Ed Exton.[55]

---

55. A-rá! Obviamente, o mesmo Ed que estava no Groucho Club, o que estava péssimo. Pode me chamar de Poirot.

4. A amizade de Ed e Sir Nicholas foi desmoronando ao longo dos anos, e Ed nem foi à festa em que Sir Nicholas ganhou o título de cavaleiro.[56]
5. Houve um escândalo recente quando um cara chamado John Gregson fez uma piada politicamente incorreta num almoço e teve que pedir demissão.[57] Algumas pessoas acharam injusto, mas o novo presidente do conselho tinha "tolerância zero para comportamentos impróprios".[58]
6. Sir Nicholas atualmente aconselha o Primeiro Ministro num novo comitê especial de "Felicidade e Bem-Estar", com o qual todos os jornais têm sido rudes. Um até descreveu Sir Nicholas como fora de forma e fez uma charge dele como uma flor com pétalas caindo. (Não vou mencionar isso para Sam.)
7. Eles ganharam um prêmio pelo programa de reciclagem de papel no ano passado.

— Parabéns pela reciclagem, aliás — eu digo, ansiosa para mostrar conhecimento. — Vi sua declaração sobre "responsabilidade com o meio ambiente ser o eixo principal para qualquer empresa que aspira a excelência". É uma *grande* verdade. Nós também reciclamos.

— O quê? — Sam parece pego de surpresa; até mesmo desconfiado. — Onde você viu isso?

---

56. Coluna de fofocas do *Daily Mail*.
57. Eu realmente me lembro vagamente de ter visto essa história no jornal.
58. Que bom que ele não é meu chefe é tudo que posso dizer.

— No Google. Não é contra a lei! — eu acrescento ao ver a expressão dele. — Eu estava apenas *interessada*. Como estou mandando e-mails o tempo todo, pensei em descobrir um pouco sobre sua empresa.

— Ah, pensou? — Sam me lança um olhar duvidoso. — Cappuccino duplo pequeno, por favor.

— Então quer dizer que Sir Nicholas está ajudando o Primeiro Ministro! Isso é muito legal!

Desta vez, Sam nem responde. Falando sério. Ele não é exatamente muito diplomático.

— *Você* já foi ao Número Dez? — eu insisto. — Como é?

— Estão esperando seu pedido de café. — Sam gesticula para o barista.

Fica claro que ele não vai contar nada. Típico. Era de se imaginar que ele ficaria *feliz*. Estou interessada no que ele faz.

— Um *latte* desnatado para mim. — Eu pego minha bolsa.

— E um bolinho com gotas de chocolate. Quer um bolinho?

— Não, obrigado.

— Melhor mesmo. — Eu concordo com sabedoria. — Já que você se recusa a ir ao dentista.

Sam me lança um olhar vago, que poderia significar "Não comece", ou "Não estou prestando atenção", ou mesmo "Como assim, dentista?"

Estou começando a entender como ele é. Parece que ele tem um botão de ligar e desligar. E só aperta o botão de ligar quando quer.

Clico no meu navegador, procuro outra foto nojenta de dentes estragados e encaminho para ele em silêncio.

— Aquela recepção no Savoy — eu digo quando vamos pegar nossas bebidas. — Você precisa confirmar presença.

— Ah, não vou lá — diz ele, como se fosse óbvio.

— Por que não? — Eu o encaro.

— Não tenho nenhum motivo em particular para isso. — Ele dá de ombros. — E é uma semana cheia de eventos sociais.

Não acredito nisso. Como ele pode não querer ir ao Savoy? Meu Deus, é bom para executivos de sucesso, não é? Champanhe de graça, bocejo, bocejo. Bolsas de brindes, outra festa, bocejo, que coisa mais tediosa e chata.

— Então você deveria avisá-los. — Mal consigo esconder minha reprovação. — Na verdade, vou fazer isso agora mesmo. — Querida Blue, muito obrigada pelo convite — eu leio enquanto digito. — Infelizmente, Sam não vai poder ir ao evento. Felicidades, Poppy Wyatt.

— Você não precisa fazer isso. — Sam está olhando para mim, perplexo. — Uma das assistentes do escritório está me ajudando agora. Uma garota chamada Jane Ellis. Ela pode fazer isso.

Sim, mas será que ela *vai* fazer? É o que eu quero responder. Estou sabendo dessa Jane Ellis, que começou a fazer aparições ocasionais na caixa de entrada de Sam. Mas o trabalho real dela é trabalhar para o colega de Sam, Malcolm. Tenho certeza de que a última coisa que ela quer fazer é acrescentar a agenda de Sam ao trabalho diário e exaustivo dela.

— Tudo bem. — Eu dou de ombros. — Está me incomodando bastante. — Nossos cafés chegaram no balcão e entrego o dele. — Bem... obrigada, de novo.

— Não foi nada. — Ele segura a porta para mim. — Espero que encontre o anel. Assim que terminar com o celular...

— Eu sei. — Eu o interrompo. — Vou mandar entregar. Imediatamente.

— Certo. — Ele se permite me dar um meio sorriso. — Bem, espero que tudo corra bem para você. — Ele estica a mão e eu a aperto educadamente.

— Espero que tudo corra bem para você também.

Nem perguntei quando é o casamento dele. Talvez seja dali a uma semana, como o meu. Na mesma igreja, até. Vou chegar e vê-lo na escada de braço dado com a Bruxa Willow, dizendo para ele o quão ácido é.

Ele sai andando e vou em direção ao ponto de ônibus. Tem um 45 com passageiros desembarcando e subo nele. Ele vai me levar até Streatham Hill, e posso ir andando de lá.

Quando me sento, olho pela janela e vejo Sam andando pela calçada, com o rosto impassível, quase parecendo pedra. Não sei se é o vento ou se ele esbarrou em alguém que estava passando, mas de alguma forma a gravata dele entortou, e ele nem parece ter percebido. Agora *isso* me incomoda. Não consigo resistir a mandar uma mensagem de texto.

Sua gravata está torta.

Espero uns trinta segundos e vejo o rosto dele ganhar uma expressão de surpresa. Enquanto olha ao redor, procurando no meio dos pedestres na calçada, mando outra mensagem:

No ônibus.

O ônibus já está em movimento, mas o trânsito está lento e estou no mesmo ritmo que Sam. Ele olha para o lado, ajeita a gravata e me lança um sorriso.

Tenho que admitir, ele tem um sorriso e tanto. É meio de acelerar o coração, principalmente se vier do nada.

Quer dizer... você sabe. Se seu coração estiver num ponto em que possa bater acelerado.

Seja como for, acabou de chegar um e-mail de Lindsay Cooper e eu rapidamente o abro.

Prezado Sam,
Muito obrigada! Suas palavras têm um significado especial para mim. É tão bom saber que somos valorizados!! Contei para a equipe toda que você me ajudou com o documento de estratégia, e todos estão animados!
Atenciosamente,
Lindsay

Está copiado para o outro endereço dele, então ele certamente recebeu esse e-mail no celular. Um momento depois, meu celular toca com uma mensagem de Sam.

O que você escreveu para Lindsay??

Não consigo deixar de rir quando digito a resposta:

Feliz aniversário. Como você mandou.

O que mais??

Não vejo por que responder. Também posso ser seletiva. Apenas respondo:

Já marcou o dentista?

Espero um pouco... mas o silêncio impera de novo. Outro e-mail acabou de chegar ao celular, desta vez de um dos colegas de Lindsay, e ao lê-lo não consigo não me sentir vingada.

Caro Sam,
Lindsay nos passou suas gentis palavras sobre a estratégia do site. Ficamos muito honrados e felizes por você ter dedicado um tempo para comentar. Obrigado. Espero ansiosamente por mais conversas sobre outras iniciativas, talvez no próximo encontro mensal.
Adrian (Foster)

Rá. Está vendo? *Está vendo?*

É muito fácil mandar e-mails mais do que monossilábicos. E-mails curtos podem ser bastante eficientes. Podem passar a mensagem para o trabalho ser feito. Mas assim *ninguém gosta de você*. Agora é que toda a equipe do site vai se sentir feliz, apreciada e vai trabalhar com dedicação. E tudo por minha causa! Sam devia me deixar encarregada dos e-mails dele o tempo todo.

Num impulso repentino, vou até o milésimo e-mail de Rachel sobre a corrida e aperto o botão de responder.

Oi, Rachel,
Conte comigo para a corrida. É um grande evento e quero muito apoiá-lo. Parabéns!
Sam

Ele parece em forma. Tenho certeza de que pode participar de uma corrida.

Estou animada e desço até o e-mail do cara de TI que perguntou educadamente sobre mandar o CV e ideias para a empresa. É claro que Sam só pode querer *encorajar* as pessoas que querem melhorar, certo?

Prezado James,
Eu ficaria muito feliz em ver seu CV e ouvir suas ideias. Marque um horário com Jane Ellis, e parabéns por ser tão proativo!
Sam

E agora que comecei, não consigo parar. Conforme o ônibus roda pela cidade, mando um e-mail para o cara que quer avaliar a estação de trabalho de Sam para verificar questões de saúde e segurança, depois, mando um e-mail para Jane pedindo para que coloque na agenda.[59] Mando um e-mail para Sarah, que está de licença porque está com herpes, e pergunto se ela melhorou.

Todos aqueles e-mails não respondidos andam me incomodando. Todas aquelas pobres pessoas ignoradas, que tentam tanto fazer contato com Sam. Por que eu *não deveria* responder a elas? Estou fazendo um favor enorme para ele! Sinto que estou retribuindo o favor que ele me fez com o anel. Pelo menos, quando eu devolver o celular, a caixa de entrada de e-mails dele vai estar resolvida.

Na verdade, que tal um e-mail para vários destinatários dizendo a todos que são fabulosos? Por que não? A quem vai fazer mal?

Prezada equipe,
Eu só queria dizer que vocês todos fizeram um excelente trabalho até o momento este ano.

Enquanto digito, um pensamento bem melhor me ocorre.

---

59. Sei que ele está livre na próxima quarta, no horário do almoço, porque uma pessoa acabou de cancelar o compromisso.

Como vocês sabem, valorizo as visões e ideias de todos vocês. Temos sorte em ter tantas pessoas talentosas na Consultoria White Globe, e quero tirar o melhor proveito disso. Se tiverem alguma ideia para a empresa e quiserem compartilhar comigo, podem enviar. Sejam sinceros!
Felicidades, e que tenhamos um excelente ano.
Sam

Aperto o botão de enviar com satisfação. Pronto. Isso que é dar motivação. Isso que é espírito de equipe! Quando me recosto, meus dedos doem de tanto digitar. Tomo um gole do café, pego o muffin e enfio um pedação na boca na hora em que o celular começa a tocar.

Merda. Logo *nessa* hora.

Aperto o botão para atender, levo o aparelho até o ouvido e tento dizer "Um minuto", mas o que sai é "ubblllllg". Minha boca está cheia de muffin massudo. O que *colocam* nessas coisas?

— É você? — Uma voz jovem e persuasiva de homem está falando. — É Scottie.

Scottie? *Scottie?*

Uma coisa de repente se ilumina na minha mente. Scottie. Não foi esse nome que o amigo de Violet que ligou antes mencionou? O que estava falando sobre lipoaspiração?

— Está feito. Foi como falei. Com precisão cirúrgica. Sem pistas. Coisa de gênio, embora seja eu que o diga. *Adios*, Papai Noel.

Estou mastigando o muffin o mais rápido que posso, mas ainda não consigo emitir som nenhum.

— Você está aí? Este é o número certo... Oh, *merda*... — A voz desaparece quando consigo engolir.

— Alô? Quer deixar recado?

Ele desligou. Olho o identificador de chamadas, mas está escrito Número Desconhecido.

Eu achava que todos os amigos de Violet saberiam o novo número a essa altura. Estalo a língua e enfio a mão na bolsa para pegar o programa da peça *O rei leão*, que ainda está lá.

"Scottie ligou", escrevi ao lado da primeira anotação. "Está feito. Precisão cirúrgica. Sem pistas. Coisa de gênio. *Adios*, Papai Noel."

Se eu um dia encontrar essa Violet, espero que fique grata por todos os meus esforços. Na verdade, espero *mesmo* conhecê-la. Não ando anotando esses recados por nada.

Estou prestes a guardar o celular quando uma leva de novos e-mails chega de repente. Respostas ao meu e-mail para vários destinatários, já? Eu dou uma olhada e, para minha decepção, a maioria é de mensagens padrão da empresa ou propagandas. Mas o penúltimo me faz parar. É do pai de Sam.

Eu andei pensando nele.

Eu hesito, mas acabo abrindo o e-mail.

Querido Sam,
Será que você recebeu meu último e-mail? Você sabe que não entendo muito de tecnologia e posso ter mandado para o lugar errado. Mas aqui vai de novo.
Espero que tudo esteja bem e que você esteja prosperando em Londres, como sempre. Você sabe o quanto temos orgulho do seu sucesso. Vejo você nas páginas de negócios. Incrível. Eu sempre soube que você estava destinado a coisas grandiosas, você sabe. Como falei, eu queria muito conversar sobre uma coisa. Você vem algum dia para os lados de Hampshire? Não nos vemos há muito tempo e sinto saudades.
Do seu sempre,
Do seu velho
Pai

Quando chego ao final, sinto um calor ao redor dos olhos. Não consigo acreditar. Sam nem ao menos respondeu ao último e-mail? Será que ele não *liga* para o pai? Será que eles tiveram uma briga feia ou algo parecido?

Não faço ideia de qual seja a história. Não faço ideia do que pode ter acontecido entre eles. Só sei que tem um pai sentado em frente a um computador enviando um pedido de atenção para um filho, mas ele está sendo ignorado e não consigo suportar. Não consigo. Independentemente do que já aconteceu, a vida é curta demais para não se perdoar. A vida é curta demais para se guardar ressentimentos.

De impulso, aperto o botão para responder. Não ouso escrever como se fosse Sam para o próprio pai dele, isso seria ir longe demais. Mas posso entrar em contato. Posso fazer com que um senhor de idade saiba que sua voz está sendo ouvida.

Olá,
Aqui é a assistente do Sam. Só queria avisar que ele vai estar na conferência da empresa no hotel Chiddingford, em Hampshire, na próxima semana, no dia 24 de abril. Tenho certeza de que ele adoraria ver o senhor.
Atenciosamente,
Poppy Wyatt

Aperto enviar antes de me acovardar, depois me recosto por alguns momentos, um pouco sem fôlego pelo que acabei de fazer. Eu me fiz passar por assistente de Sam. Entrei em contato com o pai do cara. Invadi a vida pessoal dele. Sam ficaria furioso se soubesse. Na verdade, só de pensar nisso já tremo.

Mas às vezes precisamos ter coragem. Às vezes, precisamos mostrar às pessoas o que é importante na vida. E tenho um instinto muito forte de que fiz a coisa certa. Talvez não a coisa mais fácil, mas a coisa certa.

Imagino o pai de Sam sentado à mesa, com a cabeça grisalha abaixada. O computador avisa a chegada de um novo e-mail, o rosto dele se enche com uma luz de esperança ao abrir a mensagem... um repentino sorriso de alegria... ele se vira para o cachorro, coça a cabeça dele e diz: "Vamos ver Sam, rapaz!"[60]

Sim. Foi a coisa certa a fazer.

Eu expiro lentamente e abro o último e-mail, que é de Blue.

Olá
Lamentamos muito saber que Sam não poderá vir à recepção do Savoy. Será que ele gostaria de indicar outra pessoa para ir no lugar dele? Por favor, mande o nome por e-mail e nos certificaremos de acrescentá-lo à lista de convidados.
Atenciosamente,
Blue

O ônibus parou; está parado, sacudindo em frente a um sinal de trânsito. Dou outra mordida no muffin e olho em silêncio para o e-mail.

Outra pessoa. Poderia ser qualquer pessoa.

Não tenho nada para fazer na segunda à noite. Magnus tem um seminário em Warwick que vai terminar tarde.

Muito bem. O problema é o seguinte. Nunca que eu *algum dia* seria convidada para algo tão elegante assim na ordem natural das coisas. Fisioterapeutas simplesmente não são con-

---

60. Sei que ele pode não ter um cachorro. Mas tenho quase certeza de que tem.

vidados. E os eventos de Magnus são todos lançamentos de livros acadêmicos ou jantares tediosos de acadêmicos. Nunca no Savoy. Nunca com bolsas cheias de brindes ou coquetéis ou bandas de jazz. Essa é minha primeira e única chance.

Talvez seja carma. Entrei na vida de Sam, fiz uma diferença para o bem, e esta é a minha recompensa.

Meus dedos se movem antes mesmo de eu tomar uma decisão.

"Muito obrigada pelo seu e-mail", me pego digitando. "Sam gostaria de indicar Poppy Wyatt."

SETE

O anel falso é perfeito!

Certo, não é *perfeito*. É um pouquinho menor do que o original. E um pouco mais fino. Mas quem vai perceber sem o outro para comparar? Estou com ele quase a tarde toda e ele é bem confortável. Na verdade, é mais leve do que o verdadeiro, o que é uma vantagem.

Acabei de terminar meu último compromisso do dia e estou de pé com as mãos abertas sobre o balcão da recepção. Todos os pacientes foram embora, até a doce Sra. Randall, com quem precisei ser um bocado firme. Mandei que só voltasse depois de duas semanas. Falei que ela era *perfeitamente* capaz de se exercitar sozinha em casa e que não havia motivo para não voltar para a quadra de tênis.

Então, é claro, tudo veio à tona. Acontece que ela estava com medo de desapontar a parceira de duplas, e era por isso que estava indo com tanta frequência: para ganhar confiança. Falei que ela estava completamente preparada e que queria que ela me mandasse o placar seguinte por mensagem de texto antes de voltar para a próxima consulta. Falei que, se precisasse, *eu* jogaria tênis com ela, e então ela riu e disse que eu estava certa, que ela estava sendo irracional.

Depois que ela saiu, Angela me falou que a Sra. Randall era excelente jogadora e que jogou em Wimbledon na categoria Junior. Caramba. Acho que foi bom *não termos* jogado, porque não sei nem bater um backhand.

Angela também já foi embora. Agora só estamos eu, Annalise e Ruby, e estamos observando o anel em silêncio, rompido apenas pela tempestade de primavera lá fora. Num minuto o dia estava ensolarado e fresco, no outro, a chuva caía nas janelas.

— Excelente — afirma Ruby com determinação. Seu cabelo está preso num rabo de cavalo, e ele balança conforme ela assente. — Muito bom. Nem dá pra perceber.

— *Eu* perceberia — responde Annalise de imediato. — Não tem o mesmo tom de verde.

— É mesmo? — Olho para o anel, consternada.

— A questão é: o quanto Magnus é observador? — Ruby ergue as sobrancelhas. — Ele costuma olhar?

— *Acho* que não...

— Bem, talvez você deva ficar com as mãos longe dele por um tempo, só pra garantir.

— Ficar com as mãos longe dele? Como vou fazer isso?

— Você tem que se conter! — diz Annalise com sarcasmo. — Não pode ser *tão* difícil.

— E os pais dele? — diz Ruby.

— Eles vão querer olhar. Vamos nos encontrar na igreja, então as luzes vão estar fracas, mas mesmo assim... — Mordo o lábio, com um nervosismo repentino. — Ai, Deus. Pelo menos *parece* verdadeiro?

— Parece! — diz Ruby imediatamente.

— Não — diz Annalise, com a mesma firmeza. — Me desculpa, mas não parece. Não se você olhar com atenção.

— Bem, não deixe que olhem! — diz Ruby. — Se começarem a olhar muito de perto, cria alguma distração.

— Tipo o quê?

— Desmaiar? Fingir que está tendo um ataque de nervos? Dizer que está grávida?

— *Grávida?* — Eu a encaro com os olhos arregalados, querendo rir. — Você está doida?

— Só estou tentando ajudar — diz ela, na defensiva. — Talvez eles *gostem* se você estiver grávida. Talvez Wanda esteja doida pra ser vovó.

— Não. — Eu balanço a cabeça. — De jeito nenhum. Ela surtaria.

— Perfeito! Assim ela não olha para o anel. Vai ficar toda cheia de raiva — assente Ruby com satisfação, como se tivesse resolvido todos os meus problemas.

— Não quero uma sogra furiosa, muito obrigada!

— Ela vai ficar com raiva de qualquer maneira — observa Annalise. — Você só precisa decidir o que é pior. A nora grávida ou a nora estranha que perde uma valiosa joia de família? Eu diria para apostar na grávida.

— Para! *Não* vou dizer que estou grávida! — Olho para o anel de novo e esfrego a esmeralda falsa. — Acho que vai dar tudo certo — digo, mais para convencer a mim mesma do que qualquer outra coisa. — Vai dar.

— Aquele é Magnus? — diz Ruby de repente. — Do outro lado da rua?

Acompanho o olhar dela. Lá está ele, segurando um guarda-chuva debaixo do aguaceiro, esperando que o sinal feche.

— Merda.

Dou um salto, fico de pé e coloco a mão direita casualmente por cima da esquerda. Não. Artificial demais. Enfio a mão esquerda no bolso do uniforme, mas meu braço fica num ângulo estranho.

— Péssimo. — Ruby está observando. — Péssimo mesmo.

— O que é que eu faaaço? — choramingo.

— Hidratante para as mãos. — Ela pega um tubo. — Vem. Estou cuidando das suas unhas. Depois você pode ficar com um pouco de creme nelas. Sem querer de propósito.

— Genial. — Olho para Annalise e pisco, surpresa. — Hum... Annalise? O que você está *fazendo*?

Nos trinta segundos desde que Ruby viu Magnus, Annalise parece ter passado uma camada de gloss labial, dado uma borrifada com perfume e agora está soltando algumas mechas sexy do coque.

— Nada! — diz ela de maneira desafiadora, quando Ruby começa a esfregar creme nas minhas mãos.

Só tenho tempo para lançar um olhar desconfiado para ela antes que a porta abra e Magnus entre, sacudindo a água do guarda-chuva.

— Oi, garotas! — Ele sorri como se fôssemos uma plateia esperando a entrada dele. O que, de certa forma, acho que somos.

— Magnus! Deixa que eu pego seu casaco. — Annalise corre para a frente. — Tudo bem, Poppy. Você está fazendo as unhas. Eu pego. Quer uma xícara de chá?

Aah. *Típico.* Eu a observo deslizar a jaqueta de Magnus pelos ombros dele. Ela não está fazendo isso meio devagar? Por que ele precisa tirar a jaqueta? Já vamos sair.

— A gente está quase terminando. — Eu olho para Ruby. — Não está?

— Sem pressa — disse Magnus. — Temos muito tempo.
— Ele olha para a área da recepção e inspira, como se estivesse apreciando uma bela vista. — Humm. Eu me lembro de vir aqui pela primeira vez como se fosse ontem. Você lembra, Pops? Meu Deus, foi incrível, não foi? — Ele olha nos meus olhos com um brilho sugestivo e eu rapidamente tento responder com a mensagem *cala a boca, seu idiota*. Ele vai me arrumar um *mega* de um problema.

— Como está o pulso, Magnus? — Annalise está se aproximando dele com uma xícara de chá, vinda da cozinha. — Poppy marcou com você a consulta de acompanhamento do terceiro mês seguinte?

— Não. — Ele parece surpreso. — Ela deveria?

— Seu pulso está ótimo — digo com firmeza.

— Posso dar uma olhada? — Annalise está me ignorando completamente. — Poppy não devia ser sua terapeuta agora, você sabe. Conflito de interesses. — Ela pega o pulso dele. — Onde exatamente era a dor? Aqui? Ela desabotoa o punho da camisa e a dobra. — Aqui? — A voz dela fica ligeiramente mais grave e ela pisca os cílios para ele. — E... aqui?

Chega. Já está passando dos limites.

— Obrigada, Annalise! — Dou um largo sorriso para ela. — Mas é melhor irmos logo para a igreja. Para a reunião sobre o nosso *casamento* — acrescento enfaticamente.

— Quanto a isso... — Magnus franze ligeiramente a testa.
— Poppy, podemos conversar rapidinho? Talvez na sua sala, por um segundo?

— Ah. — Tenho um leve mau pressentimento. — Tudo bem.

Até Annalise parece surpresa, e Ruby ergue as sobrancelhas.

— Quer tomar um chá, Annalise? — diz ela. — Estaremos aqui. Não se apressem.

Enquanto acompanho Magnus, minha mente dá saltos de pânico. Ele sabe sobre o anel. Sobre o jogo de Palavras Cruzadas. Sobre tudo. Está com medo. Quer uma mulher que saiba conversar sobre Proust.

— Essa porta tem tranca? — Ele mexe na maçaneta e tranca a porta depois de um momento. — Pronto. Excelente! — Quando ele se vira, há uma inconfundível luz nos olhos dele. — Meu Deus, Poppy, você está tão sexy.

Demora uns cinco segundos para a ficha cair.

— *O quê?* Não. Magnus, você só pode estar brincando.

Ele está vindo para cima de mim com uma expressão decidida e familiar. De jeito nenhum. Estou falando sério, *de jeito nenhum.*

— Para! — Dou tapinhas nele quando ele estica a mão para abrir o botão de cima do meu uniforme. — Estou no trabalho!

— Eu sei. — Ele fecha os olhos brevemente, como se estivesse tendo um espasmo de êxtase. — Não sei o que esse lugar tem. Seu uniforme, talvez. Tantas coisas brancas.

— Ah, que pena.

— Você sabe que você também quer. — Ele mordisca minha orelha. — Vai...

Maldito, por conhecer tão bem as minhas orelhas. Por um momento, só por um momento, eu perco ligeiramente o foco. Mas quando ele faz outra tentativa de abrir os botões do meu uniforme, volto à realidade. Ruby e Annalise estão a 1 metro, do outro lado da porta.[61] Isso *não pode acontecer.*

---

61. Na verdade, provavelmente estão com um copo encostado à parede para escutar.

— Não! Magnus, pensei que você quisesse conversar sobre alguma coisa séria! Sobre o casamento, talvez!

— Por que eu faria isso? — Ele está apertando o botão que reclina o sofá completamente para trás. — Hummm. Eu me lembro dessa cama.

— Não é uma cama, é um sofá profissional!

— Aquilo é óleo de massagem? — Ele estica a mão para pegar uma garrafinha ali perto.

— Shhh! — sussurro. — Ruby está ali fora! Já fui submetida a uma audiência disciplinar...

— O que é isso? Ultrassom? — Magnus pega o transdutor transvaginal. — Aposto que podemos nos divertir com isso. Ele esquenta? — Os olhos dele brilham de repente. — *Vibra?*

É como ter que controlar uma criança de 3 anos de idade.

— Não podemos! Desculpa. — Dou um passo para trás e coloco o sofá entre nós dois. — Não podemos. Simplesmente não *podemos*. — Eu ajeito o uniforme.

Por um momento, Magnus parece tão irritado que acho que vai gritar comigo.

— Me desculpa — repito. — Mas é o mesmo que pedir para você fazer sexo com uma aluna. Você seria despedido. Sua carreira acabaria!

Magnus parece prestes a me contradizer, mas logo pensa melhor e decide não falar o que ia dizer.

— Tudo bem então. — Ele dá de ombros com mau humor. — Tranquilo. O que vamos fazer então?

— Podíamos fazer milhões de coisas! — digo com alegria. — Conversar? Ver as coisas do casamento? Só faltam oito dias!

Magnus não responde. Não precisa responder. A falta de entusiasmo emana dele como uma espécie de força psíquica.

— Tomar alguma coisa? — sugiro por fim. — Temos tempo para ir num pub antes do ensaio.

— Tudo bem — diz ele. — Vamos para um pub.

— Voltaremos aqui — provoco persuasivamente. — Outro dia. Talvez num fim de semana.

O que estou prometendo? Ai, Deus. Vou ter que dar um jeito depois.

Quando saímos da sala, Ruby e Annalise levantam o olhar das revistas que obviamente *não* estavam lendo.

— Tudo bem? — diz Ruby.

— Sim, tudo ótimo! — Eu ajeito a saia de novo. — Foi só... uma conversinha sobre o casamento. Véus, amêndoas, esse tipo de coisa... Enfim, é melhor a gente ir...

Acabei de ver meu reflexo no espelho. Minhas bochechas estão vermelhas e estou falando bobagens. Está completamente na cara.

— Espero que tudo corra bem. — Ruby olha intensamente para o anel e depois para mim.

— Obrigada.

— Manda uma mensagem de texto! — diz Annalise. — Aconteça o que for. Vamos *morrer* de curiosidade!

O que deve ser lembrado é que o anel enganou Magnus. E, se o enganou, deve enganar os pais dele, não é? Quando chegamos à igreja de St. Edmund, me sinto mais otimista do que nos últimos tempos. St. Edmund é uma igreja grande e suntuosa em Marylebone. Na verdade, escolhemos essa igreja porque ela é linda demais. Ao entrarmos, escutamos alguém ensaiando uma música complicada no órgão. Há flores brancas e cor-de-rosa para outro casamento decorando os bancos e um ar geral de expectativa.

De repente, dou uma animadinha. Em oito dias, vai ser a gente! Em uma semana a partir de amanhã a igreja vai estar tomada de seda branca e flores. Todos os meus amigos e a minha família inteira vão esperar com emoção. O trombeteiro vai estar no mezanino do órgão e eu estarei com o meu vestido e Magnus estará de pé no altar usando o fraque de grife.[62] Está realmente acontecendo!

Já consigo ver Wanda dentro da igreja, observando uma estátua antiga. Quando ela se vira, eu me forço para acenar com confiança, como se tudo estivesse ótimo, como se fôssemos ótimas amigas e como se eles não me intimidassem.

Magnus está certo, eu digo para mim mesma. Reagi com intensidade demais. Deixei que me afetassem. Eles provavelmente mal podem *esperar* para me ter na família.

Afinal, eu ganhei de todos no Palavras Cruzadas, não ganhei?

— Pensa só. — Eu agarro o braço de Magnus. — Não falta muito!

— Alô? — Magnus atende o celular, que devia estar configurado para vibrar. — Ah, oi, Neil.

Que ótimo. Neil é o aluno mais dedicado de Magnus e está escrevendo uma dissertação sobre "Símbolos no trabalho do Coldplay".[63] Vão ficar no telefone durante horas. Ele pede desculpas com um movimento labial e desaparece na igreja.

Você acharia que ele podia ter desligado o celular. Eu desliguei o *meu*.

Ah, não importa.

---

62. O fraque dele custou quase a mesma coisa que o meu vestido.
63. Acho que "Címbalos no trabalho do Coldplay" faria mais sentido, mas o que eu sei?

— Oi! — exclamo quando Wanda se aproxima. — Que bom ver você! Não é emocionante?

Não estou exatamente oferecendo a mão. Nem escondendo. Estou deixando-a neutra. É como a política da Suíça aplicada às mãos.

— *Poppy*. — Wanda faz o movimento dramático costumeiro em direção à minha bochecha. — Querida. Deixe-me apresentar Paul. Para onde ele foi? E como está sua queimadura?

Por um momento, não consigo me mexer.

Paul. O dermatologista. Merda. Esqueci sobre o dermatologista. Como pude esquecer o dermatologista? Como pude ser tão *burra*? Fiquei tão aliviada de pegar o anel substituto que esqueci que deveria estar mortalmente ferida.

— Você tirou o curativo — observa Wanda.

— Ah. — Eu engulo em seco. — É. Tirei. Porque... a minha mão está muito melhor. *Muito* melhor.

— Mas nunca se pode ser cuidadosa demais com esses pequenos ferimentos. — Wanda está me guiando pelo corredor e não há nada que eu possa fazer além de andar obedientemente. — Um colega nosso em Chicago bateu o dedão do pé e continuou com a vida normal, mas pouco tempo depois soubemos que estava no hospital com gangrena! Falei pra Antony... — Wanda se interrompe. — Aqui está ela. A noiva. A prometida. A paciente.

Antony e um homem idoso de gola em V roxa param de olhar para uma pintura pendurada num pilar de pedra, se viram e olham para mim.

— Poppy — diz Antony. — Quero apresentar o nosso vizinho, Paul McAndrew, um dos mais famosos professores de dermatologia do país. É especialista em queimaduras. Não é uma sorte?

— Que ótimo! — Minha voz sai num gritinho nervoso e levo minhas mãos para as costas. — Bem, como falei, está *muito* melhor...

— Vamos dar uma olhada — diz Paul de uma maneira agradável e direta.

Não há como escapar. Tremendo de vergonha, eu lentamente estico a mão esquerda. Todos olham para minha pele macia e intacta em silêncio.

— *Onde* exatamente foi a queimadura? — pergunta Paul por fim.

— Hum... aqui. — gesticulo vagamente em direção ao polegar.

— Foi com água quente? Cigarro? — Ele está segurando minha mão e a está apalpando com o toque de um especialista.

— Não. Foi... hum... num aquecedor. — Eu engulo em seco. — Doeu bastante.

— A mão dela estava toda coberta de curativos. — Wanda parece perplexa. — Ela parecia uma vítima de guerra! E isso foi ontem!

— Entendo. — O médico solta minha mão. — Bem, ela parece boa agora, não é? Está doendo? Com alguma sensibilidade?

Eu balanço a cabeça sem dizer nada.

— Vou prescrever pasta d'água — diz ele com delicadeza. — Para o caso de os sintomas voltarem. Que tal?

Vejo Wanda e Antony trocando olhares. Maravilha. Eles obviamente me acham uma hipocondríaca.

Bem... Tudo bem. Sem problemas. Para mim, está bom assim. Serei a hipocondríaca da família. Pode ser uma das minhas peculiaridades. Podia ser pior. Pelo menos eles não exclamaram: "Que diabos você fez com o nosso anel valiosíssimo e que lixo é esse que você está usando?"

Como se tivesse lido meus pensamentos, Wanda olha para a minha mão.

— O anel de esmeralda da minha mãe. Está vendo, Antony? — Ela aponta para minha mão. — Magnus deu para Poppy quando a pediu em casamento.

OK. Eu realmente não estou inventando: há um ligeiro tom afiado na voz dela. E agora ela está lançando um olhar intenso para Antony. O que está acontecendo? Será que ela queria o anel? Magnus *não* podia ter me dado? Sinto que me meti numa situação familiar delicada que é invisível para mim, mas são todos educados demais para explicar, e nunca vou saber o que pensam de verdade.

Mas aí, se ele é tão especial, como ela não reparou que é uma cópia? Perversamente, eu sinto um pouco de decepção pelo fato de os Tavish não terem percebido. Eles se acham tão inteligentes, mas não conseguem nem identificar uma esmeralda falsa.

— É um superanel de noivado — diz Paul educadamente. — É uma peça única, posso dizer.

— Sem dúvida! — Eu concordo com a cabeça. — É uma antiguidade. Totalmente exclusivo.

— Ah, Poppy! — diz Antony, que estava examinando uma estátua ali perto. — Isso me faz lembrar de uma coisa. Queria fazer uma pergunta a você.

A mim?

— Ah, sim — digo, surpresa.

— Eu *perguntaria* a Magnus, mas acho que é mais a sua área do que a dele.

— Pode falar. — Dou um sorriso educado, esperando alguma pergunta sobre o casamento, na linha de "quantas damas você vai ter?" ou mesmo "você se surpreendeu com o pedido de casamento de Magnus?"

— O que você acha do novo livro do McDowell sobre os estoicos? — Os olhos dele estão fixos nos meus, atentos. — Como ele se compara a Whittaker?

Por um momento, fico perturbada demais para responder. O quê? O que acho sobre o *quê*?

— Ah, é! — assente Wanda vigorosamente. — Poppy é uma grande expert em filosofia grega, Paul. Ela nos logrou a todos no jogo de Palavras Cruzadas com a palavra "aporia", não foi?

De alguma forma me esforço para continuar sorrindo.

Aporia.

Foi uma das palavras que Sam me mandou por mensagem de texto. Eu tinha tomado alguns copos de vinho e estava me sentindo confiante. Tenho uma ligeira lembrança de colocar as peças no tabuleiro enquanto dizia que filosofia grega era um dos meus grandes interesses.

Por quê? Por quê, por quê, por quê? Se eu pudesse voltar no tempo, seria *nesse* momento que eu iria até mim e diria: "Poppy! Chega!"

— Isso mesmo! — Eu tento dar um sorriso relaxado. — Aporia! Enfim, queria saber onde o vigário está...

— Estávamos lendo o *Times Literary Suplement* hoje de manhã — Antony ignora minha tentativa de desviar o assunto — e tinha uma crítica do novo livro de McDowell, e pensamos, bem, *Poppy* vai saber sobre esse assunto. — Ele olha para mim com expectativa. — McDowell está certo quanto às virtudes do século IV?

Dou uma chorada por dentro. Por que diabos eu fingi saber sobre filosofia grega? O que eu estava *pensando*?

— Eu *ainda* não li o livro do McDowell. — Eu limpo a garganta. — Embora obviamente esteja na minha lista de próximas leituras.

— Acredito que o estoicismo é frequentemente confundido com uma filosofia, não é, Poppy?

— Com certeza. — balanço a cabeça para concordar, tentando parecer dominar o assunto o tanto quanto possível. — É completamente confundido. Muito mesmo.

— Os estoicos não eram *desprovidos de emoção*, pelo que entendo. — Ele gesticula com as mãos como se estivesse fazendo uma palestra para trezentas pessoas. — Eles apenas valorizavam a virtude da bravura. Demonstravam uma impassibilidade tão grande frente à hostilidade que seus agressores se perguntavam se eram feitos de pedra.

— Extraordinário! — diz Paul, com uma gargalhada.

— Está correto, não está, Poppy? — Antony se vira para mim. — Quando os gauleses atacaram Roma, os velhos senadores se sentaram num fórum, esperando calmamente. Os invasores ficaram tão surpresos pela atitude impassível deles que acharam que deviam ser estátuas. Um gaulês até puxou a barba de um senador para ter certeza.

— Isso mesmo. — assinto com confiança. — É exatamente isso.

Desde que Antony fique falando e eu apenas concorde, vou ficar bem.

— Fascinante! E o que aconteceu depois? — Paul se vira para mim com expectativa.

Olho para Antony em busca da resposta, mas ele também está esperando por mim. E Wanda também.

Três eminentes professores. Todos esperando que *eu* conte a eles sobre filosofia grega.

— Bem! — Eu faço uma pausa, pensativa, como se estivesse considerando por onde começar. — Pois bem. Foi... interessante. De muitas, muitas formas. Para a filosofia. E para a Grécia.

E para a história. E para a humanidade. Poderia-se dizer, na verdade, que foi *o* momento mais significativo na Grécia... grega. — concluo a fala, torcendo para ninguém reparar que não respondi a pergunta.

Há uma pausa confusa.

— Mas o que *aconteceu*? — diz Wanda, com um pouco de impaciência.

— Ah, os senadores foram massacrados, é claro — diz Antony, dando de ombros. — Mas o que eu queria perguntar a você, Poppy, era...

— Que pintura linda! — grito em desespero, apontando para uma pintura pendurada num pilar. — Olhem lá!

— Ah, sim, *essa* sim é uma peça interessante. — Ele chega mais perto para olhar melhor.

O melhor de Antony é que ele é tão curioso quanto a tudo, que acaba se distraindo com facilidade.

— Só preciso checar uma coisa na minha agenda... — digo rapidamente. — Só vou...

Minhas pernas estão tremendo um pouco quando escapo para o banco mais próximo. Isso é um desastre. Agora vou ter que fingir ser especialista em filosofia grega para o resto da vida. Em todos os Natais e em todas as reuniões de família, serie obrigada a ter uma posição sobre filosofia grega. Sem mencionar a missão de recitar uma poesia de Robert Burns.

Eu nunca, *jamais* deveria ter roubado. Isso é carma. É minha punição.

Seja como for, tarde demais. Eu roubei.

Vou ter que começar a tomar notas. Pego meu celular, crio um novo e-mail e começo a digitar notas para mim mesma.

COISAS A FAZER ANTES DO CASAMENTO

1. *Me tornar especialista em filosofia grega.*
2. *Decorar poemas de Robert Burns.*
3. *Aprender palavras compridas de Palavras Cruzadas.*
4. *Não esquecer: sou HIPOCONDRÍACA.*
5. *Strogonoff de carne. Começar a gostar. (Hipnose?)*[64]

Olho para a lista por alguns momentos. Está tudo bem. Posso ser essa pessoa. Não é *tão* diferente de mim.

— Bem, é claro, você conhece a *minha* opinião sobre artes em igrejas... — A voz de Antony está ressoando alto. — Absolutamente *escandaloso*...

Eu me encolho para sair de vista, antes que alguém possa me arrastar para a conversa. Todo mundo conhece as opiniões de Antony sobre arte nas igrejas, principalmente por ele ser o fundador de uma campanha nacional para transformar igrejas em galerias de arte e se livrar de todos os vigários. Alguns anos atrás, ele apareceu na TV e disse: "Tesouros como esses não deveriam ficar nas mãos dos filisteus." Isso foi repetido em todos os lugares e houve uma grande falação e manchetes como "Professor chama clérigos de filisteus" e "Professor desrespeita reverendos" (esta última foi no *Sun*).[65]

Eu só queria que ele falasse baixo. E se o vigário o ouvisse? Não é exatamente diplomático.

---

64. Wanda fez strogonoff de carne para a gente quando eu a conheci. Como eu podia dizer a verdade, que é: esse prato me dá vontade de vomitar?
65. Ele até apareceu no programa *Newsnight* e tal. De acordo com Magnus, Antony adorou a atenção, embora tenha fingido que não. Ele vem dizendo coisas ainda mais controversas desde então, mas nenhuma chamou a mesma atenção que a história dos filisteus.

Agora consigo ouvi-lo lendo os ritos litúrgicos.

— "Amados convidados." — Ele dá uma risadinha sarcástica. — Amados por quem? Amados pelas estrelas e pelo cosmos? Alguém espera que nós acreditemos que um ser benevolente está lá em cima nos *amando*? "Aos olhos de Deus." Impressionante, Wanda! É uma besteirada para os desprovidos de neurônios.

De repente, vejo o vigário descendo a nave em nossa direção. Está claro em sua expressão de raiva que ele ouviu Antony. Droga.

— Boa noite, Poppy.

Eu rapidamente dou um salto do banco.

— Boa noite, reverendo Fox! Como o senhor está? Estávamos conversando... sobre como a igreja está linda. — Dou um sorriso sem graça.

— É verdade — diz ele friamente.

— O senhor... — Eu engulo em seco. — O senhor já conhece o meu futuro sogro? O professor Antony Tavish.

Felizmente, Antony aperta a mão do reverendo Fox de modo educado, mas ainda há uma atmosfera tensa no ar.

— Então o senhor fará uma leitura, professor Tavish — diz o reverendo Fox depois de verificar alguns detalhes. — Da Bíblia?

— De jeito nenhum. — Os olhos de Antony brilham para o vigário.

— Foi o que pensei. — O reverendo Fox retribui o sorriso agressivamente. — Não é sua "praia", podemos dizer.

Ai, Deus. Dá para *sentir* a hostilidade estalando no ar entre eles. Será que devo fazer uma piada para aliviar o clima?

Talvez não.

— E, Poppy, você vai entrar com os seus irmãos? — O reverendo Fox olha as anotações.

— Isso mesmo. — concordo com um movimento de cabeça. — Toby e Tom. Eles vão entrar comigo, um de cada lado.

— Seus irmãos! — diz Paul com interesse. — Que ideia interessante. Mas por que não seu pai?

— Porque o meu pai... — Eu hesito. — Bem, na verdade, os meus pais já morreram.

E, assim como a noite chega quando acaba o dia, aqui está ele. O silêncio constrangedor. Fico olhando para o piso de pedra, contando os segundos, esperando pacientemente que passem.

Quantas vezes provoquei o silêncio constrangedor nos últimos dez anos? É sempre a mesma coisa. Ninguém sabe para onde olhar. Ninguém sabe o que dizer. Pelo menos desta vez ninguém tentou me dar um abraço.

— Minha querida garota — diz Paul consternado. — Sinto muito...

— Está tudo bem! — digo, interrompendo-o com animação. — De verdade. Foi um acidente. Há dez anos. Não falo sobre isso. Não penso sobre isso. Não mais.

Eu sorrio para ele da melhor maneira que consigo, tentando encerrar o assunto. Não vou entrar nessa conversa. Nunca falo. Está tudo dobradinho e arrumado na minha mente. Empacotado bem no fundo.

Ninguém quer ouvir histórias sobre coisas ruins. Essa é a verdade. Eu me lembro do meu professor da faculdade me perguntando uma vez se eu estava bem e se queria conversar. Assim que comecei, ele disse "Você não deve perder a confiança, Poppy!" de uma maneira brusca que significava "Na verdade, não quero ouvir sobre isso. Por favor, pare agora.".

Havia um grupo de orientação. Mas não o frequentei. Era na hora do treino de hóquei. Afinal, o que há para se falar? Meus pais morreram. Minha tia e meu tio nos acolheram.

Meus primos já tinham saído de casa, então eles tinham os quartos e tudo mais.

Aconteceu. Não há nada mais a ser dito.

— Que *lindo* anel de noivado, Poppy — diz o reverendo Fox por fim, e todo mundo aproveita o momento.

— Não é lindo? É uma antiguidade.

— É uma peça de família — diz Wanda.

— É muito especial. — Paul bate na minha mão com carinho. — Único.

A porta da igreja se abre com um ressoar forte de trancas de ferro.

— Me desculpem o atraso — diz uma voz familiar e aguda. — O dia hoje foi *terrível*.

Quem percorre a nave carregando várias sacolas de seda é Lucinda. Ela está usando um vestido soltinho bege e um par enorme de óculos de sol na cabeça. Está parecendo perturbada.

— Reverendo Fox! O senhor recebeu o meu e-mail?

— Sim, Lucinda — responde o reverendo Fox com ar cansado. — Recebi. Infelizmente os pilares da igreja não podem ser pintados de prateado, de jeito nenhum.

Lucinda para de repente e um rolo de seda cinza começa a se desenrolar pelo corredor todo.

— Não *podem*? Bem, o que eu vou fazer? Prometi ao florista colunas prateadas! — Ela afunda no banco mais perto. — Esse maldito casamento! Se não é uma coisa, é outra...

— Não se preocupe, Lucinda, querida — diz Wanda, sentando-se ao lado dela. — Tenho certeza de que você está fazendo um trabalho *maravilhoso*. Como está a sua mãe?

— Ah, ela está bem. — Lucinda balança uma das mãos. — Não que eu consiga vê-la, estou até *aqui* com isso tudo... Onde está a porcaria da Clemency?

— Reservei os carros, aliás — digo rapidamente. — Está resolvido. E o confete também. Eu queria saber se deveria encomendar flores para as lapelas dos pajens.

— Se você puder — sugere ela, um pouco mal-humorada.

— Eu agradeceria. — Ela ergue o olhar e parece me ver direito pela primeira vez. — Ah, Poppy. Tenho pelo menos *uma* boa notícia. Estou com o seu anel! Estava preso no forro da minha bolsa.

Ela pega o anel de esmeralda e o entrega para mim. Estou tão surpresa que só consigo piscar.

O verdadeiro. Meu anel de noivado de esmeralda, verdadeiro, antigo, de valor incalculável. Bem aqui, em frente aos meus olhos.

Como ela...

Que merda de...

Não consigo olhar para mais ninguém. Mas, mesmo assim, percebo os olhares de perplexidade ao meu redor, se cruzando como raios de mira laser, indo do meu anel falso até o verdadeiro e depois voltando ao falso.

— Não estou entendendo... — Paul começa a dizer.

— O que está acontecendo, pessoal? — Magnus está descendo pelo corredor e observa a cena. — Alguém viu um fantasma? O Espírito Santo? — Ele ri da própria piada, mas ninguém mais ri.

— Se *aquele* é o anel... — Wanda parece ter encontrado a voz. — Então o que é isso? — Ela aponta para a falsificação no meu dedo, que obviamente agora parece um brinde de caixa de biscoito.

Minha garganta está tão apertada que mal consigo respirar. Alguém tem que salvar a situação. De alguma maneira. *Eles não podem nunca saber que perdi o anel.*

— Sim! Eu... *achei* que vocês fossem ficar surpresos! — De alguma forma, encontro as palavras; de alguma forma, consigo dar um sorriso. Sinto como se estivesse cruzando uma ponte que estou tendo que construir enquanto passo, feita de cartas de baralho. — Na verdade, eu... mandei fazer uma réplica! — Eu tento parecer casual. — Porque emprestei o original a Lucinda.

Olho para ela desesperada, desejando que Lucinda acompanhe meu improviso. Felizmente, ela parece ter percebido a gafe que cometeu.

— É! — continua ela rapidamente. — Isso mesmo. Peguei o anel emprestado para... para...

— ... para fins de design.

— É! Achamos que o anel podia servir de inspiração para...

— Os aros dos guardanapos! — completo, tirando a fala de sei lá onde. — Aros de guardanapo de esmeraldas! Mas acabamos *não* gostando da ideia — acrescento com cuidado.

Silêncio. Eu me encho de coragem para olhar ao redor.

O rosto de Wanda está enrugado e com a testa franzida. Magnus parece perplexo. Paul deu um passo para trás, para sair do meio do grupo, como se dissesse "não tenho nada a ver com isso".

— Então... muito obrigada. — Pego o anel da mão de Lucinda com as mãos trêmulas. — Vou... colocá-lo de volta no dedo.

Cheguei ao lado oposto e estou agarrada a um arranjo de flores. Consegui. Graças a Deus.

Mas quando tiro o anel falso, coloco-o na bolsa e enfio o verdadeiro no dedo, minha mente está a mil. Como é que Lucinda estava com o anel? E a Sra. Fairfax? *Que porra que está acontecendo?*

— *Por que* exatamente você fez uma réplica, querida? — Magnus ainda parece completamente desnorteado.

Eu fico olhando para ele, tentando desesperadamente pensar. Por que eu teria o trabalho e o gasto de fazer um anel falso?

— Porque achei que seria bom ter dois — falei soando baixo depois de uma pausa.

Ah, não. Não. *Péssimo*. Eu devia ter dito "para viagens".

— Você queria *dois* anéis? — Wanda parece quase sem fala.

— Bem, espero que esse desejo não se aplique ao marido assim como ao anel de noivado! — diz Antony, com humor pesado. — Não é, Magnus?

— Ha ha ha! — Dou uma risada alta e bajuladora. — Ha ha ha! Muito bom! Pois é. — Eu me viro para o reverendo Fox, tentando esconder o desespero. — Vamos em frente?

Meia hora depois, minhas pernas ainda estão tremendo. Nunca passei por uma situação dessas antes. Não tenho certeza se Wanda acredita em mim. Ela fica me lançando olhares desconfiados, e me perguntou quanto a réplica custou e onde mandei fazer, perguntas que eu não queria responder.

O que ela acha? Que eu ia vender o original, por acaso?

Já ensaiamos a entrada na igreja e a saída juntos, e decidimos onde vamos nos ajoelhar e assinar os documentos. E agora o vigário sugeriu que falássemos sobre os votos.

Mas não consigo. Não consigo dizer aquelas palavras mágicas com Antony ali, fazendo comentários muito, muito perspicazes, e debochando de todos os trechos. Vai ser diferente durante o casamento. Ele vai ter que calar a boca.

— Magnus. — Eu o puxo para o lado com um sussurro. — Não vamos falar os nossos votos hoje. Não com seu pai aqui. São palavras especiais demais para serem estragadas.

— Tudo bem. — Ele parece surpreso. — Não me importo; como queira.

— Vamos apenas dizer uma vez. No dia. — Eu aperto a mão dele. — Pra valer.

Mesmo sem levar Antony em conta, percebo que não quero diminuir o grande momento. Não *quero* ensaiar. Vai tirar a grandiosidade de tudo.

— É, eu concordo — assente Magnus. — Então... acabamos agora?

— Não, não acabamos! — diz Lucinda, parecendo ultrajada. — Longe disso! Quero que Poppy entre na igreja de novo. Você foi rápida *demais* para a música.

— Tudo bem. — Eu dou de ombros e vou para a entrada da igreja.

— Órgão, por favor! — grita Lucinda. — Ór-gão! Do começo! Ande como se deslizasse, *suavemente*, Poppy — ordena ela quando eu passo. — Você está se balançando! Clemency, onde estão as xícaras de chá?

Clemency acabou de voltar de uma ida a uma Costa Coffee e consigo vê-la com o canto do olho, abrindo rapidamente sachês de açúcar.

— Eu ajudo! — digo, e paro a caminhada. — O que posso fazer?

— Obrigada — sussurra Clemency quando eu chego lá. — Antony quer três de açúcar. O de Magnus é o cappuccino. Wanda pediu *biscotti*...

— Onde está o meu muffin duplo de chocolate com cobertura extra? — pergunto, franzindo a testa, intrigada, e Clemency pula até o teto.

— Eu não... Eu posso voltar...

— Brincadeira! — digo. — Estou só brincando!

Quanto mais Clemency trabalha para Lucinda, mais ela parece um coelho apavorado. Não deve mesmo ser bom para a saúde dela.

Lucinda pega seu chá (com leite e sem açúcar) com um leve aceno de cabeça. Ela parece muito irritada de novo e abriu uma planilha enorme em cima dos bancos. É uma confusão de áreas com marca-texto e rabiscadas e anotações em Post-its. Fico até impressionada por ela ter conseguido organizar alguma coisa.

— Ai, Deus, ai, Deus — diz ela baixinho. — Onde está a porra do número do *florista*? — Ela mexe numa pilha de papéis e depois puxa os cabelos em desespero. — Clemency!

— Quer que eu procure no Google? — sugiro.

— Clemency vai procurar no Google. *Clemency!* — A pobre Clemency leva um susto tão grande que derruba chá de um dos copos.

— Deixa que eu seguro — digo rapidamente, e pego a bandeja de Costa Coffee.

— Se você puder, *seria* muito bom. — Lucinda expira com intensidade. — Porque você sabe, *estamos* todos aqui por você, Poppy. E o casamento *é* daqui a uma semana já. E ainda tem um *montão* de coisas pra fazer.

— Eu sei — digo constrangida. — Hum... desculpa.

Não faço ideia de onde Magnus e os pais estão, então sigo para os fundos da igreja, segurando a bandeja cheia de copos, tentando fazer aquilo de "deslizar", me imaginando de véu.

— Ridículo! — Ouço a voz abafada de Wanda primeiro. — Rápido *demais*.

Olho ao redor, insegura, depois percebo que a voz vem de trás de uma porta pesada e fechada na parte lateral. Eles devem estar lá.

— Todo mundo sabe... postura de casamento... — É Magnus quem está falando, mas a porta é tão grossa que só consigo ouvir algumas palavras.

— *Não* quanto ao casamento *em si*! — A voz de Wanda se eleva de repente. — A vocês *dois*! Não *consigo* entender...

— *Bastante* equivocado... — De repente a voz de Antony soa como o barulho de um trovão.

Estou paralisada a 10 metros da porta, segurando a bandeja do Costa Coffee. Sei que eu não deveria ouvir. Mas não consigo evitar.

— Admita, Magnus... é um baita de um engano...

— Cancele. Não é tarde demais. Melhor agora do que um divórcio desagradável...

Engulo em seco. Minhas mãos estão tremendo enquanto seguram a bandeja. O que acabei de ouvir? Que palavra foi aquela, *divórcio*?

Devo estar interpretando errado, digo para mim mesma. São só algumas palavras soltas... podem significar qualquer coisa...

— *Bom, a gente vai se casar independente do que vocês dois falem! Então é melhor vocês gostarem, merda!* — A voz de Magnus de repente soa alto, clara como um toque de sino.

Um arrepio toma conta de mim. É bem difícil encontrar outra interpretação para aquilo.

Há uma resposta barulhenta de Antony e depois Magnus grita de novo.

— *Não* vai terminar numa merda de um desastre!

Sinto uma onda de amor por Magnus. Ele parece tão furioso. Um momento depois, há um som metálico na porta e eu volto uns dez passos rapidamente. Quando ele aparece, volto a andar para a frente, tentando parecer relaxada.

— Oi! Quer chá? — De alguma forma, consigo parecer natural. — Está tudo bem? Eu estava te procurando!

— Tudo bem. — Ele sorri com carinho e passa um braço pela minha cintura.

Ele não dá sinal nenhum de que estava gritando com os pais agora mesmo. Nunca percebi que ele era tão bom ator. Ele deveria ser político.

— Deixa que eu levo para os meus pais. — Ele rapidamente tira a bandeja das minhas mãos. — Eles estão... hum... olhando as obras de arte.

— Ótimo! — Consigo dar um sorriso, mas meu queixo está tremendo.

Eles não estão olhando as obras de arte. Estão conversando sobre a péssima escolha que o filho fez. Estão apostando que vamos nos divorciar em menos de um ano.

Quando Magnus volta para dentro da igreja, eu respiro fundo, mas me sinto enjoada, de nervoso.

— E então... o que os seus pais acham de tudo isso? — pergunto no tom mais leve que consigo. — Quero dizer, o seu pai não gosta de igrejas, não é? E... e... nem de casamentos.

Dei a ele a oportunidade perfeita para me contar. Foi tudo planejado. Mas Magnus só dá de ombros com mau humor.

— Por eles, tudo bem.

Tomo alguns goles do meu chá, olho com tristeza para o antigo piso de pedra e tento me forçar a insistir no assunto. Deveria rebater. Dizer "ouvi vocês discutindo agora mesmo". Devia ser franca com ele.

Mas... não consigo. Não tenho coragem. Não quero ouvir a verdade, que os pais dele me acham péssima.

— Só preciso checar um e-mail.

É imaginação minha ou Magnus está evitando olhar nos meus olhos?

— Eu também. — Eu me afasto dele com tristeza e vou me sentar sozinha num banco lateral.

Por alguns momentos, fico só sentada, com os ombros caídos, tentando resistir ao desejo de chorar. Acabo pegando o celular e ligando o aparelho. É melhor eu me atualizar com as novidades. Não olho o celular há horas. Quando ligo o telefone, quase me encolho com o número de toques e luzes e sinais que me recebem. Quantas mensagens eu perdi? Rapidamente mando uma mensagem de texto para o concierge do hotel Berrow, avisando que ele pode cancelar a busca ao anel e agradecendo a atenção. Depois foco nas mensagens.

A primeira de todas é uma de Sam, que chegou uns vinte minutos atrás.

A caminho da Alemanha para passar o fim de semana. Indo para uma região montanhosa. Vou ficar um pouco fora do ar.

Ver o nome dele me enche de vontade de conversar com alguém, então respondo:

Oi. Parece bem legal. Por que Alemanha?

Não há resposta, mas não ligo. É catártico apenas digitar.

O anel falso já era. Não funcionou. Fui descoberta e agora os pais de M me acham esquisita.

Por um momento fico em dúvida se devo contar a ele que Lucinda estava com o anel e perguntar o que ele acha. Mas... não. É complicado demais. Ele não vai querer se meter. Mando a mensagem de texto, mas aí percebo que ele pode pensar que estou reclamando. Rapidinho digito outra coisa.

Mesmo assim, obrigada pela ajuda. Agradeço muito.

Talvez eu devesse dar uma olhada na caixa de entrada dele. Tenho sido negligente. Há tantos e-mails com o mesmo assunto que olho chocada para a tela, até que me dou conta. É claro. Todo mundo respondeu àquele meu convite para enviarem ideias! Tudo isso é resposta!

Pela primeira vez na noite, sinto um pouquinho de orgulho de mim mesma. Se alguma dessas pessoas tiver tido uma ideia inovadora que vá revolucionar a empresa de Sam, vai ser tudo por minha causa.

Clico no primeiro, cheia de expectativa.

Caro Sam,
Acho que devíamos ter aula de ioga no horário do almoço, pagas pela empresa, e muitos outros concordam comigo.
Atenciosamente,
Sally Brewer

Franzo as sobrancelhas, em dúvida. Não é exatamente o que eu esperava, mas acho que ioga *é* uma boa ideia.

Tudo bem, próximo e-mail.

Caro Sam,
Obrigado pelo seu e-mail. Você pediu sinceridade. O boato no nosso departamento é que esse suposto exercício de ideias é um processo de seleção para escolher quem vai perder o emprego. Por que você não é sincero e nos *conta* se vamos ser demitidos?
Atenciosamente,
Tony

Eu olho sem acreditar. O quê?

Muito bem, essa reação é ridícula. Ele só pode ser doido. Passo logo para o seguinte.

Caro Sam,
Há algum orçamento para esse programa de "Novas Ideias" que você lançou? Alguns líderes de equipe estão perguntando.
Obrigado
Chris Davies

Outra reação ridícula. *Orçamento?* Quem precisa de orçamento para ter ideias?

Sam,
Que porra é essa? Da próxima vez que tiver vontade de anunciar uma nova iniciativa de funcionários, se importa de consultar os outros diretores?
Malcolm

O próximo é ainda mais direto:

Sam,
Do que se trata isso tudo? Obrigada por avisar. Só que não.
Vicks

Eu me sinto um pouco culpada. Nunca passou pela minha cabeça que eu podia estar arrumando confusão para Sam com os colegas. Mas é fato que todo mundo vai ver o lado bom do que fiz assim que as ideias começarem a aparecer, não é?

Caro Sam,
Dizem que você está escolhendo um novo "Czar de Ideias".
Talvez se lembre que essa ideia era *minha*, que apresentei numa reunião de departamento há três anos. Acho válido que a minha iniciativa esteja sendo posta em uso por você e espero que, quando a reunião for marcada, eu esteja no topo da lista. Senão, temo que eu precise fazer uma reclamação para um nível mais alto.
Atenciosamente,
Martin

O quê? Vamos tentar outro.

Caro Sam,
Vamos ter uma apresentação especial com todas as nossas ideias? Você pode me dizer o limite de tempo para uma apresentação em PowerPoint? Podemos trabalhar em grupos?
Abçs,
Mandy

Pronto. Está vendo? Uma reação brilhante e positiva. Trabalho em equipe! Apresentações! Isso é ótimo!

Prezado Sam,
Peço desculpas por incomodar você de novo.
Mas se *não* quisermos trabalhar em equipe, vamos ser penalizados? Eu me desentendi com a minha, e agora eles conhecem todas as ideias que tive, o que é muito injusto.
Só para você saber, *eu* que tive a ideia da reestruturação do departamento de marketing primeiro. Não a Carol.
Atenciosamente,
Mandy

Certo. Bom, é óbvio esperar que haja alguns problemas. Não faz diferença. Ainda é um resultado positivo...

Caro Sam,
Lamento fazer isso, mas quero fazer uma reclamação formal sobre o comportamento de Carol Hanratty.
Ela não tem sido nada profissional no "exercício de ter novas ideias", e fui obrigada a tirar o resto do dia de folga porque estou com a ansiedade nas alturas. Judy também está perturbada demais para trabalhar até o fim do expediente, e estamos pensando em procurar o sindicato.
Atenciosamente,
Mandy

O quê? *O quê?*

Caro Sam,
Perdoe-me pelo e-mail tão grande. Você pediu ideias.
Por onde posso começar?
Trabalho nessa empresa há 15 anos, durante os quais um longo processo de desilusão tomou conta das minhas veias, até que meus processos mentais...

O e-mail desse cara tem umas 15 páginas. Coloco o celular no colo, de queixo caído.

Não consigo acreditar em todas essas respostas. *Nunca* quis causar tanta confusão. Por que as pessoas são tão *burras*? Por que têm que brigar? Em que diabos fui mexer nisso?

Só li os primeiros e-mails. Há mais uns trinta. Se eu encaminhar todos eles para Sam e ele sair do avião na Alemanha e receber todos de uma vez... De repente, ouço a voz dele de novo: *E-mails para um monte de destinatários é coisa do demônio.*

E eu mandei um no nome dele. Para a empresa toda. Sem perguntar se podia.

Ai, Deus. Queria muito poder voltar no tempo. Pareceu ser uma ideia tão boa. No que eu estava *pensando*? O que sei é que não posso simplesmente jogar essas informações em cima dele, do nada. Preciso explicar a história toda primeiro. Dizer para ele o que eu estava tentando fazer.

Minha mente está a mil agora. Isto é, ele está dentro de um avião. Está fora do radar. E, afinal de contas, é sexta-feira à noite. Não faz *sentido* encaminhar alguma coisa para ele. Talvez fiquem todos mais calmos na segunda. Isso.

De repente o celular toca com a chegada de uma nova mensagem de texto e eu dou um pulo.

Decolo em breve. Tem alguma coisa que eu precise saber? Sam

Olho para o aparelho, com o coração pulsando numa leve paranoia. Ele precisa saber sobre isso agora? *Precisa?*

Não. Não precisa.

Agora não. Boa viagem! Poppy

OITO

Não sei o que fazer em relação a Antony, Wanda e a Porta Lateral, como a chamo em pensamento. Então não faço nada. Não digo nada.

Sei que estou fugindo do problema. Sei que é fraqueza. Sei que eu deveria encarar a situação. Mas mal consigo absorvê-la, e menos ainda falar sobre ela. Principalmente com Magnus.

Durante o fim de semana inteiro, não deixei nada transparecer. Jantei com a família Tavish. Saí para beber com Ruby e Annalise. Ri, bati papo, fiquei empolgada, me diverti e transei. O tempo todo uma dor me corroía o peito. Estou quase me acostumando com ela.

Se eles *dissessem* alguma coisa para mim, podia até me sentir melhor. A gente ia poder conversar e eu poderia convencer os dois de que amo Magnus, que vou apoiar a carreira dele e que realmente tenho um cérebro. Mas não disseram nada. Eles têm sido encantadores e agradáveis, perguntam educadamente sobre a nossa procura por uma casa e me oferecem taças de vinho.

E isso só piora tudo. Só confirma que sou uma estranha. Que nem tenho permissão de participar do debate familiar sobre o quanto a nova namorada de Magnus é inadequada.

Nem teria problema se Magnus odiasse os pais e não respeitasse as opiniões deles, e assim pudéssemos chamá-los de loucos. Mas ele os respeita. Gosta deles. Eles se dão muito bem. Concordam em quase tudo e, quando não concordam, tudo acontece civilizadamente e com muito deboche. Em todos os assuntos.

Todos os assuntos, menos sobre mim.

Não consigo pensar durante muito tempo porque fico aborrecida e entro em pânico, então só posso me permitir um pouquinho de preocupação de cada vez. Já tive minha cota esta noite. Eu me sentei numa Starbucks depois do trabalho com um chocolate quente na mão e fiquei chateada.

Mas se me visse agora, não teria ideia. Estou com o meu melhor pretinho básico e saltos altos. A maquiagem está perfeita. Meus olhos brilham. (Dois coquetéis.) Eu me vi no espelho agora mesmo, e pareço uma garota satisfeita, com um anel de noivado, tomando Cosmopolitans no Savoy sem preocupação alguma.

E, para falar a verdade, meu humor está bem melhor do que antes. Um pouco pelos coquetéis e um pouco porque estou empolgada de estar aqui. Nunca fui ao Savoy antes. É incrível!

A festa é num salão lindíssimo com painéis e candelabros espetaculares por todos os lados e garçons passando com bandejas cheias de coquetéis. Uma banda de jazz está tocando, e ao redor só tem pessoas bem-vestidas conversando. Há muitos tapinhas nas costas e apertos de mãos, e todo mundo parece estar de bom humor. Não conheço ninguém, obviamente, mas fico feliz de estar observando. Todas as vezes que alguém repara em mim de pé sozinha e começa a se aproximar, eu pego o celular para olhar as mensagens, e a pessoa se vira e vai embora.

É uma ótima função do celular. Funciona como acompanhante.

Lucinda continua mandando mensagens de texto para me contar que está no norte de Londres, vendo outra variedade de seda cinza, e quer saber se eu tenho alguma ideia quanto à textura? Magnus mandou uma mensagem de texto de Warwick falando de uma viagem de pesquisa que está planejando com um professor de lá. Enquanto isso, tenho uma longa conversa com Ruby sobre um encontro às escuras no qual ela está. A única coisa é que é difícil digitar e segurar o coquetel ao mesmo tempo, então coloco o copo numa mesa perto de mim e mando algumas respostas.

> Tenho certeza de que o crepe georgette cinza vai ficar lindo. Muito obrigada!! Com amor e bjs, Poppy

> Parece ótimo, posso ir também?! Bjsss, P

> Acho que pedir dois bifes não é necessariamente bizarro... Talvez ele esteja na dieta do Dr. Atkins? Vai me atualizando! Bjs, P

Tem toneladas de e-mails para Sam também. Várias outras pessoas também responderam sobre o pedido de novas ideias. Muitos enviaram anexos enormes e CVs. Tem até alguns vídeos. As pessoas devem ter trabalhado à beça no fim de semana. Faço uma careta quando vejo um chamado "1.001 ideias para CWG – Parte 1" e desvio o olhar.

Esperava que tudo se acalmasse durante o fim de semana e que as pessoas esquecessem. Mas às 8 da manhã a avalanche de e-mails começou, e eles continuam chegando sem parar. Ainda há boatos de que seja um grande teste para um emprego.

Há uma disputa ferrenha sobre qual departamento teve a ideia de expandir para os Estados Unidos primeiro. Malcolm fica mandando e-mails irritadiços perguntando quem aprovou essa iniciativa e a coisa toda está uma megaconfusão. Essas pessoas não têm *vida*?

Eu dou uma surtada de leve quando penso nisso. Então desenvolvi uma nova técnica: não faço nada. Dá para esperar até amanhã.

Assim como o e-mail mais recente de Willow para Sam. Cheguei à conclusão de que ela não só deve ter a aparência de uma supermodelo, mas também deve ser incrível na cama *e* multimilionária, para compensar o temperamento horrível.

Hoje ela mandou outra lenga-lenga entediante e longa, dizendo que quer que Sam encontre a marca especial de esfoliante dela durante a viagem, mas que ele provavelmente não vai se dar ao trabalho e que ele é assim, mesmo depois daquele patê que ela trouxe da França para ele que a fez ter ânsia de vômito, e que ainda assim trouxe. E que esse é o tipo de pessoa que ela é e que ele podia aprender com ela, só que ALGUMA VEZ ele quis aprender alguma coisa com ela? QUIS???

Sinceramente. Ela me irrita demais.

Estou olhando o interminável fluxo de e-mails quando um me chama a atenção. É de Adrian Foster, do marketing.

Caro Sam,
Obrigado por concordar em entregar as flores de aniversário da Lindsay para ela. Elas acabaram de chegar, finalmente! Como você não estava aqui, coloquei na sua sala. Estão na água, então devem ficar bem.
Atenciosamente,
Adrian

Na verdade não foi Sam quem concordou em entregar as flores. Fui eu, falando em nome dele.

Agora me sinto menos confiante de ter sido uma boa ideia. E se ele estiver absurdamente ocupado amanhã? E se ficar furioso por ter que tirar um tempo para ir entregar as flores? Como posso tornar isso mais fácil para ele?

Não faço nada por um momento, mas logo digito um e-mail para Lindsay.

Oi, Lindsay,
Quero te dar uma coisa no meu escritório. Uma coisa de que você vai gostar. ☺ Passa lá amanhã. A hora que quiser.
Bjs, Sam

Aperto o botão de enviar sem reler e tomo um gole de Cosmopolitan. Por uns vinte segundos fico relaxada, saboreando a bebida, me perguntando quando vão servir os canapés. Mas então, como se um alarme tivesse disparado, dou um pulo.

Espera. Mandei beijos em nome de Sam. Eu não devia ter feito isso. As pessoas não mandam beijos nos e-mails profissionais.

Merda. Abro o e-mail e releio enquanto vai surgindo uma careta no meu rosto. Estou tão acostumada a mandar beijos que esse saiu automaticamente. Mas Sam nunca manda. Nunca.

Será que eu devia arrumar um jeito de *anular* os beijos?

Cara Lindsay, apenas para esclarecer, eu não pretendia escrever beijos agora há pouco...

Não. Péssimo. Vou ter que deixar assim. Em todo caso, devo estar exagerando. Ela provavelmente nem vai perceber...

Ai, Deus. A resposta de Lindsay já chegou. Foi muito rápido. Abro o e-mail e fico olhando para a mensagem.

Vejo você amanhã, Sam.
Bjs, Lindsay ;)

Beijos e um sorriso com uma piscadinha. Isso é normal?

Olho para a mensagem por alguns segundos, tentando me convencer de que é.

Sim. Sim, acho que é normal. Poderia ser normal. É só uma troca simpática de mensagens de trabalho.

Guardo o celular, tomo a bebida toda e olho ao redor em busca de outra. Há uma garçonete a alguns metros e começo a andar em meio à multidão.

— ... política foi ideia de Sam Roxton? — Uma voz de homem atrai minha atenção. — É um *absurdo*, porra.

— Você conhece o Sam...

Paro na mesma hora e finjo mexer no celular. Um grupo de homens de terno parou perto de mim. São todos mais jovens do que Sam e estão muito bem-vestidos. Devem ser colegas dele.

Eu me pergunto se consigo descobrir que rosto corresponde a que e-mail. Aposto que o de pele morena é Justin Cole, que mandou o e-mail de destinatários múltiplos avisando a todos que o traje casual das sextas-feiras era *obrigatório* e será que dava para todos fazerem isso *com estilo*? Ele parece um fiscal de moda de terno preto e gravata estreita.

— Ele veio? — diz um sujeito louro.

— Não vi — responde o homem de pele morena, virando uma dose de alguma bebida.[66] — Aquele teimoso da porra.

---

66. Onde ele conseguiu? Por que ninguém me ofereceu uma dose?

Minha cabeça se levanta com a surpresa. Bem, *isso* não é muito gentil.

Meu telefone toca com a chegada de uma mensagem de texto e clico nela, feliz por ter alguma coisa para ocupar os dedos. Ruby me mandou uma foto de um pedaço de cabelo castanho com a seguinte mensagem:

Isso é uma peruca???

Não dá para conter uma gargalhada. De alguma forma, ela conseguiu tirar uma foto de trás da cabeça do cara com quem está saindo. Como ela conseguiu? Ele não reparou?

Semicerro os olhos para enxergar a foto melhor. Pra mim, parece um cabelo normal. Não tenho ideia de por que Ruby é tão obcecada por perucas. Só por causa daquele encontro às escuras desastroso que ela teve ano passado, em que o cara tinha 59, e não 39 anos.[67]

Acho que não. Tranquilo! Bjsssss

Quando olho para a frente, vejo que os dois homens que estavam conversando foram para o meio da multidão. Droga. Estava curiosa com a conversa deles.

Tomo outro Cosmopolitan e como alguns pedaços deliciosos de sushi (esta noite já iria me custar 50 libras se eu estivesse pagando) e estou prestes a ir em direção à banda de jazz quando escuto o som irritante de um microfone sendo ligado. Eu me viro e fico a apenas 1,5 metro de um pequeno púlpito no qual

---

67. Ele alegou ter sido erro de digitação. É, tenho certeza de que o dedo dele simplesmente escorregou dois espaços para a esquerda por acaso.

eu não tinha reparado. Uma garota loura de terninho preto bate no microfone e começa a falar.

— Senhoras e senhores. Sua atenção, por favor. — Depois de um momento, ela diz, mais alto: — Pessoal! Está na hora dos discursos! Quanto mais rápido começarmos, mais rápido acabam, tá?

Há uma risada geral, e a multidão começa a andar para o meu lado do salão. Estou sendo empurrada para o púlpito, que *realmente* é para onde eu não quero ir, mas não tenho muita escolha.

— Então aqui estamos! — A mulher loura abre os braços. — Bem-vindos à festa da nossa fusão, da Johnson Ellison com a maravilhosa Greene Retail. É um casamento de corações e mentes tanto quanto de empresas, e temos muitas, *muitas* pessoas a quem agradecer. Nosso diretor-geral, Patrick Gowan, mostrou a visão inicial que nos trouxe aqui agora. Patrick, venha aqui!

Um homem de barba e terno claro anda até o púlpito, sorrindo modestamente e balançando a cabeça, e todos começam a aplaudir, inclusive eu.

— Keith Burnley... O que posso dizer? Ele é uma inspiração para nós todos.

O problema de estar bem na frente de todo mundo é que você se sente muito em evidência. Estou tentando ouvir com atenção e parecer interessada, mas nenhum desses nomes significa alguma coisa para mim. Talvez eu tivesse que ter me preparado. Sem chamar a atenção, pego o celular e me pergunto se consigo discretamente encontrar o e-mail sobre a fusão.

— E sei que ele está em algum lugar por aqui... — A loura está olhando ao redor, cobrindo os olhos com a mão. — Ele tentou escapar de ter que vir hoje, mas tínhamos que ter o homem em pessoa aqui, o Sr. Consultoria White Globe, Sam Roxton!

Minha cabeça se levanta, em choque. Não. Isso não pode estar certo, ele não pode estar...

Porra.

As pessoas recomeçam a aplaudir quando Sam andou até o púlpito, usando um terno escuro e com a testa um pouco franzida. Estou tão surpresa que não consigo nem me mexer. Ele estava na Alemanha. Não ia vir hoje. O que está *fazendo* aqui?

Pelo modo como o rosto dele é tomado de surpresa quando me vê, percebo que está pensando o mesmo que eu.

Fui pega no flagra. *Por que* achei que podia entrar de penetra numa festa chique assim sem que nada acontecesse comigo?

Meu rosto está queimando de vergonha. Eu tento me afastar depressa, mas a multidão de gente atrás de mim me empurra tanto para a frente que fico presa, olhando muda para ele.

— Quando Sam está na sala, você sabe que as coisas vão ter solução — continua a mulher loura. — Seja a solução que você *queira*... né, Charles?

Há uma explosão de gargalhadas no salão, e rapidamente me junto a todo mundo, fingindo com intensidade. Fica claro que é uma piada interna sobre a qual eu saberia se não fosse penetra.

O cara ao meu lado se vira e exclama:

— Ela está quase passando do limite ali!

E eu me vejo respondendo:

— É, é! — E dou outra enorme gargalhada falsa.

— O que me leva a outra pessoa essencial...

Quando olho para a frente, Sam não está olhando para perto de mim, graças a Deus. Isso tudo já é doloroso demais.

— Palmas para Jessica Garnett!

Quando uma garota de vermelho sobe no púlpito, Sam tira o celular do bolso e digita sem dar na vista. Um momento depois, uma mensagem nova faz meu celular tocar.

Por que estava rindo?

E me sinto um pouco humilhada. Ele deve saber que eu estava só tentando parecer ser do grupo. Quer me pegar no pulo de propósito. Mas não vou cair nessa.

A piada foi boa.

Vejo Sam olhar o celular de novo. O rosto dele se mexe só um pouco, mas sei que recebeu. Ele digita rapidamente, e segundos depois meu celular toca outra vez.

Não sabia que seu nome estava no meu convite.

Olho para a frente aflita, tentando avaliar a expressão dele, mas ele está olhando de novo para o outro lado, com o rosto impassível. Penso por um momento, depois digito.

Só vim pegar a bolsa de brindes pra você. Faz parte do serviço. Não precisa me agradecer.

Meus coquetéis também, pelo que estou vendo.

Agora ele está olhando diretamente para o meu Cosmopolitan. Ele ergue as sobrancelhas, e engulo uma vontade de gargalhar.

Eu ia colocar todos numa garrafinha pra você. Claro.

Claro. Embora o meu seja um Manhattan.

Ah, agora eu sei. Vou jogar fora todas as doses de tequila que eu guardei.

Depois de ler a última mensagem, Sam tira os olhos do celular e me lança aquele sorriso repentino. Sem querer, me pego dando um sorrisão em resposta, até meio sem fôlego. Aquele sorriso dele realmente me afeta. É desconcertante. É...
Não importa. Concentre-se no discurso.
— E finalmente, tenham uma ótima noite! Obrigada, pessoal!
Quando a onda final de aplausos se inicia, tento encontrar uma rota de fuga, mas não há nenhuma. Em aproximadamente dez segundos, Sam desce do púlpito e para na minha frente.
— Ah. — Eu tento esconder meu desconforto. — Hum... Oi. Legal te ver aqui!
Ele não responde, apenas me olha com uma cara debochada. Não faz sentido tentar aliviar a situação.
— Tudo bem, desculpa — digo logo. — Sei que eu não deveria estar aqui, mas eu nunca tinha vindo ao Savoy, e tudo parecia incrível, e você não queria vir e... — Eu paro de falar quando ele ergue a mão, parecendo se divertir.
— Tranquilo. Você devia ter me dito que queria vir. Eu teria te colocado na lista.
— Ah! — Ele me pegou completamente desprevenida. — Bem... obrigada. Estou me divertindo muito.
— Que bom. — Ele sorri e pega uma taça de vinho tinto na bandeja de um garçom que está passando. — Quer saber?

— Ele para, pensativo, aninhando o copo nas mãos. — Tenho que dizer uma coisa, Poppy Wyatt. Eu já devia ter dito antes. "Obrigado". Você tem me ajudado muito nos últimos dias.

— Está tudo bem, de verdade. Não foi nada. — Eu rapidamente faço um gesto com a mão, indicando que não tem importância, mas ele nega.

— Não, escuta, quero dizer isso. Sei que no começo eu estava te fazendo um favor. Mas, no final, quem me fez um favor foi você. Não tenho nenhum apoio de assistente no trabalho. Você se saiu muito bem em me manter em dia com tudo. Agradeço muito.

— Sinceramente, não foi nada! — respondo, me sentindo pouco à vontade.

— Aceita o crédito! — Ele ri, depois tira o paletó e afrouxa a gravata. — Meu Deus, foi um dia longo. — Ele joga o paletó por cima do ombro e toma um gole de vinho. — E então, não aconteceu nada hoje? As linhas de transmissão ficaram muito silenciosas. — Ele dá outro sorriso arrasador. — Ou meus e-mails já estão indo para Jane?

Meu celular tem 243 e-mails para ele. E ainda tem mais chegando.

— Bem... — Tomo um gole de Cosmopolitan, tentando desesperadamente ganhar tempo. — Engraçado, você recebeu sim *algumas* mensagens. Mas decidi não te perturbar enquanto você estava na Alemanha.

— Ah, é? — Ele parece interessado. — O quê?

— Hum... uma coisa e outra. Você não quer esperar até amanhã? — Eu me agarro à última esperança.

— Não, conta agora.

Eu esfrego o nariz. Por onde começo?

— Sam! Aí está você! — Um homem magro de óculos se aproxima. Ele está piscando rápido e segurando uma pasta preta grande debaixo do braço. — Disseram que você não vinha hoje.

— Eu não vinha — diz Sam secamente.

— Ótimo. Ótimo! — O homem magro está se contorcendo de tanto nervosismo. — Bem, eu trouxe isso só por desencargo de consciência. — Ele entrega a pasta para Sam, que a pega meio confuso. — Se tiver um tempinho, vou ficar acordado até as 2 ou 3 horas da manhã, e sempre posso falar pelo Skype em casa... Um *pouco* radical, algumas partes, mas... Pois é! Acho muito legal o que você está fazendo. E se *houver* uma oportunidade de emprego por trás disso tudo... pode contar comigo. Certo. Bom... Não vou mais atrapalhar você. Obrigado, Sam! — Ele entra de novo no meio da multidão.

Por um momento, nenhum de nós dois fala. Sam porque parece desnorteado demais, e eu porque estou tentando decidir o que dizer.

— O que foi isso? — diz Sam por fim. — Você tem alguma ideia? Perdi alguma coisa?

Passo a língua nos lábios com nervosismo.

— Tinha uma coisa que eu queria te contar. — Dou uma gargalhada aguda. — É engraçado, na verdade, se você observar...

— Sam! — Uma mulher grande com voz alta me interrompe. — Estou *tão* feliz por você ter concordado em participar da corrida!

Ai, meu Deus. Essa deve ser Rachel.

— Corrida? — Sam repete as palavras como se fossem repugnantes. — Não. Me desculpa, Rachel. Não participo de corridas. Fico feliz em doar alguma coisa, em deixar as outras pessoas correrem, é bom pra elas...

— Mas seu e-mail! — Ela o encara. — Ficamos tão animados de você querer participar! Ninguém acreditou! Este ano, vamos todos correr com fantasias de super-heróis — acrescenta ela com entusiasmo. — Separei uma de Super-Homem pra você.

— E-mail? — Sam parece perdido. — Que e-mail?

— Aquele e-mail adorável que você mandou! Acho que foi na sexta. Ah, e *Deus te abençoe* pelo cartão eletrônico que você mandou para a jovem Chloe. — Rachel baixa a voz e dá um tapinha na mão de Sam. — Ela ficou emocionada. A maioria dos diretores nem *ligaria* se o cachorro de uma assistente tivesse morrido, então você mandar um cartão eletrônico tão lindo de condolências, com poema e tudo... — Ela arregala os olhos. — Bem. Ficamos todos impressionados, para ser sincera!

Meu rosto está ficando mais quente. Tinha me esquecido do cartão eletrônico.

— Um cartão eletrônico de condolências por causa de um cachorro — diz Sam com uma voz estranha. — Sim, até eu estou impressionado comigo mesmo.

Ele olha diretamente para mim. Não com uma das expressões mais simpáticas. Na verdade, sinto vontade de recuar, mas não tenho para onde ir.

— Ah, Loulou! — Rachel de repente acena para o outro lado do salão. — Com licença, Sam... — Ela sai andando e abrindo caminho pela multidão, deixando nós dois sozinhos.

Ficamos em silêncio. Sam olha direto para mim, sem vacilar. Percebo que está esperando que eu comece a falar.

— Achei... — Eu engulo em seco.

— Sim? — A voz dele está seca e implacável.

— Achei que você poderia *gostar* de participar da corrida Fun Run.

— Achou?

— É. Achei. — Minha voz está um pouco rouca de tanto nervoso. — Quero dizer... é divertido! Então, decidi responder. Para economizar seu tempo.

— Você escreveu um e-mail e assinou em *meu nome*? — Ele parece ameaçador.

— Eu estava tentando ajudar! — falei apressadamente. — Eu sabia que você não teria tempo, e eles ficavam perguntando, e eu achei...

— O cartão eletrônico também foi você então? — Ele fecha os olhos rapidamente. — Meu Deus. Teve mais *alguma coisa* em que você se meteu?

Quero esconder a cabeça como um avestruz. Mas não posso. Tenho que contar a ele, o mais rápido possível, antes que mais alguém o aborde.

— Certo. Tive uma... outra ideia — digo, com a voz mal passando de um sussurro. — Só que as pessoas se empolgaram demais, e agora todos estão mandando e-mails sobre o assunto, e acham que tem um emprego envolvido...

— Um emprego? — Ele me encara. — Do que você está falando?

— Sam. — Um sujeito bate nas costas dele quando passa. — Estou feliz por você ter se interessado em ir à Islândia. Vou manter contato.

— *Islândia?* — O rosto de Sam é tomado pelo choque.

Eu também tinha esquecido sobre aceitar a viagem para a Islândia.[68] Mas só tenho tempo de dar um sorriso de desculpas antes de outra pessoa abordá-lo.

---

68. Não é verdade que todo mundo quer ir à Islândia? Por que alguém diria não à Islândia?

— Sam, tudo bem, não sei o que está acontecendo. — É uma garota de óculos e com um jeito muito intenso de falar. — Não sei se você está brincando com a gente ou o quê... — Ela parece um pouco estressada e fica tirando o cabelo da testa. — Seja como for, aqui está meu currículo. Você *sabe* quantas ideias já tive para esta empresa, mas se todos tivermos que ficar saltando por cima de *mais* malditos obstáculos, então... Você que sabe, Sam. Você decide.

— Elena... — Sam para de falar, estupefato.

— Apenas leia minha declaração. Está tudo aí. — Ela sai andando.

Há um momento de silêncio e então Sam se vira, com o rosto tão ameaçador que sinto um tremor por dentro.

— Começa a contar do início. O que você fez?

— Mandei um e-mail. — Eu arrasto os pés, me sentindo uma criança travessa. — Como se fosse você mandando.

— Pra quem?

— Pra todo mundo da empresa. — Eu me encolho ao dizer essas palavras. — Eu só queria que todos se sentissem... encorajados e otimistas. Então falei que todos deveriam enviar ideias. Para você.

— Você *escreveu* isso? E assinou *meu nome*?

Ele está tão pálido que eu me afasto, me sentindo um pouco apavorada.

— Me desculpa — peço sem fôlego. — Achei que fosse uma boa ideia. Mas algumas pessoas pensaram que você estava tentando fazer com que elas fossem demitidas, e outras acham que você está, na verdade, entrevistando pessoas para um cargo, e todos estão agitados por causa disso... Me desculpa. — Eu termino de falar meio desajeitada.

— Sam, recebi seu e-mail! — Uma garota de rabo de cavalo nos interrompe com ansiedade. — Nos vemos na aula de dança!

— O q... — Os olhos de Sam reviram nas órbitas.

— Muito obrigada pelo apoio. Na verdade, você é o único aluno até agora! Leve roupas confortáveis e sapatos macios, tá?

Olho para Sam e engulo em seco ao ver a expressão dele. Ele parece literalmente incapaz de falar. Qual é o problema de aulas de dança? Ele vai precisar dançar no casamento, não vai? Deveria ficar *agradecido* por eu ter feito a matrícula dele.

— Parece ótimo! — digo de maneira encorajadora.

— Vejo você quinta à noite, Sam!

Quando ela desaparece no meio da multidão, eu cruzo os braços na defensiva, pronta para dizer que fiz um enorme favor a ele. Mas, quando ele se vira, seu rosto está tão impassível que perco a coragem.

— Quantos e-mails exatamente você mandou em meu nome? — Ele parece calmo, mas não de uma maneira boa.

— Eu... não muitos. — Eu enrolo. — Quero dizer... alguns. Eu só queria ajudar...

— Se você fosse minha assistente, demitiria você agora e provavelmente te processaria também. — Ele cospe as palavras como se fosse uma metralhadora. — Como não é, só posso pedir que você devolva o meu celular e eu exijo que você...

— Sam! Graças a Deus um rosto amigo!

— Nick. — A atitude de Sam muda imediatamente. Seus olhos se iluminam e sua expressão gélida parece derreter. — Que bom ver você. Eu não sabia que você vinha.

Um homem na casa dos 60 anos, usando um terno risca de giz por cima de uma camisa floral espalhafatosa, está erguendo o copo para nós. Eu ergo o meu e fico sem palavras. Sir Nicholas Murray! Quando procurei sobre a empresa no Google, vi fotos dele com o Primeiro Ministro e com o príncipe Charles, e com todo mundo.

— Nunca perco uma festa, se puder — diz Sir Nicholas todo animado. — Perdi os discursos, não foi?

— Seu timing foi perfeito. — Sam sorri. — Não me diga que mandou o motorista entrar para ver se tinham acabado.

— Eu não poderia comentar sobre isso. — Sir Nicholas pisca para ele. — Você recebeu meu e-mail?

— Você recebeu *o meu*? — pergunta Sam, e baixa a voz. — Você indicou Richard Doherty para o Dealmaker Award, o prêmio de negociador do ano?

— Ele é um jovem e inteligente talento, Sam — diz Sir Nicholas, parecendo um pouco constrangido. — Lembra-se do trabalho dele com Hardwicks ano passado? Ele merece reconhecimento.

— *Você* elaborou o acordo da FSS Energy. Não ele.

— Ele ajudou — responde Sir Nicholas. — Ajudou de muitas formas. Algumas delas... são incapazes de ser dimensionadas.

Por um momento, eles se entreolham. Os dois parecem estar segurando o riso.

— Você é incorrigível — diz Sam, por fim. — Espero que ele esteja agradecido. Sabe que acabei de voltar da Alemanha? Temos que conversar sobre algumas coisas.

Ele me excluiu completamente da conversa, mas não me importo. Mesmo. Na verdade, talvez apenas me afaste enquanto tenho a chance.

— Sam, apresente-me à sua amiga. — Sir Nicholas parece adivinhar meus pensamentos, e eu sorrio com nervosismo em resposta.

Sam obviamente não tem vontade nenhuma de me apresentar a Sir Nicholas. Mas, também obviamente, é um homem educado, porque uns trinta segundos depois de uma evidente luta interior,[69] ele diz:

— Sir Nicholas, Poppy Wyatt. Poppy, Sir Nicholas Murray.

— Como vai? — Eu aperto a mão dele, tentando não revelar minha empolgação.

Uau. Eu e Sir Nicholas Murray. Conversando no Savoy. Já estou pensando em maneiras de casualmente inserir isso numa conversa com Antony.

— Você é da Johnson Ellison ou da Greene Retail? — pergunta Sir Nicholas educadamente.

— Nenhuma das duas — respondo, sem jeito. — Na verdade, sou fisioterapeuta.

— Fisioterapeuta! — O rosto dele se ilumina. — Que maravilhoso! A mais desvalorizada das artes médicas, é o que sempre penso. Vou ao consultório de um grande homem na Harley Street por causa das minhas costas, embora ele ainda não tenha *exatamente* acertado... — Ele se encolhe um pouco.

— Você precisa de Ruby — digo, balançando a cabeça com sabedoria. — Minha chefe. Ela é incrível. A massagem profunda dela faz homens adultos *chorarem*.

— Interessante. — Sir Nicholas parece curioso. — Você tem um cartão?

Vivaaaa! Ruby fez cartões para nós quando começamos, e nunca pediram o meu antes. Nem uma vez.

— Está aqui. — Eu enfio a mão na bolsa e tiro um cartão casualmente, como se fizesse isso o tempo todo. — Ficamos em Balham. Fica ao sul do rio. Talvez você não conheça...

— Conheço Balham muito bem. — Ele pisca para mim. — Meu primeiro apartamento em Londres ficava em Bedford Hill.

---

69. Portanto, não *tão* educado.

— Não acredito! — Meu canapé quase cai da minha boca.

— Bem, agora você precisa ir nos visitar.

Não consigo acreditar. Sir Nicholas Murray, morando em Bedford Hill. Meu Deus, está na cara. Você começa em Balham e termina sendo condecorado cavaleiro. É bem inspirador, sério.

— Sir Nicholas. — O sujeito de pele morena se materializou do nada e se juntou ao grupo. — É um prazer vê-lo aqui. Sempre um prazer. Como estão as coisas no Número Dez? Já descobriu o segredo da felicidade?

— As rodas giram. — Sir Nicholas dá um sorriso relaxado.

— Bem, é uma honra. Uma enorme honra. E Sam. — O homem moreno dá um tapinha nas costas dele. — Meu homem mais importante. Não podíamos fazer o que fazemos sem você.

Eu olho para ele com indignação. Ele estava chamando Sam de "teimoso da porra" alguns minutos antes.

— Obrigado, Justin.

É *mesmo* Justin Cole. Eu estava certa. Ele parece tão desprezível pessoalmente quanto nos e-mails.

Estou prestes a perguntar a Sir Nicholas como é o Primeiro Ministro de verdade quando um jovem todo nervoso se aproxima de nós.

— Sam! Me desculpe interromper. Sou Matt Mitchell. Muito obrigado por se voluntariar. Vai fazer muita diferença para o nosso projeto ter você participando.

— Me voluntariar? — Sam me olha com intensidade.

Ai, Deus. Eu não faço ideia. Minha mente está trabalhando demais, tentando lembrar... Voluntariar... Voluntariar... O que era mesmo...

— Para a expedição na Guatemala! O programa de intercâmbio! — Matt Mitchell está vibrando. — Estamos tão animados por você querer se inscrever!

Meu estômago se revira. Guatemala. Eu tinha esquecido *completamente* da Guatemala.

— Guatemala? — repete Sam, com uma espécie de sorriso tenso no rosto.

Agora eu lembro. Mandei o e-mail bem tarde da noite. Acho que eu tinha tomado um ou dois copos de vinho... ou três.

Arrisco uma olhadinha para Sam, mas a expressão dele é tão terrível que quero fugir. Mas a questão é que pareceu ser uma oportunidade ótima. E, pelo que vi na agenda dele, ele nunca tira férias. Ele *deveria* ir à Guatemala.

— Ficamos emocionados com seu e-mail, Sam. — Matt segura uma das mãos de Sam com devoção. — Eu nunca soube que você se sentia assim sobre o mundo em desenvolvimento. *Quantos* órfãos você ajuda?

— Sam! Ai, meu Deus! — Uma garota de cabelos escuros, bastante bêbada, vai até nosso grupo e empurra Matt com uma cotovelada, fazendo com que ele largue a mão de Sam. Ela está ruborizada e o rímel está borrado, e ela mesma segura a mão de Sam. — *Muito* obrigada pelo cartão eletrônico sobre Scamper. Você salvou meu dia, sabia?

— Não foi nada, Chloe — diz Sam com firmeza. Ele lança um olhar incandescente de fúria em minha direção e eu me encolho.

— Aquelas lindas coisas que você escreveu. — Ela engole em seco. — Eu soube quando li que você deve ter perdido um cachorro. Porque você entende, não é? Você *entende*. — Então uma lágrima escorre pela bochecha dela.

— Chloe, você quer se sentar? — diz Sam, retirando a mão, mas Justin se intromete, com um sorriso malicioso brincando nos lábios.

— Ouvi falar sobre esse cartão eletrônico. Será que posso ver?

— Eu imprimi. — Chloe limpa o nariz e pega um pedaço de papel dobrado no bolso, e Justin imediatamente o agarra.

— Ah, mas isso é lindo, Sam — diz ele, observando o papel e fingindo estar admirado. — Muito tocante.

— Mostrei pra todo mundo no departamento. — Chloe assente, em lágrimas. — Todos te acham *incrível*, Sam.

A mão de Sam está apertando o copo com tanta força que está ficando branca. Ele parece querer apertar um botão de ejeção para escapar. Estou me sentindo muito, muito mal. Não me dei conta de que tinha mandado *tantos* e-mails. Eu tinha esquecido da Guatemala. E não deveria ter mandado o cartão eletrônico. Se eu pudesse voltar no tempo, seria *nesse* momento que eu iria até mim e diria: "Poppy! Já chega! Nada de cartão eletrônico!"

— "O jovem Scamper se juntou a seus amigos no céu, mas nos deixou aqui para chorar" — lê Justin em voz alta, com tom teatral. — "O pelo macio, os olhos brilhantes, o osso dele sobre o sofá." — Justin faz uma pausa. — Não tenho certeza se "sofá" rima com "chorar", Sam. E por que o osso dele estaria sobre o sofá? Não é nada higiênico.

— Me dá isso aqui. — Sam tenta pegar o papel, mas Justin desvia, aparentando gostar da situação.

— "O cobertor vazio na cama, o silêncio pelo ar. Se Scamper estiver olhando para baixo agora, ele saberá o quanto era grande nosso amor." — Justin faz uma careta. — "Ar"? "Amor"? Você sabe o que *é* rima, Sam?

— Acho muito tocante — diz Sir Nicholas com alegria.

— Eu também — digo apressadamente. — Acho genial.[70]

— E é verdade. — As lágrimas agora descem pelo rosto de Chloe. — É lindo porque é *verdade*.

Ela está completamente bêbada. O pé saiu de um dos sapatos de salto alto e ela nem parece ter percebido.

— Justin — diz Sir Nicholas com gentileza. — Talvez você possa pegar um copo de água para Chloe?

— É claro! — Justin guarda habilmente a folha de papel no bolso. — Você não se importa se eu guardar o poema, não é, Sam? É tão *especial*. Já pensou em trabalhar para a Hallmark? — Ele acompanha Chloe e praticamente a joga numa cadeira. Um momento depois, eu o vejo alegremente chamando o grupo com o qual estava antes e tirando o papel do bolso.

Quase não ouso olhar para Sam de tão culpada que me sinto.

— Bem! — diz Sir Nicholas, parecendo estar se divertindo. — Sam, eu não fazia ideia de que você amava tanto os animais.

— Não amo... — Sam mal consegue controlar a voz. — Eu...

Estou freneticamente tentando pensar em alguma coisa para dizer para salvar a situação. Mas o que posso fazer?

— Agora, Poppy, por favor, me dê licença. — Sir Nicholas interrompe meu pensamento. — Por mais que eu preferisse ficar aqui, agora preciso ir conversar com aquele homem *infinitamente* chato da Greene Retail. — Ele faz uma expressão tão cômica que não consigo evitar dar uma gargalhada. — Sam, conversarmos depois.

---

70. Tudo bem. Sei que não é genial. Em minha defesa, escolhi o cartão apressadamente num site de cartões eletrônicos, e a foto era ótima. Era um contorno de um cesto vazio de cachorro que quase *me* fez chorar.

Ele aperta minha mão e entra no meio da multidão, e eu sufoco uma vontade de ir embora com ele.

— E então! — Eu me viro para Sam e engulo em seco várias vezes. — Hum... Desculpa por aquilo tudo.

Sam não diz nada, apenas estica a mão, com a palma para cima. Depois de cinco segundos, eu me dou conta do que ele quer.

— *O quê?* — Bate um certo desespero. — Não! Quero dizer... Não posso ficar com ele até amanhã? Todos os meus contatos estão nele, todas as minhas mensagens...

— Me dá.

— Mas nem fui à loja de celulares ainda! Não comprei um substituto, este é meu único número, *preciso* dele...

— Me dá.

Ele é implacável. Na verdade, parece bem assustador.

Por outro lado... ele não pode *arrancar* à força de mim, pode? Não sem provocar uma cena, algo que acredito que seja a última coisa que ele queria fazer.

— Olha, sei que você está zangado. — Tento parecer a mais suplicante possível. — Eu entendo. Mas você não quer que eu encaminhe todos os seus e-mails primeiro? E que te devolva amanhã, depois de ter ajeitado tudo? Por favor?

Pelo menos isso vai me dar a chance de anotar algumas das minhas mensagens.

Sam está respirando com intensidade pelo nariz. Percebo que está se dando conta de que não tem escolha.

— Você não vai mandar um único e-mail — diz ele, baixando a mão.

— Tudo bem — digo humildemente.

— Você vai fazer um relatório para mim com a lista de e-mails que você *mandou*.

— Tudo bem.

— E vai me entregar o aparelho amanhã, e vai ser a última vez que eu vou te ver.

— Vou ao escritório?

— Não! — Ele quase se encolhe com a ideia. — A gente se encontra na hora do almoço. Mando uma mensagem.

— Tudo bem. — Dou um suspiro, me sentindo humilhada.

— Me desculpa. Eu não queria bagunçar sua vida.

Eu estava com uma leve esperança de que Sam fosse dizer alguma coisa legal do tipo "não se preocupe, não bagunçou", ou "não importa, a intenção foi boa". Mas ele não diz nada. É frio como sempre.

— Tem alguma outra coisa que eu deveria saber? — pergunta ele secamente. — Seja sincera, por favor. Tem mais alguma viagem internacional para a qual você me escalou? Iniciativas da empresa que você começou em meu nome? Poemas inadequados que escreveu como se fosse eu?

— Não! — digo com nervosismo. — Foi só isso. Tenho certeza.

— Você tem noção do tamanho do caos que provocou?

— Eu sei. — Engulo em seco.

— Tem noção de em quantas situações constrangedoras me colocou?

— Me desculpa. Me desculpa mesmo — peço desesperadamente. — Eu não queria deixar você constrangido. Não queria causar confusão. Achei que estivesse fazendo um favor.

— Um favor? — Ele olha para mim, incrédulo. — *Um favor?*

— Oi, Sam. — Uma voz rouca nos interrompe, e sinto uma onda de perfume passar pelo ar. Eu me viro e vejo uma garota de 20 e tantos anos, usando saltos altos e muita maquiagem. O cabelo ruivo está cacheado e o vestido é *muito* decotado.

Consigo praticamente ver o umbigo dela. — Com licença, posso ter um momento rápido com Sam? — Ela me lança um olhar antagônico.

— Ah! Hum... Claro. — Eu me afasto alguns passos, mas não tanto para não conseguir ouvi-los.

— Mal consigo esperar para te ver amanhã. — Ela está olhando para o rosto de Sam e piscando com os cílios postiços.[71] — No seu escritório. Vou estar lá.

— Temos hora marcada?

— É assim que você quer brincar? — Ela dá uma risada suave e sexy e mexe o cabelo, como as atrizes fazem naquelas séries de TV americanas que se passam em belas cozinhas. — Posso brincar do jeito que você quiser. — Ela baixa a voz a um sussurro rouco. — Se você entende o que quero dizer, Sam.

— Desculpa, Lindsay... — Sam franze a testa, sem entender nada.

Lindsay? Eu quase derrubo a bebida no meu vestido. Essa garota é a Lindsay?

Ah, não. Ah, não, ah, não. Isso não é bom. Eu sabia que devia ter voltado atrás sobre os beijos de Sam. Tinha certeza de que aquela carinha piscando era alguma coisa. Será que tenho como avisar Sam? Será que tenho como fazer um sinal para ele?

— Eu sabia — murmura ela. — Na primeira vez em que vi você, Sam, eu soube que tinha uma vibe especial entre nós. Você é *sexy*.

Sam parece desconcertado.

— Bem... obrigado. Eu acho. Mas Lindsay, isso realmente não é...

---

71. Qual *é* a regra de etiqueta para quando os cílios postiços de alguém estão se soltando um pouco no canto? Avisar ou ignorar educadamente?

— Ah, não se preocupe. Sei ser muito discreta. — Ela passa uma unha pintada pela camisa dele. — Eu tinha quase desistido de você, sabia?

Sam dá alguns passos para trás, parecendo alarmado.

— Lindsay...

— Todo esse tempo e nenhum sinal. E então, do nada, você começa a me procurar. — Ela abre bem os olhos. — Me desejando feliz aniversário, me elogiando pelo trabalho... Eu sabia do que isso se tratava. E então, hoje à noite... — Lindsay chega ainda mais perto de Sam e fala com a voz ainda mais rouca. — Você não faz *ideia* do que ver seu e-mail provocou em mim. Hummm. Menino levado.

— *E-mail?* — repete Sam. Ele lentamente vira a cabeça e dá de cara com meu olhar de sofrimento.

Eu devia ter saído correndo. Enquanto tinha chance. Devia ter saído correndo.

NOVE

Sou a pessoa mais infeliz dentre todas as infelizes que existem.
Eu realmente fiz uma merda enorme. Agora vejo. Dei um monte de aporrinhação e trabalho a Sam, abusei da confiança dele e fui uma verdadeira mala sem alça.
Hoje era para ser um dia divertido. Um dia para me dedicar ao casamento. Tirei vários dias de folga para os últimos preparativos do casamento, mas, em vez disso, o que estou fazendo? Tentando pensar em todas as palavras diferentes para "desculpe" que consigo.
Quando chego ao almoço, estou usando uma camiseta cinza e uma saia jeans adequadamente penitentes. Vamos nos encontrar num restaurante na esquina do trabalho dele, e a primeira coisa que vejo quando entro é um grupo de garotas que vi no Savoy na noite anterior, todas reunidas ao redor de uma mesa circular. Tenho certeza de que não me reconheceriam, mas me encolho e passo rapidamente, só por garantia.
Sam descreveu o lugar como "um café e segundo escritório" ao telefone. E que café. Há mesas de aço e cadeiras com estofamento de linho cinza-claro e um daqueles cardápios legais no qual tudo está escrito em caixa-baixa e cada prato é descrito

com a menor quantidade possível de palavras.[72] Não há nem o símbolo de libras.[73] Não é surpreendente que Sam goste.

Pedi água e estou tentando decidir se vou tomar sopa ou comer uma salada quando Sam aparece na porta. Na mesma hora todas as garotas começam a acenar para ele se aproximar, e depois de um momento de hesitação, ele vai até lá. Não consigo ouvir toda a conversa, mas escuto algumas palavras soltas: "...ideia incrível...", "... animada...", "... tão encorajador...". Todas estão sorrindo e parecendo otimistas, até Sam.

Depois de um tempo, ele pede licença e se aproxima de mim.

— Oi. Você veio. — Nenhum sorriso para *mim*, eu percebo.

— Vim. Restaurante legal. Obrigada por se encontrar comigo. Fico muito feliz. — Estou tentando agir da forma mais calma possível.

— Eu praticamente moro aqui. — Ele dá de ombros. — Todo mundo da CWG mora aqui.

— Então... Aqui está a lista de todos os e-mails que mandei em seu nome. — Quero acabar logo com isso. Quando entrego a folha de papel para ele, não consigo evitar uma careta. Parece muito assim, no papel. — E encaminhei tudo pra você.

Um garçom me interrompe com uma jarra de água e um "bem-vindo de volta, senhor" para Sam, e sinaliza para a garçonete com a cesta de pães. Quando eles se afastam, Sam dobra a folha de papel e a guarda no bolso sem falar nada. Graças a Deus. Achei que ele ia ler item por item, como um diretor de escola.

---

72. "Sopa", "pato" etc. Sei que parece moderno e elegante, mas sopa de *quê*? Pato preparado *como*?
73. Isso não é ilegal? E se eu quisesse pagar em dólares? Eles teriam que deixar?

— Aquelas garotas são da sua empresa, não são? — Eu indico a mesa circular. — O que estavam dizendo?

Há uma pausa enquanto Sam se serve de água. Em seguida, ele olha para a frente.

— Estavam falando do seu projeto, na verdade.

Eu o encaro.

— *Meu* projeto? Você quer dizer meu e-mail sobre ideias?

— É. Foi bem-aceito na administração.

— Uau! — Eu me deixo ter prazer com a ideia só por um momento. — Então... nem *todo mundo* reagiu mal.

— Não, nem todo mundo.

— Alguém deu alguma boa ideia para a empresa?

— Na verdade... sim — diz ele, contrariado. — Algumas coisas interessantes surgiram.

— Uau! Que ótimo!

— Mas ainda tem várias pessoas certas de que é uma conspiração para demitir todo mundo, e uma está ameaçando tomar uma medida legal.

— Ah. — Eu me sinto punida. — Certo. Desculpa por isso.

— Oi. — Uma garota alegre de avental verde se aproxima. — Posso explicar o cardápio?[74] Temos sopa de abóbora-cheirosa hoje, feita com caldo de galinha orgânico...

Ela explica cada item, e nem preciso dizer que perco a concentração no ato. Então, no final, não faço ideia do que tem no cardápio, excelo pela sopa de abóbora-cheirosa.

— Sopa de abóbora-cheirosa, por favor. — Dou um sorriso.

— Baguete com filé malpassado e salada verde. Obrigado.

— Acho que Sam também não estava ouvindo. Ele verifica

---

74. OK, isso é ridículo. Você cria um cardápio que ninguém entende e depois paga alguém para explicá-lo.

alguma coisa no celular e franze a testa, e sinto uma pontada de culpa. Devo mesmo ter aumentado a quantidade de trabalho dele com tudo isso.

— Só quero dizer que realmente sinto muito — digo apressadamente. — Desculpa pelo cartão eletrônico. Desculpa pela Guatemala. Eu me deixei levar. Sei que criei muita confusão, e se eu puder ajudar de alguma forma, eu quero. Quero dizer... Quer que eu mande alguns e-mails por você?

— Não! — Sam parece que foi escaldado. — Obrigado — acrescenta ele, mais calmamente. — Você já fez o bastante.

— E então, como está lidando com tudo? — arrisco. — Quero dizer, como está se organizando com as ideias de todo mundo?

— Jane está encarregada por enquanto. Está mandando meu e-mail de dispensa.

Eu franzo o nariz.

— Seu "e-mail de dispensa"? O que é isso?

— Ah, você sabe. "Sam ficou feliz em receber seu e-mail. Entrará em contato assim que puder. Mas agradecemos seu interesse." Tradução: "Não espere um e-mail meu tão cedo." — Ele ergue as sobrancelhas. — Você precisa ter um e-mail de dispensa. É bastante útil para afastar abordagens indesejadas.

— Não preciso, não — digo, um pouco ofendida. — Eu nunca quero repudiar ninguém. Eu respondo todo mundo!

— Certo, isso explica *muita coisa*. — Ele pega um pedaço de pão e o mastiga. — Se eu soubesse disso, nunca teria concordado em emprestar o celular.

— Bem, você não precisa mais deixá-lo comigo.

— Graças a Deus. Onde está?

Reviro minha bolsa, pego o aparelho e o coloco na mesa entre nós.

— Que diabos é *isso*? — exclama Sam, parecendo horrorizado.

— O quê?

Sigo o olhar dele, intrigada, e então percebo. Havia alguns adesivos de strass para celular na bolsa de brindes Marie Curie, e eu os colei no celular naquele dia.

— Não se preocupe. — Eu reviro os olhos ao ver a expressão dele. — Eles saem.

— É melhor que saiam.

Ele ainda parece surpreso pelo que viu. Sinceramente. Será que ninguém naquela empresa enfeita o celular?

Nossa comida chega, e por um tempo somos distraídos por moedores de pimenta e de mostarda e por um acompanhamento de chips de pastinaca que eles parecem achar que pedimos.

— Você está com pressa? — pergunta Sam quando está prestes a morder a baguete com filé.

— Não. Tirei alguns dias de folga para cuidar dos preparativos do casamento, mas na verdade não tem muita coisa pra fazer.

A verdade é que fiquei um pouco surpresa ao falar com Lucinda de manhã. Eu tinha dito a ela *eras* atrás que ia tirar alguns dias para ajudar com os preparativos. Achei que poderíamos escolher alguma das coisas divertidas juntas. Mas ela basicamente disse não, obrigada. Ela contou uma longa história sobre ter que ir ver o florista em Northwood e precisar passar em outro cliente antes, e basicamente deu a entender que eu atrapalharia.[75] Então, fiquei livre a manhã toda. Eu não ia trabalhar só por ir.

---

75. Por que todos os fornecedores dela ficam em lugares estranhos? Sempre que pergunto, ela fala vagamente sobre "pesquisa de fornecedores". Ruby acha que é para ela cobrar mais pelas horas dirigindo.

Enquanto tomo minha sopa, espero que Sam fale por vontade própria sobre casamento, mas ele não fala. Os homens simplesmente não gostam, não é?

— Sua sopa está fria? — Sam de repente se concentra na minha tigela. — Se estiver fria, devolva.

Está um pouco menos do que fervendo, mas eu realmente não quero causar confusão.

— Está boa, obrigada. — Sorrio para ele e tomo outra colherada.

O telefone vibra de repente, e por reflexo eu o pego. É Lucinda me dizendo que está no florista e perguntando se eu poderia confirmar se quero só quatro ramos de gipsófila por buquê?

Eu não faço ideia. Por que eu especificaria uma coisa assim? E como são quatro ramos afinal?

Sim, ótimo. Muito obrigada, Lucinda, agradeço muito! Falta pouco agora!!! Bjsss, Poppy

Tem também um e-mail novo de Willow, mas não posso ler na frente de Sam. Eu o encaminho rapidamente e coloco o aparelho sobre a mesa.

— Chegou um e-mail de Willow agorinha.

— Ahan. — Ele faz que sim com uma expressão irritante.

Estou *morrendo* de vontade de saber mais sobre ela. Mas como posso começar para parecer natural?

Não consigo nem perguntar "Como vocês se conheceram?", porque já sei, por causa de uma das ladainhas dela. Eles se conheceram na entrevista dela para um emprego na Consultoria White Globe. Sam estava na equipe de avaliação, e ele fez algumas perguntas capciosas sobre o CV dela e ela devia ter se dado conta naquele momento de que ele ia foder com a vida dela. Ela devia ter ficado de pé e ido embora. Porque será que ele acha que um salário anual de seis dígitos é o mais importante na vida dela? Será que ele acha que todo mundo gosta dele? Será que ele não percebe que, para construir uma vida juntos, você precisa "saber o que são alicerces, Sam????"

Blá-blá-blá. Eu realmente desisti de ler até o final.

— Você não comprou um celular novo ainda? — pergunta Sam, erguendo as sobrancelhas.

— Vou à loja hoje à tarde.

Vai ser um saco começar do zero com um celular novo, mas não há muito que eu possa fazer. A não ser...

— Na verdade, eu estava aqui pensando — acrescento casualmente. — Você não quer vender este, quer?

— Um celular corporativo, cheio de e-mails de negócios? — Ele dá uma risada incrédula. — Você está louca? Eu estava doido quando deixei você ter acesso a ele. Não que eu tivesse escolha, Srta. Dedos Leves. Eu devia ter botado a polícia atrás de você.

— Não sou ladra! — respondo, magoada. — Não o *roubei*. Encontrei numa *lata de lixo*.

— Devia ter entregado. — Ele dá de ombros. — Você sabe e eu sei.

— Era propriedade pública! Foi justo!

— "Justo"? Quer dizer isso ao juiz? Se eu deixar minha carteira cair e ela ficar momentaneamente numa lixeira, isso dá a um fulano qualquer o direito de roubá-la?

Não consigo perceber se ele está me provocando ou não, então tomo um gole de água para fugir do assunto. Estou virando o telefone na mão sem parar, não querendo abrir mão dele. Já me acostumei a esse aparelho agora. Gosto dele. Até me acostumei a dividir a caixa de entrada.

— O que vai acontecer com isso então? — Finalmente olho para cima. — Quero dizer, com o celular.

— Jane vai encaminhar tudo que for relevante para a conta dela. Depois ele vai ser limpo. Por dentro e por fora.

— Certo. É claro.

A ideia de todas as minhas mensagens sendo apagadas me faz querer chorar. Mas não tem nada que eu possa fazer. Esse era o acordo. Era apenas um empréstimo. Como ele disse, o celular não é meu.

Eu o coloco na mesa de novo, a 5 centímetros do meu prato.

— Eu passo meu número novo assim que souber — eu digo. — Se eu receber alguma mensagem de texto ou recado...

— Eu encaminho. — Ele confirma com a cabeça. — Ou melhor, minha nova assistente encaminha.

— Quando ela começa?

— Amanhã.

— Que ótimo! — Dou um sorriso fraco e tomo um pouco de sopa, que realmente está morna demais, quase fria.

— Ela é ótima — diz ele com entusiasmo. — O nome dela é Lizzy, é muito inteligente. — Ele começa a comer a salada verde. — E, já que estamos aqui, você precisa me dizer. Qual foi a história com Lindsay? Que merda que você escreveu para ela?

— Ah. Aquilo. — Eu me sinto queimando de vergonha. — Acho que ela interpretou errado porque... Bem. Não foi nada, na verdade. Eu apenas a parabenizei e acrescentei beijos. No final de um e-mail.

Sam coloca o garfo sobre a mesa.

— Você acrescentou beijos a um e-mail *meu*? Um e-mail de trabalho? — Ele parece quase mais escandalizado por isso do que por qualquer outra coisa.

— Eu não pretendia! — me defendo. — Escorregou. Sempre coloco beijos nos meus e-mails. É simpático.

— Ah. Entendo. — Ele ergue as sobrancelhas até o céu. — Você é uma *dessas* pessoas ridículas.

— Não é ridículo — eu respondo. — É apenas gentil.

— Deixa eu ver. — Ele estica a mão em direção ao celular.

— Para! — digo, horrorizada. — O que você está *fazendo*?

Tento pegar, mas é tarde demais. Ele pegou o aparelho e está verificando todas as mensagens e todos os e-mails. Conforme lê, ele ergue uma sobrancelha, depois franze a testa, depois dá uma gargalhada repentina.

— O que você está olhando? — Eu tento parecer fria. — Você devia respeitar minha privacidade.

Ele me ignora completamente. Será que não sabe o que é privacidade? E o que está lendo, afinal? Podia ser qualquer coisa.

Tomo outra colherada de sopa, mas está tão fria que não consigo mais encará-la. Quando olho para cima, Sam ainda está lendo minhas mensagens avidamente. Isso é horrível. Sinto como se ele estivesse revirando minha gaveta de calcinhas.

— Agora você sabe como é alguém criticar seus e-mails — diz ele, olhando para cima.

— Não há nada para criticar — rebato, com um pouco de arrogância. — Ao contrário de você, sou encantadora e educada, e *não* dispenso as pessoas com duas palavras.

— Você chama de encantadora. Eu chamo de outra coisa.

— Como queira.

Eu reviro os olhos. É claro que ele não quer admitir que tenho uma capacidade de comunicação superior à dele.

Sam lê outro e-mail, balançando a cabeça, depois olha para mim e me observa em silêncio.

— O quê? — pergunto, irritada. — O que foi?

— Você tem tanto medo assim de as pessoas te odiarem?

— O quê? — Eu o encaro, sem saber como reagir. — Do que você está *falando*?

Ele indica o celular.

— Seus e-mails são como um grande mimimi. "Beijinho, beijinho, abraço, abraço, por favor, por favor, você tem que gostar de mim, tem que gostar de mim!"

— *O quê?* — Sinto como se ele tivesse me dado um tapa na cara. — Isso é totalmente... idiota.

— Vamos pegar esse aqui. "Oi, Sue! Será que posso mudar meu teste de cabelo do casamento para mais tarde, tipo 5 horas? É com Louis. Me avisa. Mas, se não der, não tem problema. Muito obrigada! Te agradeço muito! Espero que tudo esteja bem. Com carinho, Poppy. Beijos, beijos e mais beijos." Quem é Sue? Sua melhor e mais antiga amiga?

— É a recepcionista do meu cabeleireiro. — Eu olho para ele com raiva.

— Então ela ganha agradecimentos, carinho e um zilhão de beijos só por fazer o trabalho dela?

— Estou sendo *legal*! — eu respondo.

— Isso não é ser legal — diz ele com firmeza. — É ser ridícula. É uma transação de negócios. Seja profissional.

— Eu amo meu cabeleireiro! — digo furiosamente. Tomo uma colherada de sopa, tendo esquecido o quanto está horrível, e sufoco um tremor.

Sam ainda está vasculhando minhas mensagens de cima a baixo, como se tivesse o direito de fazer isso. Eu jamais devia ter deixado que ele colocasse as mãos naquele aparelho. Devia eu mesma ter apagado tudo.

— Quem é Lucinda?

— Minha cerimonialista — respondo com relutância.

— Foi o que pensei. Teoricamente, ela não trabalha para *você*? Que merda toda *é* essa que ela joga pra cima de você?

Por um momento, fico perturbada demais para responder. Passo manteiga num pedaço de pão e o coloco no prato sem comer.

— Ela *está* trabalhando para mim — respondo por fim, evitando o olhar dele. — Quero dizer, é claro que eu ajudo um pouco quando ela precisa...

— Você fez a parte dos carros pra ela. — Ele está contando nos dedos, sem acreditar. — Organizou o confete, as flores das lapelas, o organista...

Sinto um rubor subindo no meu rosto. Sei que acabei fazendo mais por Lucinda do que eu pretendia. Mas não vou admitir isso para ele.

— Eu queria! Está tudo bem.

— E o tom dela é bem mandão, se quer saber.

— É só o jeito dela. Não me importo... — Estou tentando desviar o assunto, mas ele é incansável.

— Por que você não diz para ela diretamente "Você trabalha para mim, pode parar de me tratar desse jeito"?

— Não é tão simples assim, tá? — Eu me sinto na defensiva. — Ela não é apenas a cerimonialista. É uma velha amiga dos Tavish.

— Os Tavish? — Ele move a cabeça como se esse nome não quisesse dizer nada para ele.

— Meus futuros sogros! Os *Tavish*. Professor Antony Tavish? Professora Wanda Brook-Tavish? Os pais deles são grandes amigos dela e Lucinda é parte desse mundo, ela é um deles e não posso... — Paro de falar e esfrego o nariz. Não tenho certeza do que eu ia dizer.

Sam pega uma colher, se inclina, toma um pouco de sopa e faz uma careta.

— Gelada. Foi o pensei. Devolva.

— Não, de verdade. — Dou um sorriso automático. — Está boa. — Aproveito a oportunidade para pegar o celular de volta.

— Não está. Devolva.

— Não! Olha... Não tem problema. Não estou com fome mesmo.

Sam está olhando para mim e balançando a cabeça.

— Você é uma grande surpresa, sabia? *Isto* é uma grande surpresa. — Ele dá um tapinha no celular.

— O quê?

— Você é bem insegura para alguém tão cheia de energia por fora.

— Não sou! — respondo, incomodada.

— Não é insegura? Ou não é cheia de energia?

— Eu... — Estou confusa demais para responder. — Não sei. Para. Me deixa em paz.

— Você fala dos Tavish como se eles fossem deuses...

— Bem, é *claro* que falo! Eles estão em outro *nível*...

Sou interrompida por uma voz de homem.

— Sam! Meu homem mais importante! — É Justin, dando tapinhas nas costas de Sam. Ele está de terno preto, gravata preta e óculos escuros. Parece um dos Homens de Preto. — Baguete com filé de novo?

— Você me conhece muito bem! — Sam se levanta e faz sinal para um garçom que está passando. — Com licença, será que você pode trazer uma tigela de sopa fresquinha para a minha convidada? A dela está fria. — Sentando-se de novo, ele pergunta a Justin: — Você conheceu Poppy ontem à noite? Poppy, Justin Cole.

— *Enchanté.* — Justin assente para mim e sinto um aroma de loção pós-barba Fahrenheit.

— Oi. — Consigo sorrir educadamente, mas ainda me sinto incomodada por dentro. Preciso contar para Sam o quanto ele é falso. Com tudo.

— Como foi a reunião com a P&G? — pergunta Sam para Justin.

— Boa! Muito boa! Embora, é claro, tenham sentido sua falta na equipe, Sam. — Ele faz um sinal de reprovação com o dedo.

— Tenho certeza de que não sentem.

— Você sabe que este homem é a estrela da empresa? — diz Justin para mim, apontando para Sam. — O provável herdeiro de Sir Nicholas. "Um dia, meu rapaz, tudo isso vai ser seu."

— Não, isso é tudo besteira — diz Sam com alegria.

— É claro que é.

Há um momento de silêncio. Eles estão sorrindo um para o outro, mas parecem mais com animais mostrando os dentes.

— Então, te vejo por aí — diz Justin após um momento. — Vai à conferência hoje à noite?

— Vou amanhã, na verdade — responde Sam. — Tenho muitas coisas pra resolver aqui.

— Justo. Bem, vamos brindar a você esta noite. — Justin ergue a mão para mim e vai embora.

— Me desculpa por isso — diz Sam ao se sentar. — Este restaurante é impossível na hora do almoço. Mas é o mais perto e é bom também.

Acabei me distraindo do que estava pensando por causa de Justin Cole. Ele é mesmo um babaca.

— Sabe, ouvi Justin falando sobre você ontem à noite — eu digo em voz baixa e me inclino sobre a mesa. — Ele chamou você de "teimoso da porra".

Sam levanta a cabeça e dá uma gargalhada alta.

— Posso imaginar.

Uma tigela nova de sopa de abóbora-cheirosa chega à mesa, fumegando, e de repente me sinto faminta.

— Obrigada por isso — eu digo para Sam, sem jeito.

— Foi um prazer. — Ele inclina a cabeça. — *Bon appétit*.

— Então por que ele chamou você de teimoso da porra? — Eu tomo uma colherada de sopa.

— Ah, discordamos em pontos fundamentais sobre como gerenciar a empresa — diz ele casualmente. — Meu lado teve uma vitória recentemente e o lado dele está todo doído.

Lado? Vitórias? Eles estão permanentemente em guerra?

— E aí, o que aconteceu?

Meu Deus, que sopa boa. Estou tomando tão rápido que é como se eu não comesse há semanas.

— Está mesmo interessada? — Ele parece achar divertido.

— Estou! É claro!

— Um funcionário saiu da empresa. E foi tarde, na minha opinião. Mas não na de Justin. — Ele dá uma mordida na baguete e estica a mão para pegar a água.

Só *isso*? É só o que ele vai me contar? Um funcionário saiu da empresa?

— Você está falando de John Gregson? — Eu me lembro de repente da busca que fiz no Google.

— O quê? — Ele parece surpreso. — Como você sabe sobre John Gregson?

— Pelo *Daily Mail* on-line, é claro. — Eu reviro os olhos. O que ele acha, que trabalha numa bolha secreta e particular?

— Ah. Entendi. — Sam parece digerir isso. — Bem... não. Aquilo foi outra coisa.

— Quem foi então? Vamos — insisto quando ele hesita. — Pode me contar. Sou a melhor amiga do Sir Nicholas Murray, você sabe. Tomamos uns drinques no Savoy juntos. Somos assim. — Cruzo os dedos, e Sam dá uma gargalhada relutante.

— Tudo bem. Acho que não é nenhum grande segredo. — Ele hesita e baixa a voz. — Foi um sujeito chamado Ed Exton. Diretor financeiro. A verdade é: ele foi demitido. Descobriram que ele cometeu fraudes na empresa por um tempo. Nick não quis denunciá-lo, mas foi um grande erro. Agora Ed está processando a empresa por demissão injusta.

— Sim! — Eu quase grito. — Eu *sabia*! E é por isso que ele estava péssimo no Groucho.

Sam dá outra risada curta e incrédula.

— Você sabe sobre isso. É claro que sabe.

— E então... Justin ficou zangado quando Ed foi demitido?

— Estou tentando entender direito.

— Justin estava planejando que Ed assumisse a presidência com ele como mão direita — diz Sam com ironia. — Então sim, podemos dizer que ele ficou bem zangado.

— *Presidente?* — eu disse, atônita. — Mas... e Sir Nicholas?

— Ah, eles teriam deposto Nick se tivessem apoio suficiente — diz Sam, sem rodeios. — Há uma facção na empresa que está mais interessada em obter lucro no curto prazo e se vestir em roupas elegantes de Paul Smith do que em qualquer outra coisa. Nick é a favor de pensar no futuro distante. Não é o ponto de vista mais popular.

Eu termino a sopa enquanto digiro tudo isso. Sério, essas políticas de escritório são tão complicadas. Como as pessoas conseguem trabalhar? Já é bem ruim quando nos distraímos e esquecemos de escrever os relatórios na clínica ou quando Annalise tem um dos ataques dela sobre de quem é a vez de ir comprar o café.

Se eu trabalhasse na Consultoria White Globe, não conseguiria fazer meu trabalho. Eu passaria *o dia inteiro* mandando mensagens de texto para outras pessoas do escritório, perguntando o que estava acontecendo naquele dia e se tinham ouvido alguma novidade e o que achavam que ia acontecer.

Humm. Talvez seja bom eu não trabalhar em escritório.

— Não consigo acreditar que Sir Nicholas Murray morava em Balham — eu digo, lembrando de repente. — Quero dizer, em Balham!

— Nick nem sempre foi rico. — Sam me lança um olhar curioso. — Você não descobriu a história dele nas suas andanças pelo Google? Ele era órfão. Cresceu num lar para crianças. Tudo que ele tem foi ele mesmo que conseguiu com o trabalho. Não há um ossinho esnobe sequer em seu corpo. Ao contrário desses malandros pretensiosos que estão tentando se livrar dele. — Ele faz cara de raiva e bota um punhado de rúcula na boca.

— Fabian Taylor deve estar no grupo de Justin — comento, pensativa. — Ele é muito sarcástico com você. Eu sempre me perguntei por quê. — Olho para a frente e vejo Sam me observando com as sobrancelhas franzidas.

— Poppy, seja sincera. Quantos e-mails meus você leu?

Não consigo acreditar que ele esteja perguntando isso.

— Todos, é claro. O que você acha? — A expressão dele é tão engraçada que tenho um ataque de riso. — Assim que botei a mão naquele celular, comecei a te xeretar. E-mails de colegas, e-mails da Willow... — Não consigo resistir a lançar o nome casualmente para ver se ele morde a isca.

Mas ele ignora completamente a referência. É como se o nome "Willow" não significasse nada para ele.

Mas este é nosso almoço de despedida. É minha última chance. Vou insistir.

— E aí? Willow trabalha num andar diferente do seu? — eu digo em tom amistoso.

— No mesmo andar.

— Ah, sim... E vocês dois se conheceram no trabalho?

Ele apenas assente. É como tirar sangue de pedra.

Um garçom aparece para recolher minha tigela e pedimos café. Quando o garçom se afasta, vejo Sam me observando pensativamente. Estou prestes a fazer outra pergunta sobre Willow, mas ele fala primeiro.

— Poppy, uma pequena mudada de assunto. Posso dizer uma coisa? Como amigo?

— Somos amigos? — eu respondo, em dúvida.

— Um espectador desinteressado, então.

Ótimo. Primeiro, ele desvia da conversa sobre Willow. Segundo, o que é isso agora? Um discurso sobre por que não se deve roubar celulares? Outro sermão sobre ser profissional nos e-mails?

— O que é? — Não consigo evitar um revirar de olhos. — Fogo à vista.

Ele pega uma colher de chá, como se estivesse organizando os pensamentos, depois a coloca sobre a mesa.

— Sei que não é da minha conta. Nunca fui casado. Não conheço seu noivo. Não sei qual é a situação.

Enquanto ele fala, o sangue sobe no meu rosto. Não sei por quê.

— Não — digo. — Não sabe. Então...

Ele continua não me ouvindo.

— Mas parece que você não pode, não *deve*, entrar num casamento se sentindo inferior em aspecto nenhum.

Por um momento, estou surpresa demais para responder. Procuro a reação certa. Grito? Esbofeteio ele? Saio batendo os pés?

— Tudo bem, escuta só — eu consigo dizer. Minha garganta está apertada, mas tento parecer equilibrada. — Em primeiro lugar, você *não* me conhece, como você mesmo disse. Segundo, eu *não* me sinto inferior...

— Sente sim. Fica óbvio em tudo que você diz. E não consigo entender. Olha para você. É profissional. É bem-sucedida. Você... — Ele hesita. — Você é atraente. Por que deveria sentir que os Tavish estão em "outro nível" quando comparados a você?

Ele está sendo lento *de propósito*?

— Porque eles são pessoas superiores e famosas! São gênios e vão acabar sendo condecorados como nobres, e meu tio é um dentista normal de Taunton... — Eu paro de falar, respirando com intensidade.

Que ótimo. Agora eu segui direto para dentro da armadilha.

— E seu pai?

Aí está. Ele pediu.

— Morreu — eu digo sem meias palavras. — Meus pais estão mortos. Num acidente de carro há dez anos. — Eu me recosto na cadeira, esperando pelo silêncio constrangedor.

Ele pode ocorrer de muitas maneiras diferentes. Silêncio. Uma das mãos sobre a boca. Um ofegar.[76] Uma exclamação. Uma mudança constrangida de assunto. Curiosidade mórbida. Uma história sobre um acidente maior e mais horrendo do qual a tia do amigo do amigo foi vítima.

Uma garota para quem contei teve uma crise de choro na mesma hora. Tive que ficar vendo a menina chorar e arrumar um lenço de papel.

---

76. Magnus foi do tipo que ofegou. Depois me apertou com as mãos e disse que sabia que eu era vulnerável e que aquilo era um plus à minha beleza.

Mas... é estranho. Dessa vez não parece constrangedor. Sam não afastou o olhar. Não limpou a garganta *ou* ofegou *ou* mudou de assunto.

— Os dois de uma vez? — perguntou ele por fim, com um tom mais gentil.

— Minha mãe, na mesma hora. Meu pai, no dia seguinte.
— Dou um sorriso delicado. — Mas não pude me despedir dele. Ele já não estava lá... naquela hora.

Aprendi que sorrir é o único jeito que tenho de passar por esse tipo de conversa.

Um garçom chega com os nossos cafés, e por um momento a conversa fica suspensa. Mas assim que ele se afasta, o mesmo humor está de volta. A mesma expressão no rosto de Sam.

— Lamento muitíssimo.

— Não precisa! — digo, com a minha voz animada padrão.
— Deu tudo certo. Fomos morar com meu tio, ele é dentista. Minha tia é auxiliar. Eles cuidaram de nós, de mim e dos meus irmãozinhos. Então... deu tudo certo. Ficou tudo bem.

Consigo sentir os olhos dele em mim. Olho para um lado e depois para o outro, tentando escapar deles. Mexo meu cappuccino um pouco rápido demais e tomo um gole.

— Isso explica muita coisa — diz Sam por fim.

Não consigo suportar a solidariedade dele. Não consigo suportar a solidariedade de ninguém.

— Não explica — continuo, com firmeza. — *Não* explica. Aconteceu há anos, já passou, sou adulta e já resolvi isso, tá? Você está errado. Não explica nada.

Sam coloca a xícara de espresso sobre o pires, pega o biscoito de amaretto e o abre sem pressa.

— Eu queria dizer que explica por que você é obcecada por dentes.

— Ah.

Touché.

Dou um sorriso relutante.

— Sim, acho que sou bastante familiarizada com o que tem a ver com cuidar dos dentes.

Sam morde o biscoito e tomo outro gole de cappuccino. Depois de um minuto ou dois, parece que deixamos aquilo para trás, e estou me perguntando se devíamos pedir a conta quando Sam diz de repente:

— Meu amigo perdeu a mãe quando estávamos na faculdade. Passei muitas noites conversando com ele. Muitas. — Ele faz uma pausa. — Sei como é. Não se supera nunca. E não faz diferença se você supostamente é "adulto" ou não. Nunca vai passar.

Ele não deveria voltar ao assunto. Tínhamos deixado para trás. A maioria das pessoas foge aliviada e rápido para algum outro assunto.

— Bem, eu superei — digo, alegre. — E o sentimento foi embora. Pronto.

Sam assente como se minhas palavras não o surpreendessem.

— Sim, foi o que ele disse. Para as outras pessoas. Eu sei. Você tem que dizer. — Ele faz uma pausa. — Mas é difícil manter a fachada.

Sorria. Continue sorrindo. Não olhe nos olhos dele.

Mas não consigo evitar. Eu olho.

E meus olhos ficam quentes de repente. Merda. *Merda.* Isso não acontece há anos. Anos.

— Não me olhe assim — murmuro com intensidade, olhando com raiva para a mesa.

— Como? — Sam parece alarmado.

— Como se entendesse. — Eu engulo em seco. — Para. Só para com isso.

Eu respiro fundo e tomo um gole de água. *Idiota*, Poppy. Controle-se. Não me permito ser pega com a guarda baixa assim desde que... Nem consigo me lembrar desde quando.

— Me desculpa — diz Sam, baixinho. — Eu não pretendia...

— Não! Está tudo bem. Vamos. Vamos pedir a conta?

— Claro.

Ele chama o garçom e eu pego o meu gloss labial. Depois de dois minutos, me sinto normal.

Tento pagar o almoço, mas Sam se recusa terminantemente a permitir, então concordamos em dividir. Depois que o garçom pega o dinheiro e limpa as migalhas sobre a mesa, olho para ele por cima da mesa vazia.

— Bom. — Lentamente, deslizo o celular por cima da mesa na direção dele. — Está aqui. Obrigado. Foi um prazer te conhecer e tudo mais.

Sam nem olha para o aparelho. Está olhando para mim com o tipo de expressão gentil e preocupada que me dá agonia e me faz querer jogar coisas longe. Se ele disser mais alguma coisa sobre os meus pais, vou sair andando. Vou mesmo.

— Eu estava curioso — diz ele. — Só de curiosidade, você já aprendeu algum método de confronto?

— O quê? — Dou uma risada alta de surpresa. — É claro que não. Não quero *confrontar* ninguém.

Sam abre as mãos.

— Aí está. Esse é o seu problema.

— Não tenho problema! Você é que tem problema. Pelo menos eu sou *legal*. — Não consigo evitar dizer isso. — Você é... infeliz.

Sam cai na gargalhada e eu enrubesço. Tudo bem, talvez "infeliz" tenha sido a palavra errada.

— Estou bem. — Eu estico a mão para pegar a bolsa. — Não preciso de ajuda.

— Para com isso. Deixa de ser covarde.

— Não sou covarde! — respondo, revoltada.

— Se você pode dar conselhos, também pode receber — diz ele com alegria. — Quando você leu minhas mensagens, viu um ser curto, grosso e infeliz. E me disse isso. Talvez você esteja certa. — Ele faz uma pausa. — Mas sabe o que eu vi quando li as suas?

— Não. — Eu olho para ele com raiva. — E não quero saber.

— Vi uma garota que vive correndo para ajudar os outros mas não se ajuda. E agora mesmo você precisa se ajudar. Ninguém deveria subir ao altar se sentindo inferior, nem num nível diferente, nem tentando ser uma coisa que não é. Não sei exatamente quais são os seus problemas, mas...

Ele pega o celular, clica num botão e vira a tela para mim. *Porra.*

É a minha lista. A lista que eu escrevi na igreja.

COISAS A FAZER ANTES DO CASAMENTO

1. *Me tornar especialista em filosofia grega.*
2. *Decorar poemas de Robert Burns.*
3. *Aprender palavras compridas de Palavras Cruzadas.*
4. *Não esquecer: sou HIPOCONDRÍACA.*
5. *Strogonoff de carne. Começar a gostar. (Hipnose?)*

Eu me sinto completamente envergonhada. É por *isso* que as pessoas não deveriam dividir celulares.

— Não tem nada a ver com você — murmuro, olhando para a mesa.

— Eu sei — diz ele com gentileza. — Também sei que se defender pode ser difícil. Mas você tem que fazer isso. Você tem que botar para fora. *Antes* do casamento.

Fico em silêncio por um minuto ou dois. Não consigo suportar o fato de ele estar certo. Mas bem dentro de mim, tudo que ele está dizendo parece verdade. Como blocos de Tetris caindo um a um no lugar certo.

Solto minha bolsa sobre a mesa e esfrego o nariz. Sam espera pacientemente, enquanto organizo os pensamentos.

— É muito fácil você me dizer isso — eu falo. — É muito fácil dizer "bota para fora". O que devo dizer a eles?

— "Eles" são...

— Sei lá. Os pais dele, eu acho.

De repente, eu me sinto infiel por falar sobre a família de Magnus pelas costas dele. Mas é um pouco tarde demais para isso.

Sam não hesita nem por um segundo.

— Você diz: "Sr. e Sra. Tavish, vocês estão fazendo eu me sentir inferior. Vocês acham mesmo que eu sou inferior ou é só impressão minha?

— Em que *planeta* você vive? — Eu o encaro abertamente. — Não posso dizer isso! As pessoas não dizem esse tipo de coisa!

Sam ri.

— Você sabe o que vou fazer esta tarde? Vou dizer para o presidente de uma indústria que ele não dá duro o bastante, que está alienando outros membros do conselho e que a higiene pessoal dele está virando um problema de gerência.

— Ai, meu Deus. — Eu me encolho só de imaginar isso. — Não acredito.

— Vai dar tudo certo — diz Sam calmamente. — Vou conversar com ele sobre cada detalhe, e no final ele vai concordar comigo. É apenas técnica e confiança. Conversas constrangedoras são meio que minha especialidade. Aprendi muito com Nick — diz ele. — Ele consegue dizer às pessoas que as empresas delas são uma merda e elas comem na mão dele. E até mesmo que o *país* delas é uma merda.

— Uau. — Estou um pouco surpresa.

— Venha assistir à reunião, se não estiver muito ocupada. Vai ter algumas outras pessoas.

— É sério?

Ele dá de ombros.

— É assim que se aprende.

Eu não fazia ideia que se podia ser especialista em conversas constrangedoras. Estou tentando me visualizar dizendo para alguém que a higiene pessoal dessa pessoa é um problema. Não consigo me imaginar encontrando as palavras para dizer isso nem em um milhão de anos.

Ah, sério. Eu *tenho* que ver isso.

— Tudo bem! — Percebo que estou sorrindo. — Eu vou. Obrigada.

De repente, percebo que ele não pegou o celular. Ainda está sobre a mesa.

— Então... Levo isso para o seu escritório? — digo em tom casual.

— Claro. — Ele está vestindo o paletó. — Obrigado.

Excelente. Posso ver minhas mensagens de novo. Resultado!

DEZ

Deve ser incrível trabalhar num lugar como esse. Tudo no prédio de Sam é novidade para mim, da enorme escada rolante aos elevadores rápidos e ao cartão plastificado com uma foto minha que foi feito por uma máquina em três segundos. Quando os visitantes vão à First Fit Physio, apenas anotamos os dados deles num caderno da Staples.

Subimos até o 16º andar e seguimos por um corredor com carpete verde intenso, fotos em preto e branco de Londres nas paredes e assentos modernos em formatos aleatórios. À direita há escritórios individuais com parede de vidro na frente, e à esquerda tem uma área grande e aberta com escrivaninhas multicoloridas. Tudo aqui é tão *legal*. Tem um filtro de água, como o nosso, mas há também uma área de café com uma máquina Nespresso e uma geladeira Smeg e uma enorme tigela de frutas.

Eu super tenho que bater um papo com Ruby sobre as condições dos funcionários na First Fit Physio.

— Sam! — Um homem de paletó de linho azul-escuro o cumprimenta e, enquanto eles conversam, eu olho para a área aberta, me perguntando se veria Willow. Aquela garota com cabelo louro ondulado, falando ao telefone com um fone de ouvido e microfone, sentada com os pés sobre uma cadeira. Será que é ela?

— Tudo bem. — Sam parece estar concluindo a conversa. — Isso é interessante, Nihal. Preciso pensar.

Nihal. Meus ouvidos ficam em alerta. Conheço aquele nome de algum lugar. Tenho certeza de que conheço. O que era mesmo? Nihal... Nihal...

— Obrigado, Sam — diz Nihal. — Vou encaminhar o documento agora mesmo.

Enquanto ele digita no celular, eu me lembro de repente.

— Parabenize-o pelo bebê! — sussurro para Sam. — O bebê de Nihal nasceu semana passada. Yasmin. Três quilos. Ela é linda! Você não viu o e-mail?

— Ah. — Sam parece surpreso, mas se recupera rapidamente. — Ei, Nihal, parabéns pelo bebê. Foi uma ótima notícia.

— Yasmin é um nome lindo. — Eu sorrio para Nihal. — E 3 quilos! Que peso ótimo! Como ela está?

— Como está Anita? — pergunta Sam.

— As duas estão muito bem, obrigado! Me desculpe... Não sei se nos conhecemos. — Nihal olha para Sam pedindo ajuda.

— Esta é Poppy — diz Sam. — Ela está aqui para fazer... consultoria.

— Certo. — Nihal aperta minha mão, ainda perplexo. — Como você soube do bebê?

— Porque Sam comentou comigo — eu minto facilmente. — Ele ficou tão feliz por você que não conseguiu se conter e me contou. Não é verdade, Sam?

Rá! A cara do Sam!

— Isso mesmo — diz ele. — Encantado.

— Uau. — O rosto de Nihal está tomado de felicidade.
— Obrigado, Sam. Eu não sabia que você ficaria tão... — Ele para de falar, sem jeito.
— Tudo bem. — Sam ergue a mão. — Parabéns de novo. Poppy, temos mesmo que ir.

Enquanto Sam e eu andamos pelo corredor, tenho vontade de rir da expressão dele.

— Você pode parar, por favor? — murmura Sam sem mexer a cabeça. — Primeiro animais, agora bebês. Que tipo de reputação vai me dar?

— Uma boa reputação! — respondo. — Todos vão amar você!

— Oi, Sam. — Uma voz chega por trás e nos viramos, e vemos Matt Mitchell, de ontem à noite, vibrando de satisfação.

— Acabei de saber a novidade! Sir Nicholas vai à viagem da Guatemala! Isso é incrível!

— Ah, sim. — Sam assente bruscamente. — Conversamos sobre isso ontem à noite.

— Bem, eu queria agradecer a você — diz ele com seriedade. — Sei que foi influência sua. Vocês dois vão dar *tanto* peso à causa. Ah, e obrigado pela doação. Agradecemos muito.

Eu fico olhando, atônita. Sam fez uma doação para a viagem à Guatemala? Ele fez uma *doação*?

Agora Matt está sorrindo para mim.

— Oi de novo. Você está interessada na viagem à Guatemala? Ah, meu Deus. Eu *adoraria* ir à Guatemala.

— Bem... — Eu começo a falar com entusiasmo, mas Sam me interrompe com firmeza.

— Não está não.

Sinceramente. Que estraga-prazeres.

— Talvez na próxima — digo educadamente. — Espero que corra tudo bem!

Enquanto Matt Mitchell segue para um lado do corredor e nós para o outro, reflito intensamente sobre o que acabei de ouvir.

— Você não me disse que o Sir Nicholas ia para a Guatemala — digo por fim.

— Não? — Sam não parece remotamente interessado. — Bom, ele vai.

— E você fez uma doação — eu acrescento. — Então você acha que é uma boa causa. Acha que vale a pena apoiar.

— Fiz uma *pequena* doação. — Ele me corrige com um olhar severo, mas nada me faz recuar.

— Então, na verdade... A situação acabou muito bem. Não foi desastre nenhum. — Eu conto pensativamente nos dedos. — E as garotas da administração acham que você é maravilhoso e que a iniciativa das ideias foi genial. E você está com sugestões interessantes para a empresa. E Nihal acha você o máximo, assim como Chloe e todo o departamento dela, e Rachel *ama* você por participar da corrida...

— Onde exatamente você quer chegar? — A expressão de Sam é tão ameaçadora que cedo um pouco.

— Hum... Em lugar nenhum! — Eu recuo. — Só estou dizendo!

Talvez eu fique quieta agora por um tempo.

Depois do saguão, eu esperava me impressionar com o escritório de Sam. Mas fico mais do que impressionada, fico boquiaberta.

É um enorme espaço no canto do prédio, com janelas com vista para a ponte Blackfriars, com uma escultura de luz de um designer famoso pendurada no teto e uma enorme escrivaninha. Há uma menor do lado de fora, que acho que é onde Violet se sentava. Ao lado da janela há um sofá, que é para onde Sam me leva.

— Ainda vai demorar uns vinte minutos pra reunião. Só preciso botar algumas coisas em dia. Fique à vontade.

Eu fico sentada no sofá em silêncio por alguns minutos, mas é entediante, então me levanto e olho pelas janelas para os carrinhos que cruzam a ponte. Há uma estante ali perto com muitos livros de capa dura sobre negócios e alguns prêmios. Mas não há foto de Willow. Nem na escrivaninha dele. Ele deve ter uma foto dela em algum lugar, não deve?

Enquanto procuro em volta, reparo em outra porta pela qual não consigo evitar dar uma olhada, com curiosidade. Por que ele tem outra porta? Onde ela vai dar?

— Banheiro — diz Sam, me vendo. — Quer usar? Pode ir.

Uau. Ele tem um banheiro exclusivo!

Eu entro, na esperança de encontrar um maravilhoso palácio de mármore, mas o banheiro é bastante normal, com um pequeno chuveiro e azulejos de vidro. Mesmo assim. Ter um banheiro próprio no escritório. É muito legal.

Aproveito a oportunidade para retocar a maquiagem, pentear o cabelo e colocar a saia jeans no lugar. Abro a porta e estou prestes a sair quando me dou conta de que pingou sopa na minha blusa. Merda.

Talvez eu consiga tirar.

Umedeço uma toalha e esfrego rapidamente na mancha. Não. Não estava molhada o bastante. Vou ter que me inclinar e enfiar a parte da blusa debaixo da torneira.

Quando me inclino, vejo uma mulher de terninho preto elegante no espelho e dou um salto. Demoro alguns segundos até me dar conta de que vejo o reflexo do escritório todo, e que ela está se aproximando da porta de vidro de Sam. Ela é alta e tem uma aparência imponente, na casa dos 40 anos, talvez, e está segurando uma folha de papel.

A expressão dela é de raiva. Aah, talvez ela seja a presidente com higiene pessoal ruim.

Não. Com certeza não. É só reparar naquela blusa branca perfeitamente passada.

Ai, meu Deus, será que essa é *Willow*?

De repente eu me sinto ainda mais constrangida com a mancha de sopa. Ela não saiu, só fiquei com uma grande área da blusa molhada. Na verdade, minha aparência é pavorosa. Será que devo dizer a Sam que não posso ir à reunião? Ou talvez ele tenha uma camisa extra que eu possa pegar emprestada. Os executivos não têm sempre camisas extras no escritório?

Não, Poppy. Não seja ridícula. Seja como for, não há tempo. A mulher de terno preto já está batendo na porta dele e abrindo. Eu observo pelo espelho, aflita.

— Sam. Preciso falar com você.

— Claro. O que foi? — Ele ergue o olhar e franze a testa ao ver a expressão dela. — Vicks, o que houve?

Vicks! É claro que essa é Vicks, chefe de imprensa. Eu devia ter percebido de cara.

Sinto que já a conheço de todos os e-mails, e ela é como eu imaginei. É baixa, com cabelo castanho bem-cortado, atitude profissional, sapatos elegantes, relógio caro. E, nesse momento, está com uma enorme expressão de estresse no rosto.

— Só algumas pessoas sabem sobre isso — diz ela ao fechar a porta. — Uma hora atrás, recebi uma ligação de um amigo meu do ITN, o Independent Television News. Eles têm em mãos um memorando interno de Nick que estão planejando

divulgar no noticiário das 10 da noite. — Ela faz uma careta.
— É... É ruim, Sam.

— Memorando? — Ele parece perplexo. — Que memorando?

— Um memorando que aparentemente ele mandou para você e para Malcolm? Vários meses atrás? Quando você estava fazendo aquele trabalho de consultoria com o público britânico? Aqui. Dá uma lida.

Depois de uns dez segundos, olho pela lateral da porta entreaberta do banheiro. Vejo Sam lendo uma folha impressa com uma expressão de choque no rosto.

— Mas que *porra*...

— Eu sei. — Vicks ergue a mão. — Eu sei.

— Isto é... — Ele parece emudecido.

— É um desastre — diz Vicks num tom calmo. — Ele está basicamente falando sobre receber propinas. Junte isso ao fato de ele estar num comitê do governo agora... — Ela hesita. — Você e Malcolm podem ser afetados também. Vamos precisar conversar sobre isso.

— Mas... mas nunca vi esse memorando na vida! — Sam finalmente parece ter encontrado a voz. — Nick não mandou isso pra mim! Ele não escreveu essas coisas. Ele *jamais* escreveria essas coisas. Quero dizer, ele nos mandou um memorando que *começava* do mesmo jeito, mas...

— Sim, foi isso que Malcolm disse também. O memorando que ele recebeu não era exatamente igual a esse, palavra por palavra.

— "Palavra por palavra"? — repete Sam impacientemente.

— Era totalmente diferente! Sim, era sobre o público britânico, sim, abordava os mesmo assuntos, mas *não* dizia essas coisas.

— Ele bate no papel. — Não sei de onde diabos veio isso. Você falou com o Nick?

— É claro. Ele diz a mesma coisa. Não mandou esse memorando, nunca o viu antes e está tão perplexo quanto a gente.

— Então! — exclama Sam com impaciência. — Acabe logo com isso! Ache o memorando original, ligue para o seu amigo da ITN, diz que eles foram enganados. O pessoal de TI vai poder provar o que foi escrito, eles são bons nessas coisas... — Ele para de falar. — O quê?

— Nós tentamos. — Ela expira. — Procuramos. Não conseguimos encontrar uma versão original do memorando em lugar algum.

— *O quê?* — Ele fica olhando para ela. — Mas... Isso é loucura. Nick deve ter guardado uma cópia.

— Estão procurando. Aqui e no escritório dele em Berkshire. Até agora, esta é a única versão que conseguiram encontrar no sistema. — Dessa vez, é ela quem bate no papel.

— Impossível! — Sam dá uma risada incrédula. — Espera. Eu tenho!

Ele se senta e abre um arquivo.

— Devo ter colocado... — Ele clica algumas vezes. — Está aqui! Está vendo... aqui está... — Ele para de falar de repente, respirando com intensidade. — Mas que...

Eles ficam em silêncio. Mal consigo respirar.

— Não — protesta Sam de repente. — De jeito nenhum. Essa *não* é a versão que recebi. — Ele ergue o olhar e seu rosto mostra que ele está desnorteado. — O que está acontecendo? Eu *tinha*.

— Não está aí? — A voz de Vicks está tomada de decepção. Sam clica freneticamente no mouse do computador.

— Isso não faz sentido — diz ele, quase que para si mesmo. — O memorando foi mandado por e-mail. Chegou para mim e para Malcolm pelo sistema. Eu tinha. Li com os meus próprios olhos. *Tem* que estar aqui. — Ele olha para a tela com raiva. — Cadê a *porra* dessa *merda* de e-mail?

— Você imprimiu? Guardou? Ainda tem aquela versão original? — Vejo esperança nos olhos de Vicks.

Há um longo silêncio.

— Não. — Sam suspira. — Eu li on-line. E Malcolm?

— Ele também não imprimiu. E só consegue encontrar esta versão no laptop. Certo. — Vicks hesita um pouco. — Bom... Vamos continuar tentando.

— Tem que estar aqui. — Sam parece inflexível. — Se o pessoal técnico diz que não consegue encontrar, estão enganados. Bota mais gente para tentar achar.

— Está todo mundo procurando. Não contamos a eles o motivo, é claro.

— Bem, se não conseguirmos encontrar, você vai ter que dizer para o ITN que é um mistério para nós — diz Sam energeticamente. — Nós o refutamos. Deixamos claro como água que este memorando *nunca* foi lido por mim, *nunca* foi escrito pelo Nick, *nunca* foi visto por ninguém na empresa...

— Sam, está no sistema da empresa. — Vicks parece cansada. — Não podemos alegar que ninguém na empresa o viu. A não ser que consigamos *encontrar* o outro memorando... — O celular dela apita com a chegada de uma mensagem de texto e ela olha. — É Julian, do departamento jurídico. Eles vão pedir uma ordem judicial, mas... — Ela dá de ombros, sem esperanças. — Agora que Nick é conselheiro do governo, não há muita chance.

Sam está olhando de novo para a folha de papel com uma expressão de repulsa no rosto.

— Quem escreveu essa merda? — diz ele. — Nem *parece* com algo que Nick escreveria.

— Só Deus sabe.

Estou tão compenetrada que quando meu telefone vibra de repente, quase caio dura de susto. Olho para a tela e sinto outra onda de medo. Não posso ficar escondida aqui. Aperto rapidamente o botão de atender e saio rapidamente do banheiro, com as pernas ainda bambas.

— Hum, desculpa incomodar — digo constrangida, e estico a mão com o celular. — Sam, é o Sir Nicholas, pra você.

A expressão de horror de Vicks quase me faz ter vontade de rir, só que ela também parece capaz de estrangular alguém. E esse alguém poderia ser eu.

— Quem é *ela*? — diz Vick, olhando para a mancha na minha blusa. — É a sua nova assistente?

— Não. Ela é... — Sam faz um gesto para que ela deixe para lá. — É uma longa história. Nick! — exclama ele ao aparelho. — Acabei de saber. Meu Deus.

— Você ouviu alguma coisa do que a gente disse? — pergunta Vicks para mim num tom baixo e feroz.

— Não! Quero dizer, sim. Um pouco. — Estou tagarelando de medo. — Mas eu não estava prestando atenção. Não ouvi nada demais. Eu estava penteando o cabelo. Concentrada.

— Certo. Fico em contato. Nos mantenha informados. — Sam desliga o celular e mexe a cabeça. — Quando ele vai aprender a usar o número certo? Desculpa.

Ele coloca distraidamente o celular em cima da mesa.

— Isso é ridículo. Eu mesmo vou lá falar com o pessoal técnico. Se não conseguem encontrar um e-mail perdido, puta que pariu, deviam todos ser despedidos. Deviam ser despedidos aconteça o que acontecer. São uns inúteis.

— Poderia estar no seu celular? — sugiro timidamente.

Os olhos de Sam brilham por um momento, mas depois ele balança a cabeça.

— Não. Tem meses. O celular não arquiva e-mails de mais de dois meses. Mas foi uma boa ideia, Poppy.

Vicks parece não conseguir acreditar no que está ouvindo.

— De novo: *quem é ela?* Ela tem *identificação?*

— Tenho. — Eu rapidamente pego meu cartão plastificado.

— Ela... Tudo bem. Ela é visitante. Vou cuidar dela. Vem. A gente precisa conversar com o pessoal técnico.

Sem dizer uma palavra, ele rapidamente sai para o corredor. Um momento depois, aparentando estar furiosa, Vicks vai atrás. Consigo ouvir uma torrente de insultos baixos sendo proferida por ela quando eles saem andando.

— Sam, quando exatamente você estava planejando me contar que tinha uma porra de uma *visitante* no banheiro, ouvindo nossa porra de *crise confidencial*? Você consegue entender que o meu trabalho é controlar o fluxo de informações? *Controlar?*

— Vicks, relaxa.

Quando eles desaparecem de vista, eu jogo o peso do meu corpo numa cadeira, me sentindo um pouco fora da realidade. Droga. Não faço ideia do que fazer agora. Será que devo ficar? Será que devo ir? A reunião com o presidente ainda vai acontecer?

Não estou exatamente com *pressa* de ir a lugar algum, mas depois de vinte minutos sentada sozinha ali, começo a me sentir distintamente desconfortável. Já folheei uma revista cheia de palavras que não entendo e pensei em ir pegar um café (mas decidi que não deveria). A reunião com o presidente deve ter sido cancelada. Sam deve estar ocupado. Estou me preparando para escrever um bilhete para ele e ir embora quando um sujeito louro bate na porta de vidro. Ele parece ter uns 23 anos e está segurando um pedaço enorme de papel azul enrolado.

— Oi — diz ele de um jeito tímido. — Você é a nova assistente do Sam?

— Não. Só estou... hum... ajudando.

— Ah, certo. — Ele assente. — Bem, é sobre a competição. A competição de ideias?

Ai, Deus. Isso de novo.

— Sim? — eu digo de maneira encorajadora. — Você quer deixar um recado pro Sam?

— Quero deixar isso para ele. É uma visualização da empresa? Um exercício de reestruturação? É autoexplicativo, mas incluí algumas notas...

Ele entrega o papel enrolado, com um caderno todo escrito.

Já sei que não tem como Sam olhar isso. Sinto pena desse sujeito.

— Tudo bem! Vou me certificar de que ele veja. Obrigada!

Quando o sujeito louro vai embora, desenrolo um canto do papel por pura curiosidade, e não acredito no que vejo. Uma colagem! Como eu fazia quando tinha 5 anos!

Abro o papel todo no chão e prendo as pontas com as pernas das cadeiras. É o desenho de uma árvore, com fotos dos funcionários presas nos galhos. Só Deus sabe o que isso deveria significar em relação à estrutura da empresa. Eu não ligo. O que é interessante para mim é que, debaixo de cada foto, há o nome da pessoa. O que quer dizer que finalmente posso associar os nomes aos rostos de todas as pessoas que mandaram e-mails para o celular de Sam. É fascinante.

Jane Ellis é bem mais jovem do que eu esperava, e Malcolm é mais gordo, e Chris Davies na verdade é uma mulher. Há Justin Cole... e há Lindsay Cooper... e há...

Meus dedos ficam imóveis.

Willow Harte.

Ela está num galho mais para baixo, sorrindo com alegria. É magra e tem cabelos escuros, com sobrancelhas pretas muito arqueadas. Admito, contra a minha vontade, que ela é muito bonita, embora *não* no padrão de supermodelo.

E trabalha no mesmo andar que Sam. O que significa...

Ah, eu tenho que fazer isso. Sério. Preciso dar uma olhada na noiva psicopata antes de ir embora.

Vou para a porta de vidro de Sam e espio cuidadosamente o andar todo. Não faço ideia se ela vai estar na área aberta ou se tem a própria sala. Vou ter que sair andando. Se alguém me perguntar, vou dizer que sou a nova assistente de Sam.

Pego algumas pastas como camuflagem e saio andando casualmente. Algumas pessoas que estão digitando em seus computadores erguem as cabeças e me cumprimentam desinteressadamente. Vou andando pelo canto e olho pelas janelinhas para ver os nomes nas portas, tentando achar uma garota de cabelos escuros, ouvir uma voz nasalada e lamuriante. Ela tem que ter uma voz nasalada e lamuriante, é claro. E muitas alergias inventadas e idiotas, e uns dez terapeutas...

Eu fico paralisada. *É ela! É Willow!*

Ela está a 10 metros. Sentada numa das salas de parede de vidro. Para ser sincera, não consigo ver muito além do perfil dela, de um pedaço de cabelo comprido caindo por trás do encosto da cadeira e de longas pernas que terminam em scarpins pretos. Mas é ela, com certeza. Sinto como se tivesse dado de cara com uma criatura mitológica.

Quando me aproximo, começo a sentir um formigamento. Tenho a terrível sensação de que posso começar a rir de repente. Isso é tão ridículo. Espiar uma pessoa que não conheço. Aperto a pasta com mais força e me aproximo mais um pouco.

Há duas mulheres mais novas no escritório com ela. Estão todas tomando chá e Willow está falando.

Droga. Ela *não tem* voz nasalada e lamuriante. Na verdade, é bem melodiosa e soa racional, exceto quando você começa a prestar atenção ao que ela diz.

— É claro que isso é só para se vingar de mim — ela está dizendo. — Esse exercício é um tremendo "Foda-se, Willow". Vocês sabem que foi ideia *minha*?

— Não! — diz uma das garotas. — Jura?

— Ah, juro. — Ela vira a cabeça rapidamente e tenho o vislumbre de um sorriso triste e lamentável. — A geração de novas ideias é coisa *minha*. Sam roubou de mim. Eu estava planejando enviar o mesmo e-mail. Com as mesmas palavras e tudo. Ele provavelmente viu no meu laptop alguma noite.

Estou ouvindo completamente perplexa. Ela está falando do *meu* e-mail? Quero entrar lá e dizer: "Ele não pode ter roubado de você, nem foi ele que enviou!"

— É o tipo de coisa que ele faz sempre — acrescenta ela, e toma um gole de chá. — Assim ele foi construindo sua carreira. Sem integridade.

Certo, estou totalmente confusa agora. Ou estou completamente enganada sobre Sam, ou ela está completamente equivocada, porque na minha opinião ele é a última pessoa no mundo que imagino roubando coisas de alguém.

— Só não sei por que ele precisa *competir* comigo — diz Willow. — Qual é o problema dos homens? O que há de errado em encarar o mundo juntos? Lado a lado? Qual o problema de sermos parceiros? Ou será que é... generosidade demais para aquela cabecinha masculina idiota entender?

— Ele quer controle — diz a outra garota, partindo um biscoito no meio. — Todos eles querem. Ele nunca vai dar a você o crédito que merece, nem em um milhão de anos.

— Mas será que ele não consegue ver o quanto poderia ser *perfeito* se, porra, a gente conseguisse fazer dar *certo*? Se pudéssemos superar esse momento ruim? — Willow parece apaixonada, de repente. — Trabalhar juntos, ficar juntos... O pacote completo... Seria lindo. — Ela para de falar e toma um gole de chá. — A pergunta é: quanto tempo dou pra ele? Porque não posso continuar assim por muito tempo.

— Vocês conversaram? — diz a primeira garota.

— Por favor! Você conhece a relação entre Sam e uma "conversa". — Ela faz sinal de aspas com os dedos.

Bem. Nisso concordo com ela.

— Me deixa triste. Não por mim, por *ele*. Ele não consegue ver o que está na frente do nariz e não sabe valorizar o que tem, e sabe de uma coisa? Ele vai perder tudo. E *aí* ele vai querer, mas vai ser tarde demais. Tarde demais. — Ela bate com a xícara na mesa. — Terminado.

De repente, fico fascinada. Estou vendo essa conversa por um novo ângulo. Estou percebendo que Willow tem mais discernimento do que pensei. Porque, para falar a verdade, é isso que sinto quanto a Sam e o pai. Sam não vê o que está perdendo, e quando vir, pode ser tarde demais. OK, sei que não conheço a história toda entre eles. Mas vi os e-mails, achei que...

Meus pensamentos param de repente. Alarmes começaram a soar na minha cabeça. A princípio, distantes, mas agora, estão ficando altos e barulhentos. Ai, não, ai, não, ai, Deus...

O pai de Sam. Dia 24 de abril. É hoje. Eu esqueci *completamente*. Como pude ser tão *burra*?

O horror está tomando conta de mim como água fria. O pai de Sam vai aparecer no hotel Chiddingford na expectativa de um encontro feliz. Hoje. Já deve até estar a caminho. Deve estar todo animado. E Sam não vai nem *estar* lá. Ele só vai à conferência amanhã.

Meeeeerda. Fiz uma baita de uma besteira. Eu tinha esquecido completamente, com todas as emergências que têm acontecido.

O que eu faço? Como resolvo? Não posso contar a Sam. Ele vai ficar furioso. E já está muito estressado. Cancelo com o pai? Mando um rápido e-mail de desculpas pedindo para adiar? Ou isso só vai piorar as coisas entre eles?

Só há uma pequena sombra de esperança. O pai de Sam não mandou resposta, e foi por isso que esqueci. Então talvez ele nem tenha recebido o e-mail. Talvez esteja tudo bem...

De repente percebo que estou concordando comigo mesma com veemência, como se estivesse me convencendo. Uma das garotas com Willow olha para mim com curiosidade. Oops.

— Certo! — eu digo em voz alta. — Então... Eu vou... Tudo bem. Sim.

Eu rapidamente dou meia-volta. Se tem uma coisa que *não* quero é ser pega no flagra por Willow. Corro para a segurança do escritório de Sam e estou prestes a pegar o celular para mandar um e-mail para o pai dele quando vejo Sam e Vicks voltando para o escritório, aparentemente no meio de uma calorosa discussão. Eles estão um pouco assustadores, e acabo voltando rapidinho para o banheiro.

Quando eles entram, nenhum dos dois repara em mim.

— Não *podemos* liberar essa declaração — diz Sam furiosamente. Ele amassa o pedaço de papel que está segurando e o joga na lixeira. — É degradante. Você está colocando Nick numa situação ruim. Consegue perceber?

— Não é justo, Sam. — Vicks parece irritada. — Eu diria que é uma resposta oficial razoável e equilibrada. Nada em nossa declaração diz que ele escreveu o memorando ou não...

— Mas deveria! Você deveria dizer para o mundo que ele jamais diria uma coisa dessas! Você *sabe* que ele não faria isso!

— Isso quem tem que dizer é ele, na declaração pessoal que ele der. O que *nós* não podemos fazer é parecer que toleramos esse tipo de prática...

— Abandonar John Gregson na hora do aperto já foi bem ruim — diz Sam, com a voz baixa, como se estivesse tentando se controlar. — Isso nunca deveria ter acontecido. Ele nunca deveria ter perdido o emprego. Mas Nick! Nick é tudo para esta empresa.

— Sam, não vamos abandoná-lo. Ele vai divulgar a própria declaração. Ele pode dizer o que quiser nela.

— Que ótimo — diz Sam com sarcasmo. — Mas, enquanto isso, o próprio comitê dele não o apoia. Que tipo de voto de confiança é esse? Me lembra de *não* contratar você para me representar quando eu estiver numa situação ruim.

Vicks faz uma careta, mas não diz nada. O celular dela toca, mas ela aperta o botão de ignorar.

— Sam... — Ela para, respira fundo e recomeça. — Você está sendo idealista. Você sabe que admiro Nick. Todos nós admiramos. Mas ele não é tudo para esta empresa. Não mais. — Ela se encolhe ao ver o olhar de raiva de Sam, mas prossegue. — Ele é um homem. Um homem brilhante, imperfeito e conhecido do público. Na casa dos 60 anos.

— Ele é nosso *líder*. — Sam parece furioso.

— Bruce é nosso presidente.

— Nick *fundou* a porra dessa empresa, se é que você se lembra...

— Há muito tempo, Sam. Há muito, muito tempo.

Sam expira com força e dá alguns passos, como se estivesse tentando se acalmar. Estou observando, irrequieta, sem ousar respirar.

— Então você fica do lado deles — diz ele, por fim.

— Não é uma questão de *lados*. Você sabe o quanto gosto do Nick. — Ela está parecendo cada vez mais desconfortável. — Mas este é um negócio moderno. Não uma empresa de família peculiar. Temos compromissos com nossos investidores, nossos clientes, nossa equipe...

— Meu Deus, Vicks. Escuta o que você está dizendo.

O silêncio é cortante. Nenhum deles está olhando para o outro. O rosto de Vicks está franzido e com aspecto de perturbado. O cabelo de Sam está mais desgrenhado do que nunca e ele parece estar furioso.

Fico um pouco perplexa com a intensidade na sala. Sempre achei que trabalhar com imprensa fosse *divertido*. Eu não fazia ideia de que era assim.

— Vicks. — A fala arrastada de Justin Cole domina o ambiente, e um minuto depois ele está na sala, exalando Fahrenheit e satisfação. — Está com tudo sob controle?

— Os advogados estão trabalhando. Estamos rabiscando uma declaração para a imprensa. — Ela dá um sorriso tenso.

— Pelo bem da empresa, precisamos ter cuidado para que nenhum dos outros diretores fique manchado com esses infelizes... pontos de vista. Sabe o que quero dizer?

— Está tudo sob controle, Justin.

Pelo tom de Vicks, concluo que ela não gosta de Justin, assim como Sam.[77]

— Ótimo. É claro que é uma pena por Sir Nicholas. É uma *grande* vergonha. — Justin parece feliz da vida. — Ainda assim, ele está indo bem agora...

— Ele não está indo bem. — Sam olha para Justin com raiva. — Você é mesmo um merdinha arrogante.

— Calma, calma! — diz Justin com satisfação. — Ah, vamos fazer o seguinte, Sam. Vamos mandar um cartão eletrônico pra ele.

— Vai se foder.

— Rapazes! — diz Vicks.

Agora eu entendo perfeitamente por que Sam estava falando sobre vitórias e lados. A agressividade entre esses dois é brutal. Eles são como dois cervos que lutam a cada outono até um arrancar o chifre do outro.

Justin balança a cabeça com piedade (e sua expressão muda rapidamente para uma de surpresa quando ele percebe que eu estou ali no canto) e depois sai andando.

— Aquele memorando é falso — diz Sam com um tom baixo e furioso. — Foi plantado. Justin Cole sabe e está por trás disso.

— *O quê?* — Vicks parece a ponto de perder a cabeça. — Sam Roxton, você *não* pode sair dizendo coisas desse jeito! Parece um maluco com mania de perseguição.

— Era a porra de um memorando diferente. — Sam parece que está mais do que irritado com o mundo todo. — Vi a versão original. Malcolm viu. Não se falava em propinas. Agora ele desapareceu de todo o sistema de computadores. Sem deixar

---

77. E nem eu, na verdade. Não que tenham me perguntado.

vestígios. Me explica isso e *depois* pode me chamar de maníaco de perseguição.

— Eu não posso explicar — diz Vicks depois de uma pausa. — E nem vou tentar. Vou fazer meu trabalho.

— Alguém fez isso. Você sabe. Você está fazendo exatamente o que eles querem, Vicks. Eles estão difamando Nick e você está deixando.

— Não. Não. Para. — Vicks está mexendo a cabeça. — Não vou entrar nesse jogo. Não me envolvo.

Ela anda até a lata de lixo, pega a declaração amassada e a estica.

— Posso mudar um detalhe ou dois — diz ela. — Mas já conversei com Bruce e temos que usar esta aqui. — Ela estica a mão com uma caneta. — Quer fazer alguma pequena emenda? Porque Julian está a caminho agora mesmo para aprovar.

Sam ignora a caneta.

— E se encontrarmos o memorando original? E se pudermos provar que este é falso?

— Ótimo! — Há uma nova animação na voz dela de repente. — Assim podemos publicá-lo, a integridade de Nick fica protegida e damos uma festa. Acredite, Sam, não gostaria que fosse nada melhor do que isso. Mas precisamos trabalhar com o que temos. E, nesse momento, o que temos é um memorando prejudicial que não conseguimos explicar. — Vicks passa a mão no rosto e esfrega os olhos com os punhos. — Hoje de manhã eu estava tentando encobrir aquele constrangimento com o sujeito bêbado — murmura ela, quase para si mesma. — Eu estava preocupada com *esse* assunto.

Ela não devia fazer isso. Vai acabar ficando com inchaço debaixo dos olhos.

— Quando a declaração vai ser divulgada? — pergunta Sam após um tempo.

Toda a energia turbulenta parece ter se dissipado. Os ombros dele estão caídos e ele parece tão para baixo que quase sinto vontade de ir dar um abraço nele.

— Essa é uma das poucas coisas boas. — A voz de Vicks está mais suave agora, como se ela o quisesse tratar gentilmente em sua derrota. — Estão guardando para o noticiário das 10 da noite, então temos umas seis horas para trabalhar.

— Muita coisa pode acontecer em seis horas — eu digo timidamente, e os dois dão um pulo, como se tivessem levado um choque.

— *Ela* ainda está aqui?

— Poppy. — Até Sam parece surpreso. — Me desculpa. Eu não fazia ideia de que você ainda estaria aqui...

— Ela *ouviu* tudo? — Vicks parece querer bater em alguém. — Sam, você perdeu a *cabeça*?

— Não vou dizer nada! — complemento logo. — Prometo.

— Tudo bem. — Sam expira. — Foi erro meu. Poppy, não é sua culpa, fui eu que convidei você. Vou chamar alguém para acompanhar você até a saída. — Ele coloca a cabeça para fora do escritório. — Stephanie? Pode vir aqui um segundo?

Alguns minutos depois, uma garota de aparência agradável com cabelo louro comprido chega no escritório.

— Você pode levar nossa convidada até a portaria, cuidar da saída dela, resolver a questão da identificação dela e tudo mais? — pergunta Sam. — Me desculpa, Poppy, eu mesmo iria, mas...

— Não, não! — digo imediatamente. — É claro. Você está ocupado, eu entendo...

— A reunião! — diz Sam, como se tivesse lembrado de repente. — É claro. Poppy, desculpa. Foi cancelada. Mas vai ser remarcada. Eu entro em contato...

— Ótimo! — Consigo dar um sorriso. — Obrigada.

Ele não vai entrar em contato. Mas não o culpo.

— Espero que dê tudo certo para você — acrescento. — E para Sir Nicholas.

Os olhos de Vicks estão girando loucamente nas órbitas. Ela está claramente paranoica de eu sair contando tudo.

Não sei o que fazer sobre o pai de Sam. Não posso contar para ele agora... Sam vai explodir de tanto estresse. Vou ter que mandar um recado para o hotel ou algo parecido. E sair de cena.

Como eu devia ter feito desde o começo, talvez.

— Bem... obrigada de novo. — Miro nos olhos de Sam e sinto uma pontada estranha. É mesmo nosso último adeus. — Aqui está. — Eu entrego o celular.

— Não foi nada. — Ele pega o aparelho da minha mão e o coloca sobre a mesa. — Me desculpa por essa...

— Não! Só espero que tudo... — Movimento a cabeça várias vezes em concordância, sem ousar dizer mais nada na frente de Stephanie.

Vai ser estranho não estar mais na vida de Sam. Nunca vou saber como vai terminar nada disso. Talvez eu leia sobre o memorando nos jornais. Talvez eu leia um comunicado do casamento de Sam e Willow numa coluna de casamentos.

— Tchau, então. — Eu me viro e sigo Stephanie pelo corredor. Algumas pessoas estão passando com pequenas malas e, quando entramos no elevador, ouço a conversa deles sobre o hotel e o quanto o frigobar é ruim.

— Então hoje é a conferência de vocês — eu digo educadamente quando chegamos ao térreo. — Por que você não está lá?

— Ah, nós nos dividimos. — Ela me guia até o saguão. — Um grupo já está lá, e o segundo sai em alguns minutos. Eu vou nele. Mas o evento principal é amanhã. É quando teremos o jantar de gala e o discurso de Papai Noel. Costuma ser divertido.

— *Papai Noel*? — Não consigo sufocar uma risada.

— É como chamamos Sir Nicholas. É só um apelido bobo nosso. Sir Nick... São Nick... O bom velhinho. Papai Noel. É um pouco sem graça, eu sei. — Ela sorri. — Pode me dar seu cartão de visitante?

Entrego o cartão plastificado e ela o dá para um dos funcionários da segurança. Ele diz alguma coisa sobre a foto estar legal, mas não presto atenção. Uma sensação ruim está tomando conta de mim.

Papai Noel. O sujeito que ligou para o telefone de Violet não ficou falando de Papai Noel? É coincidência?

Enquanto Stephanie me acompanha pelo saguão com piso de mármore até as portas principais, eu tento lembrar o que ele disse. Era sobre uma cirurgia. Incisões. Alguma coisa sobre "sem vestígios"...

Eu paro de repente, com o coração disparado. Foi a mesma expressão que Sam usou agorinha mesmo. *Sem vestígios*.

— Tudo bem? — Stephanie percebe que eu parei.

— Tudo! Me desculpa. — Dou um sorriso e continuo a andar, mas minha mente está a mil. O que mais o cara disse? O que foi exatamente que ele falou sobre Papai Noel? Vamos, Poppy, *pense*.

— Bem, tchau! Obrigada pela visita! — Stephanie sorri mais uma vez.

— Obrigada! — E quando saio do prédio, sinto um choque interior. Lembrei. *Adios, Papai Noel*.

Mais pessoas estão saindo do prédio e eu dou um passo para o lado, para onde um limpador de janelas está espalhando espuma em toda a superfície do vidro. Enfio a mão na bolsa e começo a procurar o programa de *O rei leão*. *Por favor*, não diga que o perdi, *por favor*...

Eu o tiro da bolsa e olho para as palavras que rabisquei.

18 de abril — Scottie tem um contato, cirurgia por vídeo, sem vestígios, tome cuidado, porra.
20 de abril — Scottie ligou. Está feito. Precisão cirúrgica. Sem pistas. Coisa de gênio. Adios, Papai Noel.

É como se as vozes estivessem tocando na minha cabeça. É como se eu as estivesse ouvindo de novo. Estou ouvindo a voz jovem e aguda e a arrastada, mais velha.

E, de repente, eu sei, sem sombra de dúvida, quem deixou o primeiro recado. Foi Justin Cole.

Ai. Meu Deus.

Estou tremendo toda. Tenho que voltar e mostrar esses recados para Sam. Eles significam alguma coisa, não sei o quê, mas é *alguma coisa*. Empurro as grandes portas de vidro e a recepcionista imediatamente aparece na minha frente. Quando cheguei com Sam, ela sinalizou para que passássemos direto, mas agora ela sorri remotamente, como se não tivesse acabado de me ver sair com Stephanie.

— Oi. Você tem hora marcada?

— Não exatamente — digo, sem fôlego. — Preciso ver Sam Roxton, da Consultoria White Globe. Poppy Wyatt.

Espero ela se afastar e fazer uma ligação do celular. Estou tentando esperar pacientemente, mas mal consigo me conter.

Esses recados têm alguma coisa a ver com o tal memorando. *Sei* que têm.

— Me desculpa. — A garota olha para mim com amabilidade profissional. — O Sr. Roxton não está disponível.

— Você pode dizer a ele que é urgente? — insisto. — Por favor?

Sufocando um óbvio desejo de me mandar sumir, a garota se vira e faz outra ligação, que dura apenas trinta segundos.

— Me desculpa. — Outro sorriso gélido. — O Sr. Roxton está ocupado pelo resto do dia, e a maior parte do resto da equipe está na conferência da empresa. Talvez deva telefonar para a assistente dele para marcar uma hora. Agora será que você pode dar lugar a outros visitantes?

Ela está me guiando para fora do prédio. "Dar lugar" obviamente quer dizer "Dane-se".

— Olha, eu preciso ver Sam. — Eu me abaixo, desvio dela e vou em direção à escada rolante. — Por favor, deixa eu subir. Não vai ter problema.

— Por favor! — diz ela, me pegando pela manga. — Você não pode simplesmente entrar aí! Thomas?

Ah, você só pode estar *brincando*. Ela está chamando o segurança. Que covarde.

— Mas é uma emergência de verdade. — Eu apelo para os dois. — Ele vai *querer* me ver.

— Então ligue e marque uma hora! — responde ela enquanto o segurança me encaminha para a porta.

— Tudo bem! — respondo. — Vou ligar! Vou ligar agora! Vejo você em dois minutos. — Eu ando até a calçada e enfio a mão no bolso.

Naquele momento, sou completamente tomada de uma sensação de horror. Não tenho celular.

Não tenho celular.

Estou impotente. Não posso entrar no prédio e não posso ligar para Sam. Não posso contar a ele sobre isso. Não posso fazer nada. Por que não comprei outro celular mais cedo? Por que não ando com um celular extra? Devia ser *lei*, como ter um estepe no carro.

— Com licença. — Eu me dirijo ao limpador de janelas. — Você tem um celular que possa me emprestar?

— Foi mal, querida. — Ele bate os dentes. — Eu tenho, mas está sem bateria.

— Certo. — Eu sorrio, sem fôlego de tanta ansiedade. — Obrigada mesmo assim. Ah!

Eu paro e olho para dentro do prédio pelo vidro. Deus me ama! Ali está Sam! Ele está de pé a 20 metros de distância no saguão, conversando animadamente com um cara de terno segurando uma pasta de couro.

Eu abro as portas, mas o segurança Thomas está me esperando.

— Não, senhora — diz ele, bloqueando o caminho.

— Mas preciso entrar.

— Se a senhora puder sair...

— Mas ele vai querer falar comigo! Sam! Aqui! É Poppy! Saaam! — grito, mas alguém está empurrando um sofá na recepção e o som do móvel sendo arrastado no mármore é mais alto do que a minha voz.

— Ah, não! — diz o segurança com firmeza. — Para fora. — As mãos dele estão nos meus ombros e, quando percebo, estou na calçada, ofegando de raiva.

Não consigo acreditar no que aconteceu. Ele me botou para fora! Nunca fui fisicamente expulsa de nenhum lugar na vida. Eu não sabia que eles tinham permissão para *fazer* isso.

Uma multidão chegou na entrada e eu dou um passo para o lado para que elas entrem, com meus pensamentos em disparada. Será que corro pela rua e tento encontrar um telefone público? Será que tento entrar de novo? Será que saio correndo para o saguão e vejo até onde consigo ir antes de ser derrubada no chão? Sam está de pé na frente dos elevadores agora, ainda conversando com o cara com a pasta de couro. Vai sumir em alguns instantes. É tortura. Se eu pudesse atrair a atenção dele...

— Não conseguiu? — diz o limpador de janelas com uma voz solidária do alto da janela. Ele cobriu um pedaço enorme de janela com espuma e está prestes a começar a limpar com aquele rodinho.

Naquele momento, tenho a ideia.

— Espere! — grito para ele, desesperada. — Não limpa! Por favor!

Nunca escrevi em espuma na vida, mas por sorte não estou querendo fazer nada muito ambicioso. Apenas "M A ƨ". Em letras de 1,80 metro. Fica um pouco torto, mas quem está reclamando?

— Bom trabalho — diz o limpador de janelas aprovando de onde está sentado. — Você poderia vir trabalhar comigo.

— Obrigada — eu digo com modéstia, e limpo a testa. Meu braço dói.

Se Sam não vir isso... Se *alguém* não reparar e não cutucá-lo no ombro para dizer "Olha só aquilo"...

— *Poppy?*

Eu me viro e olho para baixo da minha posição sobre a escada do limpador de janelas. Sam está de pé na calçada, olhando para mim sem acreditar.

— Isso é pra mim?

Subimos de elevador em silêncio. Vicks está esperando na sala de Sam e, quando me vê, bate na testa com a beirada da mão.

— Espero que isso seja bom — diz Sam de forma direta, fechando a porta de vidro depois que passamos. — Tenho cinco minutos. Há uma emergência acontecendo...

Sinto uma onda de raiva. Será que ele acha que não percebi? Será que ele acha que escrevi "SAM" em letras de quase 2 metros só porque me deu na telha?

— Eu agradeço — respondo no mesmo tom direto. — Mas achei que você se interessaria pelos recados que chegaram pelo telefone de Violet semana passada. Este telefone. — Estico a mão em direção ao celular, ainda sobre a mesa dele.

— De quem é esse celular? — pergunta Vicks, olhando para mim com desconfiança.

— Da Violet — responde Sam. — Minha assistente. Filha e Clive. Que largou tudo para ser modelo.

— Ah, ela. — Vicks franze a testa de novo e aponta para mim com o polegar. — Bem, o que *ela* estava fazendo com o celular da Violet?

Sam e eu trocamos olhares.

— É uma longa história — diz Sam. — Violet o jogou fora. Poppy estava... tomando conta dele.

— Recebi dois recados e anotei. — Coloco o programa de *O rei leão* entre os dois e leio os recados em voz alta, pois sei que minha letra não é muito clara. — "Scottie tem um contato, cirurgia por vídeo, sem vestígios, tome cuidado, porra." — Aponto para o programa. — O segundo recado foi de alguns dias depois, do próprio Scottie. — "Está feito. Precisão cirúrgica. Sem pistas. Coisa de gênio. *Adios*, Papai Noel." — Deixo que eles absorvam as palavras por um momento e acrescento: — O primeiro recado foi de Justin Cole.

— *Justin?* — Sam parece alerta.

— Não reconheci a voz na hora, mas agora reconheço. Era ele falando da "cirurgia por vídeo" e "sem vestígios".

— Vicks. — Sam está olhando para ela. — Olha só. Agora você tem que ver...

— Não vejo nada! Apenas algumas palavras aleatórias. Como podemos ter certeza de que foi Justin?

Sam se vira para mim.

— São recados de voz? Ainda podemos ouvi-los?

— Não. Foram apenas... você sabe. Recados ditos por telefone. Eles deixaram o recado e eu anotei.

Vicks está perplexa.

— Isso não faz sentido. Você se apresentou? Por que Justin deixaria um recado com *você*? — Ela expira com raiva. — Sam, não tenho tempo para isso...

— Ele não percebeu que eu era uma pessoa — eu explico, ruborizando. — Eu fingi ser o correio de voz.

— *O quê?* — Ela fica me olhando sem entender.

— Você sabe. — Faço minha voz de correio de voz. — Infelizmente a pessoa para quem você ligou não pode atender. Por favor, deixe recado. — Ele deixou o recado e eu anotei.

Sam dá uma risada abafada, mas Vicks está sem palavras. Ela pega o programa de *O rei leão* por um momento, olha para as palavras de testa franzida e folheia as páginas de dentro, embora a única informação que ela vá encontrar seja apenas as biografias dos atores. Por fim, ela o coloca sobre a mesa.

— Sam, isso não significa nada. Não muda nada.

— É claro que significa alguma coisa. — Ele se mexe com determinação. — É isso. Está bem aqui. — Ele aponta para o programa com o polegar. — É *isso* que está acontecendo.

— Mas *o que* está acontecendo? — A voz dela se eleva de exasperação. — Quem é Scottie, porra?

— Ele chamou Sir Nicholas de "Papai Noel". — O rosto de Sam está pensativo. — O que significa que deve ser alguém da empresa. Mas de que setor? TI?

— Será que Violet tem alguma coisa a ver com isso? — pergunto. — Afinal, era o celular dela.

Os dois ficam em silêncio por um momento, mas logo Sam se mexe, quase com tristeza.

— Ela só ficou aqui por uns cinco minutos, o pai dela é amigo de Sir Nicholas... Não consigo acreditar que ela esteja envolvida.

— Então por que eles deixaram recados para ela? Será que ligaram para o número errado?

— Improvável. — Sam franze o nariz. — Quero dizer, por que *este* número?

Olho automaticamente para o telefone em cima da mesa. Eu me pergunto, de um jeito quase distante, se tenho algum recado na caixa postal. Mas, naquele minuto, por algum motivo, minha vida parece a um milhão de quilômetros de distância. O mundo se encolheu e virou aquela sala. Tanto Sam quanto Vicks afundam em cadeiras, e eu faço o mesmo.

— Quem ficava com o celular de Violet antes dela? — indaga Vicks de repente. — O telefone é da empresa. Ela só ficou aqui por quanto tempo? Três semanas? Será que pode ter sido o celular de outra pessoa e os recados foram deixados por engano?

— Sim! — Eu olho para a frente, eletrizada. — As pessoas *vivem* ligando para o número errado sem querer. E mandando e-mails para o endereço errado. Eu mesma faço isso. Você se esquece de deletar o número e aperta o nome do contato, aí o número antigo aparece e você nem percebe. Principalmente se você tem um correio de voz genérico.

Consigo ver a mente de Sam sobrecarregada de pensamentos.

— Só há um jeito de descobrir — diz ele, pegando o telefone fixo sobre a mesa.

Ele liga para um número de três dígitos e espera.

— Oi, Cynthia. Aqui é Sam — diz ele com firmeza. — Só uma perguntinha sobre o celular que foi dado à Violet, minha assistente. Eu queria saber se alguém o usou antes dela? Esse número foi de outra pessoa antes?

Enquanto ele escuta, seu rosto se transforma. Ele faz um gesto intenso e silencioso para Vicks, que dá de ombros debilmente.

— Ótimo — diz ele. — Obrigado, Cynthia...

Pelo fluxo de som agudo que sai do telefone, fica claro que Cynthia gosta de falar.

— Eu tenho que ir... — Sam está revirando os olhos com desespero. — Sim, eu sei que o telefone devia ter sido devolvido. Não, não o perdemos, não se preocupe... Sim, muito antiprofissional. Sem aviso. Eu sei, propriedade da empresa... Vou deixá-lo aí... É... É...

Por fim ele consegue se livrar. Ele coloca o fone no gancho e fica em silêncio por agonizantes três segundos antes de se virar para Vicks.

— Ed.

— *Não*. — Vicks expira lentamente.

Sam pegou o celular e está olhando para ele com incredulidade.

— Este era o celular de trabalho de Ed até quatro semanas atrás. Depois, foi repassado para Violet. Eu não fazia ideia. — Sam se vira para mim. — Ed Exton era...

— Eu lembro. — Faço um movimento de cabeça concordando. — Diretor financeiro. Demitido. Está processando a empresa.

— Meu Deus. — Vicks parece genuinamente chocada. Ela se recostou na cadeira. — *Ed*.

— Quem mais podia ser? — Sam parece empolgado pela descoberta. — Vicks, isso não é apenas um plano orquestrado, é uma sinfonia em três movimentos. Nick é vítima de calúnia. Bruce o manda embora porque ele é um idiota covarde. O comitê precisa de outro presidente, e rápido. Ed gentilmente anuncia que vai desistir do processo e voltar para salvar a empresa. O ninho de Justin está feito...

— Eles realmente se dariam tanto trabalho? — diz Vicks ceticamente.

A boca de Sam se contorce num meio sorriso.

— Vicks, você tem alguma ideia do quanto Ed odeia Nick? Algum hacker recebeu um bom dinheiro para mudar aquele memorando e tirar o antigo do sistema. Acho que Ed seria capaz de gastar 100 mil para acabar com a reputação de Nick. Duzentos, até.

Vicks faz uma careta de asco.

— Isso jamais aconteceria se a empresa fosse liderada por mulheres — diz ela. — Nunca. Porcaria de atitude masculina... do inferno.

Ela fica de pé, vai até a janela e olha para o trânsito com os braços ao redor do corpo.

— A questão é, quem fez isso acontecer? Quem executou? — Sam está sentado à mesa, batendo com a caneta nos dedos com urgência, o rosto contraído de concentração. — "Scottie". Quem é? Algum escocês?

— Ele não *parecia* escocês — interrompo. — Pode ser que o apelido seja uma piada?

Sam de repente olha para mim com uma luz no olhar.

— É *isso*. É claro. Poppy, você reconheceria a voz dele se ouvisse?

— Sam! — Vicks interfere com severidade antes que eu possa responder. — De jeito nenhum. Você não pode estar falando sério.

— Vicks, quer sair do estado de negação *apenas por um segundo*? — Sam fica de pé, explodindo de raiva. — O memorando falso não foi acidental. O fato de ele ter sido repassado para o ITN não foi acidental. Isso está *acontecendo*. Alguém *fez isso* com Nick. Não é apenas questão de abafar detalhes constrangedores... — Ele pensa por um momento. — Sei lá. Detalhes constrangedores. Coisa de Facebook. É calúnia. É *golpe*.

— É uma *teoria*. — Ela o olha de frente. — Nada mais do que isso, Sam. Algumas palavras anotadas numa porra de programa de *O rei leão*.

— Precisamos identificar esse Scottie. — Sam se vira para mim de novo. — Você reconheceria a voz dele se ouvisse? — repete ele.

— Reconheceria — respondo, um pouco nervosa com a intensidade dele.

— Tem certeza?

— Tenho!

— Certo. Bem, vamos lá. Vamos logo encontrar esse cara.

— Sam, para agora! — Vicks parece furiosa. — Você está louco! O que você vai fazer, colocá-la pra escutar todos os funcionários falando até descobrir de quem é a voz?

— Por que não? — diz Sam com rebeldia.

— Porque é a ideia mais ridícula que eu já ouvi! — continua Vicks, explodindo. — É por isso que não.

Sam olha para ela com firmeza por um momento, depois se vira para mim.

— Venha, Poppy. Vamos falar com cada pessoa do prédio.

Vicks está balançando a cabeça.

— E se ela reconhecer a voz dele? O que vai acontecer? Vai dar voz de prisão executada por um cidadão?

— Será um começo — diz Sam. — Pronta, Poppy?

— Poppy. — Vicks se aproxima e me encara para me confrontar. As bochechas dela estão coradas e ela respira com intensidade. — Eu não tenho ideia de quem é você. Mas não tem que dar ouvidos a ele. Você não precisa fazer isso. Não deve *nada* a Sam. Isso não tem *nada* a ver com você.

— Ela não se importa — diz ele. — Se importa, Poppy?

Vicks o ignora.

— Poppy, eu aconselho de verdade que você vá embora. Agora.

— Poppy não é esse tipo de garota — diz Sam com desdém. — Ela não deixa as pessoas na mão. Deixa? — Ele me olha nos olhos, e o olhar dele é tão inesperadamente caloroso que sinto um brilho interno.

Eu me viro para Vicks.

— Você está errada, tenho um débito com Sam. E, *na verdade*, Sir Nicholas é um paciente em potencial na minha clínica de fisioterapia. Então ele também tem a ver comigo.

Eu gostei de mencionar isso, embora eu aposte que Sir Nicholas nunca vá a Balham.

— E não importa. — Eu empino o queixo com nobreza. — Seja lá *quem fosse*, quer eu conhecesse ou não, se eu pudesse ajudar de alguma forma, eu ajudaria. O que quero dizer é, se você pode ajudar, tem que ajudar. Não acha?

Vicks me encara por um momento, como se tivesse tentando me entender... Então dá um sorriso estranho e amargo.

— Certo. Você me pegou. Não posso ir contra isso.

— Vamos. — Sam vai em direção à porta.

Eu pego a minha bolsa e desejo novamente que a minha blusa não estivesse com uma mancha enorme.

— Ei, detetive Wallander — diz Vicks com sarcasmo. — Não vai adiantar muito. Caso tenha esquecido, todo mundo já está na conferência ou indo para lá.

O silêncio prevalece, quebrado apenas pelo som de Sam batendo com a caneta furiosamente de novo. Não ouso falar. E com certeza não ouso olhar para Vicks.

— Poppy — diz Sam por fim. — Você tem algumas horas? Pode ir até Hampshire?

ONZE

Isso é totalmente surreal. E emocionante. E um pouco angustiante. Tudo ao mesmo tempo.

Não é que eu esteja exatamente *arrependida* do meu gesto nobre. Ainda sustento o que disse no escritório. Como eu poderia ir embora? Como não poderia ao menos tentar ajudar Sam? Mas, por outro lado, achei que levaria meia hora. Não uma viagem de trem para Hampshire, e isso é só o começo.

Era para eu estar no cabeleireiro agora. Eu devia estar conversando sobre penteados e experimentando minha tiara. Em vez disso, estou no meio da multidão da estação de Waterloo, comprando uma xícara de chá e segurando o telefone que nem preciso dizer que agarrei de cima da mesa quando saímos. Sam não podia reclamar. Mandei uma mensagem de texto para Sue para me desculpar por eu ter que faltar ao compromisso com Louis, mas que é claro que vou pagar o valor integral e pedir que ela mande um beijo para ele.

Olhei para a mensagem depois de terminar de digitar e deletei metade dos beijos. Depois, coloquei todos de volta. Em seguida, tirei. Talvez cinco seja o bastante.

Agora estou esperando que Magnus atenda. Ele parte para a viagem de despedida de solteiro dele em Bruges esta tarde, então não ia ter muita chance de eu vê-lo, mas mesmo assim. Sinto que, se eu ao menos não ligar para ele, estarei fazendo uma coisa errada.

— Ah, oi, Magnus!

— Pops! — A ligação está péssima e ouço vozes num alto-falante ao fundo. — Estamos prestes a embarcar. Você está bem?

— Sim! Eu só queria... — Eu paro de falar, sem saber direito que caminho quero tomar.

Eu só queria dizer que estou indo para Hampshire com um homem sobre o qual você não sabe nada, enrolada numa situação sobre a qual você não faz ideia.

— Eu... vou sair esta noite — digo com pouca convicção. — Caso você ligue.

Pronto. Isso é sincero. Mais ou menos.

— Tudo bem! — Ele ri. — Então divirta-se. Querida, tenho que ir...

— Tudo bem! Tchau! Aproveite!

A linha fica muda. Levanto o olhar e vejo Sam me observando. Puxo a camisa com nervosismo, desejando mais uma vez ter dado uma passada numa loja. Sam tem mesmo uma camisa extra no escritório, e a minha blusa estava tão manchada que a peguei emprestada. Mas usar essa camisa listrada da Turnbull & Asser só torna a situação ainda mais estranha.

— Só estava me despedindo de Magnus — explico desnecessariamente, pois ele estava ali de pé o tempo todo e deve ter ouvido cada palavra.

— São 2 libras. — A mulher da lanchonete me entrega meu copo.

— Obrigada! Certo... vamos?

Conforme Sam e eu andamos pela multidão até entrarmos no trem, eu me sinto fora da realidade. Estou travada de constrangimento. A gente deve parecer um casal aos olhos de qualquer pessoa que estiver observando. E se Willow nos vir?

Não. Não seja paranoica. Willow foi no segundo trem para a conferência. Mandou um e-mail para Sam avisando. Além do mais, Sam e eu não estamos fazendo nada ilícito. Somos apenas... amigos.

Não, "amigos" não me parece certo. Nem colegas. Nem mesmo conhecidos...

Certo. Vamos encarar. É estranho.

Olho para Sam para ver se ele está pensando o mesmo, mas ele está olhando pela janela do trem com a expressão vaga habitual. O trem começa a andar nos trilhos e ele volta a si. Quando ele percebe que estou olhando para ele, rapidamente desvio o olhar.

Estou tentando parecer relaxada, mas por dentro estou cada vez mais agitada. Com o que concordei? Tudo está na minha memória. Depende de mim, Poppy Wyatt, identificar uma voz que ouvi ao telefone dias atrás, por uns vinte segundos. E se eu falhar?

Tomo um gole de chá para me acalmar e faço uma careta. Primeiro a sopa estava fria demais. Agora o chá está muito quente. O trem começa a se movimentar mais rapidamente nos trilhos e uma gota de chá pula pela borda do copo, queimando minha mão.

— Tudo bem? — Sam repara quando faço careta.

— Tudo. — Eu dou um sorriso.

— Posso ser sincero? — diz ele sem rodeios. — Você não parece bem.

— Estou bem! — eu protesto. — Só estou... Você sabe. Tem muita coisa acontecendo no momento.

Sam assente.

— Desculpa por não termos falado sobre as técnicas de confronto que prometi.

— Ah! Aquilo. — Afasto o pedido de desculpas dele com uma das mãos. — Isso é mais importante.

— Não diga "Ah! Aquilo." — Sam parece exasperado. — É disso que estou falando. Você automaticamente se coloca em segundo lugar.

— Eu não faço isso! Quero dizer... Você sabe. — Dou de ombros, sem graça. — Sei lá.

O trem para em Clapham Junction e um grupo de pessoas entra no vagão. Por um tempo, Sam se concentra em mandar uma mensagem de texto. O celular dele pisca constantemente e só posso imaginar quantas mensagens estão circulando. Mas chega um momento em que ele guarda o celular no bolso e se inclina para a frente, apoiando os cotovelos na mesinha entre nós.

— Está tudo bem? — pergunto timidamente, percebendo no mesmo instante a pergunta idiota que acabei de fazer. Sam a ignora completamente.

— Tenho uma pergunta pra você — diz ele, calmo. — O que essa família Tavish tem que faz você sentir que são superiores? São os títulos? Os doutorados? A inteligência?

Não isso de novo.

— Tudo! É óbvio! Eles são... Quero dizer, você respeita Sir Nicholas, não é? — respondo, na defensiva. — Veja todo o esforço que está fazendo por ele. É porque você o respeita.

— Sim, eu o respeito. É claro que respeito. Mas não sinto que sou inerentemente inferior a ele. Ele não faz com que eu me sinta um cidadão de segunda classe.

— Não me sinto uma cidadã de segunda classe! Você não sabe nada sobre isso. Então apenas... pare!

— Tudo bem. — Sam ergue as mãos. — Se estou errado, peço desculpas. É apenas impressão que tenho. Eu só queria ajudar, como... — Sinto que ele ia dizer a palavra "amigo", mas a rejeita, como eu fiz antes. — Eu só queria ajudar — conclui ele. — Mas a vida é sua. Não vou mais me meter.

Faz-se silêncio por um tempo. Ele parou. Desistiu. Eu venci. Por que não sinto que venci?

— Com licença. — Sam leva o celular ao ouvido. — Vicks. O que houve?

Ele sai do vagão e, sem pretender, dou um grande suspiro. A dor que me atormenta voltou, bem debaixo das minhas costelas. Mas agora não consigo dizer se é porque os Tavish não querem que eu me case com Magnus, se é porque estou tentando negar isso, se é por eu estar nervosa por causa dessa viagem ou porque meu chá está forte demais.

Por um tempo, fico ali sentada, olhando para o chá fumegante e desejando não ter ouvido a discussão dos Tavish na igreja. Que eu não soubesse de nada. Que eu pudesse riscar aquela nuvem negra da minha vida e voltar a "como tenho sorte, não é tudo perfeito?".

Sam se senta de novo e ficamos em silêncio por alguns minutos. O trem fez uma parada no meio do nada e está estranhamente silencioso sem o barulho das rodas nos trilhos.

— Certo. — Eu olho para a mesa de fórmica. — *Certo*.

— Certo o quê?

— Certo, você não está errado.

Sam não diz nada, apenas espera. O trem anda e para, como um cavalo decidindo como se comportar, mas logo começa a se movimentar devagar.

— Mas não é coisa da minha cabeça, ou seja lá o que você pensa. — Eu dou de ombros com infelicidade. — Eu ouvi uma conversa dos Tavish, tá? Eles não querem que Magnus se case comigo. Fiz tudo que pude. Joguei Palavras Cruzadas e tentei puxar conversa e até li o livro mais recente de Antony.[78] Mas nunca vou ser como eles. Nunca.

— E por que deveria ser? — Sam parece perplexo. — Por que você iria *querer*?

— Ah, tá. — Eu reviro os olhos. — Por que alguém iria querer ser uma celebridade inteligente que aparece na TV?

— Antony Tavish é cabeçudo — diz Sam com firmeza. — Ser cabeçudo é como ter um fígado grande ou um nariz grande. Por que você se sente insegura? E se ele tivesse um intestino grosso gigante? Você se sentiria insegura nesse caso?

Não consigo evitar uma crise de riso.

— Ele é uma aberração, estritamente falando — insiste Sam. — Você vai se casar e fazer parte de uma família de aberrações. Estar na porcentagem extrema de qualquer coisa é anormal. Na próxima vez em que você for intimidada por eles, imagine um grande letreiro de neon acima da cabeça deles com a palavra "ABERRAÇÕES!".

— Não é o que você acha de verdade. — Estou sorrindo, mas balançando a cabeça.

— É exatamente o que penso. — Ele está com um olhar completamente sério agora. — Esses sujeitos acadêmicos precisam se sentir importantes. Eles dão palestras e apresentam programas de TV para mostrar que são úteis e importantes. Mas você faz um trabalho útil e importante todos os dias. Não precisa provar nada. Quantas pessoas você já tratou? Centenas.

---

78. Eu li quatro capítulos, para falar a verdade.

Você diminuiu a dor delas. Tornou centenas de pessoas mais felizes. Antony Tavish já fez alguma pessoa ficar mais feliz?

Tenho certeza de que tem alguma coisa errada com o que ele está dizendo, mas nesse momento não consigo descobrir o que é. Só consigo sentir uma pontada de orgulho. Isso nunca tinha me ocorrido antes. Fiz centenas de pessoas ficarem mais felizes.

— E você? Você já fez? — Não consigo evitar, e Sam me dá um sorriso amargo.

— Estou trabalhando nisso.

O trem se desloca mais devagar quando passa por Woking e nós dois olhamos pela janela instintivamente. Em seguida, Sam se vira de volta para mim.

— A questão é que não se trata deles. Se trata de *você*. Você e ele. Magnus.

— Eu sei — eu digo depois de um tempo. — Sei que sim.

Parece estranho ouvir o nome de Magnus nos lábios dele. Parece errado.

Magnus e Sam são tão diferentes. É como se fossem feitos de matérias-primas diferentes. Magnus é brilhante, jovial, impressionante, sexy. Mas só um pouquinho obcecado demais com si mesmo.[79] Já Sam é tão... direto e forte. E generoso. E gentil. Você sabe que ele sempre estará do seu lado para o que der e vier.

Sam olha para mim agora e sorri, como se pudesse ler meus pensamentos, e meu coração dá aquele pulinho que tem acontecido sempre que ele sorri...

Willow sortuda.

Eu sufoco um gritinho interno por causa do que acabei de pensar e tomo um gole de chá para encobrir meu constrangimento.

---

79. Posso falar isso porque ele é meu noivo e eu o amo.

Esse pensamento surgiu na minha cabeça *sem aviso*. E eu não queria dizer aquilo. Ou, na verdade, queria *sim*, mas simplesmente no sentido de que desejo o melhor para eles, como uma amiga desinteressada... não, não amiga...

Estou ficando vermelha.

Estou ficando vermelha por causa do meu processo mental idiota, sem sentido e absurdo que, aliás, ninguém além de mim ouviu. Então posso relaxar. Posso parar com isso agora e deixar de lado a ideia ridícula de que Sam pode ler a minha mente e sabe que gosto dele...

Não. Para. *Para*. Isso é ridículo.

Isso é simplesmente...

Apague a palavra "gosto". Eu não gosto. Eu não gosto.

— Você está bem? — Sam me lança um olhar de curiosidade. — Poppy, me desculpa, eu não pretendia aborrecer você.

— Não! — eu digo rapidamente. — Você não me aborreceu! Eu agradeço. De verdade.

— Que bom. Porque... — Ele se interrompe para atender ao telefone. — Vicks. Alguma novidade?

Sam se afasta para atender outra chamada e eu tomo outro gole de chá, olhando fixamente pela janela e mandando que meu sangue esfrie e meu cérebro se esvazie. Preciso voltar. Preciso reiniciar. *Não salvar as alterações.*

Para estabelecer uma atmosfera mais profissional, enfio a mão no bolso e pego o celular, verifico mensagens e o coloco sobre a mesa. Não há nada nos e-mails gerais sobre a crise do memorando. Está claro que as informações estão sendo trocadas entre um número seleto de colegas do alto escalão.

— Você sabe que vai ter que comprar outro celular em *algum* momento, não sabe? — diz Sam, erguendo uma sobrancelha ao voltar. — Ou você está planejando se apropriar de celulares jogados em latas de lixo daqui pra frente?

— É o único lugar. — Dou de ombros. — Latas de lixo e contêineres de lixo.

O telefone vibra com a chegada de um e-mail e eu automaticamente estico a mão, mas Sam o pega primeiro. A mão dele roça na minha e nossos olhares se encontram.

— Pode ser para mim.

— Verdade. — Eu concordo com um movimento de cabeça. — Vá em frente.

Ele olha confirmando.

— Preço do trombeteiro para o casamento. É todo seu.

Com um sorrisinho de triunfo, pego o celular da mão dele. Mando uma resposta rápida para Lucinda e o coloco de volta sobre a mesa. Quando ele vibra de novo alguns minutos depois, nós dois esticamos a mão, mas eu pego primeiro.

— Liquidação de camisas. — Eu entrego o celular para ele. — Não é pra mim.

Sam deleta o e-mail e recoloca o aparelho sobre a mesa.

— No meio! — Eu o mexo 2 centímetros. — Trapaceiro.

— Coloque as mãos no colo — responde ele. — Trapaceira.

Ficamos em silêncio. Estamos os dois sentados, esperando que o telefone toque. Sam parece tão concentrado que sinto uma gargalhada surgindo. O celular de outra pessoa toca do outro lado do vagão, e Sam estica a mão para pegar o nosso antes de perceber.

— Trágico — murmuro. — Nem conhece o toque.

Nosso celular apita de repente com a chegada de uma mensagem de texto, e a hesitação momentânea de Sam é suficiente para permitir que eu pegue o aparelho.

— Haha! *Aposto* que é pra mim...

Clico na mensagem de texto e olho para ela. É de um número desconhecido e só metade da mensagem chegou, mas consigo entender a ideia...

Eu leio de novo. E de novo. Olho para Sam e passo a língua pelos lábios repentinamente secos. Nunca em um milhão de anos eu estaria esperando por isso.

— É pra você? — diz Sam.

— Não. — Eu engulo em seco. — Pra você.

— Vicks? — Ele já está com a mão esticada. — Ela não devia usar esse número...

— Não, não é da Vicks. Não é de trabalho. É... é... pessoal.

Mais uma vez eu leio a mensagem, sem querer entregar o celular até ter certeza absoluta do que estou vendo.

> Não tenho certeza se esse é o número certo. Mas eu tinha que contar. Sua noiva tem te traído. E com uma pessoa que você conhece... (mensagem incompleta)

Eu sabia, eu *sabia* que ela era uma vaca e isso prova que ela é bem pior do que eu pensava.

— O que é? — Sam bate com a mão impacientemente sobre a mesa. — Dá pra mim. Tem a ver com a conferência?

— Não! — Eu entrelaço os dedos ao redor do aparelho. — Sam, lamento muito. E queria não ter visto isso primeiro. Mas aqui diz... — Eu hesito, agoniada. — Diz que Willow está te traindo. Sinto muito.

Sam parece em estado de choque. Quando entrego o aparelho, sinto uma onda de solidariedade por ele. Quem é que manda esse tipo de notícia por mensagem de *texto*?

Aposto que ela está transando com Justin Cole. Os dois seriam perfeitos um para o outro.

Estou procurando sofrimento no rosto de Sam, mas depois da demonstração inicial de choque, ele parece extraordinariamente calmo. Ele franze a testa, clica no final da mensagem de texto e coloca o telefone sobre a mesa.

— Você está bem? — Não consigo não dizer nada.

Ele dá de ombros.

— Não faz sentido.

— Eu sei! — Estou tão atormentada por causa dele que não consigo deixar de dar minha opinião. — Por que ela faria isso? E ela é tão chata com você! É uma tremenda hipócrita! Ela é horrível! — Eu paro de falar, me perguntando se fui longe demais. Sam está olhando para mim de um jeito estranho.

— Não, você não entendeu. Não faz sentido porque não estou noivo. Não tenho noiva.

— Mas você está noivo de Willow — eu digo, exasperada.

— Não estou, não.

— Mas... — Eu olho para ele sem entender. Como ele pode não estar noivo? É claro que está noivo.

— Nunca fui noivo. — Ele dá de ombros. — O que fez você pensar que eu era?

— Você me contou! Eu *sei* que você me contou! — Meu rosto está todo errado enquanto tento lembrar. — Pelo menos... sim! Estava num e-mail. Violet enviou. Dizia: "Sam está noivo." Sei que dizia.

— Ah, aquilo. — Ele relaxa o olhar. — Algumas vezes usei isso como desculpa para me livrar de pessoas insistentes. — Ele faz uma pausa, mas acrescenta como se precisasse explicar: — Mulheres.

— *Desculpa?* — eu repito sem acreditar. — Então quem é Willow?

— Willow é minha ex-namorada — diz ele depois de uma pausa. — Nós terminamos há uns dois meses.

Ex-namorada?

Por um momento, não consigo falar. Meu cérebro parece uma centrífuga, rodopiando e tentando encontrar a combinação certa. Não consigo lidar com isso. Ele está noivo. Ele deveria estar *noivo*.

— Mas você... Você devia ter falado! — Minha agitação explode por fim. — Todo esse tempo você me fez achar que estava noivo!

— Não, não fiz. Nunca falei isso. — Ele está perplexo. — Por que você está zangada?

— Eu... não sei! Está tudo errado.

Estou respirando com intensidade, tentando organizar meus pensamentos. Como ele pode não estar com Willow? Tudo é diferente agora. E é tudo culpa dele.[80]

— Conversamos tanto sobre tudo. — Eu tento falar mais calmamente. — Falei de Willow várias vezes e você nunca especificou quem ela era. Como pôde ser tão dissimulado?

— Não sou dissimulado! — Ele dá uma risada curta. — Eu teria explicado quem ela era se o assunto tivesse surgido. Acabou. Não importa.

— É *claro* que importa!

— Por quê?

Quero gritar de frustração. Como ele pode perguntar por quê? Não é óbvio?

— Porque... porque... ela se *comporta* como se vocês estivessem juntos. — De repente, me dou conta de que isso é o que mais me perturba. — Ela se comporta como se tivesse todo o

---

80. Não sei bem como. Mas sinto instintivamente que é.

direito de falar mal de você. Foi por isso que nunca duvidei de que vocês estivessem noivos. O que era tudo *aquilo*?

Sam faz uma careta, como se estivesse irritado, mas não diz nada.

— Ela copia sua assistente! Fala de tudo em e-mails públicos! É bizarro!

— Willow sempre foi... exibicionista. Ela gosta de plateia.

— Ele parece relutante para falar sobre isso. — Ela não tem os mesmos limites que as outras pessoas...

— Não tem mesmo! Você sabe o quanto ela é possessiva? Eu a ouvi falando no escritório. — Uma voz pelo alto-falante começa a anunciar as próximas estações, mas eu levanto a voz acima do barulho. — Você sabe que ela fala mal de você para todas as garotas do escritório? Disse para elas que vocês estão passando por um momento ruim e que você precisa acordar, senão não vai perceber o que está prestes a perder, ou seja, ela.

— Não estamos passando por um momento ruim. — Ouço um traço de raiva genuína na voz dele. — Nós terminamos.

— *Ela* sabe disso?

— Sabe.

— Tem certeza? Você tem certeza mesmo de que ela sabe?

— É claro. — Ele parece impaciente.

— Não é "é claro"! Como exatamente vocês terminaram? Você se sentou e teve uma conversa real com ela?

Ele fica em silêncio. Sam não me olha nos olhos. Ele não se sentou para ter uma conversa real com ela. Eu sei. Ele provavelmente mandou uma mensagem de texto dizendo: *"Acabou. Sam."*

— Bem, você precisa dizer a ela para parar de mandar esses e-mails ridículos. Não precisa? — Eu tento conseguir a atenção dele. — Sam?

Ele está checando o celular de novo. Típico. Ele não quer saber, não quer conversar sobre o assunto, não quer ficar noivo...

Um pensamento me ocorre. Ai, meu Deus, *é claro.*

— Sam, você alguma vez realmente *respondeu* os e-mails de Willow?

Ele não responde, não é? De repente, fica muito claro. É por isso que ela recomeça a cada vez. É como se estivesse pregando mensagens num mural vazio.

— Se você nunca responde, como ela sabe o que você realmente pensa? — Eu levanto ainda mais a voz para superar o som dos alto-falantes. — Ah, espera, ela não sabe! É por isso que está tão iludida quanto a tudo! É por isso que acha que você ainda pertence a ela!

Sam nem me olha nos olhos.

— Meu Deus, você *é* um teimoso da porra! — grito exasperada bem na hora em que a voz nos alto-falantes para.

Certo. *Obviamente* eu não teria falado tão alto se eu tivesse me dado conta de que isso ia acontecer. *Obviamente* eu não teria usado um palavrão. Agora, aquela mãe com os filhos sentada a três fileiras de distância não para de me lançar olhares maldosos como se eu fosse uma pessoa a corrompê-los.

— Você é mesmo! — continuo, num tom bem mais baixo e furioso. — Não pode deixar Willow no escuro e achar que ela vai sumir. Não pode apertar um Ignorar para sempre. Ela não vai sumir, Sam. Vai por mim. Você precisa conversar com ela e explicar exatamente qual é a situação, o que há de errado nisso tudo e...

— Olha, deixa pra lá. — Sam parece colérico. — Se ela quer mandar e-mails sem sentido, que mande e-mails sem sentido. Não me incomoda.

— Mas faz mal! É ruim! Não deveria acontecer!

— Não sabe nada sobre isso — responde ele. Acho que toquei num ponto nevrálgico.

Aliás, isso é uma piada. *Eu* não sei nada sobre isso?

— Sei tudo sobre isso! — digo, contradizendo-o. — Tenho cuidado da sua caixa de entrada, lembra? Senhor Nada e Sem Resposta, que ignora tudo e a todos.

Sam olha com raiva para mim.

— Só porque não respondo cada e-mail com 65 malditas carinhas felizes...

Ele não vai virar isso contra mim. O que é melhor, carinhas felizes ou negação?

— Bem, você não responde *ninguém* — rebato, fulminante. — Nem mesmo seu próprio pai!

— *O quê?* — Ele parece escandalizado. — Do que você está falando agora?

— Li o e-mail dele — eu digo, desafiadora. — Dizendo que quer conversar com você e quer que você vá visitá-lo em Hampshire e que tem uma coisa para contar pra você. Ele disse que você e ele não conversam há séculos e que sente saudades. E você nem *respondeu*. Você não tem coração.

Sam inclina a cabeça para trás e dá uma gargalhada.

— Ah, Poppy. Você realmente não faz ideia do que está dizendo.

— Acho que faço.

— Acho que não.

— Acho que você vai ver que tenho mais discernimento sobre sua vida do que você.

Olho para ele com raiva e rebeldia. Agora, espero que o pai de Sam *tenha* recebido meu e-mail. Espera até Sam chegar ao hotel Chiddingford e encontrar o pai lá, todo arrumado e esperançoso, com uma rosa na lapela. Talvez aí ele não seja mais tão petulante.

Sam pegou nosso celular e está lendo a mensagem de texto de novo.

— Não estou noivo — diz ele, com as sobrancelhas franzidas. — Não tenho noiva.

— Sim, entendi essa parte, obrigada — digo com sarcasmo. — Você só tem uma ex psicótica que acha que ainda é sua dona, embora você tenha terminado há dois meses...

— Não, não. Você não está entendendo. Nós dois estamos dividindo esse celular agora, não é?

— É. — Onde ele quer chegar com isso?

— Então essa mensagem poderia ser para qualquer um de nós dois. Eu não tenho noiva, Poppy. — Ele ergue a cabeça, com ar um pouco cruel. — Mas você tem.

Eu olho para ele sem entender por um momento, mas depois é como se algo gelado estivesse escorrendo pelas minhas costas.

— Não. Você quer dizer... Não. *Não*. Não seja burro. — Eu pego o celular da mão dele. — Aqui diz noiva, com *a*. — Eu encontro a palavra e enfio na cara dele para provar. — Está vendo? Está claro como água. Noiva, no feminino.

— Concordo. — Ele assente. — Mas não *há* nenhuma noiva, no feminino. Ela não existe. Então...

Eu olho para ele, um pouco enjoada, repassando o texto na minha mente com a grafia diferente. *Seu noivo foi infiel.*

Não. Não *podia* ser...

Magnus *jamais*...

O celular apita de novo e nós dois damos um pulo. É o resto da mensagem de texto que chegou. Leio a mensagem inteira em silêncio.

Não tenho certeza se esse é o número certo. Mas eu tinha que contar. Sua noiva está te traindo. E com uma pessoa que você conhece. Lamento fazer isso com você tão perto do seu casamento, Poppy. Mas você precisa saber a verdade. Uma pessoa amiga.

Solto o celular na mesa e minha cabeça gira.
Isso não pode estar acontecendo. Não pode.
Estou ligeiramente ciente de Sam pegando o celular e lendo a mensagem.

— Que pessoa amiga — diz ele com seriedade. — Seja lá quem for, provavelmente só está querendo causar confusão. Isso não deve ser verdade.

— Exatamente. — Eu concordo várias vezes. — Exatamente. Tenho certeza de que é mentira. É só alguém querendo me deixar nervosa à toa.

Estou tentando parecer confiante, mas minha voz trêmula me denuncia.

— Quando é o casamento?
— Sábado.

Sábado. Daqui a quatro dias, e recebo uma mensagem de texto assim.

— Não tem ninguém... — Sam hesita. — Não tem ninguém de quem você... desconfiaria?

Annalise.

Surge na minha cabeça antes mesmo que eu perceba que vou pensar isso. Annalise e Magnus.

— Não. Quero dizer... não sei. — Eu me afasto e encosto a bochecha na janela do trem.

Não quero falar sobre isso. Não quero pensar nisso. Annalise é minha amiga. Sei que ela achava que Magnus devia ser dela, mas com certeza...

Annalise de uniforme, piscando os olhinhos para Magnus. Com as mãos nos ombros dele.

Não. Para. *Para*, Poppy.

Levo as mãos ao rosto e aperto os punhos contra os olhos, querendo arrancar fora meus pensamentos. Por que aquela pessoa teve que mandar aquela mensagem de texto? Por que eu tinha que ler?

Não pode ser verdade. Não pode. É imoral, sofrível, maldoso, horrível...

Uma lágrima escapa dos meus olhos e desce pela minha bochecha até o queixo. Não sei o que fazer. Não sei como lidar com isso. Será que ligo para Magnus em Bruges? Interrompo a despedida de solteiro? Mas e se ele for inocente e ficar com raiva e a confiança entre nós for destruída?

— Vamos chegar em alguns minutos. — A voz de Sam está baixa e cautelosa. — Poppy, se você não quiser continuar, eu entendo perfeitamente...

— Não. Eu quero continuar. — Abaixo as mãos, pego um guardanapo de papel e assoo o nariz. — Estou bem.

— Você não está bem.

— Não. Não estou. Mas... o que eu posso fazer?

— Responde a mensagem de texto. Escreve: "Me dá o nome."

Eu olho para ele um pouco admirada. Isso jamais teria me ocorrido.

— Certo. — Eu engulo em seco e tomo coragem. — Certo. É o que vou fazer.

Quando pego o celular, já me sinto melhor. Pelo menos estou fazendo alguma coisa. Pelo menos não estou sentada ali, sofrendo sem necessidade. Termino a mensagem de texto, aperto o botão de enviar com uma pequena onda de adrenalina e tomo o final do chá frio. Vamos lá, número desconhecido. Quero ver. Me conta o que você sabe.

— Enviou? — Sam estava me observando.

— Enviei. Agora vou ter que esperar e ver o que a pessoa vai dizer.

O trem está parando em Basingstoke e os passageiros estão indo para as portas. Jogo o copo descartável na lata de lixo, pego a bolsa e levanto também.

— Já chega dos meus problemas idiotas. — Eu me forço a sorrir para Sam. — Vamos lá. Vamos resolver o seu.

DOZE

O hotel Chiddingford é grande e impressionante, com uma bela casa principal de estilo georgiano no final de um longo caminho e com alguns prédios de vidro não tão bonitos meio escondidos atrás de uma grande cerca. Mas eu pareço ser a única a apreciar o local quando chegamos. Sam não está no melhor dos humores. Houve um problema para pegar um táxi, depois ficamos presos atrás de uns carneiros, e o motorista se perdeu. Sam ficou freneticamente mandando mensagens de texto desde que entramos no carro. Quando chegamos, dois homens de terno que não conheço estão à nossa espera nos degraus de entrada.

Sam entrega algumas notas para o motorista e abre a porta do táxi quase antes de ele frear e parar.

— Poppy, com licença por um minuto. Oi, pessoal...

Os três se reúnem na entrada de cascalho e eu saio mais devagar. O táxi vai embora e eu observo os jardins bem-cuidados. Há quadras de croquet e topiarias e até uma pequena capela que aposto ser uma graça para casamentos. O local parece vazio e há até um frescor no ar que me faz tremer. Talvez eu esteja apenas nervosa. Talvez seja choque tardio.

Ou talvez seja por estar no meio do nada, sem saber que diabos estou fazendo aqui quando minha vida pessoal está prestes a desabar ao meu redor.

Pego o celular para ter companhia. A simples sensação dele na minha mão me conforta um pouco, mas não o bastante. Leio a mensagem do número desconhecido algumas vezes, só para me torturar, e então escrevo uma mensagem para Magnus. Depois de apagar algumas vezes, consigo o que quero.

Oi. Como você está? P

Nada de beijos.

Quando aperto o botão de enviar, meus olhos começam a arder. É uma mensagem simples, mas sinto como se cada palavra estivesse carregando um sentido duplo, triplo, até mesmo quádruplo; com um subtexto doloroso que ele pode ou não entender.[81]

Oi significa: *Oi, você foi infiel? Foi? Por favor, POR FAVOR, que isso não seja verdade.*

Como significa: *Eu queria que você me ligasse. Sei que você está em sua despedida de solteiro, mas seria tão reconfortante ouvir sua voz e saber que você me ama e que não seria capaz de fazer uma coisa dessas.*

Está significa: *Ai, Deus, não consigo suportar. E se for verdade? O que farei? O que direi? Mas, por outro lado, se NÃO for verdade e eu desconfiei de você sem motivo...*

— Poppy. — Sam está vindo na minha direção e dou um pulo.

---

[81] É, ele não vai entender. Eu sei.

— Sim! Aqui. — Eu mexo a cabeça, sinalizando, e guardo o celular. Preciso me concentrar agora. Tenho que tirar Magnus da cabeça. Tenho que ser útil.

— Estes são Mark e Robbie. Eles trabalham para Vicks.

— Ela está a caminho. — Mark consulta o celular enquanto subimos os degraus. — Sir Nicholas está protegido por enquanto. Achamos que Berkshire é o melhor lugar para ele estar se houver alguma chance de ser abordado por jornalistas na porta de casa.

— Nick não devia *se esconder*. — Sam está franzindo a testa.

— Ele não está se escondendo. Está sendo discreto. Não queremos que ele vá correndo para Londres, dando a ideia de que há uma crise. Ele vai fazer um discurso num jantar hoje à noite. Amanhã, vamos nos reunir e ver como foram as coisas. Quanto à conferência, vamos continuar conforme planejado. Obviamente, Sir Nicholas deveria chegar aqui amanhã de manhã, mas vamos ter que ver... — ele hesita e faz uma careta — ... o que acontece.

— E a ordem judicial? — diz Sam. — Eu estava conversando com Julian, ele está se esforçando ao máximo...

Robbie suspira.

— Sam, já sabemos que isso não vai dar certo. Quero dizer, *não* vamos deixar de entrar com uma, mas...

Ele para no meio da frase quando chegamos num grande saguão. Uau. Essa conferência é bem mais alto nível do que a nossa anual de fisioterapia. Há enormes logotipos da White Globe por todos os lados e grandes telas em cada canto do saguão. Alguém está usando uma espécie de câmera de TV no salão, porque há imagens de uma plateia sentada em fileiras sendo transmitidas. Há dois pares de portas duplas fechadas bem à nossa frente, e o som de uma plateia rindo de repente emana de trás delas, seguido, dez segundos depois, de risadas nas telas.

O saguão está vazio, exceto por uma mesa com alguns crachás, atrás da qual uma garota com ar entediado está sentada numa posição relaxada. Ela se endireita quando nos vê e sorri com dúvida para mim.

— Estão se divertindo — diz Sam, olhando para uma das telas.

— Malcolm está discursando — diz Mark. — Ele está se saindo muito bem. Nós estamos aqui. — Ele nos guia para uma sala lateral e fecha a porta.

— Pois então, Poppy. — Robbie se vira para mim com educação. — Sam nos contou sua... teoria.

— Não é *minha* teoria — eu digo, horrorizada. — Não sei nada sobre isso! Eu apenas recebi os recados e me perguntei se poderiam ser relevantes, e Sam concluiu...

— Acho que ela está certa. — Sam encara Mark e Robbie como se os desafiasse a discordar. — O memorando foi plantado. Todos concordamos.

— O memorando é... atípico — diz Robbie.

— Atípico? — Sam parece querer explodir. — Ele não escreveu aquele texto! Outra pessoa escreveu aquilo e inseriu no sistema. Vamos descobrir quem. Poppy ouviu a voz. Ela vai reconhecer.

— Certo. — Robbie troca olhares cautelosos com Mark. — Só o que vou dizer, Sam, é que temos que ser muito, muito cuidadosos. Ainda estamos trabalhando em como dar a notícia para a empresa. Se você sair fazendo acusações...

— Não vou sair fazendo nada. — Sam olha para ele com raiva. — Tenha um pouco de confiança. Meu Deus.

— Então o que você está planejando fazer? — Mark parece realmente interessado.

— Andar por aí. Escutar. Encontrar a agulha no palheiro. — Sam se vira para mim. — Está disposta, Poppy?

— Totalmente. — Eu concordo com a cabeça, tentando esconder o pânico que toma conta de mim. Estou quase desejando jamais ter anotado aqueles recados.

— E depois... — Robbie ainda parece insatisfeito.

— Vemos o que vamos fazer...

Faz-se silêncio na sala.

— Tudo bem — diz Robbie. — Vá em frente. Acho que não vai fazer mal nenhum. E como você vai explicar ela estar aqui?

— Assistente nova? — sugere Mark.

Sam assente.

— Já escolhi uma nova assistente e metade do pessoal do meu andar a conheceu hoje de manhã. Vamos simplificar. Poppy está pensando em vir trabalhar na empresa. Estou mostrando pra ela como as coisas são. Está bom assim, Poppy?

— Está! Ótimo.

— Pegou aquela lista de pessoal?

— Aqui. — Robbie a entrega a ele. — Mas seja discreto, Sam.

Mark abriu uma fresta da porta e está olhando para o saguão.

— Estão saindo — diz ele. — São todos seus.

Saímos da sala e seguimos para o saguão. Os dois pares de portas duplas estão abertos, e as pessoas estão saindo por elas, todas usando crachás e conversando, algumas rindo. Parecem descansadas, considerando que são 6 e meia da tarde e elas passaram um bom tempo ouvindo discursos.

— São *tantos*. — Eu olho para os grupos de pessoas e me sinto intimidada.

— Não se preocupe — diz Sam com firmeza. — Você sabe que é voz de homem. Isso já diminui bastante a procura. Vamos dar uma volta no saguão e excluir um a um. Tenho minhas desconfianças, mas... não quero te influenciar.

Eu lentamente o sigo para o meio da multidão. As pessoas estão pegando bebidas de bandejas carregadas por garçons e cumprimentando umas às outras e gritando piadas por cima das cabeças de outras pessoas. É uma cacofonia. Minhas orelhas parecem radares se direcionando para um lado e para o outro tentando capturar sons de vozes.

— Já ouviu o nosso cara? — diz Sam ao me entregar um copo de suco de laranja. Percebo que ele está em parte brincando, em parte esperançoso.

Eu balanço a cabeça. Estou me sentindo sobrecarregada. O barulho no saguão é como um rugido na minha cabeça. Mal consigo distinguir padrões individuais, muito menos captar os tons exatos de uma voz que ouvi por vinte segundos, dias atrás, num telefone celular.

— Certo, vamos ser metódicos. — Sam está praticamente falando sozinho. — A gente percorre o saguão em círculos concêntricos. Parece bom pra você?

Dou um sorriso, mas nunca me senti tão pressionada na vida. Nenhuma outra pessoa pode fazer isso. Ninguém ouviu aquela voz. Só depende de mim. Agora, sei como os cães farejadores devem se sentir nos aeroportos.

Vamos em direção a um grupo de mulheres, de pé ao lado de dois homens de meia-idade.

— Oi! — Sam os cumprimenta com alegria. — Estão se divertindo? Quero apresentar Poppy, que está dando uma olhada... Poppy, este é Jeremy... e este é Peter... Jeremy, há quantos anos você trabalha conosco? E Peter? Três anos?

Muito bem. Agora estou ouvindo direito, de perto. Assim é mais fácil. Um homem tem uma voz grave e arrastada e o outro é escandinavo. Depois de uns dez segundos eu sinalizo para Sam negando com a cabeça e ele me leva discretamente até outro grupo, marcando a lista conforme andamos.

— Oi! Estão se divertindo? Quero apresentar Poppy, que está conhecendo o pessoal. Poppy, você já conheceu Colin. Tim, o que você tem feito?

É incrível o quanto as vozes são diferentes quando começamos a prestar atenção. Não só os tons, mas os sotaques, os timbres, os pequenos desvios da fala e as gagueiras e peculiaridades.

— E você? — eu digo, sorrindo para um homem barbado que não emitiu uma sílaba.

— Bem, foi um ano *difícil*... — diz ele, ponderadamente.

Não. Hã-hã. Nada parecido. Eu olho para Sam e mexo a cabeça, e ele segura meu braço de repente.

— Me desculpe, Dudley, temos que ir... — Ele segue para o grupo seguinte e interrompe a história que estava sendo contada. — Poppy, este é Simon... Acho que você já conheceu Stephanie... Simon, Poppy achou seu paletó bonito. De onde é?

Não acredito no quanto Sam está sendo rude. Ele está praticamente ignorando todas as mulheres e sendo direto demais em fazer os homens falarem. Mas acho que é o único jeito.

Quanto mais eu escuto vozes, mais confiante me sinto. Isso é mais fácil do que pensei que seria, porque são todas tão *diferentes* da voz ao telefone. Só que já passamos por quatro grupos e os eliminamos. Eu observo o ambiente com ansiedade. E se eu andar pelo saguão todo e não encontrar o cara do recado?

— Oi, pessoal! Estão se divertindo? — Sam ainda está falando com animação quando chegamos ao grupo seguinte.

— Quero apresentar Poppy, que está conhecendo todo mundo.

Poppy, este é Tony. Tony, por que não conta a Poppy sobre o seu departamento? Este é Daniel e... esta é... ah. Willow.

Ela estava de costas quando nos aproximamos, então o rosto não estava visível, mas agora ela está nos olhando.

Caramba.

— Sam! — diz ela, depois de uma pausa tão longa que começo a me sentir constrangida por todo mundo. — Quem é... essa?

Certo. Se minha mensagem de texto para Magnus estava tomada de significados, essa pequena frase de três palavras de Willow estava desabando sob o próprio peso. Não é preciso ser especialista no linguajar de Willow para saber que o que ela *realmente* queria dizer era: "Quem é essa PORRA de garota e O QUE ela está fazendo aqui com VOCÊ? Meu Deus, Sam, você está ME SACANEANDO DE PROPÓSITO? Pode acreditar, você vai se arrepender PROFUNDAMENTE."

Você sabe. Essa é a tradução.

Nunca senti uma hostilidade tão direta na minha vida. É como se houvesse uma corrente elétrica entre nós. As narinas de Willow estão dilatadas e pálidas. Os olhos estão vidrados. As mãos apertam o copo com tanta força que os tendões aparecem debaixo da pele clara. Mas o sorriso ainda é suave e agradável, e a voz ainda está doce. O que é o mais apavorante de tudo.

— Poppy está pensando em vir trabalhar para nós — diz Sam.

— Ah. — Willow continua a sorrir. — Que legal. Bem-vinda, Poppy.

Ela é irritante. Parece um alienígena. Por trás do sorriso gentil e da voz meiga, há um lagarto.

— Obrigada.

— Nós temos que ir... Até, Willow. — Sam segura no meu braço para me tirar dali.

O-ou. Má ideia. Sinto o olhar de laser dela nas minhas costas. Será que Sam também não sente?

Seguimos para um novo grupo e Sam começa a falar o de sempre, e eu obedientemente inclino a cabeça para ouvir, mas ninguém tem a voz parecida com a do cara do telefone. Quando seguimos contornando a sala, vejo que Sam está desanimando, embora tente esconder. Depois que saímos do meio de um grupo de jovens rapazes de TI tomando cerveja, ele diz:

— Mesmo? *Nenhum* daqueles caras?

— Não. — Eu dou de ombros, pedindo desculpas. — Desculpa.

— Não precisa pedir desculpa! — Ele dá uma risada curta e tensa. — Você ouviu o que ouviu. Não pode... se não é nenhum deles... — Ele para de falar por um momento. — Tem certeza de que não é o louro? O que estava falando do carro? Ele não pareceu nada familiar?

E agora, a decepção na voz está evidente.

— Era ele quem você achava que tinha sido?

— Eu... não sei. — Ele abre as mãos e expira. — Talvez. Sim. Ele teria contatos na área de TI, é novo na empresa, Justin e Ed poderiam facilmente ter convencido o cara...

Não sei o que responder. É como ele disse, eu ouvi o que ouvi.

— Acho que algumas pessoas foram para o terraço — continuo, tentando colaborar.

— A gente tenta lá. — Ele concorda. — Mas vamos terminar aqui primeiro.

Até *eu* consigo perceber que nenhum dos quatro homens grisalhos de pé perto do bar vai ser o cara do telefone. E estou certa. Quando Sam se envolve numa conversa sobre o discurso de Malcolm, aproveito a oportunidade para me afastar e ver se Magnus respondeu. É claro que não. Mas, piscando no alto da caixa de entrada, há um e-mail enviado para samroxton@consultoriawhiteglobe.com, com cópia para assistentedesamroxton@consultoriawhiteglobe.com, que me faz engasgar.

> Sam,
> Boa tentativa. Sei EXATAMENTE o que você está tramando, e você é PATÉTICO. Onde conseguiu a garota, numa agência? Eu pensava que você conseguiria coisa melhor.
> Willow.

Enquanto estou olhando para a tela sem acreditar, um segundo e-mail surge na tela.

> Meu Deus, Sam. Ela nem está VESTIDA para a ocasião. Ou será que uma saia jeans fofinha de repente passou a ser roupa adequada para conferência?

Minha saia *não* é fofinha! E eu não estava exatamente planejando ir a uma conferência quando me vesti de manhã, não é? Irritada, clico no botão de responder e digito um e-mail.

> Na verdade, acho que ela é linda demais. E a saia jeans não é fofinha. É isso aí, Bruxa Willow. Sam.

Mas eu apago o que escrevi. Naturalmente. Estou prestes a guardar o celular quando chega um *terceiro* e-mail de Willow. Sinceramente. Será que ela não desiste?

Você quer que eu tenha ciúme, Sam. Tudo bem. Respeito. Até gosto. Precisamos apimentar nossa relação. Mas TENTE CONSEGUIR ALGUMA COISA QUE ME FAÇA SENTIR CIÚMES!!!!
Pois acredite, ninguém aqui está impressionado com o que você está fazendo. Desfilar com uma garota qualquer que obviamente NÃO FAZ IDEIA DE COMO SECAR A PORRA DO CABELO... Bem. É trágico, Sam. TRÁGICO.
Nos falamos quando você crescer.
Willow.

Coloco a mão no cabelo na defensiva. Eu *sequei* o cabelo de manhã. Mas é difícil secar a parte de trás. Não que eu ligue para o que ela pensa, mas não consigo deixar de me sentir um pouco mordida...

Meus pensamentos são interrompidos no meio e fico olhando para a tela. Não consigo acreditar. Acabou de chegar um e-mail no celular, de Sam. Ele respondeu a Willow. Ele realmente respondeu! Só que clicou em "responder a todos", então chegou para mim também.

Olho para ele, atônita, e vejo que ainda está conversando com os homens grisalhos, aparentemente com atenção. Ele deve ter digitado muito rápido. Abro o e-mail e vejo uma única linha.

Para com isso, Willow. Você não está impressionando ninguém.

Fico olhando para a tela. Ela não vai gostar disso.

Fico esperando que ela comece um ataque mordaz a Sam, mas nenhum e-mail chega. Talvez ela tenha ficado tão surpresa quanto eu.

— Ótimo. Conversamos depois. — A voz de Sam se destaca no burburinho. — Poppy, tem algumas outras pessoas que eu queria que você conhecesse.

— Tudo bem. — Eu passo a prestar mais atenção e guardo o celular. — Vamos lá.

Nós circulamos pelo resto do saguão. A lista de Sam está coberta de marcas. Devo ter ouvido praticamente todas as vozes masculinas da empresa e não ouvi ninguém que parecesse nem um pouco com o cara do telefone. Até começo a me perguntar se estou lembrando direito. Ou se tive uma alucinação da história toda.

Quando seguimos pelo corredor acarpetado em direção às portas do terraço, percebo que Sam está para baixo. Eu mesma me sinto desanimada.

— Me desculpa — murmuro.

— Não é culpa sua. — Ele olha para mim e parece que sabe qual é o meu humor. — Poppy, falando sério. Sei que você está fazendo o melhor. — O rosto dele se contrai por um momento. — Ei, e me desculpa por Willow.

— Ah. — Eu faço um gesto para ele deixar para lá. — Não precisa se preocupar com isso.

Andamos em silêncio por alguns momentos. Quero dizer alguma coisa como "obrigada por ficar do meu lado", mas estou constrangida demais. Sinto que não deveria ter participado daquela troca de e-mails.

O terraço está coberto de luminárias e há alguns grupos de pessoas, mas não tantas quanto lá dentro. Acho que é porque está muito frio. Mas é uma pena, porque o clima de festa aqui fora está bom. Tem um bar e algumas pessoas estão até dançando. No canto do terraço, um sujeito com uma câmera de TV parece estar entrevistando duas garotas que não param de rir.

— Talvez tenhamos sorte. — Tento parecer animada.

— Talvez. — Sam assente, mas posso dizer que ele desistiu.

— O que vai acontecer se não encontrarmos o cara aqui fora?

— Aí... a gente tentou. — O rosto de Sam está tenso, mas por um breve momento um sorriso surge. — A gente tentou.

— Bom. Então, vamos nessa — solto no melhor tom de animação na voz, do tipo você-*pode*-botar-esse-quadril-pra-mexer-de-novo — Vamos tentar.

Seguimos em frente, e Sam recomeça a abordagem.

— Oi, pessoal! Estão se divertindo? Quero apresentar Poppy, que está conhecendo a empresa. Poppy, este é James. James, por que você não conta a Poppy o que faz? E aqui está o Brian, e este é Rhys.

Não é James, nem Brian nem Rhys. Nem Martin nem Nigel.

Todos os nomes na lista de Sam estão marcados. Tenho quase vontade de chorar quando olho para o rosto dele. Por fim, nos afastamos de alguns estagiários num grupo, que não estavam na lista nem poderiam ser Scottie.

Terminamos.

— Vou ligar para Vicks — diz Sam, com a voz um tanto pesada. — Poppy, obrigado por ceder seu tempo. Foi um plano idiota.

— Não foi. — Eu coloco a mão no braço dele. — Podia... ter dado certo.

Sam olha para mim e, por um momento, ficamos ali em pé.

— Você é muito gentil — diz ele.

— Oi, Sam! Oi, pessoal! — A voz alta de uma garota faz eu me encolher.

Talvez eu esteja sensível por ter ouvido com mais atenção ao modo como as pessoas falam, mas essa voz está fazendo meus dentes trincarem. Eu me viro e vejo uma garota com aparência animada e um lenço rosa amarrado no cabelo se aproximando de nós com o câmera de TV, que tem cabelo escuro e curto e está usando jeans.

O-ou.

— Oi, Amanda. — cumprimenta Sam. — Como vai?

— Estamos filmando os convidados da conferência — explica ela com alegria. — Só diz alguma coisa, um alô, vamos mostrar no jantar de gala...

A câmera de TV está apontada para o meu rosto e eu me encolho. Eu não deveria estar ali. Não posso "dizer alguma coisa".

— Qualquer coisa que você queira — diz Amanda. — Uma mensagem pessoal, uma piada... — Ela olha para a lista, confusa. — Me desculpa, não sei de que departamento você é...

— Poppy é convidada — diz Sam.

— Ah! — A garota desfranze a testa. — Que ótimo! Como você é convidada especial, por que não responde à nossa entrevista pingue-pongue? O que você acha, Ryan? Você conhece Ryan? — diz ela para Sam. — Ele está fazendo um estágio pela London School of Economics por seis meses. É quem está fazendo todos os nossos filmes promocionais. Ei, Ryan, dê um close em Poppy. Ela é convidada especial!

O quê? Não sou "convidada especial". Quero fugir, mas de alguma forma me sinto presa pela câmera.

— Apenas se apresente e Ryan vai fazer as perguntas! — diz a garota, toda animada. — Nos diga seu nome...

— Oi — digo com relutância para a câmera. — Sou... Poppy.

Isso é tão idiota. O que vou dizer sobre uma conferência de estranhos?

Talvez eu dê um alô para Willow.

Oi, Bruxa Willow. Sabe aquela história de você achar que estou desfilando por aí com seu namorado? Bem, a notícia é a seguinte: ele não é mais seu namorado.

O pensamento me faz rir, e Amanda me dá um sorriso encorajador.

— Isso mesmo! Apenas se divirta. Ryan, você quer começar as perguntas e respostas?

— Claro. E então, Poppy, o que você está achando da conferência até agora?

A voz aguda e esganiçada que sai de trás da câmera atinge meus ouvidos como um choque de mil volts.

É ele.

É a voz que ouvi ao telefone. A pessoa que está falando comigo agora. Esse cara, com o corte escovinha e a câmera no ombro. *É ele.*

— Está se divertindo? — pergunta ele, e meu cérebro explode reconhecendo a voz outra vez. A lembrança da voz dele ao telefone está percorrendo minha cabeça como um replay de esportes.

É Scottie. Está feito. Foi como falei. Com precisão cirúrgica.

— Qual foi seu discurso favorito na conferência?

— Ela não assistiu a nenhum dos discursos.

— Ah. Certo.

Com precisão cirúrgica. Sem pistas. Coisa de gênio, pode acreditar. Adios, *Papai Noel.*

— Numa escala de um a dez, que nota você daria ao coquetel?

É Scottie.

Este é Scottie. Sem dúvida.

— Você está bem? — Ele sai de trás da câmera, com ar impaciente. — Pode falar. Estamos filmando.

Fico olhando para o rosto fino e inteligente com o coração em disparada, me controlando para não deixar transparecer. Eu me sinto como um coelho sendo hipnotizado por uma cobra.

— Tudo bem, Poppy. — Sam dá um passo à frente, com jeito solidário. — Não se preocupe. Muitas pessoas ficam nervosas diante das câmeras...

— Não! — Eu consigo botar para fora. — Não é... É...

Olho para ele sem conseguir dizer nada. Minha voz não sai. Sinto como se estivesse num daqueles sonhos em que não se consegue gritar que está sendo atacado.

— Pessoal, acho que ela não está a fim — diz Sam. — Será que vocês poderiam... — Ele faz um gesto com a mão.

— Me desculpa! — Amanda coloca a mão por cima da boca. — Não quis te apavorar! Tenha uma boa noite! — Eles saem para abordar outro grupo de pessoas e fico olhando para eles, travada.

— Coitadinha da Poppy. — Sam sorri com melancolia. — Era exatamente do que você não precisava. Me desculpa por isso, é uma coisa nova que estão fazendo nas conferências, embora eu não consiga ver o que acrescenta...

— Cala a boca. — Não sei como consigo interromper o que ele dizia, embora nem consiga falar direito. — Cala a boca, cala a boca.

Sam parece chocado. Chego mais perto dele e fico na ponta dos pés, até minha boca estar perto do ouvido dele, com seu cabelo encostando na minha pele. Eu inspiro o calor e o cheiro dele, e murmuro tão baixo quanto o som da minha respiração:

— É ele.

Ficamos lá fora por mais vinte minutos. Sam tem uma longa conversa com Sir Nicholas, da qual não escuto nada, e depois faz uma ligação curta e brusca para Mark, da qual pesco alguns trechos enquanto ele anda de um lado para o outro, com a mão na cabeça... *Bem, a empresa que se foda... Assim que Vicks chegar aqui...*

Está claro que os níveis de tensão estão subindo. Achei que Sam ficaria feliz por eu ter ajudado, mas ele parece ainda mais furioso do que antes. Ele termina a ligação dizendo:

— De que lado você está, afinal? *Meu Deus*, Mark.

— E então... o que você vai fazer? — eu digo timidamente quando ele desliga.

— O e-mail de Ryan na empresa está sendo vasculhado. Mas ele é esperto. Não deve ter usado o sistema da empresa. Deve ter feito tudo por telefone ou por alguma conta de e-mail particular.

— Mas e aí?

— Essa é a discussão. — Sam faz uma careta de frustração. — O problema é que não temos *tempo* para uma discussão sobre protocolo. Não temos *tempo* para consultar nossos advogados. Se fosse eu...

— Você mandaria que o prendessem, todos os objetos pessoais dele seriam confiscados e um teste com detector de mentiras seria feito de qualquer jeito — eu digo, sem conseguir evitar. — Em algum porão escuro por aí.

Um sorriso relutante se abre no rosto de Sam.

— Mais ou menos isso.

— Como está Sir Nicholas?

— Agindo com alegria. Você pode imaginar. Ele mantém a cabeça erguida. Mas ele sente mais do que demonstra. — O rosto de Sam se contorce brevemente e ele cruza os braços sobre o peito.

— Você também — eu digo com delicadeza, e Sam olha para mim de repente, como se eu o tivesse pegado no flagra.

— Acho que sim — diz ele depois de uma longa pausa. — Nick e eu somos amigos há muito tempo. Ele é um bom homem. Fez coisas incríveis ao longo da vida. Mas se essa calúnia se espalhar sem ser contestada, vai ser a única coisa de que o mundo vai se lembrar. Vão repetir a mesma manchete sem parar, até ele morrer. "Sir Nicholas Murray, suspeito de corrupção." Ele não merece. E, principalmente, não merece ser abandonado pela própria empresa.

Depois de um momento de tristeza, Sam visivelmente se recompõe.

— Vamos lá. Estão nos esperando. Vicks está quase chegando.

Começamos a andar, passando por um grupo de garotas numa mesa redonda, por um jardim ornamental, e seguimos em direção às enormes portas duplas que levam ao hotel. Meu celular vibrou e eu o pego para verificar a caixa de entrada, para ver se Magnus respondeu.

Fico olhando para a tela. Não consigo acreditar. Dou um gemido baixo e involuntário, e Sam olha para mim de um jeito estranho.

Tem um e-mail novo no alto da caixa de entrada, e clico nele desesperadamente, torcendo para não dizer o que temo que diga...

Merda. *Merda.*

Fico olhando, consternada. O que vou fazer? Estamos quase no hotel. Preciso falar. Preciso contar para ele.

— Hum, Sam. — Minha voz sai meio estrangulada. — Hum, para um minuto.

— O que foi? — Ele para com uma expressão de preocupação no rosto e meu estômago se embrulha de nervoso.

Certo. O negócio é o seguinte. Em minha defesa, se eu *soubesse* que Sam estaria no meio de uma crise enorme e urgente envolvendo memorandos vazados, conselheiros do governo e noticiário de televisão, eu não teria mandado aquele e-mail para o pai dele. É claro que não.

Mas eu não sabia. E mandei o e-mail. E agora...

— O que houve? — Sam parece impaciente.

Por onde começo? Como faço para que ele tenha um pingo de sensibilidade?

— Por favor, não fique bravo — digo primeiro para preveni-lo, embora a sensação seja a de jogar um cubo de gelo em cima de um incêndio numa floresta.

— Com o quê? — Há um tom ameaçador na voz de Sam.

— É que... — Eu limpo a garganta. — Eu achei que estava fazendo a coisa certa. Mas sei que talvez você não encare *exatamente* dessa maneira...

— O que diabos você está... — Ele para de falar, e no seu rosto surge de repente uma expressão de quem entendeu e está chocado. — Ai, Deus. Não. *Por favor*, não diga que contou essa história pros seus amigos...

— Não! — eu digo horrorizada. — É claro que não!

— Então o que é?

Eu me sinto um pouco mais corajosa com a desconfiança equivocada dele. Eu não tenho contado tudo aos meus amigos. Pelo menos, não vendi minha história para o *Sun*.

— É uma coisa de família. É sobre seu pai.

Os olhos de Sam se arregalam, mas ele não diz nada.

— Eu me senti muito mal por vocês não manterem contato. Então, respondi o e-mail dele. Ele está desesperado para te ver, Sam. Quer se aproximar! Você nunca vai para Hampshire, nunca o vê...

— Pelo amor de Deus — murmura ele, quase que para si mesmo. — Eu *realmente* não tenho tempo para isso.

As palavras dele me ferem.

— Você não tem tempo para o seu próprio pai? Sabe de uma coisa, Senhor Figurão, talvez suas prioridades estejam um pouco deturpadas. Eu *sei* que você é ocupado, *sei* que essa crise é importante, mas...

— Poppy, pode parar por aí. Você está cometendo um grande erro.

Ele está tão impassível que sinto uma onda de revolta. Como ele *ousa* ser tão seguro o tempo todo?

— Talvez seja você quem está cometendo um grande erro! — As palavras saem antes que eu possa impedi-las. — Talvez seja você quem está deixando a vida passar sem nem se envolver nela! Talvez Willow esteja certa!

— *O quê?* — Sam parece furioso ao ouvir a menção a Willow.

— Você vai perder! Vai perder relacionamentos que poderiam oferecer tanto a você só porque não quer conversar, não quer ouvir...

Sam olha ao redor, constrangido.

— Poppy, relaxa — murmura ele. — Você está ficando agitada demais.

— Bem, e você está calmo demais! — Eu sinto como se fosse explodir. — Você é estoico demais! — Uma imagem daqueles senadores romanos me ocorre de repente, todos esperando na arena para serem massacrados. — Quer saber de uma coisa, Sam? Você está virando pedra.

— *Pedra?* — Ele solta uma gargalhada.

— Sim, pedra. Você vai acordar um dia e será uma estátua, só que não vai saber. Vai ficar preso dentro de si mesmo. — Minha voz está tremendo; não tenho certeza do motivo. Não me importa se ele virar uma estátua ou não.

Sam está me observando com cautela.

— Poppy, não faço ideia do que você está falando. Mas temos que deixar isso um pouco de lado. Tenho coisas que preciso fazer. — O telefone dele toca e ele o leva ao ouvido. — Oi, Vicks. Certo, estou indo.

— Sei que você está resolvendo uma crise. — Eu seguro o braço dele com força. — Mas tem um senhor idoso esperando que você entre em contato, Sam. Querendo que você entre contato. Por apenas cinco minutos. E quer saber? Tenho inveja de você.

Sam expira com força.

— *Puta que pariu*. Poppy, você entendeu tudo errado.

— Entendi? — Eu olho para ele, sentindo todas as minhas emoções sufocadas começando a ferver. — Eu queria ter a sua chance. De ver meu pai. Você não sabe o quanto tem sorte. Só isso.

Uma lágrima desce pelo meu rosto e eu a seco bruscamente.

Sam está em silêncio. Ele guarda o celular e me encara. Quando ele fala, seu tom de voz é gentil.

— Escuta, Poppy. Entendo como você se sente. Não é minha intenção minimizar relacionamentos familiares. Tenho um ótimo relacionamento com meu pai e o vejo sempre que posso. Mas não é tão fácil, considerando que ele mora em Hong Kong.

Eu quase grito horrorizada. Será que eles estão sem se falar há *tanto* tempo? Será que ele nem *sabe* que o pai voltou para o país?

— Sam! — Minhas palavras se atropelam. — Você não entende! Ele voltou a morar aqui. Mora em Hampshire! Ele mandou um e-mail pra você. Queria te ver. Você não lê *nada* que te mandam?

Sam move a cabeça para trás e dá uma risada, e eu fico olhando para ele, afrontada.

— Tudo bem — diz ele, secando os olhos. — Vamos começar do início. Vamos deixar tudo claro. Você está falando do e-mail de Peter Robinson, certo?

— Não estou, não! Estou falando do e-mail de...

Eu paro no meio da frase, insegura de repente. *Robinson?* Robinson? Eu pego o celular e verifico o endereço de e-mail. Peterr452@hotmail.com.

Eu tinha concluído que ele era Peter Roxton. Parecia *óbvio* que ele era Peter Roxton.

— Contrariando suas suposições, eu li *sim* aquele e-mail — diz Sam. — E preferi ignorá-lo. Acredite, Peter Robinson *não* é meu pai.

— Mas ele assinou como "pai". — Estou completamente confusa. — Foi isso que ele escreveu. "Pai." Ele é... seu padrasto? Seu meio-pai?

— Ele não é meu pai de maneira nenhuma — diz Sam, pacientemente. — Se você quer saber, quando eu estava na faculdade, eu tinha um grupo de amigos. Ele era um deles. Peter Andrew Ian Robinson. P.A.I. Robinson. Nós o chamávamos de "Pai". Está bem? Agora entendeu?

Ele começa a andar em direção ao hotel como se o assunto estivesse encerrado, mas estou paralisada, confusa pelo choque. Não consigo superar isso. "Pai" *não é* o pai de Sam? "Pai" é um *amigo*? Como eu poderia saber? As pessoas não deveriam poder assinar "pai" a não ser que fosse seu pai. Devia ser *lei*.

Nunca me senti tão burra na vida.

Mas... Mas. Enquanto estou ali parada, não consigo me esquecer dos e-mails de Peter Robinson.

Já faz um bom tempo. Penso muito em você... Recebeu alguma das minhas mensagens no celular? Não se preocupe, sei que você é um homem ocupado... Como falei, eu queria muito conversar sobre uma coisa. Você vem algum dia para os lados de Hampshire?

Tudo bem. Talvez eu tenha entendido errado a história do pai de Sam e o chalé e o cachorro fiel. Mas essas palavras ainda me tocam. Parecem tão humildes. Tão modestas. Esse Peter é claramente um velho amigo que quer se reaproximar. Talvez seja outro relacionamento que Sam esteja deixando murchar. Talvez eles se vejam e os anos desapareçam, e depois Sam vá me agradecer e me dizer o quanto precisa valorizar mais as amizades, que não tinha se dado conta, que transformei a vida dele...

Abruptamente, saio correndo atrás de Sam e o alcanço.

— Então ele é um amigo próximo? — pergunto. — Peter Robinson? É um velho amigo íntimo?

— Não. — Sam não diminui o passo.

— Mas vocês devem ter sido amigos uma época.

— É, acho que sim.

Será que ele poderia parecer menos entusiasmado? Será que percebe o quanto a vida dele vai ficar vazia se não mantiver contato com as pessoas que já foram importantes para ele?

— Então ele deve ser alguém com quem você ainda tem um laço! Se você o visse, talvez se reaproximasse! Traria uma coisa positiva pra sua vida!

Sam para de andar e olha para mim.

— Por que isso é da sua conta mesmo?

— Não é — eu digo, na defensiva. — É que... achei que você poderia gostar de ter contato com ele.

— Eu *tenho* contato com ele. — Sam parece exasperado. — Todo ano, mais ou menos, a gente se encontra para beber, e é sempre a mesma coisa. Ele tem um novo projeto empresarial para o qual precisa de investidores, normalmente envolvendo algum produto ridículo ou um esquema de pirâmide. Se não são equipamentos de ginástica, são janelas antirruído ou propriedades compartilhadas na Turquia... Eu ignoro meu bom-senso e dou dinheiro a ele. O negócio não dá certo e fico sem notícias dele por um ano. É um ciclo ridículo que preciso romper. E foi por isso que não respondi o e-mail dele. Vou ligar para ele daqui a um ou dois meses, talvez, mas agora, sinceramente, a última coisa de que preciso na vida é da porra do Peter Robinson... — Ele para de falar e olha para mim. — O quê?

Eu engulo em seco. Não há como fugir disso. Não tem jeito.

— Ele está esperando por você no bar.

Talvez Sam *ainda* não tenha virado estátua. Porque enquanto seguimos para o hotel, ele não diz nada, mas consigo ler facilmente seu leque de sentimentos no rosto, todos eles: de raiva à fúria, de fúria à frustração, de frustração a...

Bem. De frustração à fúria de novo.[82]

— Me perdoa — eu digo mais uma vez. — Achei...

Eu paro de falar, cansada. Já expliquei o que achei. Não ajudou muito, para ser sincera.

Passamos pelas pesadas portas duplas e vemos Vicks andando rapidamente pelo corredor em nossa direção, com o celular no ouvido, lutando contra uma pilha de coisas para carregar e parecendo incomodada.

— Claro — diz ela enquanto se aproxima de nós. — Mark, espera um minuto. Acabei de encontrar Sam. Eu retorno a ligação. — Ela olha para a frente e começa a falar sem rodeios. — Sam, me desculpa. Vamos dar a declaração inicial.

---

82. Não é um leque tão grande, então.

— *O quê?* — A voz de Sam está tão carregada de fúria que dou um salto. — Você só pode estar brincando.

— Não temos nada contra Ryan. Nenhuma prova de algo mal-intencionado. Não temos mais tempo. Perdão, Sam. Sei que você tentou, mas...

O silêncio que se segue é tenso. Sam e Vicks nem se olham, mas a linguagem corporal é óbvia. Vicks está abraçando defensivamente o laptop e a pilha de papéis. Sam está apertando os dois punhos contra a testa.

E eu, estou tentando me mesclar ao papel de parede.

— Vicks, você sabe que isso é besteira. — Sam parece estar se esforçando para controlar a impaciência. — *Sabemos* o que aconteceu. E agora, ignoramos essa informação nova?

— Não é informação, é palpite! Não sabemos o que aconteceu! — Vicks ergue o olhar, observa o corredor vazio e baixa a voz. — E se não tivermos uma declaração para mandar para o ITN, somos alvo fácil, Sam.

— Temos tempo — diz ele com rebeldia. — Podemos conversar com esse cara, Ryan. Entrevistá-lo.

— Quanto tempo vai demorar? O que vamos conseguir? — Vicks aperta mais o laptop contra o corpo. — Sam, as acusações são graves. Nossos argumentos não têm peso. A não ser que encontremos provas verdadeiras e sólidas...

— Então nos afastamos. Lavamos as mãos. Eles vencem. — A voz de Sam está calma, mas percebo que ele está fervendo de raiva.

— O pessoal técnico ainda está investigando em Londres. — Vicks parece cansada. — Mas, a não ser que encontrem *provas*... — Ela olha para um relógio ali perto. — São quase 9 da noite. Meu Deus. *Não* temos tempo, Sam.

— Deixa eu falar com eles.

— Tudo bem. — Ela suspira. — Não aqui. Vamos para uma sala maior, com acesso ao Skype.

— Certo. Vamos.

Os dois começam a andar rápido e eu vou atrás, sem saber se devo ir ou não. Sam parece tão preocupado que não ouso emitir um ruído sequer. Vicks nos leva por um salão cheio de mesas de jantar, depois por outro saguão, em direção ao bar...

Ele esqueceu sobre Peter Robinson?

— Sam — murmuro rapidamente. — Espere! Não chegue perto do bar, temos que ir por um caminho diferente...

— Sam! — Uma voz gutural nos interrompe. — *Aí* está você!

Meu coração se paralisa de horror. Deve ser ele. Aquele é Peter Robinson. Aquele sujeito com cabelo encaracolado que está ficando careca e vestindo um terno cinza-claro metálico com camisa preta e gravata branca de couro. Ele está andando em nossa direção com um sorriso enorme no rosto redondo e um copo de uísque na mão.

— Faz muito, muito tempo! — Ele dá um abraço de urso em Sam. — O que peço pra você beber, pilantrão? Ou é tudo por conta da casa? Nesse caso, que o meu seja duplo! — Ele dá uma risada aguda que faz eu me encolher.

Olho com desespero para o rosto tenso de Sam.

— Quem é esse? — diz Vicks, parecendo atônita.

— É uma longa história. Amigo da faculdade.

— Sei todos os segredos de Sam! — Peter Robinson dá um tapa nas costas dele. — Se quiser que eu despeje a sujeira, basta molhar minha mão com cinquentinha. Brincadeira! Aceito vintão! — Ele dá uma enorme gargalhada de novo.

Isso é oficialmente insuportável.

— Sam. — Vicks mal consegue esconder a impaciência. — Temos que ir.

— Ir? — Peter Robinson imita um cambaleio para trás. — *Ir?* Mas acabamos de chegar!

— Peter. — A polidez de Sam é tão fria que me dá vontade de tremer. — Me desculpe quanto a isso. Tive que mudar os planos. Vou tentar me encontrar com você depois.

— Depois de eu passar quarenta minutos dirigindo até aqui? — Peter mexe a cabeça numa imitação de desapontamento. — Você não pode dedicar nem dez minutos a seu velho amigo. O que devo fazer, beber sozinho como uma marionete?

Estou me sentindo cada vez pior. Fui eu que coloquei Sam nisso. Tenho que fazer alguma coisa.

— Eu tomo uma bebida com você! — eu digo rapidamente. — Sam, pode ir. Eu distraio Peter. Sou Poppy Wyatt, oi! — Estico a mão e tento não me encolher quando ele aperta com força. — Vá. — Eu olho nos olhos de Sam. — Vá logo.

— Tudo bem. — Sam hesita por um momento, depois acata. — Obrigado. Use a conta da empresa. — Ele e Vicks já estão indo apressadamente.

— Muito bem! — Peter parece um pouco sem saber como reagir. — Que ótimo! Algumas pessoas se acham importantes demais, se você quer saber.

— Ele está muito ocupado no momento — explico, pedindo desculpas. — E posso dizer... *realmente* ocupado.

— E o que você é? Assistente de Sam?

— Não exatamente. Eu tenho dado uma ajudinha a Sam. Extraoficialmente.

— Extraoficialmente. — Peter dá uma piscadela exagerada. — Não diga mais nada. Tudo pago. Tem que parecer certinho.

Certo, agora eu entendi: esse homem é um pesadelo. Não é surpresa nenhuma Sam viver sempre evitando o cara.

— Quer outra bebida? — eu digo da maneira mais encantadora que consigo. — E depois, você pode me contar o que faz. Sam disse que você era investidor? Em... equipamentos de ginástica?

Peter faz cara feia e toma o que restava no copo.

— Segui essa linha por um tempo. Mas tem muita coisa relacionada à saúde e segurança *nessa* área. Tem fiscalização demais. Muitas regras sem sentido. Mais um uísque duplo, se você está pagando.

Rígida de vergonha, peço o uísque para ele e uma taça grande de vinho para mim. Ainda não consigo acreditar no quanto me enganei. Jamais vou interferir nos e-mails de ninguém. *Nunca* mais.

— E depois dos equipamentos de ginástica? — pergunto. — O que você fez?

— Bem. — Peter Robinson se reclina na cadeira e estala os dedos. — Depois eu segui a linha do autobronzeamento...

Meia hora depois, minha mente está entorpecida. Existe algum negócio com o qual esse sujeito não se envolveu? Cada história parece seguir o mesmo padrão. As mesmas expressões foram usadas em cada vez. *Uma oportunidade única. Realmente única, Poppy... investimento sério... prestes a estourar... muita grana, estou falando de muito dinheiro, Poppy... mais eventos do que posso controlar... malditos bancos... investidores sem visão... leis malditas...*

Não há sinal de Sam. Não há sinal de Vicks. Nada no meu celular. Estou quase explodindo de tensão, querendo saber o que está acontecendo. Enquanto isso, Peter tomou dois uísques, comeu três pacotes de batatas e agora está limpando um prato de homus com nachos.

— Você se interessa por entretenimento para crianças, Poppy? — pergunta ele de repente.

Por que eu me interessaria por entretenimento para crianças?

— Na verdade, não — digo educadamente, mas ele me ignora. Ele tirou um fantoche de pelúcia marrom de dentro da maleta e o está fazendo dançar pela mesa.

— O Sr. Canguru. Faz um enorme sucesso com as crianças. Quer experimentar?

Não, não quero experimentar. Mas, para poder fazer com que a conversa continue fluindo, eu dou de ombros.

— Tá.

Não faço ideia do que fazer com um fantoche, mas Peter parece se empolgar quando o coloco na mão.

— Você tem um talento natural pra isso! Se levar um desses pra uma festa de criança, pra um playground, pra qualquer lugar, eles *vendem como água*. E a beleza é a margem de lucro. Poppy, você não acreditaria. — Ele bate na mesa. — Além do mais, é flexível. Você pode vender no seu trabalho. Vou mostrar o kit todo... — Ele enfia a mão na maleta de novo e tira uma pasta de plástico.

Eu olho para ele com perplexidade. O que ele quer dizer com *vender*? Não pode estar querendo dizer...

— Escrevi seu nome certo? — Ele para de escrever na pasta e ergue os olhos, e eu fico olhando boquiaberta. Por que ele está escrevendo o meu nome na frente de uma pasta intitulada "Acordo Oficial de Franquia de Sr. Canguru"?

— O que você faz é pegar uma pequena parte em consignação primeiro. Digamos, umas cem unidades. — Ele balança a mão no ar. — Você vende isso num dia, fácil. Principalmente com nosso novo brinde, o Sr. Mágico. — Ele coloca um mago de plástico na mesa e pisca para mim. — O passo seguinte é o empolgante... Recrutamento!

— Para! — Eu tiro o fantoche da mão. — Não quero vender fantoche! Não vou fazer isso!

Peter nem parece me ouvir.

— Como eu disse, é completamente flexível. É puro lucro, diretamente pra você, para o seu bolso...

— Não quero lucro no meu bolso! — Eu me inclino por cima da mesa do bar. — Não quero participar! Obrigada! — Por precaução, eu pego a caneta dele e risco o Poppy Wyatt escrito na pasta, e Peter se encolhe como se eu o tivesse ferido.

— Muito bem! Não precisava fazer isso! Só estou tentando fazer um favor a você.

— Eu agradeço. — Tento parecer educada. — Mas não tenho tempo para vender cangurus. Nem... — Eu pego o mago. — Quem é esse? Dumbledore?

É tudo tão aleatório. O que um mago tem a ver com um canguru, afinal?

— Não! — Peter parece mortalmente ofendido. — Não é Dumbledore. É o Sr. Mágico. Uma nova série de TV. Coisa grande. Estava toda planejada.

— *Estava?* O que aconteceu?

— Foi cancelada temporariamente — diz ele com rigidez. — Mas ainda é um ótimo produto. Versátil, inquebrável, popular tanto com meninos quanto com meninas... Eu poderia deixar você levar quinhentas unidades por... 2 mil libras?

Ele é louco?

— Não quero nenhum mago de plástico — eu digo o mais educadamente possível. — Obrigada. — Um pensamento de repente me surge na mente. — Quantos desses Sr. Mágico você tem?

Peter parece não querer responder a pergunta.

— Acredito que meu estoque atual seja de 10 mil — diz ele, e toma um grande gole de uísque.

Dez mil? Ai, meu Deus. Pobre Peter Robinson. Sinto muita pena dele agora. O que ele vai fazer com 10 mil magos de plástico? Tenho medo de perguntar quantos cangurus ele tem.

— Talvez Sam conheça alguém que queira vendê-los — eu digo de maneira encorajadora. — Alguém que tenha filhos.

— Talvez. — Peter ergue o olhar com tristeza. — Me diz uma coisa. Sam ainda me culpa por inundar a casa dele?

— Ele não mencionou isso — comento com sinceridade.

— Bem, talvez o dano não tenha sido tão ruim quanto pareceu. Malditos aquários da Albânia. — Peter parece abatido. — Eram uma grande porcaria. E os peixes não eram muito melhores. Um conselho, Poppy. Fique longe de peixes.

Tenho uma vontade louca de rir e mordo o lábio com força.

— Tudo bem — concordo, com a expressão mais séria que consigo fazer. — Vou me lembrar disso.

Ele pega o último nacho, expira e olha ao redor. O-ou. Ele parece estar ficando agitado. Não posso deixar que saia andando por aí.

— Como era Sam na faculdade? — eu pergunto, para fazer a conversa se estender um pouco mais.

— Superambicioso. — Peter parece um pouco mal-humorado. — Você deve conhecer o tipo. Era da equipe de remo da faculdade. Sempre soube que ia ser bem-sucedido. Perdeu a linha um pouco no segundo ano. Se meteu em alguns problemas. Mas isso foi compreensível.

— Como assim? — Eu franzo a testa sem entender.

— Ah, você sabe. — Peter dá de ombros. — Depois que a mãe dele morreu.

O copo que estou levando aos lábios para na metade do caminho. *O que* ele acabou de dizer?

— Perdão... — Estou tentando disfarçar o choque e não estou me saindo muito bem. — Você acabou de dizer que a mãe de Sam morreu?

— Você não sabia? — Peter parece surpreso. — No começo do segundo ano. Acho que foi problema cardíaco. Ela não estava com a saúde muito boa, mas ninguém esperava que morresse tão rápido. Sam sofreu um baque, coitado. Embora eu sempre diga pra ele que pode ficar com a minha coroa sempre que quiser...

Não estou ouvindo. Minha cabeça vibra de tanta confusão. Ele disse que tinha sido um amigo. Sei que ele falou. Ainda consigo ouvi-lo: *Meu amigo perdeu a mãe quando estávamos na faculdade. Passei muitas noites conversando com ele. Muitas... Não se supera nunca...*

— Poppy? — Peter está balançando a mão na frente do meu rosto. — Você está bem?

— Estou! — Eu tento sorrir. — Me desculpa. Eu... achei que tinha sido um amigo dele que tinha perdido a mãe. Não Sam. Devo ter confundido. Que boba que eu sou. Hum, quer outro uísque?

Peter não responde. Ele fica em silêncio por um tempo e depois me lança um olhar de avaliação, com o copo vazio nas mãos. Os dedos carnudos dele estão desenhando um padrão no vidro e eu os observo, hipnotizada.

— Você não se confundiu — diz ele por fim. — Sam não contou pra você, não foi? Ele disse que foi um amigo.

Eu olho para ele, pega no flagra. Eu tinha classificado esse sujeito como um idiota grosseiro. Mas ele acertou na mosca.

— Sim. — Acabo admitindo. — Ele disse. Como você soube?

— Ele é reservado mesmo, o Sam. — Peter assente. — Quando aconteceu, a morte dela, ele não contou pra ninguém da faculdade até alguns dias terem se passado. Só contou para os dois melhores amigos.

— Certo. — Eu hesito, em dúvida. — E um deles é... você?

— Eu! — Peter dá uma risada curta e triste. — Não, eu não. Não faço parte do refúgio sagrado. Tim e Andrew. Eles são os braços direitos dele. Remavam juntos no mesmo barco. Você os conhece?

Eu balanço a cabeça.

— Eles são grudados até hoje. Tim trabalha na Merrill Lynch. Andrew é advogado num tribunal ou outro. E, é claro, Sam é bem próximo do irmão, Josh — acrescenta Peter. — Ele é dois anos mais velho. Sempre ia visitá-lo. Ajudou Sam quando as coisas deram errado. Conversou com os professores. É um bom sujeito.

Eu também não sabia que Sam tinha um irmão. Enquanto estou ali sentada digerindo tudo aquilo, me sinto um pouco inferior. Nunca ouvi falar de Tim, Andrew e Josh. Mas, por outro lado, *por que* eu teria? Eles provavelmente mandam mensagens de texto direto para Sam. Eles provavelmente mantêm contato como pessoas normais. Em particular. Não como a Bruxa Willow ou velhos amigos tentando arrancar dinheiro dele.

Todo esse tempo, eu achei que tinha a imagem da vida inteira de Sam. Mas não era a vida inteira dele, era? Era uma caixa de entrada. E eu o julguei por meio dela.

Ele tem amigos. Tem vida. Tem relacionamentos com a família. Tem um monte de coisas das quais eu não faço ideia. Fui uma idiota se achei que conhecia a história toda. Conheço um único capítulo. Só isso.

Tomo um gole de vinho para entorpecer a estranha tristeza que de repente toma conta de mim. Nunca vou conhecer os outros capítulos de Sam. Ele nunca vai me contar e eu nunca vou perguntar. Vamos um para cada lado e vou continuar com a impressão que já tenho. A versão dele que vive na caixa de entrada da assistente.

Eu me pergunto que impressão ele vai ter de mim. Ai, Deus. Melhor não pensar nisso.

A ideia me faz dar uma gargalhada, e Peter me olha com curiosidade.

— Você é uma garota engraçada, não é?

— Sou? — Meu telefone toca e eu pego o aparelho, sem me importar se estou sendo rude. Mostra que tenho um recado de Magnus na caixa postal.

Magnus?

Eu perdi uma ligação de Magnus?

Abruptamente, meus pensamentos vão para longe de Sam, para longe de Peter e deste lugar, e se dirigem para o resto da minha vida. Magnus. Casamento. Mensagem de texto anônima. *Seu noiva foi infiel...* Uma confusão de pensamentos se amontoa na minha cabeça, todos de uma vez, como se estivessem esperando na porta. Fico de pé e aperto o botão da caixa postal com dedos desajeitados; estou impaciente e nervosa, tudo de uma vez. Mas o que espero? Uma confissão? Uma negação? Por que Magnus teria alguma noção de que recebi uma mensagem anônima?

— Oi, Pops! — A voz distinta de Magnus está abafada pela batida de uma música ao fundo. — Você poderia ligar para a professora Wilson e lembrá-la de que estou fora? Obrigado, querida. O número está na minha mesa. Tchau! Estou me divertindo muito!

Escuto a mensagem duas vezes em busca de pistas, embora eu não tenha ideia de que tipo de pista estou esperando colher.[83] Quando desligo, meu estômago está se revirando. Não consigo suportar. Não *quero* isso. Se eu nunca tivesse recebido aquela mensagem, estaria feliz agora. Estaria ansiosa para o meu casamento, pensando na lua de mel e treinando a nova assinatura. Eu estaria *feliz*.

Não tenho mais truques para manter a conversa fluindo, então tiro os sapatos, coloco os pés em cima do banco e abraço as pernas com irritação. Ao nosso redor, no bar, percebo que os funcionários da Consultoria White Globe começaram a se agrupar. Escuto trechos de conversas baixas e ansiosas e captei a palavra "memorando" algumas vezes. A notícia deve estar se espalhando. Olho para o relógio e sinto um nervosinho. São 9 e 40 da noite. Só faltam vinte minutos para o noticiário do ITN.

Pela milionésima vez, eu me pergunto o que Vicks e Sam estão fazendo. Eu queria poder fazer alguma coisa. Eu me sinto impotente, sentada aqui...

— Muito bem! — Uma voz aguda de mulher interrompe meus pensamentos. Eu levanto o olhar e vejo Willow de pé na minha frente, olhando para baixo com raiva. Ela está usando um vestido de noite de gola alta, e até os ombros dela estão inquietos. — Vou ser direta e espero que você responda do mesmo jeito. Sem brincadeiras. Sem enrolação. Sem truquezinhos.

Ela está praticamente cuspindo as palavras em cima de mim. Sinceramente. Que truquezinhos ela acha que eu fiz?

---

83. Magnus está tendo um caso com a professora Wilson? Não. Claro que não. Ela tem barba.

— Oi — eu digo, educada.

O problema é que não consigo olhar para essa mulher sem me lembrar dos e-mails ridículos cheios de palavras em caixa-alta. É como se estivessem estampados no rosto dela.

— Quem *é* você? — diz ela, enfurecida. — Só me diz isso. Quem *é* você? E, se você não me contar, pode acreditar...

— Sou Poppy — interrompo a fala dela.

— "Poppy". — Ela parece profundamente desconfiada, como se "Poppy" fosse meu nome inventado da agência de acompanhantes.

— Você já conhece Peter? — acrescento educadamente. — É um velho amigo de Sam, da universidade.

— Ah. — Ao ouvir essas palavras, vejo o interesse surgir no rosto dela. — Oi, Peter. Sou Willow. — Ela olha para ele, e eu posso jurar que consigo sentir meu rosto esfriar.

— Encantado, Willow. Você é amiga de Sam?

— Sou Willow — responde ela com um pouco mais de ênfase.

— Belo nome. — Ele assente.

— Sou Willow. *Willow.* — A voz dela fica mais aguda. — Sam deve ter falado de mim. Wil-low.

Peter franze a testa, pensativo.

— Acho que não.

— Mas... — Ela parece que vai explodir de raiva. — Estou *com* ele.

— Nesse momento, não. Está? — diz Peter jovialmente, e me dá uma piscadela.

Estou começando a gostar de Peter. Depois que você passa a ignorar a camisa feia e os investimentos ruins, ele é legal.

Willow está roxa de raiva.

— Isso é... O mundo está ficando louco — diz ela, quase que para si mesma. — Você não me conhece, mas conhece *essa mulher aqui*? — Ela aponta para mim com o polegar.

— Eu supus que ela era a pessoa especial de Sam — diz Peter inocentemente.

— Ela? *Você?*

Willow está me avaliando de cima a baixo de um jeito incrédulo e superior que me irrita.

— Por que não eu? — digo com firmeza. — Por que ele não poderia estar comigo?

Willow não diz nada por um momento, apenas pisca muito rápido.

— Então é isso. Ele está me traindo — murmura ela, com a voz latejando de intensidade. — A verdade finalmente aparece. Eu devia ter percebido. Explica... muita coisa. — Ela expira com força e passa os dedos no cabelo. — Como as coisas ficam agora? — continua ela para uma plateia invisível. — Como a *porra* das coisas ficam agora?

Ela é completamente maluca. Eu quero cair na gargalhada. Onde ela acha que está, desempenhando o papel principal de uma peça particular? Quem ela acha que se impressiona com esse espetáculo?

E ela se esqueceu de um fato crucial. Como Sam pode estar traindo-a se *ela não é namorada dele?*

Por outro lado, por mais que eu esteja gostando de enrolá-la, não quero espalhar falsos rumores.

— Eu não falei que *estava* com ele — explico. — Eu disse: "Por que ele não poderia estar comigo?" Então você é namorada de Sam?

Willow hesita, mas reparo que *não* responde.

— Quem diabos *é* você? — pergunta ela de novo. — Você aparece na minha vida, não faço ideia de quem você é nem de onde veio...

Ela está interpretando para a plateia de novo. Eu me pergunto se fez escola de teatro e foi expulsa por ser melodramática demais.[84]

— É... complicado.

A palavra "complicado" parece irritar Willow ainda mais.

— Ah, "complicado". — Ela faz o sinal de aspas no ar. — "Complicado". Espera um pouco. — Ela aperta os olhos e faz uma expressão de quem não está acreditando enquanto observa minha roupa. — Essa camisa é do Sam?

Ah-ha-ha. Ela não vai *mesmo* gostar disso. Talvez eu não responda.

— Essa camisa é do Sam? Responde agora! — A voz dela é tão intimidante e ofensiva que eu me encolho. — Você está usando a camisa do Sam? Fala! Essa camisa é dele? Me responde!

— Vá cuidar das suas depilações! — As palavras voam da minha boca antes que eu possa impedi-las. Oops.

Certo. O truque quando se fala alguma coisa constrangedora sem querer é não reagir intensamente. Em vez disso, é preciso manter a cabeça erguida e fingir que nada aconteceu. Talvez Willow nem tenha reparado no que eu falei. Tenho certeza de que não reparou. É claro que não reparou.

Lanço um olhar discreto para ela, e os olhos de Willow se arregalaram tanto que acho que os globos oculares vão pular para fora. Muito bem, ela reparou *sim*. E, pela cara de diversão de Peter, está claro que ele também reparou.

---

84. E, aliás, de que forma eu apareci na vida *dela*?

— Quero dizer... da sua vida. — digo, limpando a garganta. — Vida.

Por cima do ombro de Peter, vejo Vicks de repente. Ela está andando entre os grupos de funcionários da Consultoria White Globe, e sua expressão séria faz meu estômago revirar. Olho para o relógio. Quinze para as 10.

— Vicks! — Willow também a viu. Ela bloqueia a passagem de Vicks com os braços cruzados imperiosamente. — Onde está Sam? Alguém me falou que ele estava com você.

— Com licença, Willow. — Vicks tenta passar por ela.

— Só me diz onde Sam está!

— Não faço ideia, Willow! — responde Vicks. — Você pode sair do meu caminho? Preciso falar com Poppy.

— Com *Poppy*? Você precisa falar com *Poppy*? — Willow parece que vai explodir de frustração. — Quem *é* essa porra de Poppy?

Eu quase sinto pena de Willow. Vicks a ignora completamente e vai até mim, se inclina e murmura:

— Você sabe onde Sam está?

— Não. — Eu olho para ela, alarmada. — O que aconteceu?

— Ele mandou alguma mensagem de texto para você? Qualquer coisa?

— Não! — Eu verifico meu celular. — Nada. Achei que ele estivesse com você.

— Estava. — Vicks faz aquele gesto típico dela de esfregar os olhos com as beiradas das mãos, e resisto à tentação de agarrar os pulsos dela.

— O que aconteceu? — Eu baixo minha voz ainda mais. — Por favor, Vicks. Vou ser discreta. Eu juro.

Há um momento de silêncio e Vicks assente.

— Tudo bem. Nosso tempo acabou. Acho que poderíamos dizer que Sam perdeu.

Fico um pouco decepcionada. Depois de tudo aquilo.

— O que ele disse?

— Não muita coisa. Saiu como um furacão.

— O que vai acontecer com Sir Nicholas? — Eu falo o mais baixo que consigo.

Vicks não responde, mas ela vira a cabeça como se quisesse fugir daquele pensamento em particular.

— Tenho que ir — diz ela abruptamente. — Me avisa se souber de Sam. Por favor.

— Tudo bem.

Espero Vicks sair de perto e levanto a cabeça casualmente. É óbvio que Willow está com os olhos grudados em mim, como uma cobra.

— E então — diz ela.

— E então. — Eu sorrio com prazer e o olhar de Willow se dirige à minha mão esquerda. Ela abre a boca. Por um instante, parece incapaz de falar.

— Quem te deu esse anel? — diz ela.

Por que isso seria da maldita da conta dela?

— Uma garota chamada Lucinda — digo, para irritá-la. — Eu o tinha perdido, sabe. Ela devolveu.

Willow inspira, e juro que está prestes a botar os caninos para fora e me atacar quando a voz de Vicks soa nos alto-falantes no volume máximo.

— Lamento interromper a festa, mas tenho um comunicado importante a fazer. Todos os funcionários da Consultoria White Globe devem se dirigir ao salão principal da conferência imediatamente. Sigam para o salão principal da conferência *imediatamente*. Obrigada.

Há uma erupção de vozes ao nosso redor, e todos os grupos de pessoas começam a se deslocar em direção às portas duplas, alguns rapidamente reenchendo os copos.

— Parece que é a dica de que devo ir embora — diz Peter, ficando de pé. — Vocês precisam ir. Mande lembranças a Sam.

— Eu não sou exatamente funcionária — completo, só para ser precisa. — Mas, sim, preciso ir. Me desculpa.

— É sério? — Peter parece perplexo. — Então ela tem razão. — Ele indica Willow com a cabeça. — Você não é namorada de Sam e não trabalha para a empresa. Então quem diabos é você e o que tem a ver com Sam?

— É como falei. — Não consigo deixar de sorrir ao ver a expressão intrigada dele. — É... complicado.

— Eu acredito. — Ele ergue as sobrancelhas, pega um cartão e coloca na minha mão. — Conte para Sam. Minianimais domésticos exóticos. Tenho uma ótima oportunidade para ele.

— Vou falar com ele. — Eu concordo seriamente. — Obrigada.

Eu o observo desaparecer em direção à saída e guardo o cartão dele com cuidado para entregar a Sam.

— E então. — Willow entra na minha frente de novo, com os braços cruzados. — Por que você não começa do início?

— Você está falando *sério*? — Não consigo esconder minha exasperação. — Não tem *outra* coisa que você precisa fazer agora? — Indico a multidão entrando no salão da conferência.

— Ah, boa tentativa. — Ela nem se move. — Jamais vou encarar como prioridade um tedioso comunicado corporativo.

— Acredite, esse tedioso comunicado corporativo é daqueles que você vai querer ouvir.

— Suponho que você saiba sobre ele — responde Willow com sarcasmo.

— Sei. — Eu concordo com um movimento de cabeça, me sentindo desanimada de repente. — Sei tudo sobre ele. E... Acho que vou pegar uma bebida.

Eu ando até o bar. Consigo ver Willow pelo espelho, e, depois de alguns segundos, ela se vira e segue em direção ao salão de conferência com uma expressão assassina. Eu me sinto esgotada só de conversar com ela.

Não, eu me sinto esgotada por causa do dia todo. Peço outra taça grande de vinho e ando lentamente em direção ao salão. Vicks está de pé no palco, falando para uma plateia atenta e chocada. Atrás dela, a enorme tela está com o som desligado.

— Como falei, não sabemos exatamente como vai ser a matéria, mas temos nossa resposta, e é a única coisa que podemos fazer no momento. Alguma pergunta? Nihal?

— Onde está Sir Nicholas agora? — diz a voz de Nihal no meio da multidão.

— Está em Berkshire. Vamos ter que ver o que vai acontecer quanto ao resto da conferência. Assim que eu tiver tomado minhas decisões, vocês obviamente serão informados.

Estou olhando ao redor, para os rostos das pessoas. Justin está a alguns metros de mim, olhando para Vicks numa imitação teatral de choque e preocupação. Agora, ele ergue a mão.

— Justin? — diz Vicks com relutância.

— Vicks, parabéns. — A voz calma dele percorre o salão. — Nem consigo imaginar como essas últimas horas foram difíceis pra você. Como membro da equipe gerencial sênior, eu gostaria de agradecer por seus excelentes esforços. Independentemente do que Sir Nicholas pode ou não ter dito, independentemente de qual seja a verdade, e é claro que nenhum de nós pode realmente saber... sua lealdade à empresa é o que nós valorizamos. Muito bem, Vicks! — Ele puxa uma rodada de aplausos.

Aah. Cobra. Fica claro que não sou a única a pensar isso, porque outra mão é erguida.

— Malcolm! — diz Vicks, claramente aliviada.

— Eu só gostaria de deixar claro para todos os funcionários que Sir Nicholas *não* disse essas coisas. — Infelizmente, a voz de Malcolm é um pouco rouca e não tenho certeza se todo mundo consegue ouvir. — Recebi o memorando original que ele mandou, e era *completamente* diferente...

— Infelizmente, vou ter que interromper você agora — diz Vicks. — O noticiário está começando. Aumentem o volume, por favor.

Onde está Sam? Ele deveria estar aqui. Deveria estar respondendo Justin e arrasando-o. Deveria estar vendo o noticiário. Eu não entendo.

A familiar música do *Noticiário das Dez* do ITN começa e o gráfico em movimento enche a enorme tela. Estou me sentindo ridiculamente nervosa, embora não tenha nada a ver comigo. Talvez não passem a matéria, eu fico pensando. Ficamos sabendo de notícias deixadas de lado o tempo todo...

O som do Big Ben começou a tocar. A qualquer segundo vão começar a anunciar as manchetes. Meu estômago se contrai de nervosismo e tomo um gole de vinho. Assistir ao noticiário é uma experiência completamente diferente quando tem alguma coisa a ver com você. É assim que os primeiros-ministros devem se sentir o tempo todo. Meu Deus, eu não ia querer ser eles por nada. Devem passar todas as noites se escondendo atrás do sofá, olhando por entre os dedos.

Bong!

— Ataques recentes no Oriente Médio trazem medo de instabilidade.

Bong!

— Os preços das casas se recuperam surpreendentemente, mas será que isso vai durar?

Bong!

— Um memorando vazado lança dúvidas sobre a integridade de um conselheiro do alto governo.

Ali está. Vão passar a notícia.

O silêncio na sala é quase apavorante. Ninguém ofegou nem reagiu. Acho que todos estão prendendo a respiração, esperando a notícia completa. A matéria sobre o Oriente Médio começou e há imagens de tiros numa rua poeirenta, mas nem registro direito. Peguei meu celular e estou mandando uma mensagem de texto para Sam.

> Você está assistindo? Todo mundo está no salão de conferências. P

Meu celular permanece em silêncio. O que ele está fazendo? Por que não está aqui com todo mundo?

Olho fixamente para a tela enquanto as imagens mudam para gráficos com os preços das moradias e para uma entrevista com uma família tentando se mudar para Thaxted, seja lá onde isso for. Estou desejando que os repórteres falem mais rápido; que acabe logo. Nunca estive menos interessada nos preços dos imóveis na minha vida.[85]

E então, de repente, as duas primeiras notícias terminam e voltamos para o estúdio. A apresentadora diz, com expressão grave:

— Esta noite, a integridade de Sir Nicholas Murray, fundador da Consultoria White Globe e conselheiro do governo,

---

85. E não estamos exatamente começando com um padrão de vida alto.

foi colocada em dúvida. Num memorando confidencial obtido exclusivamente pelo ITN, ele se refere a práticas corruptas e à solicitação de subornos, aparentemente tolerando esses comportamentos.

Nesse momento, algumas pessoas emitem sons de surpresa e sussurros ao redor do salão. Eu olho para Vicks. O rosto dela está incrivelmente composto enquanto observa o telão. Acho que ela sabia o que esperar.

— Mas, numa virada repentina, poucos minutos atrás o ITN descobriu que outro funcionário da Consultoria White Globe pode ter escrito as palavras atribuídas a Sir Nicholas, fato que as fontes oficiais da empresa negam saber. Nosso repórter Damian Standforth pergunta: Sir Nicholas é vilão... ou vítima de uma tentativa de calúnia?

— *O quê?* — A voz de Vicks se espalha pelo salão. — Mas que *porra...*

Uma balbúrdia se iniciou, entremeada de "Shh!" e "Escutem!" e "Calem a boca!". Alguém aumentou o volume ainda mais. Eu olho para a tela, completamente confusa.

Será que Sam encontrou alguma prova? Será que encontrou uma solução? Meu telefone toca de repente e eu o tiro do bolso. É uma mensagem de texto de Sam.

Como Vicks reagiu?

Olho para Vicks e hesito.

Parece que ela quer comer alguém vivo.

— A Consultoria White Globe tem sido uma grande influência no mundo dos negócios nas últimas três décadas...

— diz um narrador, acompanhado de imagens do prédio da Consultoria White Globe.

Meus polegares estão tão cheios de adrenalina que o texto quase se escreve sozinho.

Você fez isso?

Eu fiz isso.

Você mesmo entrou em contato com o ITN?

Correto.

Achei que o pessoal técnico não tivesse encontrado provas. O que aconteceu?

Não encontraram.

Eu engulo em seco, tentando entender. Não sei nada sobre imprensa. Sou fisioterapeuta, afinal. Mas até *eu* diria que não se liga para o ITN para falar sobre uma história de calúnia sem uma prova para rebatê-la.

Como

Quando começo a digitar, percebo que nem sei como elaborar a pergunta, então mando assim mesmo. O celular fica em silêncio por um tempo, e em seguida chega um texto que ocupa duas telas.

Fico olhando, espantada. É a mensagem de texto mais longa que Sam já me mandou, em aproximadamente 2 mil por cento.

Gravei um depoimento. Me mantenho firme ao que disse. Amanhã, darei a eles uma entrevista exclusiva sobre o memorando original, diretores que lavam as mãos com relação a Nick, tudo. É armação. A subdivisão corporativa foi longe demais. A história verdadeira precisa ser contada. Queria que Malcolm fosse comigo, mas ele não quer. Ele tem três filhos. Não pode arriscar. Então, vou só eu.

Minha cabeça está latejando. Sam se colocou na linha de fogo. Virou um delator. Não consigo acreditar que ele fez uma coisa tão extrema. Mas, ao mesmo tempo... consigo.

É um passo muito grande.

Não faço ideia do que mais digitar. Estou em estado de choque.

Alguém tinha que ter coragem de apoiar Nick.

Fico olhando para as palavras dele, com a testa franzida, pensando em tudo.

Mas não prova nada, não é? É só a sua palavra.

Um momento depois, ele responde:

Ao menos coloca dúvida na história. Isso basta. Você ainda está no salão de conferências?

Sim.

Alguém sabe que você está me mandando mensagens?

Eu olho para Vicks, que está conversando rapidamente com um sujeito enquanto segura um telefone perto do ouvido. Ela por acaso olha na minha direção, e não sei se é pela minha expressão, mas ela semicerra os olhos. Então olha para o meu celular e depois para o meu rosto. Sinto uma pontada de apreensão.

Acho que não. Ainda.

Você consegue sair daí sem ninguém reparar?

Conto até três, depois observo casualmente o salão, como se estivesse interessada nos acessórios de iluminação. Vicks está na minha visão periférica. Agora ela está olhando diretamente para mim. Eu abaixo o telefone para uma posição em que ela não veja e digito:

Onde exatamente você está?

Do lado de fora.

Não ajuda muito.

É só o que sei. Não faço ideia de onde estou.

Um momento depois, chega outra mensagem:

Está escuro, se isso ajuda. Tem grama.

Você está muito encrencado?

Ele não responde. Acredito que isso seja um sim.

Tudo bem. Não vou olhar para Vicks. Vou apenas bocejar, coçar o nariz (sim, isso é bom, vou parecer despreocupada), me virar e me deslocar para trás desse grupo grande de pessoas. Depois, vou me esconder atrás dessa coluna grande.

Agora, vou espiar.

Vicks está olhando ao redor com expressão frustrada. As pessoas estão tentando chamar a atenção dela, mas ela as está afastando. Quase consigo *ver* a frieza e o cálculo nos olhos dela. Quanto espaço cerebral ela aloca para a garota estranha que pode saber de alguma coisa, mas que também pode ser uma distração?

Em cinco segundos, estou no corredor. Em dez segundos, passo pelo lobby deserto, fugindo do olhar do barman de aspecto inconsolável. Ele vai ter trabalho de sobra já já. Em 15 segundos, estou do lado de fora, ignorando o porteiro, correndo pelo caminho de cascalho, dobrando a esquina até ter grama no chão e eu sentir que escapei.

Ando devagar, esperando recuperar o fôlego. Ainda estou em choque pelo que acabou de acontecer.

Você vai perder o emprego por causa disso?

Mais silêncio. Ando um pouco mais, me ajustando ao céu noturno, ao ar frio e à leve brisa, à grama macia. O hotel está a uns 400 metros de distância a essa altura, e começo a relaxar.

Talvez.

Ele parece tranquilo quanto a isso. Se é que uma mensagem de texto de uma palavra pode parecer tranquila.[86]

Estou do lado de fora agora. Para onde vou?

Só Deus sabe. Saí pela parte de trás do hotel e andei até me esquecer de tudo.

É o que estou fazendo agora.

Então vamos nos encontrar.

Você nunca me contou que sua mãe morreu.

Digitei e apertei o botão de enviar antes que eu pudesse impedir. Fico olhando para a tela, tensa pela minha própria grosseria. Não consigo acreditar que escrevi isso. E justo nesse momento. Como se essa fosse a prioridade dele agora.

Não. Nunca contei.

Cheguei à beirada do que parece ser um campo de croquet. Tem um bosque à frente. É lá que ele está? Estou prestes a perguntar quando outra mensagem chega ao meu celular.

É que eu fico cansado de contar. Por causa da pausa constrangedora. Sabe?

Eu fico olhando para a tela. Não consigo acreditar que outra pessoa conhece a pausa constrangedora.

86. Eu acho que pode. Está tudo relacionado ao timing.

Entendo.

Eu devia ter te contado.

Não vou deixar que ele se sinta culpado por isso, de jeito nenhum. Não foi o que eu quis dizer. Não era assim que eu queria que ele se sentisse. Digito a resposta o mais rápido que consigo:

Não. Nada de devia. Nunca diga isso. É minha regra.

É sua regra para a vida?

Regra para a vida? Não era exatamente o que eu queria dizer. Mas gosto da ideia de ele achar que eu tenho uma regra para a vida.

Não, minha regra para a vida é...

Faço uma pausa, tentando pensar. Uma regra para a vida. Essa é uma coisa bem importante. Consigo pensar em algumas boas regras, mas para a *vida*...

Estou esperando ansiosamente aqui.

Para, estou pensando.

De repente, tenho uma inspiração. Com confiança, eu digito:

Se está numa lata de lixo, é propriedade pública.

O silêncio se prolonga, mas logo ouço um toque do celular com a resposta.

☺

Fico olhando sem acreditar. Uma carinha feliz. Sam Roxton digitou uma carinha feliz! Um momento depois, ele manda um complemento.

Eu sei. Também não acredito.

Dou uma risada em voz alta, depois tremo quando a brisa bate nos meus ombros. Está tudo muito bem. Mas estou num campo em Hampshire sem casaco e sem saber para onde estou indo e nem o que estou fazendo. Vamos, Poppy. Concentre-se. Não tem lua e todas as estrelas devem estar escondidas atrás de nuvens. Mal consigo enxergar para digitar.

Onde você ESTÁ? No bosque? Não consigo ver nada.

Do outro lado. Vou me encontrar com você.

Cuidadosamente, começo a procurar o caminho por entre as árvores, xingando quando um arbusto prende na minha perna. Deve haver urtigas e ninhos de cobra. Deve ter armadilhas. Pego o celular e tento digitar e desviar dos arbustos ao mesmo tempo.

Minha nova regra para a vida: não entre em bosques assustadores e escuros sozinha.

Há outro silêncio... e então meu celular toca.

Você não está sozinha.

Aperto o celular com mais força. É verdade, com ele do outro lado eu me sinto segura. Ando um pouco mais, quase tropeço numa raiz de árvore e me pergunto que tipo de lua é. Crescente, eu acho. Ou minguante. Sei lá.

Me procura. Estou chegando.

Olho para a mensagem de texto sem acreditar. Procurá-lo? Como posso procurá-lo?

Está escuro como breu, você não reparou?

Meu celular. Procura a luz. Não me liga. Alguém pode ouvir.

Olho para a escuridão. Não consigo ver nada além de sombras escuras de árvores e amontoados de arbustos. Ainda assim, acho que o pior que pode acontecer é eu cair de um penhasco e me quebrar toda. Dou mais alguns passos para a frente, prestando atenção no barulho dos meus pés vacilantes, inspirando o ar úmido e almiscarado.

Tudo bem?

Ainda estou aqui.

Cheguei a uma pequena clareira e hesito por um momento, mordendo o lábio. Antes que eu vá em frente, quero dizer as coisas que não vou conseguir dizer quando o encontrar. Ficarei constrangida demais. É diferente por mensagem de texto.

Só queria dizer que acho que você fez uma coisa incrível. Se arriscando desse jeito.

Tinha que ser feito.

É típico dele desmerecer o feito.

Não. Não tinha. Mas você fez.

Espero por um tempo, sentindo a brisa no meu rosto e ouvindo uma coruja piando acima de mim em algum lugar, mas ele não responde. Eu não me importo, vou insistir. Tenho que dizer essas coisas, porque tenho a sensação de que ninguém mais vai dizer.

Você podia ter escolhido um caminho mais fácil.

É claro.

Mas não escolheu.

Essa é minha regra pra vida.

E, de repente, sem aviso, sinto um calor nos olhos. Não tenho ideia do motivo. Não sei por que de repente me sinto afetada. Quero digitar *"Admiro você"*, mas não consigo. Nem mesmo por mensagem de texto. Em vez disso, depois de um momento de hesitação, digito:

Eu te entendo.

É claro que entende. Você faria o mesmo.

Eu olho para a tela, perplexa. *Eu?* O que tenho a ver com isso?

Eu não faria.

Agora conheço você muito bem, Poppy Wyatt. Você faria.

Não sei o que dizer, então começo a vagar pelo bosque de novo, em direção ao que parece ser uma escuridão ainda mais negra. Minha mão está segurando o telefone com tanta força que acho que vou ficar com câimbra. Mas não consigo afrouxar os dedos. Sinto como se, quanto mais forte apertasse, mais próxima estivesse de Sam. Sinto como se estivesse segurando a mão dele.

E não quero soltar. Não quero que isso termine. Embora eu esteja tropeçando e com frio e no meio do nada. Estamos num lugar onde jamais estaremos de novo.

De impulso, digito:

Fico feliz de ter sido o seu celular que eu peguei.

Um momento depois, chega a resposta dele:

Eu também.

Sinto um pequeno calor por dentro. Talvez ele só esteja sendo educado. Mas acho que não.

Tem sido bom. Estranho, mas bom.

Estranho, mas bom resume bem, sim. ☺

Ele mandou outra carinha feliz! Não acredito!

O que aconteceu com o homem que era conhecido como Sam Roxton?

Ele está ampliando os horizontes. E isso me lembra, para onde foram todos os seus beijos?

Eu olho para o celular, surpresa comigo mesma.

N sei. Você me curou.

Eu percebo que nunca mandei beijos para Sam. Nem uma vez. Estranho. Bem, posso compensar isso agora. Estou quase rindo quando aperto as teclas com firmeza.

Bjsbjsbjs

Segundos depois, a resposta dele chega:

Bjsbjsbjsbjs

Rá! Com uma risada sufocada, digito ainda mais beijos.

Bjsbjsbjsbjsbjs

Bjsbjsbjsbjsbjsbjs

Bjs abs bjs abs bjs abs bjs abs

Bjs abs bjs abs bjs abs bjs abs bjs abs

☺☺ bjs ☺☺ bjs ☺☺ bjs ☺☺ bjs

Estou te vendo.

Olho para a escuridão de novo, mas ele deve enxergar melhor do que eu, porque não consigo ver nada.

Sério?

Estou chegando.

Eu me inclino para a frente, estico o pescoço, semicerro os olhos em busca de uma nesga de luz, mas nada. Ele deve ter visto alguma outra luz.

Não estou te vendo.

Estou chegando.

Você não está perto de mim.

Estou sim. Estou chegando.

De repente, ouço os passos dele se aproximando. Ele está *atrás* de mim, a uns 10 metros, acho. Não era surpresa que eu não conseguisse vê-lo.
Eu deveria me virar. Agora mesmo, eu deveria me virar. Esse é o momento em que seria natural eu me virar para cumprimentá-lo. Para dar um oi e balançar o celular no ar.

Mas meus pés estão imobilizados. Não consigo me mexer. Porque, assim que eu o fizer, vai chegar a hora de ser educada e pé no chão e de voltar ao normal. E não consigo suportar isso. Quero ficar bem aqui. No lugar onde podemos dizer qualquer coisa um para o outro. Sob o feitiço da magia.

Sam para, bem atrás de mim. Há um momento insuportável e frágil enquanto espero que ele quebre o silêncio. Mas é como se ele se sentisse do mesmo jeito. Ele não diz nada. Só consigo ouvir o som delicado da respiração dele. Lentamente, os braços dele me envolvem por trás. Eu fecho os olhos e me encosto contra o peito dele, me sentindo fora da realidade.

Estou num bosque com Sam e os braços dele estão ao redor do meu corpo, onde eles realmente não deveriam estar. Não sei o que estou fazendo. Não sei onde isso vai dar.

Só que... eu sei. É claro que sei. Porque, quando as mãos dele me seguram delicadamente pela cintura, eu não emito nenhum som. Quando ele me vira para ficar de frente para ele, eu não emito nenhum som. E quando a barba por fazer dele arranha o meu rosto, eu também não emito nenhum som. Não preciso. Ainda estamos conversando. Cada toque dele, cada contato com a pele dele é como mais uma palavra, mais um pensamento; uma continuação da nossa conversa. E ainda não terminamos. Ainda não.

Não sei quanto tempo ficamos ali. Cinco minutos talvez. Dez minutos.

Mas o momento não pode durar para sempre, e não dura. A bolha não exatamente explode, mas evapora, nos levando de volta ao mundo real. Também nos faz perceber que nossos braços ainda estão ao redor um do outro; nos faz dar um passo constrangido para trás; nos faz sentir o ar frio da noite entre nós dois. Eu olho para o outro lado, limpo a garganta e esfrego a pele onde ele me tocou.

— E então, vamos...

— Vamos.

Enquanto seguimos pelo bosque, nenhum de nós fala. Não consigo acreditar no que acabou de acontecer. Já parece ter sido um sonho. Uma coisa impossível.

Foi no meio da floresta. Ninguém viu nem ouviu. Então, será que realmente aconteceu?[87]

O celular de Sam está tocando, e desta vez ele o leva ao ouvido.

— Alô. Vicks.

E assim, de repente, acaba. Na extremidade do bosque vejo um grupo de pessoas andando pela grama em nossa direção. E a etapa seguinte se inicia. Devo estar um pouco alterada por causa do nosso encontro, porque não consigo me envolver em nada disso. Escuto Vicks e Robbie e Mark levantando a voz, e vejo Sam permanecendo calmo, e Vicks quase chegando às lágrimas, coisa que parece um tanto improvável para ela, e ouço uma conversa sobre trens e carros e reuniões de emergência com a imprensa, além de Mark:

— É Sir Nicholas, pra você, Sam.

Todo mundo dá um passo para trás, quase respeitosamente, quando Sam atende a ligação.

De repente, os carros chegam para levar todo mundo de volta à Londres. Estamos indo para a entrada do hotel, e Vicks está dando ordens em todo mundo, e todos têm que se reunir às 7 da manhã no escritório.

---

87. Mais uma para Antony Tavish. Ou não.

E me colocaram para ir num carro com Sam. Quando entro, Vicks se inclina na porta e diz:

— Obrigada, Poppy.

Não consigo identificar se ela está sendo sarcástica ou não.

— Não foi nada — eu digo, caso ela não esteja sendo sarcástica. — E... Desculpa. Por...

— Tá... — diz ela com rigidez.

E então o carro parte. Sam está digitando com atenção, com o rosto franzido. Não ouso dar um pio. Verifico se há alguma mensagem de Magnus no meu celular, mas não há nada. Então eu o coloco sobre o banco e olho pela janela, deixando que os postes virem um borrão de luz e me perguntando, por Deus, para onde estou indo.

Eu nem sabia que tinha pegado no sono.

Mas, de alguma maneira, a minha cabeça está apoiada no peito de Sam e ele está dizendo "Poppy? Poppy?", e de repente eu acordo, e o meu pescoço está torto e estou olhando por uma janela de carro de um ângulo estranho.

— Ah. — Eu me sento direito e faço uma careta quando levanto a cabeça para voltar à posição normal. — Me desculpa. Meu Deus. Você devia ter...

— Não tem problema. É esse o seu endereço?

Eu olho pela janela sem enxergar direito. Estamos em Balham. Do lado de fora do meu prédio. Olho para o relógio. Já passa da meia-noite.

— É — respondo, sem acreditar. — Eu moro aqui. Como você...?

Sam apenas indica o celular, ainda no banco do carro.

— O endereço estava aí.

— Ah. Certo. — Não posso reclamar sobre ele invadir minha privacidade.

— Eu não queria te acordar.

— Não. É claro. Tudo bem — concordo. — Obrigada.

Sam pega o celular e está prestes a entregá-lo para mim, mas então para.

— Eu li suas mensagens, Poppy. Todas elas.

— Ah. — Eu limpo a garganta, sem saber como responder.

— Uau. Bem. Isso... isso é um pouco demais, não acha? Quero dizer, sei que eu li os seus e-mails, mas você não precisava...

— É Lucinda.

— O quê? — Eu fico olhando para ele sem entender.

— É a minha opinião. Lucinda é a mulher.

Lucinda?

— Mas o quê... Por quê?

— Ela mente pra você. Consistentemente. Ela não poderia estar em todos os lugares que disse estar nas horas em que disse. É humanamente impossível.

— Na verdade... eu também tinha reparado nisso — admito. — Achei que ela estivesse tentando me cobrar mais pelo número de horas, ou algo do tipo.

— Ela cobra por hora?

Eu esfrego o nariz, me sentindo burra. Na verdade, não. O valor é fixo.

— Você já reparou que Magnus e Lucinda costumam mandar mensagens de texto com diferenças de dez minutos?

Mexo a cabeça lentamente. Por que eu perceberia isso? Recebo zilhões de mensagens de texto todos os dias, de todos os tipos de pessoa. Aliás, como *ele* reparou?

— Eu comecei a vida como analista. — Ele parece um pouco envergonhado. — É meu tipo de coisa.

— O que é seu tipo de coisa? — pergunto, confusa.

Sam pega um pedaço de papel e eu coloco uma das mãos sobre a boca. Não acredito. Ele fez um gráfico. De horas e datas. Ligações. Mensagens de texto. E-mails. Ele ficou fazendo isso enquanto eu dormia?

— Eu analisei suas mensagens. Você vai entender o que está acontecendo.

Ele analisou as minhas mensagens. Como se analisa mensagens? Ele me entrega o pedaço de papel e eu fico olhando para ele.

— O quê...

— Está vendo a correlação?

Correlação. Não faço ideia do que ele está dizendo. Parece uma coisa saída de uma prova de matemática.

— Hum...

— Olha essa data. — Ele aponta para o papel. — Os dois mandam e-mails por volta das 6 horas da tarde perguntando como você está, sem falar nada de importante. Depois, às 8 horas, Magnus diz que vai trabalhar até mais tarde na Biblioteca de Londres e, alguns minutos depois, Lucinda diz que está procurando ligas para as damas de honra num armazém de moda em Shoreditch. Às 8 da noite? Por favor.

Fico em silêncio por alguns instantes. Agora me lembro do e-mail sobre as ligas. Pareceu estranho, mesmo naquela época. Mas não se pode tirar conclusões baseadas num e-mail estranho, não é?

— Quem pediu para você analisar as minhas mensagens? — Sei que soo irritada, mas não consigo evitar. — Quem disse que era da sua conta?

— Ninguém. Você estava dormindo. — Ele abre as mãos.

— Me desculpa. Eu comecei a olhar sem intenção, mas o padrão apareceu.

— Dois e-mails *não são* um padrão.

— Não são só dois. — Ele indica o papel. — No dia seguinte, Magnus teve um seminário noturno especial que ele "esqueceu" de mencionar. Cinco minutos depois, Lucinda fala sobre um workshop sobre rendas em Nottinghamshire. Mas ela estava em Fulham duas horas antes. De Fulham até Nottinghamshire? No horário do rush? Não é real. Chuto que era um álibi.

A palavra "álibi" me deixa um pouco com frio.

— Dois dias depois, Magnus manda uma mensagem de texto pra você cancelando o encontro pra almoçar. Um tempo depois, Lucinda manda um e-mail dizendo que vai estar absurdamente ocupada até as 2 horas da tarde. Ela não dá outro motivo para o envio do e-mail. Por que ela precisaria dizer pra você que está absurdamente ocupada num horário de almoço qualquer?

Ele olha para a frente, esperando uma resposta. Como se eu tivesse alguma.

— Eu... eu não sei — digo. — Não sei.

Enquanto Sam continua a falar, tapo os olhos rapidamente com as mãos. Agora eu entendo por que Vicks faz isso. É para bloquear o mundo por um segundinho. Por que não notei isso? Por que não *notei* nada disso?

Magnus e Lucinda. É como uma piada de humor negro. Um deles deveria estar organizando o meu casamento. O outro deveria *estar* no meu casamento. *Comigo.*

Mas espera um pouco. Levanto a minha cabeça com a força de um pensamento. Quem me mandou a mensagem anônima? A teoria de Sam não pode estar certa, porque alguém deve ter enviado aquilo. Não poderia ser nenhum amigo de Magnus, e não conheço nenhuma das amigas de Lucinda, então quem nesse mundo...

— Você se lembra de quando Magnus falou que tinha que ajudar alguns alunos de doutorado? E Lucinda de repente cancelou o encontro de vocês pra tomar um drinque? E mandou Clemency ir no lugar dela? Se você prestar atenção nos horários...

Sam ainda está falando, mas mal consigo ouvi-lo. Meu coração se contraiu. É claro. Clemency.

Clemency.

Clemency é disléxica. Ela poderia ter errado na hora de escrever "noivo". Teria medo demais de Lucinda para escrever o nome. Mas ia querer que eu soubesse. Se houvesse alguma coisa para eu saber.

Meus dedos estão tremendo quando pego o celular para procurar a mensagem de novo. Agora que a releio, consigo ouvir as palavras na voz doce e ansiosa de Clemency. Sinto como se as palavras fossem dela. Soam como se fossem dela.

Clemency não inventaria algo desse tipo. Ela deve achar que é verdade. Deve ter visto alguma coisa... ouvido alguma coisa...

Eu me recosto no banco do carro. Meus corpo dói. Eu me sinto seca e exausta e com um pouco de vontade de chorar.

— De qualquer modo — Sam parece perceber que não estou ouvindo —, é apenas uma teoria, mais nada. — Ele dobra o papel e eu o pego.

— Obrigada. Obrigada por fazer isso.

— Eu... — Ele dá de ombros, um pouco sem jeito. — É como falei. É o que eu faço.

Por um tempo, ficamos em silêncio, embora pareça que ainda estamos nos comunicando. Sinto como se os nossos pensamentos estivessem rodopiando acima de nossas cabeças, se entrelaçando, dando voltas, se encontrando por um momento e se afastando de novo. O dele num caminho, o meu num outro.

— É. — Eu expiro por fim. — Melhor eu deixar você ir. Está tarde. Obrigada por...

— Não — interrompe ele. — Não seja boba. *Eu* que agradeço.

Eu apenas concordo. Acho que nós dois estamos exaustos demais para nos engajarmos em longos discursos.

— Foi...

— É.

Eu olho para a frente e cometo o erro de olhar nos olhos dele, prateados pela luz da rua. E, apenas por um momento, sou transportada de volta...

Não. *Não*, Poppy. Nunca aconteceu. Não pensa nisso. Bloqueia.

— Então. Hum. — Estico a mão para a maçaneta, tentando me forçar a voltar para a realidade, para a racionalidade. — Ainda preciso devolver este celular...

— Quer saber? Fica com ele, Poppy. É seu. — Ele dobra os meus dedos no aparelho e os aperta por um momento. — Você mereceu. E, por favor, não precisa se preocupar com encaminhar mais nada. A partir de amanhã, os meus e-mails todos vão direto para minha nova assistente. Seu trabalho aqui terminou.

— Bem, obrigada! — Eu abro a porta, mas, de impulso, me viro. — Sam... Espero que você fique bem.

— Não se preocupe comigo. Vou ficar bem, sim. — Ele dá aquele sorriso maravilhoso, e, de repente, sinto vontade de dar um abraço apertado nele. Ele está a um triz de perder o emprego e ainda consegue sorrir desse jeito. — Espero que *você* fique bem — acrescenta ele. — Lamento por... isso tudo.

— Ah, *eu* vou ficar! — Dou um sorriso delicado, embora não tenha ideia do que quero dizer com isso. Meu futuro marido provavelmente está transando com minha cerimonialista. Em que sentido vou ficar bem?

O motorista limpa a garganta, e eu levo um susto. Estamos no meio da madrugada. Estou sentada num carro na rua. Vamos lá, Poppy. Vá em frente. Mova-se. A conversa tem que terminar.

Então, embora seja a última coisa que tenho vontade de fazer, eu me forço a sair, bater a porta do carro e gritar "Boa noite", depois seguir para a porta da frente e abri-la, porque sei instintivamente que Sam não vai embora até me ver entrar em segurança. Depois, saio de novo e fico de pé na entrada, vendo o carro se afastar.

Quando ele dobra a esquina, eu pego o celular, meio torcendo, meio esperando...

Mas ele fica escuro e silencioso. Permanece escuro e silencioso. E, pela primeira vez em muito tempo, eu me sinto completamente sozinha.

TREZE

Está em todos os jornais na manhã seguinte. É notícia de primeira página. Fui até a banca de jornal assim que acordei e comprei todos os jornais que achei lá.

Há fotos de Sir Nicholas, fotos do primeiro-ministro, fotos de Sam, de Ed Exton, até uma de Vicks no *Mail*. As manchetes estão cheias de "corrupção" e "tentativa de calúnia" e "integridade". O memorando está impresso por inteiro, em todos os lugares, e há uma citação oficial do Número Dez sobre Sir Nicholas, sobre a posição dele no comitê do governo. Há até duas charges diferentes de Sir Nicholas erguendo sacolas cheias de dinheiro com a palavra "felicidade" escrita nelas.

Mas Sam está certo: há um ar de confusão que envolve a história. Alguns jornalistas acham que Sir Nicholas escreveu o memorando. Outros acham que não. Um jornal publicou um editorial dizendo que Sir Nicholas é um fanfarrão ignorante e que, é claro, recebe suborno desde sempre. Outro escreveu que Sir Nicholas é conhecido pela integridade silenciosa e que não pode ter sido ele. Se Sam queria lançar um ponto de interrogação sobre tudo, ele certamente conseguiu.

Mandei uma mensagem de texto para ele esta manhã.

Você está bem?

Mas não recebi resposta. Acho que ele está ocupado. No mínimo.

Enquanto isso, me sinto péssima. Levei horas para conseguir dormir ontem de tão elétrica que estava. E acordei às 6 da manhã, me sentando de repente, com o coração disparado, e já pegando o celular. Magnus tinha mandado quatro palavras por mensagem de texto.

Estou me divertindo muito. M bjs

Estou me divertindo muito. O que isso me diz? Nada.

Ele poderia estar se divertindo se parabenizando por eu não fazer ideia da amante secreta dele. Por outro lado, poderia estar se divertindo inocentemente, esperando com ansiedade uma vida de monogamia, sem ideia nenhuma de que Clemency entendeu errado o que estava acontecendo entre ele e Lucinda.[88] Ou é possível que ele estivesse se divertindo ao decidir que nunca seria infiel de novo e que está muito arrependido e que vai confessar tudo para mim assim que voltar.[89]

Não consigo encarar isso. Preciso que Magnus esteja aqui, neste país, neste quarto. Preciso perguntar a ele "Você me traiu com Lucinda?" e ver o que ele diz, e então talvez possamos seguir em frente e eu possa decidir o que vou fazer. Até lá, eu me sinto no limbo.

---

88. Certo, é improvável.
89. Certo, é ainda mais improvável.

Quando vou preparar outra xícara de chá, eu me vejo no espelho do corredor e faço uma careta. Meu cabelo está uma bagunça. Minhas mãos estão cobertas de manchas de tinta de jornal. Meu estômago está cheio de ácido e minha pele parece repuxada. Adeus, regime pré-nupcial. De acordo com meu planejamento, a noite de ontem era para a aplicação de uma máscara de hidratação. Eu nem tirei a maquiagem.

A princípio, eu tinha reservado o dia de hoje para cuidar dos preparativos para o casamento. Mas, cada vez que penso nisso, meu corpo se contrai e sinto vontade de chorar ou gritar com alguém. (Bem, com Magnus.) E não faz sentido eu ficar aqui sentada o dia inteiro. Tenho que sair. Tenho que fazer *alguma coisa*. Depois de alguns goles de chá, decido ir trabalhar. Não tenho pacientes marcados, mas tenho algumas tarefas administrativas que posso adiantar. E, pelo menos, isso vai me obrigar a tomar um banho e me arrumar.

Sou a primeira a chegar, e me sento no ambiente silencioso e tranquilo, vendo arquivos de pacientes, deixando que a monotonia do trabalho me acalme. E isso dura uns cinco minutos, até Angela entrar pela porta e começar a fazer barulho ligando o computador, fazendo café e ligando a TV presa à parede.

— Precisamos ligar a TV? — Eu faço uma careta para o barulho. Sinto como se estivesse de ressaca, embora mal tenha bebido na noite anterior. Eu ficaria melhor sem essa barulheira no ouvido. Mas Angela olha para mim como se eu tivesse acabado de violar um direito humano básico.

— Eu sempre vejo *Daybreak*.

Não vale a pena discutir. Eu poderia levar todos os arquivos para a minha sala de consultas, mas não tenho energia para isso também, então dou de ombros e tento me isolar do mundo.

— Encomenda! — Angela coloca uma embalagem na minha frente. — Da StarBlu. É um biquíni para a lua de mel?

Fico olhando sem entender. Eu era uma pessoa diferente quando encomendei isso. Consigo me lembrar de mim mesma agora, acessando o site na hora do almoço para escolher biquínis e cangas. Nunca em um milhão de anos eu pensei que, três dias antes do casamento, eu estaria aqui sentada, me perguntando se ele deveria acontecer.

— … e na matéria principal de hoje, vamos falar da possível corrupção no governo. — A voz do apresentador atrai minha atenção. — Aqui no estúdio está um homem que conhece Sir Nicholas Murray há trinta anos, Alan Smith-Reeves. Alan, esse negócio é muito confuso. O que você acha?

— Conheço esse cara — diz Angela, se sentindo importante, quando Alan Smith-Reeves começa a falar. — Ele trabalhava no mesmo prédio do meu último emprego.

— Ah, sim. — Eu concordo educadamente, e uma foto de Sam aparece na tela.

Não consigo olhar. Só de ver a imagem dele desencadeia uma série de dores agudas no meu peito, mas nem sei por quê. É por ele estar encrencado? É por ele ser a única pessoa que sabe sobre Magnus? É porque, na noite de ontem, fiquei no meio de um bosque com os braços dele ao redor do meu corpo e agora provavelmente nunca mais vou vê-lo?

— Ele é bem bonito — comenta Angela, analisando Sam. — É cúmplice do Sir Nicholas?

— Não! — eu digo, com mais veemência do que pretendia.

— Não seja boba!

— Tudo bem. — Ela olha para mim de cara feia. — Que importância isso tem pra você?

Não consigo responder. Preciso fugir disso tudo. Eu me levanto.

— Quer um café?

— Estou fazendo café. Dã. — Angela me lança um olhar estranho. — Você está bem? O que está fazendo aqui, aliás? Achei que você tivesse tirado o dia de folga.

— Eu queria adiantar umas coisas. — Pego minha jaqueta jeans. — Mas talvez não tenha sido uma boa ideia.

— Ela está aqui! — A porta se abre e Ruby e Annalise entram. — Estávamos falando de você! — diz Ruby, parecendo surpresa. — O que você está fazendo aqui?

— Pensei em adiantar uma papelada. Mas já estou indo.

— Não, não! Espera um pouquinho. — Ruby me segura pelo ombro e se vira para Annalise. — Agora, Annalise, por que você não *conta* pra Poppy sobre o que estávamos conversando? Assim, você não vai precisar escrever uma carta.

O-ou. Ela está com o olhar de amante. E Annalise está com cara de vergonha. O que está acontecendo?

— Não quero falar. — Annalise morde o lábio como uma menina de 6 anos. — Vou escrever uma carta.

— Diga. Aí, pronto. — Ruby está olhando para Annalise com o tipo de olhar severo que é impossível de ignorar.

— Tudo bem! — Annalise respira fundo, com as bochechas meio rosadas. — Poppy, me desculpa por eu ter me comportado mal com Magnus no outro dia. Foi errado da minha parte e eu só fiz isso para te atingir.

— E? — incita Ruby.

— Me desculpe por ter sido chata com você. Magnus é seu, não meu. Ele pertence a você, não a mim. E nunca vou mencionar o fato de termos trocado de pacientes de novo. — Ela termina rapidamente. — Prometo.

Ela parece tão constrangida que me sinto comovida. Não consigo acreditar que Ruby fez isso. Deveriam dar a *ela* um cargo de chefia na Consultoria White Globe. Ela resolveria o problema de Justin Cole na mesma hora.

— Bem... obrigada — digo. — Eu agradeço.

— Sinto muito mesmo, sabe, Poppy? — Annalise retorce os dedos, com ar de infelicidade. — Não quero estragar o seu casamento.

— Annalise, pode acreditar. Você não vai estragar o meu casamento. — Eu dou um sorriso, mas, para meu horror, sinto lágrimas nos olhos.

Se alguma coisa estragar meu casamento, vai ser o fato de que ele foi cancelado. Vai ser o fato de que Magnus não me amava de verdade, afinal. Vai ser o fato de que fui completamente idiota, burra e iludida...

Ah, Deus. Eu *vou* chorar.

— Mocinha? — Ruby me olha de perto. — Você está bem?

— Ótima! — exclamo, piscando muito.

— Estresse de casamento — diz Annalise. — Ai, meu Deus, Poppy, você vai finalmente virar uma noiva-monstro? Vamos! Vou te ajudar. Vou ser a dama-monstro. Vamos ter um ataque de nervos juntas em algum lugar. Isso vai te animar.

Dou um meio sorriso e enxugo os olhos. Não sei como responder. Conto a elas sobre Magnus? São minhas amigas, afinal, e quero ter alguém com quem conversar.

Mas e se for tudo uma confusão? Não tive nenhuma outra notícia do Número Desconhecido.[90] A coisa toda é puro chute. Não posso começar a dizer para o mundo que Magnus foi infiel baseada numa mensagem de texto anônima, para que

---

90. Também conhecido como Clemency. Possivelmente.

depois Annalise coloque no Facebook, chame-o de traidor e vaie quando seguirmos andando para o altar.[91]

— Só estou cansada — justifico.

— Café da manhã caprichado! — exclama Ruby. — É disso que você precisa.

— Não! — eu digo, horrorizada. — Não vou caber no meu vestido!

Supondo que ainda vá me casar. Sinto uma onda de lágrimas surgir de novo. Preparar-se para um casamento já é bem estressante. Preparar-me para um casamento *ou* para um rompimento/cancelamento de último minuto vai me deixar com o cabelo branco.

— Você vai — diz Ruby, me contradizendo. — Todo mundo sabe que as noivas diminuem dois números antes do casamento. Você tem uma margem grande aqui, garota. Use-a! Vamos comer! Você nunca mais vai estar nessa situação.

— Você diminuiu dois tamanhos? — pergunta Annalise, me olhando com ressentimento. — Não é possível.

— Não — eu digo com tristeza. — Talvez meio número.

— Bem, isso qualifica você para um latte e um donut, pelo menos — diz Ruby, seguindo para a porta. — Venha. Coma alguma coisa que te reconforte, é disso que você precisa. A gente tem meia hora. Vamos comer até estufar.

Quando Ruby tem uma ideia, ela não para de insistir até convencer todos. Ela já está descendo a calçada em direção ao Costa, a duas portas de distância. Quando Annalise e eu entramos, ela vai para o balcão.

— Oi, pessoal! — diz ela com alegria. — Eu quero três lattes, três donuts, três croissants simples, três croissants de amêndoas...

---

91. E se você acha que ela não faria isso você não conhece Annalise.

— Ruby, chega! — Eu começo a rir.

— Três *pains au chocolat*... Daremos aos pacientes se não conseguirmos comer tudo. Três bolinhos de maçã...

— Três latinhas de pastilha de menta — diz Annalise.

— Pastilhas de menta? — Ruby se vira para olhar para ela com deboche. — *Pastilhas de menta?*

— E alguns rolinhos de canela — acrescenta Annalise rapidamente.

— Agora sim. Três rolinhos de canela...

Meu telefone, que está no bolso, toca e meu estômago dá um salto. Ai, Deus, quem será? E se for Magnus?

E se for Sam?

Eu o pego e dou um passo para longe de Ruby e Annalise, que estão discutindo sobre que tipo de biscoito devem comprar. Quando olho para a tela, uma sensação de medo me aperta por dentro. É o Número Desconhecido. Seja-lá-quem-for finalmente está me ligando.

É agora. É agora que vou descobrir a verdade. Por bem ou por mal. Estou tão travada que minha mão treme quando aperto o botão para atender, e a princípio não tenho fôlego para falar.

— Alô? — diz uma voz de garota na linha. — Alô? Você está me ouvindo?

Será que é Clemency? Não consigo saber.

— Oi. — Eu consigo dizer, por fim. — Alô. Aqui é Poppy. É Clemency quem está falando?

— Não. — A garota parece surpresa.

— Ah. — Eu engulo em seco. — Certo.

Não é Clemency? Quem é então? Minha mente fica a mil. Quem mais poderia ter me mandado aquela mensagem de texto? Isso significa que Lucinda *não* está envolvida, afinal?

Vejo Annalise e Ruby me observando com curiosidade do caixa e me afasto.

— E então. — Eu tento desesperadamente parecer ter dignidade, e não alguém que está prestes a ser completamente humilhada e que vai ter que cancelar o casamento. — Tem alguma coisa que você quer me dizer?

— Sim. Estou tentando urgentemente fazer contato com Sam Roxton.

Sam?

A tensão que estava crescendo dentro de mim se quebra com um estrondo. Não é o Número Desconhecido, afinal. Pelo menos, é um Número Desconhecido Diferente. Não sei se estou desapontada ou aliviada.

— Como conseguiu esse número? — pergunta a garota. — Você conhece Sam?

— Hum... sim. Sim, conheço. — Eu tento me recompor. — Desculpa. Eu me confundi por um momento. Achei que você fosse outra pessoa. Quer que eu anote um recado para Sam?

Eu digo isso automaticamente, antes de me dar conta de que não preciso mais encaminhar coisas para Sam. Ainda assim, posso anotar a mensagem para ele, não posso? Em consideração aos velhos tempos. Para ajudar.

— Já tentei. — Ela parece bem arrogante. — Você não entende. Preciso falar com ele. Hoje. Agora. É urgente.

— Ah. Bem, posso te dar o endereço de e-mail dele...

— Isso é uma piada. — Ela me interrompe com impaciência. — Sam nunca lê os e-mails. Mas, acredite em mim, isso é importante. Eu *tenho* que falar com ele o mais rápido possível. É sobre o celular, na verdade. O celular que você está segurando agora.

O quê?

Eu olho para o celular e me pergunto se fiquei louca. Como uma garota estranha sabe que celular estou segurando?

— Quem *é* você? — pergunto, atônita, e ela dá um suspiro.

— Ninguém lembra quem eu sou, lembra? Eu fui assistente de Sam. Sou a Violet.

Ainda bem que não comi os rolinhos de canela. Isso é tudo que posso dizer. Violet tem uns 3 metros de altura, com pernas finas, que estão moldadas por um short jeans surrado, e enormes olhos escuros com traços de maquiagem ao redor.[92] Ela parece um cruzamento entre uma girafa e um galagonídeo.

Por sorte, ela mora em Clapham e só demorou uns cinco minutos para chegar. Então aqui está ela, no Costa, mastigando um wrap de frango e tomando um *smoothie*. Ruby e Annalise voltaram para o trabalho, o que é bom, porque eu não conseguiria aguentar ter que explicar a saga toda para elas. É tudo surreal demais.

Como Violet me disse várias vezes, se ela não estivesse *por acaso* em Londres, entre trabalhos, e não tivesse *por acaso* visto as manchetes quando estava indo comprar um litro de leite, jamais saberia sobre o escândalo. E se não tivesse *por acaso* um cérebro dentro da cabeça, não teria de repente se dado conta de que sabia o que estava acontecendo o tempo todo. Mas as pessoas são agradecidas? Querem ouvir? Não. São todos imbecis.

— Os meus pais estão num *cruzeiro* idiota — diz ela com desdém. — Tentei procurar na agenda de telefones deles, mas não sei quem é quem, sei? Então tentei ligar para a linha de

---

92. Ou esse é um visual muito artístico, como se vê em revistas de moda, ou ela não tirou a maquiagem de ontem à noite. (Como se eu pudesse falar alguma coisa.)

Sam, depois para a linha de Nick... mas só consegui falar com assistentes pretensiosas. Ninguém quis me ouvir. Mas eu preciso contar pra alguém. — Ela bate com a mão na mesa. — Porque *sei* de uma coisa que está acontecendo. Eu até meio que sabia na época. Mas Sam alguma vez me ouviu? Você acha que ele nunca ouve você? — Ela se concentra em mim com interesse pela primeira vez. — E, afinal, quem é você exatamente? Você disse que estava ajudando Sam. O que isso quer dizer?

— É meio complicado — eu digo depois de uma pausa. — Ele estava numa situação difícil.

— Ah, é? — Ela dá outra mordida no wrap de frango e me olha com interesse. — Como assim?

Ela esqueceu?

— Bem... hum... Você foi embora sem avisar. Lembra? Você era a assistente dele?

— *Ceeeerto.* — Ela arregala os olhos. — É. Aquele emprego não deu certo pra mim. E a agência ligou e queria que eu pegasse um avião, então... — Ela franze a testa, como se estivesse pensando nisso pela primeira vez. — Acho que ele ficou meio bravo. Mas eles têm toneladas de funcionários. Ele vai ficar bem. — Ela balança a mão no ar. — E então, você trabalha lá?

— Não. — Como vou explicar? — Encontrei esse celular e peguei emprestado, e acabei conhecendo Sam assim.

— Eu me lembro desse celular. É. — Ela olha para ele e torce o nariz. — Eu nunca atendia.

Eu sufoco um sorriso. Ela deve ter sido a pior assistente do mundo.

— Mas é *por isso* que sei que alguma coisa estava acontecendo. — Ela termina o wrap de frango com um floreio. — Por causa de todas as mensagens. Nisso aí. — Ela aponta um dedo para o celular.

Certo. Pelo menos, estamos chegando lá.

— Mensagens? Que mensagens?

— Ele tinha umas mensagens na caixa postal. Não para Sam, mas para um cara chamado Ed. Eu não sabia o que fazer com elas. Então ouvi todas e anotei. E não gostei do que diziam.

— Por que não? — Meu coração dispara.

— Eram todas de um mesmo cara, sobre alterar um documento. Sobre como iam fazer isso. O tempo que ia demorar. O quanto ia custar. Esse tipo de coisa. Não parecia certo, entende? Mas não parecia exatamente *errado* também. — Ela franze o nariz de novo. — Elas pareciam... estranhas.

Minha cabeça está girando. Não consigo assimilar. Recados de caixa postal para Ed sobre o memorando. Neste celular. *Neste celular.*

— Você contou pro Sam?

— Mandei um e-mail para ele, e ele me disse para ignorá-las. Mas eu não *queria* ignorá-las. Sabe o que quero dizer? Eu tinha uma intuição. — Ela balança o copo de *smoothie*. — E então, abro o jornal hoje de manhã e vejo Sam falando sobre um memorando e dizendo que deve ter sido falsificado, e eu penso, sim! — Ela bate a mão na mesa de novo. — Era *isso* que estava acontecendo.

— Quantos recados tinham na caixa postal, ao todo?

— Quatro? Cinco?

— Mas não tem mais recados na caixa postal agora. Pelo menos, não encontrei nenhum. — Mal consigo suportar fazer a pergunta. — Você... os apagou?

— Não! — Ela sorri, triunfante. — Essa é a questão! Eu salvei todos. Pelo menos, meu namorado Aran salvou. Eu estava anotando um deles uma noite e ele disse: "Amor, você devia salvar no servidor." E eu falei: "Como salvo um recado de *caixa postal*?" Então ele foi até o escritório e guardou todos num arquivo. Ele sabe fazer coisas incríveis, o Aran — acrescenta ela com orgulho. — Ele também é modelo, mas escreve jogos como trabalho extra.

— Um arquivo? — Não estou entendendo. — Onde está o arquivo agora?

— Ainda deve estar lá. — Ela dá de ombros. — No computador da assistente. Tem um ícone chamado caixa postal na área de trabalho.

Um ícone no computador da assistente. Do lado de fora da sala de Sam. Todo o tempo, esteve bem ali, bem na nossa cara...

— Será que ainda está lá? — Sinto uma onda de pânico. — Será que não foi deletado?

— Não sei por que teria sido. — Ela dá de ombros. — Nada tinha sido deletado quando cheguei. Havia uma pilha enorme de lixo que eu tive que avaliar.

Eu quase quero rir histericamente. Tanto pânico. Tanto esforço. Poderíamos apenas ter ido até o computador do lado de fora da sala de Sam.

— Seja como for, vou para os Estados Unidos amanhã, e eu tinha que contar para alguém, mas é impossível fazer contato com Sam agora — diz, decepcionada. — Tentei mandar e-mail, mensagem de texto, telefonar... E falei: "Se você *soubesse* o que tenho pra te contar..."

— Deixa eu tentar — digo depois de uma pausa, e mando uma mensagem de texto para Sam.

Sam, você TEM que me ligar agora. É sobre Sir Nicholas. Pode ajudar. Não é perda de tempo. Sério. Liga logo. Por favor. Poppy.

— Bem, boa sorte. — Violet revira os olhos. — Como falei, ele está fora de alcance. A assistente dele disse que ele não está respondendo ninguém. Nem e-mails nem ligações... — Ela para de falar quando o som de Beyoncé cantando soa no ar. "Sam Celular" já apareceu no visor.

— Tudo bem. — Ela arregala os olhos. — Estou impressionada.

Aperto o botão de atender e levo o celular ao ouvido.

— Oi, Sam.

— Poppy.

A voz dele parece uma dádiva de luz no meu ouvido. Tem tanta coisa que quero dizer. Mas não posso. Não agora.

Talvez nunca.

— Escuta — eu digo. — Você está no escritório? Liga o computador da sua assistente. Rápido.

Ele faz uma breve pausa e diz:

— Tá.

— Vai na área de trabalho — continuo, instruindo-o. — Tem um ícone chamado "Caixa postal"?

Há silêncio por um tempo, mas logo a voz de Sam soa no telefone.

— Afirmativo.

— Que bom! — Minha respiração sai como uma onda. Eu não tinha me dado conta de que a estava prendendo. — Você precisa checar esse arquivo com cuidado. E agora você precisa falar com Violet.

— *Violet?* — Ele parece surpreso. — Você não quer dizer Violet, a minha ex-assistente esquisita, quer?

— Estou com ela agora. Escuta o que ela tem pra falar, Sam. Por favor. — Vou passar o celular para ela.

— Oi, Sam — diz Violet tranquilamente. — Me desculpa por ter saído de repente e tal. Mas você teve Poppy para ajudar, né?

Enquanto ela fala, vou até o balcão e compro outro café, embora esteja tão elétrica que provavelmente não devesse. Só de ouvir a voz de Sam já estou confusa. Eu de cara senti vontade de conversar com ele sobre tudo. Queria me aconchegar nele e ouvir o que ele tinha a dizer.

Mas isso é impossível. Primeiro, porque ele está no meio de um problema enorme. Segundo, porque quem é ele? Não é um amigo. Não é um colega. É apenas um cara qualquer que não tem lugar na minha vida. Acabou. O único lugar para onde podemos ir agora é adeus.

Talvez enviemos algumas mensagens um para o outro. Talvez nos encontremos meio constrangidos daqui a um ano. Nós dois estaremos diferentes, e vamos dizer um oi formal, já arrependidos da decisão de ir. Vamos rir sobre a bizarrice da história do celular. Jamais vamos mencionar o que aconteceu no bosque. *Porque não aconteceu.*

— Você está bem, Poppy? — Violet está de pé na minha frente, balançando o celular a centímetros do meu rosto. — Aqui.

— Ah! — Eu pego o aparelho. — Obrigada. Você falou com Sam?

— Ele abriu o arquivo enquanto eu estava falando com ele. Está bem eufórico. Disse para te dizer que vai ligar mais tarde.

— Ah. Bem... Ele não precisa. — Eu pego meu café. — Tudo bem.

— Ei, bela pedra. — Violet segura a minha mão.[93] — É uma esmeralda?

---

93. Ninguém nunca pegou a minha mão para olhar o anel antes. Isso é definitivamente uma invasão de espaço pessoal.

— É.

— Legal! Quem é o sortudo? — Ela pega um iPhone. — Posso tirar uma foto? Estou colhendo ideias para quando Aran ficar zilionário. Você mesma escolheu? — Ela faz uma pausa para nos sentarmos de novo.

— Não, ele já tinha o anel quando fez o pedido. É de família.

— Que romântico. — Violet assente. — Uau. Então você não esperava?

— Não. Nem um pouco.

— E você ficou pensando assim: "Porra!"

— Mais ou menos. — Eu concordo com a cabeça.

Parece que foi há um milhão de anos agora, aquela noite em que Magnus me pediu em casamento. Eu fiquei tão eufórica. Senti como se tivesse entrado numa bolha mágica onde tudo era cintilante e perfeito e nada pudesse dar errado de novo. *Meu Deus,* fui uma idiota...

Uma lágrima desce pela minha bochecha antes que eu possa impedir.

— Ei. — Violet olha para mim com preocupação. — Você está bem?

— Não foi nada! — Eu sorrio e limpo os olhos. — É que... as coisas não estão exatamente ótimas. Meu noivo talvez esteja me traindo e não sei o que fazer.

Já me sinto melhor só de colocar as palavras para fora. Eu respiro fundo e sorrio para Violet.

— Desculpa. Deixa isso pra lá. Você não quer saber.

— Não. Tudo bem. — Ela coloca os pés em cima da cadeira e me olha com atenção. — Por que você não tem certeza se ele está te traindo ou não? O que faz você pensar que ele está?

— Uma pessoa me mandou uma mensagem de texto anônima. Só isso.

— Então ignore. — Violet me olha com mais atenção. — Ou você tem um pressentimento? Parece o tipo de coisa que ele faria?

Fico em silêncio por um momento. Eu queria *tanto* poder dizer "Nunca! Nem em um milhão de anos!". Mas momentos demais estão se destacando no meu cérebro. Momentos que eu não quis enxergar; que tentei apagar. Magnus flertando com garotas em festas. Magnus cercado pelas alunas, com os braços casualmente passados nos ombros delas. Magnus quase sendo molestado por Annalise.

O negócio é que as garotas gostam de Magnus. E ele gosta delas.

— Não sei — digo, olhando para o meu café. — Talvez.

— E você tem alguma ideia de com quem seria?

— Talvez.

— Então! — Violet parece eletrizada. — Encare a situação. Você já falou com ele? Já falou com ela?

— Ele está em Bruges, na despedida de solteiro. Não posso falar com ele. E ela... — Eu paro de falar. — Não. Não posso. Quero dizer, é apenas uma possibilidade. Ela deve ser totalmente inocente.

— Você tem *certeza* de que ele está na despedida de solteiro? — diz Violet, erguendo as sobrancelhas, mas depois sorri. — Não, só estou deixando você mais desconfiada. — Ela empurra o meu braço. — Tenho certeza de que ele está. Ei, querida, tenho que ir fazer as malas. Espero que dê tudo certo para você. Mande lembranças a Sam.

Quando ela sai do café, umas seis cabeças de homem se viram. Tenho certeza de que, se Magnus estivesse aqui, a dele seria uma das que se virariam.

Olho com lerdeza para o meu café por mais um tempo. Por que as pessoas têm que ficar me dizendo para encarar a situação? Eu *encaro* as coisas. Várias vezes. Mas não posso ir até Magnus no meio da despedida de solteiro, nem procurar Lucinda para acusá-la, do nada. Quero dizer, é preciso ter *evidências*. É preciso de *fatos*. Uma mensagem anônima não é o bastante.

Meu telefone começa a tocar a música da Beyoncé e eu fico tensa, apesar de tudo. Será...

Não. É um Número Desconhecido. Mas *qual* maldito Número Desconhecido? Eu tomo um gole de café para me dar força e atendo.

— Alô. Poppy Wyatt falando.

— Oi, Poppy. Meu nome é Brenda Fairfax. Estou ligando do hotel Berrow. Estive fora alguns dias, de férias, senão é claro que eu teria ligado imediatamente. Peço desculpas.

A Sra. Fairfax. Depois de todo esse tempo. Eu quase sinto vontade de cair na gargalhada.

E pensar o quanto fiquei desesperada para ouvir a voz dessa mulher. E agora, é tudo irrelevante. Tenho meu anel de volta. Nada disso importa. Por que ela está me ligando? Falei para o concierge que tinha recuperado o anel. A coisa toda acabou.

— Você não precisa pedir desculpas...

— Mas é claro que preciso! Que confusão *horrível*! — Ela parece perturbada. Talvez o concierge tenha sido rigoroso com ela. Talvez tenha mandado me ligar para pedir desculpas.

— Por favor, não se preocupe. Passei por um susto, mas está tudo bem agora.

— E é um anel tão valioso!

— Está tudo bem — digo, acalmando-a. — Já passou.

— Mas ainda não consigo entender! Uma das garçonetes o entregou para mim e eu ia guardá-lo no cofre, sabe? Era o que eu ia fazer.

— Sinceramente, você não precisa explicar. — Sinto pena dela. — Essas coisas acontecem. Foi o alarme de incêndio, você se distraiu...

— Não! — A Sra. Fairfax parece um tanto ofendida. — Não foi isso que aconteceu. Eu ia guardá-lo no cofre, como falei. Mas, antes de poder fazer isso, uma outra moça foi até mim e me disse que era dela. Uma outra convidada do chá.

— Outra convidada? — pergunto, depois de uma pausa.

— Sim! Ela disse que era o anel de noivado dela e que estava desesperada procurando por ele. Falou com muita firmeza. A garçonete confirmou o fato de ela estar sentada naquela mesa. E ela o colocou no dedo. Bem, quem era eu para questionar?

Eu esfrego os olhos e me pergunto se estou ouvindo direito.

— Você está me dizendo que outra pessoa pegou o meu anel? E disse que era dela?

— Sim! Ela foi firme ao dizer que o anel era dela. Colocou no dedo na mesma hora, e ele serviu. Ficou até bem bonito. Sei que eu deveria ter pedido prova de que ela era a dona, e *vamos* rever nossos procedimentos oficiais por conta dessa infeliz ocorrência...

— Sra. Fairfax. — Eu a interrompo, nem um pouco interessada nos procedimentos oficiais. — Posso só te perguntar... Ela tinha cabelo escuro e comprido, por acaso? E estava com uma tiara de pedras?

— Sim. Cabelo escuro e comprido, com uma tiara de pedras, como você falou, e um vestido laranja *maravilhoso*.

Eu fecho os olhos sem acreditar. Lucinda. Foi Lucinda.

O anel não ficou preso no forro da bolsa dela. Ela o pegou de propósito. Ela sabia que eu ficaria em pânico. Sabia o quanto era importante. Mas pegou o anel e fingiu que era dela. Só Deus sabe por quê.

Minha cabeça lateja quando me despeço da Sra. Fairfax. Estou respirando com dificuldade e minhas mãos estão fechadas. Já chega. Talvez eu não tenha prova de que ela está dormindo com Magnus, mas não há dúvida de que posso confrontá-la quanto a isso. E é o que vou fazer agora mesmo.

Não sei o que Lucinda está fazendo hoje. Não recebi nenhum e-mail e nenhuma mensagem dela em dois dias, o que é estranho. Quando digito, minhas mãos estão tremendo.

> Oi, Lucinda! Como você está? O que está fazendo? Posso ajudar? Poppy.

Quase imediatamente, ela responde:

> Só estou resolvendo algumas coisas em casa. Não se preocupe, não é nada que você possa ajudar. Lucinda.

Lucinda mora em Battersea. A vinte minutos de táxi. Não vou dar a ela tempo de montar uma história. Vou pegá-la de surpresa.

Chamo um táxi e dou o endereço, depois me sento e tento ficar calma e forte, embora, quanto mais eu pense nisso, mais chocada eu fique. Lucinda pegou meu anel. Isso significa que ela é uma *ladra*? Será que fez uma cópia, ficou com o original e o vendeu? Olho para a minha mão esquerda, desconfiada de repente. Tenho tanta certeza assim de que este é mesmo o anel verdadeiro?

Ou será que ela estava tentando ajudar, de alguma maneira? Será que esqueceu que estava com ele? Será que devo confiar nela...?

Não, Poppy. Sem chance.

Quando chego ao prédio de tijolos vermelhos onde ela mora, um cara de jeans está abrindo a porta da frente. Eu rapidamente entro atrás dele e subo os três lances de escada até o apartamento. Assim, ela não vai ter aviso nenhum de que estou aqui.

Talvez ela abra a porta usando o verdadeiro anel, além de todas as outras joias que roubou de amigas que nem desconfiam. Talvez ninguém atenda porque na verdade ela está em Bruges. Talvez Magnus abra a porta enrolado num lençol...

Ai, Deus. *Para*, Poppy.

Bato na porta tentando parecer um entregador, e deve ter funcionado porque ela abre com o rosto enrugado de irritação, com o celular na orelha, antes de ficar imóvel com a boca num círculo perfeito.

Eu olho para ela, igualmente sem palavras. Meus olhos vão para trás de Lucinda, para a enorme mala na sala, para o passaporte na mão dela e de novo para a mala.

— O mais rápido possível — diz ela. — Terminal quatro. Obrigada. — Ela desliga e me olha com raiva, como se me desafiasse a perguntar o que está fazendo.

Estou revirando meu cérebro em busca de alguma coisa inspirada e ácida para dizer, mas minha garotinha de 5 anos interna é mais rápida.

— Você pegou o meu anel! — Quando as palavras saem, sinto minhas bochechas ficando vermelhas, para aumentar o efeito. Talvez eu devesse bater o pé também.

— Ah, pelo amor de Deus. — Lucinda enruga o nariz com desprezo, como se acusar a cerimonialista do casamento de roubo fosse uma terrível falha de etiqueta. — Você pegou ele de volta, não foi?

— Mas você o *pegou*!

Eu entro no apartamento, apesar de ela não ter me convidado, e não consigo evitar dar uma olhada ao redor. Nunca fui ao apartamento de Lucinda antes. É bem grande e fica óbvio que foi decorado por um profissional, mas é uma confusão de superfícies e cadeiras entulhadas, com copos de vinho para tudo quanto é lado. Não é surpreendente que ela sempre queira marcar encontros em hotéis.

— Olha, Poppy. — Ela suspira, mal-humorada. — Tenho coisas pra fazer, tá? Se você quer ficar fazendo comentários ofensivos, vou ter que pedir para ir embora.

Hã?

Foi ela quem fez uma coisa errada. Foi ela quem pegou um anel de noivado valiosíssimo e fingiu ser dela. Como ela conseguiu ignorar esse fato e fazer parecer que sou *eu* a errada por mencionar isso?

— Se isso é tudo, eu *estou* bastante ocupada...

— Pode parar. — A força da minha própria voz me toma de surpresa. — Isso não é tudo. Quero saber exatamente por que você pegou meu anel. Estava planejando vendê-lo? Estava precisando de dinheiro?

— Não, eu não estava precisando de dinheiro. — Ela me olha com raiva. — Você quer saber por que peguei, Senhorita Poppy? Porque ele deveria ser *meu*.

— *Seu?* Por q...?

Nem consigo terminar a palavra, muito menos a frase.

— Você sabe que Magnus e eu somos ex-namorados. — Ela solta a informação casualmente, como um pedaço de tecido sobre uma mesa.

— O quê? Não! Ninguém nunca me disse isso! Vocês ficaram noivos?

Minha mente está tremendo de choque. Magnus com Lucinda? Magnus já foi *noivo*? Ele nunca mencionou uma noiva anterior, muito menos que tinha sido Lucinda. Por que não sei nada disso? O que está *acontecendo*?

— Não, nunca fomos noivos — diz ela com relutância, depois me lança um olhar assassino. — Mas devíamos ter sido. Ele me pediu em casamento. Com esse anel.

Sinto uma pontada de dor e incredulidade. Magnus pediu outra garota em casamento com o *meu anel*? Com o *nosso anel*? Quero dar as costas e ir embora, fugir, tapar os ouvidos... mas não posso. Tenho que ir até o final. Nada parece fazer sentido.

— Não estou entendendo. Não faz sentido. Você disse que *deveria* ter ficado noiva. O que aconteceu?

— Ele deu para trás. Foi isso que aconteceu — diz ela, furiosa. — O maldito covarde.

— Ai, Deus. Em que etapa? Vocês tinham planejado o casamento? Ele não *deu o fora* em você, deu? — pergunto, subitamente horrorizada. — Não deixou você no altar, deixou?

Lucinda fechou os olhos, como se estivesse revivendo tudo. Agora, ela os abre e me lança um olhar cruel.

— Foi *bem* pior. Ele amarelou no meio do maldito pedido.

— O quê? — Eu olho para ela, sem entender direito. — O que você...

— Estávamos viajando, tínhamos ido esquiar. Dois anos atrás. — Ela franze a testa ao lembrar. — Eu não era burra, sabia que ele tinha levado o anel da família. Sabia que ele ia me pedir em casamento. Tínhamos acabado de jantar uma noite e só estávamos nós dois no chalé. O fogo estava aceso e ele se ajoelhou no tapete e pegou uma caixinha. Ele a abriu, e lá estava um incrível anel de esmeralda antigo.

Lucinda faz uma pausa, respirando com força. Não mexo um músculo.

— Ele pegou minha mão e disse: "Lucinda, minha querida, você quer..." — Ela inspira com intensidade, como se mal conseguisse prosseguir. — E eu ia dizer sim! Eu estava toda pronta! Só estava esperando que ele chegasse ao final. Mas aí, ele parou. Começou a suar. Em seguida, se levantou e disse: "Droga. Me desculpa. Não posso fazer isso. Me desculpa, Lucinda."

Ele não fez isso. Ele *não* fez isso. Fico olhando para ela sem acreditar, quase querendo rir.

— O que você disse?

— Eu gritei "Fazer *o quê*, seu babaca? Você nem me pediu ainda!". Mas ele não tinha nada a dizer. Fechou a caixa e guardou o anel. E foi só isso.

— Lamento — digo, sem jeito. — Isso é horrível.

— Ele tem tanta fobia de compromisso que não quis nem se comprometer a fazer uma porra de um *pedido*! Não conseguiu fazer nem *isso* até o fim! — Ela está numa fúria total, e não a culpo.

— Então por que diabos você concordou em organizar o casamento dele? — questiono, incrédula. — Não faz você ficar lembrando todos os dias?

— Era o mínimo que ele podia fazer para tentar me compensar. — Ela olha para mim com raiva. — Eu precisava de um trabalho. Apesar de estar pensando em mudar de carreira, na verdade. Organizar casamentos é um maldito *pesadelo*.

Não é surpresa Lucinda estar sempre de mau humor esse tempo todo. Não é surpresa ela ser tão agressiva comigo. Se eu soubesse por um *segundo* que ela era ex de Magnus...

— Eu nunca iria ficar com o anel — acrescenta ela. — Só queria te assustar.

— Você conseguiu fazer isso muito bem.

Não consigo acreditar que deixei essa mulher entrar na minha vida, confiei nela, discuti as minhas esperanças para o dia do casamento... E ela é ex de Magnus. Como ele pôde deixar que isso acontecesse? Como pôde achar que daria certo?

Sinto que uma espécie de filtro foi tirado da frente dos meus olhos. Sinto que estou finalmente acordando para a realidade. E nem comecei a lidar com o meu maior medo ainda.

— Eu estava achando que você estava dormindo com Magnus — solto de repente. — Não na época em que vocês estavam juntos. Agora. Recentemente. Semana passada.

Ela fica em silêncio e eu olho para ela, na esperança de ela começar a negar, com os sentimentos feridos. Mas, quando olho nos olhos dela, ela desvia o olhar.

— Lucinda?

Ela pega a mala e começa a andar em direção à porta.

— Vou viajar. Já cansei disso tudo. Mereço férias. Se eu tiver que falar sobre casamentos por mais um segundo...

— *Lucinda?*

— Ah, pelo amor de Deus! — diz ela com impaciência. — Talvez eu tenha dormido com ele algumas vezes, para relembrar o passado. Se você não consegue tomar conta dele, não devia casar com ele. — O telefone dela toca e ela atende. — Alô. Sim. Estou descendo. Com licença. — Ela me empurra para fora do apartamento, bate a porta e tranca.

— Você não pode simplesmente *ir embora*! — Estou tremendo toda. — Tem que me contar o que aconteceu!

— O que você quer que eu diga? — Ela levanta as duas mãos. — Essas coisas acontecem. Você não devia ter descoberto, mas pronto, aí está. — Ela leva a mala até o elevador. — Ah, e aliás, se você acha que você e eu somos as únicas garotas por quem ele tirou o anel de esmeralda do cofre do banco, você está enganada. Estamos no final da lista, querida.

— *O quê?* — Estou começando a surtar. — Que lista? Lucinda, espera aí! Do que você está falando?

— Descubra, Poppy. É problema seu. Eu resolvi as flores e a ordem do serviço e as amêndoas e as merdas das... colheres de sobremesa. — Ela aperta o botão e a porta começa a fechar. — Esse é todo seu.

QUATORZE

Depois que Lucinda vai embora, fico paralisada por uns três minutos, em estado de choque. Mas, de repente, volto a mim. Sigo para a escada e desço. Quando saio do prédio, desligo o celular. Não posso ter nenhuma distração. Preciso pensar. Preciso ficar sozinha. Como Lucinda disse, preciso resolver sozinha.

Começo a andar pela calçada, sem ligar para que direção sigo. Minha mente está circulando pelos fatos, pelos chutes, pelas especulações, e depois de volta para os fatos. Mas, gradualmente, enquanto ando, os pensamentos parecem se ajeitar. Minha resolução se solidifica. Tenho um plano.

Não sei de onde veio minha determinação repentina: se Lucinda me estimulou ou se cansei de evitar confrontos enquanto meu estômago dá nós. Mas vou encarar essa. Vou fazer isso. O mais estranho é que fico ouvindo a voz de Sam no meu ouvido, me tranquilizando, me estimulando e me dizendo que consigo. Como se ele estivesse me preparando, embora não esteja aqui. E está me deixando mais segura. Está me fazendo sentir que consigo. Vou ser uma Poppy Completamente Nova.

Quando chego na esquina de Battersea Rise, me sinto preparada. Pego meu celular, ligo e, sem ler nenhuma mensagem, telefono para Magnus. É claro que ele não atende, mas eu esperava isso.

— Oi, Magnus — eu digo, no tom mais decidido e profissional que consigo. — Você pode me ligar o mais rápido possível? Precisamos conversar.

Certo. Ótimo. Isso foi digno. Uma mensagem breve e direta que ele vai entender. Agora desliga.

Desliga, Poppy.

Mas não consigo. Minhas mãos estão grudadas no celular. Enquanto estou conectada a ele, mesmo que seja à caixa postal, sinto minhas defesas indo por água abaixo. Quero falar. Quero ouvir o que ele tem a dizer. Quero que ele saiba o quanto estou chocada e magoada.

— Porque... eu soube de algumas coisas, tá? — Eu me ouço dizer. — Andei conversando com sua grande amiga *Lucinda*. — Dou uma ênfase irritada ao nome "Lucinda". — E o que ela me contou foi bem chocante, no mínimo, então acho que precisamos conversar o mais rápido possível. Porque, a não ser que você tenha uma excelente e maravilhosa explicação, que eu acho que você não vai ter, porque por acaso Lucinda estava *mentindo*? Porque *alguém* deve estar mentindo, Magnus. Alguém deve...

Bip.

Droga, fui interrompida.

Quando desligo o celular de novo, estou me xingando. Adeus, mensagem breve e seca. Adeus, Poppy Completamente Nova. Não era assim que era para ser.

Mas não importa. Pelo menos liguei. Pelo menos não fiquei sentada, com as mãos tapando os ouvidos, evitando a coisa toda.

E agora, o próximo item da minha lista mental. Vou para a rua, levanto a mão e chamo um táxi.

— Oi — cumprimento quando entro. — Eu gostaria de ir para Hampstead, por favor.

Sei que Wanda está lá hoje, porque ela disse que ia se preparar para um programa de rádio do qual vai participar à noite. E, quando chego perto da casa, ouço música saindo pelas janelas. Não faço ideia se Antony também está lá, mas não me importo. Os dois podem ouvir. Quando me aproximo da casa, estou tremendo, como na outra noite. Mas de um jeito diferente. De um jeito positivo. De um jeito "vamos em frente".

— Poppy! — Quando Wanda abre a porta, ela dá um largo sorriso. — Que surpresa adorável! — Ela me abraça e me dá um beijo, depois observa o meu rosto de novo. — Você apareceu sem avisar para ser sociável ou tem alguma coisa...

— Precisamos conversar.

Há um breve momento de silêncio entre nós. Percebo que ela entende que não estou falando de uma conversinha alegre.

— Entendo. Bem, entre! — Ela sorri de novo, mas consigo ver a ansiedade no jeito como os olhos dela ficam ligeiramente para baixo, no suave franzido da boca. Wanda tem um rosto muito expressivo: a pele clara e rosada fica pálida e frágil como um lenço de papel, e as linhas ao redor dos olhos dela se enrugam em incontáveis maneiras diferentes de acordo com o humor dela. Acho que é isso que acontece quando não se aplica Botox, nem maquiagem ou bronzeamento artificial. Você tem expressões. — Devo fazer café?

— Por que não?

Eu a sigo até a cozinha, que está dez vezes mais bagunçada do que quando eu morava lá com Magnus. Não consigo evitar franzir o nariz devido ao mau cheiro no ar, que eu acho que vem do buquê de flores ainda no papel, apodrecendo lentamente na bancada. Na pia tem um sapato de homem, com uma escova de cabelo, e há enormes pilhas de pastas de papelão velhas em todas as cadeiras.

— Ah. — Wanda gesticula vagamente, como se estivesse esperando que uma das cadeiras pudesse, num passe de mágica, ficar livre. — Estávamos fazendo uma arrumação. Até que ponto se deve arquivar? *Essa* é a pergunta.

Antigamente, eu teria logo procurado alguma coisa inteligente para dizer sobre arquivos. Mas agora, encaro-a, digo sem meias palavras:

— Na verdade, quero falar sobre outra coisa.

— Claro — diz Wanda, depois de uma pausa. — Achei que queria mesmo. Vamos sentar.

Ela pega uma pilha de pastas numa cadeira e encontra um peixe grande enrolado no papel da peixaria. Certo. Era dali o cheiro.

— É *aí* que ele está. Extraordinário. — Ela franze a testa, hesita por um momento e coloca as pastas de volta em cima do peixe. — Vamos tentar a sala de estar.

Eu me sento num dos sofás caroçudos, e Wanda puxa para a minha frente uma antiga cadeira com assento bordado. O cheiro de lenha velha, tapete mofado e pot-pourri é opressivo. Uma luz dourada entra pelos vitrais originais nas janelas. Esta sala é tão Tavish. E Wanda também. Ela está sentada em sua habitual posição firme, com os joelhos afastados, a saia rodada caída ao redor das pernas, a cabeça inclinada para a frente para ouvir, com o cabelo cacheado e pintado de hena caindo ao redor do rosto.

— Magnus... — Eu começo a falar, mas imediatamente paro.

— Sim?

— Magnus...

Eu paro de novo. Ficamos em silêncio por um momento.

Essa mulher é tão importante na minha vida, e eu mal a conheço. Temos um relacionamento totalmente civilizado e distante, no qual não falamos sobre nada, exceto coisas que não importam. Agora, parece que estou prestes a arrancar o pano que nos separa. Mas não sei por onde começar. As palavras zunem como moscas na minha cabeça. Preciso pegar uma.

— Quantas garotas Magnus pediu em casamento? — Eu não pretendia começar assim, mas por que não?

Wanda parece pega de surpresa.

— Poppy! — Ela engole em seco. — Meu Deus. Acho que Magnus... Isso é uma questão... — Wanda esfrega o rosto, e reparo que as unhas dela estão imundas.

— Magnus está em Bruges. Não posso falar com ele. Então, vim falar com você.

— Entendo. — A expressão de Wanda fica séria.

— Lucinda me contou que há uma lista, e que ela e eu estamos no final dela. Magnus nunca me contou de mais ninguém. Nunca me contou nem que ele e Lucinda namoraram. *Ninguém* me contou. — Não consigo manter minha voz livre de ressentimento.

— Poppy. Você não deve... — Percebo que Wanda está enrolando. — Magnus gosta muito, muito de você, e você realmente não deveria se preocupar... com isso. Você é uma garota adorável.

Ela pode estar tentando ser gentil, mas o jeito como ela fala faz eu me encolher. O que ela quer dizer com "garota adorável"? É uma forma condescendente de dizer "Você pode não ter cérebro, mas tem boa aparência"?

Preciso dizer alguma coisa. Preciso. É agora ou nunca. Vamos, Poppy.

— Wanda, você está fazendo com que eu me sinta inferior. — As palavras saem rapidamente. — Você me acha mesmo inferior ou é apenas coisa da minha cabeça?

Argh. Consegui. Não consigo *acreditar* que falei isso em voz alta.

— *O quê?* — Os olhos de Wanda se arregalam tanto que reparo pela primeira vez no tom lindo de azul deles. Sou surpreendida por o quanto ela parece perplexa, mas não posso recuar agora.

— Eu me sinto inferior quando estou aqui. — Faço uma pausa. — Sempre. E queria saber se você me acha mesmo inferior, ou...

Wanda enfiou as duas mãos nos cabelos cacheados. Ela encontra um lápis, puxa distraidamente e o coloca na mesa.

— Acho que nós duas precisamos de uma bebida — diz ela, por fim. Ela levanta da cadeira bamba e serve dois copos de uísque de uma garrafa no armário. Ela me entrega um, ergue o dela e toma um grande gole. — Estou um tanto embasbacada.

— Me desculpa. — Imediatamente, me sinto mal.

— Não! — Ela ergue uma das mãos. — Claro que não! Minha querida! Você *não* precisa se desculpar por expressar de boa-fé o que sente no que diz respeito à situação, seja ela imaginária ou não.

Não tenho ideia do que ela está falando. Mas acho que está tentando ser legal.

— Eu é que preciso me desculpar — continua ela — se você se sentiu desconfortável ou, pior ainda, "inferior". Embora seja uma ideia tão ridícula que mal consigo... — Ela para de falar, parecendo desnorteada. — Poppy, eu simplesmente não entendo. Posso perguntar o que lhe deu essa impressão?

— Vocês são todos tão inteligentes. — Eu dou de ombros, pouco à vontade. — Publicam coisas em periódicos, e eu não.

Wanda está perplexa.

— Mas por que você deveria publicar coisas em periódicos?

— Porque... — Eu esfrego o nariz. — Não sei. Não é *isso*. É... Por exemplo, eu não sei pronunciar "Proust".

Wanda parece ainda mais perplexa.

— Obviamente, sabe sim.

— Tudo bem, agora eu sei! Mas eu *não sabia*. Quando conheci vocês e falei várias coisas erradas, você e Antony disseram que o meu diploma de fisioterapia era "divertido", e eu me senti tão humilhada... — Eu paro de falar, com a garganta repentinamente travada.

— Ah. — Uma luz surge nos olhos de Wanda. — Você nunca deve levar Antony a sério. Magnus não avisou? O senso de humor dele às vezes é, como podemos dizer, meio "anormal". Ele já ofendeu tantos amigos nossos com piadas inadequadas que perdi a conta. — Ela dá uma rápida olhada para cima. — Mas, no fundo, ele *é* um homem gentil, como você vai perceber.

Não consigo responder, então tomo um gole de uísque. Nunca tomo uísque, mas esse está caindo muito bem. Quando olho para a frente, os olhos atentos de Wanda estão em mim.

— Poppy, não somos do tipo *efusivo*. Mas, acredite, Antony gosta tanto de você quanto eu. Ele ficaria arrasado em saber como você se sente.

— Então o que foi aquela briga na igreja? — Lanço as palavras contra ela furiosamente, antes de conseguir me impedir. Wanda reage como se eu tivesse dado um tapa nela.

— Ah. Você ouviu aquilo. Me desculpe. Eu não sabia. — Ela toma outro gole de uísque e parece tensa.

De repente, fico cansada de ser educada e falar em rodeios. Quero ir direto ao ponto.

— Muito bem. — Eu coloco o copo na mesa. — O motivo de eu ter vindo aqui é que Magnus andou dormindo com Lucinda. Por isso, vou cancelar o casamento. Então, você pode muito bem ser sincera e dizer o quanto me odeia desde que me conheceu.

— *Lucinda?* — Wanda coloca a mão sobre a boca, parecendo horrorizada. — Ah, Magnus. Aquele garoto *ordinário*. *Quando* ele vai aprender? — Ela parece completamente arrasada pela notícia. — Poppy, lamento muito. Magnus é... o que posso dizer? Um indivíduo cheio de defeitos.

— Então... você supôs que ele poderia fazer isso? — Eu fico olhando para ela. — Ele já fez isso antes?

— Eu tinha medo de que ele fizesse alguma besteira — diz Wanda depois de uma pausa. — Infelizmente, com todos os dons que Magnus herdou de nós, o do compromisso não foi um deles. Por isso estávamos preocupados com o casamento. Magnus tem um histórico de se envolver em aventuras românticas, recuar, mudar de ideia, tornar tudo desagradável para todo mundo...

— O que quer dizer que ele *já fez* isso antes.

— De certa forma. — Ela faz uma careta. — Mas nunca fomos tão longe. Ele teve três noivas antes, e acho que Lucinda foi uma quase-noiva. Quando ele anunciou *de novo* que ia se casar com uma garota que nem conhecíamos, não corremos para comemorar. — Ela me olha abertamente. — Você está certa. Tentamos *sim* fazer com que ele desistisse da ideia na igreja, com bastante insistência. Achamos que vocês dois deviam passar um ano se conhecendo melhor. A última coisa que queríamos era que você se magoasse por causa da idiotice do nosso filho.

Estou chocada. Eu não fazia ideia de que Magnus tinha pedido outra pessoa em casamento. Muito menos quatro garotas, incluindo Lucinda (quase). Como pode ser? É culpa minha? Eu tinha perguntando a ele sobre o passado?

Sim. Sim! *É claro* que tinha. A lembrança me vem como uma imagem completa. Estávamos deitados na cama depois do jantar no restaurante chinês. Contamos um ao outro sobre nossos amores passados. É verdade que eu editei um pouco,[94] mas não deixei de fora *quatro pedidos de casamento anteriores*. Magnus nunca disse nada. Nada. Mas todo mundo sabia.

Agora, é claro, todos os olhares estranhos e as conversas irritadiças entre Antony e Wanda fazem sentido. Eu fui tão paranoica. Supus que era por me acharem um lixo.

— Pensei que vocês me odiassem — digo, quase para mim mesma. — E achei que estivessem com raiva por ele ter usado o anel de família porque... não sei. Porque eu não era boa o bastante.

— Não era *boa*? — Wanda parece completamente estupefata. — Quem colocou essas ideias na sua cabeça?

— Qual era o problema então? — Sinto a velha dor ressurgindo. — Sei que você não estava feliz com o casamento, então é melhor não fingir.

Wanda parece travar um debate interno por um momento.

— Estamos sendo sinceras uma com a outra?

— Estamos — eu digo com firmeza. — Por favor.

— Pois bem. — Wanda suspira. — Magnus já tirou o anel de família do cofre do banco tantas vezes que Antony e eu desenvolvemos uma teoria particular.

---

94. Ninguém precisa saber sobre aquele cara louro na festa dos calouros.

— E qual é?

— Que o anel de família é muito *fácil*. — Ela abre as mãos. — Não exige reflexão. Ele pode fazer por impulso. Nossa teoria é que, quando ele *realmente* quiser se comprometer com alguém, vai procurar um anel para dar. Vai escolher com cuidado. Pensar sobre ele. Talvez até deixar que a noiva escolha. — Ela me dá um sorrisinho triste. — Assim, quando soubemos que ele usou o anel de família de novo... infelizmente, os alarmes dispararam.

— Ah. Entendi.

Eu giro o anel no dedo. De repente, ele parece pesado e grande. Pensei que ter um anel de família era uma coisa especial. Achei que significava que Magnus estava *mais* comprometido comigo. Mas agora, estou vendo o que Wanda vê. Uma escolha fácil, sem reflexão, automática. Não consigo acreditar no modo como tudo em que acreditei virou de cabeça para baixo. Não consigo acreditar no quanto interpretei as coisas errado.

— Se interessa — acrescenta Wanda, um tanto desanimada —, lamento muito que as coisas tenham terminado assim. Você é uma moça adorável, Poppy. Muito divertida. Eu estava ansiosa para ter você como nora.

Espero minha reação irritada por causa do "muito divertida"; que minha raiva interior surja... Mas, por algum motivo, isso não acontece. Pela primeira vez desde que conheci Wanda, acredito nas palavras dela. Quando ela diz "muito divertida", ela não quer dizer "com QI baixo e formação inferior". Ela quer dizer "muito divertida".

— Eu também lamento — eu digo. E estou falando a verdade. Estou triste mesmo. Quando finalmente consigo entender Wanda, está tudo acabado.

Pensei que Magnus fosse perfeito e que os pais dele fossem o meu único problema. Agora, sinto que é o contrário. Wanda é ótima; o filho dela é que é de dar vergonha.

— Toma. — Eu tiro o anel e o entrego a ela.

— Poppy! — Ela parece assustada. — Com certeza...

— Acabou. Não quero mais usar o anel. Ele é seu. Para ser sincera, nunca senti como sendo meu. — Pego minha bolsa e fico de pé. — Acho que tenho que ir.

— Mas... — Wanda parece desnorteada. — Por favor, não seja precipitada. Você já falou com Magnus?

— Ainda não. — Eu expiro. — Mas é meio irrelevante. Acabou.

É o fim da conversa. Wanda me leva até a porta e aperta a minha mão quando saio, e sinto uma repentina onda de afeição por ela. Talvez mantenhamos contato. Talvez eu perca Magnus, mas ganhe Wanda.

A enorme porta da frente se fecha e eu ando pelos rododendros enormes no caminho até o portão. Espero cair em lágrimas a qualquer momento. Meu noivo perfeito não é perfeito, afinal de contas. É um mentiroso, infiel e com fobia de compromisso. Vou ter que cancelar um casamento inteiro. Meus irmãos não vão me levar até o altar. Eu deveria estar arrasada. Mas, conforme desço a colina, só consigo me sentir entorpecida.

Não consigo encarar o metrô. Nem tenho dinheiro para pegar mais táxis. Por isso, ando em direção a um banco afastado, iluminado pelo sol, me sento e olho para o nada por um tempo. Pensamentos aleatórios rondam minha mente, batendo uns nos outros como se estivessem em gravidade zero.

É o fim de tudo... Eu queria saber se vou conseguir vender meu vestido de noiva... Eu devia saber que era bom demais para ser verdade... Preciso falar com o vigário... Acho que Toby e Tom nunca gostaram de Magnus, embora nunca tenham admitido... Será que Magnus chegou a me amar?

Por fim, dou um suspiro e ligo o celular. Preciso voltar para a vida real. O telefone está piscando, cheio de mensagens, umas dez de Sam. E, por um momento ridículo, eu penso: *Ai, meu Deus, ele é médium, ele sabe...*

Mas, quando clico nelas, logo vejo o quanto estou sendo burra. É claro que ele não mandou mensagens sobre minha vida pessoal. São apenas negócios.

Poppy, você está aí? É inacreditável. O arquivo estava no computador. Os recados da caixa postal. Isso confirma tudo.

Você pode falar?

Me liga quando puder. Está uma loucura aqui. Cabeças estão rolando. Tem uma coletiva de imprensa esta tarde. Vicks também quer falar com você.

Oi, Poppy, precisamos do celular. Você pode me ligar o mais rápido que puder?

Não me dou ao trabalho de olhar o resto das mensagens. Aperto o botão de ligar. Segundos depois, a linha chama e sinto uma repentina onda de nervosismo. Não faço ideia do motivo.

— Oi, Poppy! Finalmente! É Poppy. — A voz entusiasmada de Sam me cumprimenta e consigo ouvir uma confusão de pessoas ao fundo. — Estamos comemorando aqui. Você não faz *ideia* do que a sua descoberta significa.

— Não foi descoberta minha — comento com sinceridade. — Foi de Violet.

— Mas se você não atendesse a ligação de Violet e não se encontrasse com ela… Vicks diz parabéns! Ela quer te pagar uma bebida. Nós todos queremos. — Sam parece exultante. — Recebeu meu recado? O pessoal técnico quer olhar o celular, para o caso de haver mais alguma coisa nele.

— Ah. Certo. Claro. Vou levar até o escritório.

— Pode ser? — Sam parece preocupado. — Estou atrapalhando o seu dia? O que você está fazendo?

— Ah… nada.

Apenas cancelando meu casamento. Apenas me sentindo uma completa idiota em relação a tudo.

— Posso mandar um portador…

— Não, sério. — Eu me forço a sorrir. — Está tudo bem. Vou agora mesmo.

QUINZE

Desta vez, não tenho nenhuma dificuldade para entrar no prédio. Tem praticamente um comitê de recepção para me receber. Sam, Vicks, Robbie, Mark e algumas outras pessoas que não reconheço estão paradas perto das portas de vidro, com um crachá e apertos de mão e muitas explicações, que continuam durante a subida no elevador e que não consigo acompanhar direito, pois eles ficam interrompendo uns aos outros. Mas a ideia central é a seguinte: os recados da caixa postal são cem por cento incriminadores. Vários funcionários foram chamados para interrogatório. Justin perdeu a calma e admitiu quase tudo. Outro funcionário antigo, Phil Stanbridge, também está envolvido, e todos ficaram perplexos com isso. Ed Exton desapareceu do mapa. Advogados estão em reuniões. Ninguém ainda tem certeza se há chance de um processo criminal, mas o principal é que o nome de Sir Nicholas está limpo. Ele está feliz da vida. Sam está feliz da vida.

O ITN está um pouco menos feliz da vida, pois a notícia passou de "Conselheiro do governo é corrupto" para "Problema interno de empresa é resolvido", mas ainda vão exibir uma nova notícia alegando que foram eles que descobriram tudo.

— A empresa toda vai ficar abalada por causa disso — diz Sam com entusiasmo quando seguimos pelo corredor. — Tudo vai ter que ser redesenhado.

— Então você venceu — eu me arrisco a dizer, e ele para de andar, dando um sorriso mais largo do que qualquer outro que eu tenha visto.

— É. Nós vencemos. — Ele volta a andar e me guia até a sala dele. — Aqui está ela! A garota em pessoa. Poppy Wyatt.

Dois homens de jeans se levantam do sofá, apertam minha mão e se apresentam como Ted e Marco.

— É você quem está com o famoso celular — diz Marco. — Posso dar uma olhada?

— É claro. — Enfio a mão no bolso, pego o celular e o entrego. Por alguns momentos, os homens o examinam, apertam botões, olham para o aparelho e o passam de um para o outro.

Não tem nenhum outro recado incriminador aí, eu tenho vontade de dizer. *Podem acreditar, eu teria mencionado.*

— Você se importa se ficarmos com ele? — diz Marco, olhando para mim.

— *Ficar* com ele? — A consternação na minha voz é tão óbvia que ele parece surpreso.

— Me desculpe. É um celular empresarial, então nós concluímos... — Ele hesita.

— Não é mais — diz Sam, franzindo a testa. — Eu dei o aparelho para Poppy. É dela.

— Ah. — Marco inspira por entre os dentes. Ele parece um tanto confuso. — O problema é que gostaríamos de fazer um exame detalhado nele. Pode demorar um tempo. Podia até dizer que vamos devolver depois, mas nunca se sabe quanto tempo vai demorar... — Ele olha para Sam em busca de orientação.

— Quero dizer, é claro que podemos conseguir outro, o mais moderno, o que você quiser...

— Com certeza — assente Sam. — De qualquer valor. — Ele sorri para mim. — Você pode ter o celular mais moderno disponível no mercado.

Não quero o celular mais moderno disponível no mercado. Quero *aquele* celular. Nosso celular. Quero guardá-lo em segurança, não quero entregá-lo para que seja revirado por técnicos. Mas... o que posso dizer?

— Claro. — Eu dou um sorriso, embora eu sinta um aperto no estômago. — Fiquem com ele. É só um celular.

— Quanto às mensagens, aos contatos, tudo... — Marco troca um olhar inseguro com Ted.

— Preciso das minhas mensagens.

Fico alarmada com o tremor na minha voz. Eu me sinto quase violada. Mas não tem nada que eu possa fazer. Seria absurdo e nada prestativo recusar.

— A gente pode imprimir. — Ted sorri. — Que tal? Imprimimos tudo para você, e aí você tem tudo registrado.

— Algumas dessas mensagens são *minhas* — observa Sam.

— É, algumas são dele.

— O quê? — Marco olha para mim e para Sam. — Me desculpem, estou confuso. De quem é o celular?

— Na verdade, o telefone é dele, mas eu estou usando...

— Nós dois estamos usando — explica Sam. — Juntos. Dividindo.

— *Dividindo?* — Marco e Ted estão tão perplexos que sinto vontade de rir.

— Nunca vi ninguém dividindo um celular antes — diz Marco. — Isso é doentio.

— Nem eu. — Ted treme. — Eu não dividiria um celular nem com a minha namorada.

— E então… como foi para vocês? — diz Marco, olhando curiosamente de Sam para mim.

— Teve seus momentos — diz Sam, erguendo as sobrancelhas.

— Realmente, teve seus momentos — admito. — Mas, na verdade, eu recomendo.

— Eu também. Todo mundo deveria experimentar ao menos uma vez. — Sam sorri para mim, e não consigo evitar retribuir o sorriso.

— Ah… tá. — Marco fala como se tivesse se dado conta de que está falando com dois malucos. — Bem, vamos trabalhar. Venha, Ted.

— Quanto tempo vai demorar? — pergunta Sam.

Ted franze o rosto.

— Pode demorar um tempinho. Uma hora?

Eles saem da sala de Sam, e ele fecha a porta. Por um minuto, ficamos olhando um para o outro, e reparo num pequeno corte na bochecha dele. Ele não estava assim ontem à noite.

Ontem à noite. Num instante, sou transportada para o bosque. Estou de pé no escuro, com o cheiro de terra nas narinas, com sons de bosque nos ouvidos, com os braços dele ao redor do meu corpo, com os lábios dele…

Não. *Para*, Poppy. *Não* pensa nisso. Não se lembre, nem imagine, nem…

— Que dia — comento por fim, procurando palavras gentis e vazias.

— Disse tudo. — Sam me guia até o sofá e eu me sento desajeitada, me sentindo como alguém que está fazendo uma entrevista de emprego. — Agora que estamos sozinhos... Como você está? E quanto às outras coisas?

— Não tenho muito pra contar. — Faço um movimento deliberadamente desinteressado com os ombros. — Ah, só que vou cancelar o casamento.

Quando falo as palavras em voz alta, me sinto um pouco mal. Quantas vezes vou ter que dizer essas palavras? Quantas vezes vou ter que me explicar? Como vou encarar os próximos dias?

Sam assente, fazendo uma careta.

— Entendo. Isso é bem ruim.

— Não é legal.

— Falou com ele?

— Com Wanda. Fui conversar com ela, na casa dela. Eu disse: "Wanda, você me acha mesmo inferior ou é coisa da minha cabeça?"

— Não acredito! — exclama Sam, com cara de satisfação.

— Eu disse palavra por palavra. — Não consigo evitar uma gargalhada ao ver a expressão dele, embora eu também esteja com vontade de chorar. — Você teria ficado orgulhoso de mim.

— Muito bem, Poppy! — Ele levanta a mão para bater na minha. — Sei que foi preciso ter coragem. E qual foi a resposta?

— Era coisa da minha cabeça — admito. — Ela é um amor, na verdade. Que vergonha daquele filho dela.

Ficamos em silêncio por um tempo. Eu me sinto vivendo algo tão surreal. O casamento vai ser cancelado. Falei em voz alta, então deve ser verdade. Mas parece tão real quanto dizer "alienígenas invadiram o planeta".

— Quais são os planos agora? — Sam olha nos meus olhos e acho que consigo ver outra pergunta nos olhos dele. Uma pergunta sobre nós dois.

— Não sei — eu digo depois de uma pausa.

Estou tentando responder a pergunta dele, mas não sei se os meus olhos estão trabalhando direito. Não sei se Sam consegue entender. Depois de um momento, não consigo mais olhar para ele e abaixo a cabeça rapidamente.

— Acho que vou levar a vida devagar. Vou ter que resolver muita confusão.

— Imagino. — Ele hesita. — Café?

Tomei tanto café hoje que estou parecendo ligada na tomada... Mas, por outro lado, não consigo suportar essa atmosfera intensa. Não consigo avaliar nada. Não consigo entender Sam. Não sei o que esperar ou querer. Somos duas pessoas que a vida aproximou por um breve acaso e estão numa transação de negócios. Só isso.

Então por que meu estômago se revira cada vez que ele abre a boca para falar? Que merda de coisa espero que ele *diga*?

— Café seria ótimo, obrigada. Tem descafeinado?

Observo Sam mexer na máquina Nespresso na bancada lateral na sala e tentar fazer o dispositivo de espuma de leite funcionar. Acho que é uma distração bem-vinda para nós dois.

— Relaxa — eu digo enquanto ele volta a mexer no dispositivo, parecendo frustrado. — Eu tomo puro.

— Você odeia café puro.

— Como você sabe? — Dou uma risada, surpresa.

— Você contou para Lucinda num e-mail. — Ele se vira, com a boca ligeiramente retorcida. — Você acha que foi a única a espionar um pouco?

— Você tem boa memória. — Eu dou de ombros. — Do que mais você se lembra?

Ele fica em silêncio. Quando nossos olhares se encontram, meu coração começa a batucar no meu peito. Os olhos dele são tão intensos e escuros e sérios. Quanto mais olho para eles, mais *quero* olhar. Se ele está pensando o mesmo que eu, então...

Não. Para, Poppy. É claro que ele não está. E eu nem sei exatamente no que estou pensando...

— Na verdade, não precisa se preocupar com o café. — Eu levanto de repente. — Vou dar uma volta.

— Tem certeza? — Sam parece surpreso.

— Tenho. Não quero atrapalhar. — Evito os olhos dele ao passar. — Tenho umas coisas para fazer. Vejo você daqui a uma hora.

Não faço nada. Não tenho forças. Meu futuro foi radicalmente transformado e sei que vou ter que agir, mas, no momento, não consigo lidar com isso. Do escritório de Sam, ando até a catedral de St. Paul. Eu me sento nos degraus, numa área em que o sol bate, observando os turistas, fingindo que estou de férias da minha própria vida. Por fim, volto para o escritório. Sam está ao telefone quando sou levada para a sala dele, e ele assente para mim, gesticulando um pedido de desculpas enquanto fala ao telefone.

— Com licença! — A cabeça de Ted aparece pela porta e eu levo um susto. — Tudo feito. Três técnicos trabalharam nisso. — Ele entra na sala, segurando uma pilha enorme de folhas A4. — O único problema foi que tivemos que imprimir cada uma numa folha separada de papel. Parece o bendito *Guerra e Paz*.

— Uau. — Não consigo acreditar em quantas folhas de papel ele está segurando. Não posso ter mandando *tantas* mensagens de texto e e-mails. Eu só fiquei com o aparelho por alguns dias.

— Pois então. — Ted coloca as folhas de papel sobre a mesa com um ar profissional e as separa em três pilhas. — Um dos rapazes ficou separando enquanto imprimíamos. Essas são de Sam. E-mails de negócios, coisas assim. Da caixa de entrada, da caixa de saída, rascunhos, tudo. Sam, está aqui. — Ele entrega a pilha para Sam quando ele se levanta.

— Ótimo, obrigado — diz Sam, dando uma folheada.

— Imprimimos todos os anexos também. Deve estar tudo no seu computador, Sam, mas só para garantir... E essas são suas, Poppy. — Ele bate numa segunda pilha. — Deve estar tudo aqui.

— Certo. Obrigada. — Eu folheio a papelada.

— Mas tem essa terceira pilha. — Ted franze a testa como se estivesse confuso. — Não tínhamos certeza do que fazer com essas. São... de vocês dois.

— O que você quer dizer? — Sam olha para a frente.

— É a correspondência entre vocês. Todas as mensagens e e-mails que vocês mandaram entre si. Em ordem cronológica. — Ted dá de ombros. — Não sei qual de vocês quer isso, ou se deveríamos jogar fora... São importantes?

Ele coloca a pilha de folhas de papel na mesa e olho para a folha de cima, sem acreditar. É uma foto granulada de mim num espelho, segurando o celular e fazendo o sinal das escoteiras. Eu tinha esquecido que tinha feito isso. Viro para a página seguinte e encontro uma única mensagem impressa de Sam:

Eu poderia enviar isso pra polícia te prender.

Na folha seguinte está a minha resposta:

Agradeço muito, muito mesmo. Tks.   ☺☺☺

Isso parece ter acontecido há um milhão de anos. Quando Sam era apenas um estranho do outro lado de uma linha telefônica. Quando eu não o conhecia pessoalmente, não fazia ideia de como ele era... Sinto um movimento perto do meu ombro. Sam também veio olhar.

— É estranho ver tudo impresso — diz ele.

— Eu sei.

Chego a uma foto de dentes podres e nós dois caímos na gargalhada ao mesmo tempo.

— Tem várias fotos de dentes, não é? — diz Ted, olhando para a gente com curiosidade. — Ficamos curiosos para saber o que era. Você trabalha na área odontológica, Poppy?

— Não exatamente.

Eu folheio as páginas, hipnotizada. É tudo que dissemos um para o outro. São páginas e mais páginas de mensagens, como um livro dos últimos dias.

WHAIZLED. Pega o D de IRÍDIO. Pontuação tripla com 50 pontos de bônus.

Já marcou o dentista? Vai ficar banguela!!!

O que está fazendo acordada tão tarde?

Minha vida acaba amanhã.

Entendo como isso pode manter você acordada. Por que acaba?

Sua gravata está torta.

Não sabia que seu nome estava no meu convite.

Só vim pegar a bolsa de brindes pra você. Faz parte do serviço. Não precisa me agradecer.

Como Vicks reagiu?

Quando chego às mensagens da noite de ontem, prendo a respiração. Ver aquelas palavras faz parecer que estou de volta lá.

Não ouso olhar para Sam nem dar qualquer sinal de emoção, então viro calmamente as folhas como se não estivesse de fato perturbada, vendo apenas um trecho de texto aqui e outro ali.

Alguém sabe que você está me mandando mensagens?

Acho que não. Ainda.

Minha nova regra para a vida: não entre em bosques assustadores e escuros sozinha.

Você não está sozinha.

Fico feliz de ter sido o seu celular que eu peguei.

Eu também.

Bjs abs bjs abs bjs abs bjs abs bjs abs

Você não está perto de mim.

Estou sim. Estou chegando.

De repente, fico com um nó na garganta. Já chega. Fim. Coloco as folhas de papel de volta na pilha e levanto o olhar com um sorriso despreocupado.

— Uau!

— Foi o que disse. — Ted dá de ombros. — Não sabíamos o que fazer com elas.

— A gente resolve — diz Sam. — Obrigado, Ted.

O rosto dele está impassível. Não faço ideia se ele sentiu alguma coisa ao ler aquelas mensagens de texto.

— Então podemos fazer o que quisermos com o celular, né? — diz Ted.

— Sem problema. Tchau, Ted.

Depois que Ted desaparece, Sam vai até a máquina Nespresso e começa a preparar uma nova xícara.

— Quero fazer outra xícara para você. Agora já entendi.

— Estou bem, mesmo — eu começo a dizer, mas o dispositivo de espuma de leite começa a produzir leite quente com um chiado tão alto que nem faz sentido tentar falar.

— Aqui. — Ele me entrega uma xícara.

— Obrigada.

— E então... você quer isso? — Ele indica a pilha de papéis.

Sinto uma espécie de calor subindo dos pés e tomo um gole de café para ganhar tempo. O celular já era. As folhas impressas são o único registro daquela época estranha e maravilhosa. É claro que quero.

Mas, por algum motivo, não consigo admitir para Sam.

— Por mim, não. — Tento parecer indiferente. — Você quer?

Sam não diz nada, só dá de ombros.

— O que quero dizer é que não *preciso* delas para nada... — Eu hesito.

— Não. São coisas bem irrelevantes... — O telefone dele toca com a chegada de uma mensagem de texto e ele o tira do bolso. Ele olha para a tela e faz uma expressão de raiva. — Ah, Deus. Mas que inferno. Isso é *tudo* de que eu preciso.

— Qual é o problema? — pergunto, alarmada. — É sobre os recados da caixa postal?

— Não. — Ele me olha com sobrancelhas baixas. — Que diabos você mandou para Willow?

— O quê? — Eu fico olhando para ele, sem entender.

— Ela está tendo um ataque por causa de um e-mail seu. Por que você foi mandar e-mail para Willow?

— Não mandei! — Eu olho para ele, perplexa. — Eu jamais mandaria um e-mail para ela! Eu nem a conheço!

— Bem, não é o que ela diz... — Ele para quando o celular toca de novo. — Certo. Aqui está... Reconhece? — Ele passa para mim e começo a ler.

PQP, Bruxa Willow, será que você não pode DEIXAR SAM EM PAZ E PARAR DE ESCREVER AGRESSIVAMENTE EM CAIXA-ALTA? E, para sua informação, você não é namorada dele. Então que importância tem o que ele estava fazendo com uma garota "fofinha" ontem à noite? Por que não vai viver sua vida?????

Uma sensação gelada toma conta de mim.

Certo. Talvez eu tenha digitado alguma coisa desse tipo hoje de manhã, quando estava no metrô, indo para o escritório de Sam. De pura irritação por causa de outro blá-blá-blá de Willow. Só para extravasar. Mas não *enviei*. É claro que não *enviei*. Eu jamais *enviaria*...

Ai, Deus...

— Eu... hum... — Minha boca está meio seca quando finalmente levanto a cabeça. — Talvez eu tenha escrito isso de brincadeira. E talvez eu tenha enviado sem querer. Totalmente por engano. O que quero dizer é que eu não *pretendia* — acrescento, só para deixar bem claro. — Eu nunca faria isso de *propósito*.

Leio as palavras de novo e imagino Willow lendo-as. Ela deve ter ficado furiosa. Eu quase desejo ter estado lá para ver.

Não consigo evitar uma risadinha abafada ao imaginar os olhos dela se arregalando, as narinas se inflando, o fogo saindo pelos lábios ...[95]

— Você acha engraçado? — diz Sam.

— Bem, não — respondo, chocada pelo tom dele. — Lamento muito. Claro. Mas foi *apenas* um erro...

— Que importância tem se foi um erro ou não? — Ele pega o celular da minha mão. — É uma dor de cabeça e é a última coisa de que preciso...

— Espera um pouco! — Eu levanto a mão. — Não estou entendendo. Por que é *você* que precisa encarar? Por que é problema *seu*? Eu que mandei o e-mail, não você.

— Pode acreditar. — Ele me olha com crueldade. — Vai acabar sendo problema meu.

Não faz sentido. Por que vai ser problema dele? E por que ele está tão bravo? Sei que eu não devia ter mandado o e-mail, mas Willow também não devia ter mandado 95 milhões de sandices enfurecidas. Por que ele está tomando o lado *dela*?

— Olha só. — Eu tento parecer calma. — Vou mandar um e-mail para ela pedindo desculpas. Mas acho que você está exagerando. Ela não é mais sua namorada. Isso não tem nada a ver com você.

Ele não está nem olhando para mim. Está digitando no celular. Está escrevendo para Willow?

— Você não a esqueceu, não é? — Sinto uma dor intensa quando a verdade me atinge. Como não percebi antes? — Você não esqueceu Willow.

— É claro que esqueci. — Ele franze a testa com impaciência.

— Não esqueceu! Se tivesse esquecido, não ia se importar com esse e-mail. Ia achar que ela mereceu. Ia achar engraça-

---

95. Licença poética.

do. Ia ficar do *meu* lado. — Minha voz está tremendo e tenho uma sensação terrível de que minhas bochechas estão ficando vermelhas.

Sam parece confuso.

— Poppy, por que você está tão chateada?

— Porque... porque... — Eu paro de falar, respirando com dificuldade.

Por razões que eu jamais poderia contar para ele. Razões que não admito nem para mim mesma. Meu estômago está se revirando de humilhação. Quem eu estava tentando *enganar*?

— Porque... você não foi sincero! — As palavras saem da minha boca, afinal. — Você veio com aquela baboseira de "acabou e Willow devia entender". Como ela pode entender se você reage assim? Você está agindo como se ela ainda fosse importante na sua vida e você fosse responsável por ela. E isso me diz que você não a esqueceu.

— Isso é uma baita de uma palhaçada. — Ele parece furioso.

— Então por que você não manda ela parar de perturbar? Por que não termina de uma vez por todas? É porque você *não quer* terminar, Sam? — Meu tom de voz aumenta de tanta agitação. — Você *gosta* do seu relacionamento esquisito e distante?

Agora Sam também está respirando com dificuldade.

— Você *não* tem direito de comentar sobre uma coisa da qual não sabe nada...

— Ah, me desculpa! — Dou uma risadinha sarcástica. — Você está certo. Eu não tenho a menor ideia do que rola entre vocês dois. Talvez voltem a ficar juntos, e espero que sejam muito felizes.

— Poppy, pelo amor de Deus...

— O quê? — Coloco a xícara na mesa com força e derramo café na pilha das nossas mensagens. — Ah, agora estraguei nossas mensagens. Me desculpa. Mas acho que elas não têm nada de importante, então não faz diferença.

— *O quê?* — Sam parece estar tendo dificuldade para acompanhar. — Poppy, será que podemos nos sentar com calma e... nos entender?

Acho que não sou capaz de me acalmar. Eu me sinto instável e descontrolada. Todos os tipos de medos profundos e obscuros estão surgindo. Eu não tinha admitido completamente para mim mesma minhas esperanças. Não tinha percebido o quanto eu tinha suposto...

Não importa. Fui uma idiota e iludida e preciso sair daqui o mais rápido possível.

— Desculpa. — Eu respiro fundo e consigo sorrir. — Me desculpe. Só estou um pouco estressada. Com essa história do casamento e tudo. Está tudo bem. Obrigada por me emprestar o celular. Foi um prazer conhecer você e espero que seja muito feliz. Com ou sem Willow. — Pego minha bolsa com as mãos ainda trêmulas. — Então, hum... espero que tudo corra bem com Sir Nicholas e aguardo o noticiário... Não precisa se preocupar, saio sozinha... — Mal consigo olhar nos olhos dele quando sigo para a porta.

Sam parece completamente desnorteado.

— Poppy, não vá embora desse jeito. Por favor.

— Não estou indo de um jeito nem de outro! — eu digo com entusiasmo. — De verdade. Tenho coisas pra fazer. Tenho um casamento para cancelar, pessoas em quem provocar ataques cardíacos...

— Espera. Poppy. — A voz de Sam me faz parar e eu me viro. — Eu só queria dizer... obrigado.

Os olhos escuros dele se encontram com os meus e, por apenas um momento, minha barreira defensiva e irritadiça é perfurada.

— O mesmo. — Eu mexo a cabeça com um nó na garganta. — Obrigada.

Levanto minha mão num adeus final e me afasto pelo corredor. Com a cabeça erguida. Continua andando. Não olha para trás.

Quando chego à rua, meu rosto está coberto de lágrimas e estou efervescendo com pensamentos furiosos e agitados, embora eu não tenha certeza de com quem estou mais furiosa. Talvez comigo mesma.

Mas só tem uma maneira de fazer eu me sentir melhor. Na meia hora seguinte, visito uma loja da Orange, assino o contrato mais caro que existe e agora sou dona de um moderno smartphone. Ted disse "qualquer valor". Bem, levei as palavras dele a sério.

E agora, preciso batizá-lo. Saio da loja e vou para uma área aberta e pavimentada, longe do trânsito. Digito o número de Magnus e faço um movimento afirmativo de cabeça quando vai direto para a caixa postal. Era o que eu queria.

— Muito bem, seu *merdinha*. — Encho a palavra com o máximo de veneno que consigo. — Conversei com Lucinda. Sei de tudo. Sei que você dormiu com ela, sei que você a pediu em casamento, sei que esse anel passou por vários dedos, sei que você é um idiota mentiroso e, só para que você saiba... o casamento está cancelado. Ouviu? *Cancelado*. Espero que você encontre outro bom uso para o seu fraque. E para a sua vida. Até nunca mais, Magnus.

Há alguns momentos na vida para os quais o picolé de chocolate branco Magnum foi inventado, e este é um deles.[96]

---

96. Até o fato de que o nome do picolé me faz lembrar da pessoa que quero esquecer não me faz mudar de ideia.

Ainda não consigo encarar as ligações. Não consigo encarar contar para o vigário, nem para os meus irmãos, nem para nenhum dos meus amigos. Estou arrasada demais. Preciso recuperar minhas energias primeiro. E assim, quando chego em casa, tenho um plano.

Hoje à noite: assistir DVDs animadores, comer um monte de Magnum, chorar muito. Máscara capilar.[97]

Amanhã: dar para o mundo a notícia de que o casamento foi cancelado, lidar com as consequências, ver Annalise tentar não dar gritinhos de alegria etc. e tal.

Mandei meu novo número para todo mundo que conheço por mensagem de texto, e já me responderam com algumas mensagens simpáticas, mas não mencionei o casamento para ninguém. Isso pode esperar até amanhã.

Não quero ver nada com casamentos, obviamente,[98] então acabo optando por desenhos, que acabam sendo os maiores provocadores de lágrimas de todos. Assisto a *Toy Story 3*,[99] *Up – Altas Aventuras*,[100] e, por volta da meia-noite, estou em *Procurando Nemo*. Estou encolhida no sofá usando meu pijama velho e o cobertor peludo, com vinho branco ao alcance da mão, o cabelo oleoso por causa da máscara e os olhos mais inchados do universo. *Procurando Nemo* sempre me faz chorar mesmo, mas, desta vez, já estou me afogando no choro antes mesmo de Nemo se perder.[101] Estou me perguntando se devo

---

97. Posso muito bem continuar seguindo o antigo plano.
98. Acontece que é o que tem na maior parte dos meus DVDs.
99. Festival de choro.
100. Festival de choro total.
101. Que tipo de filme é esse que começa com uma mãe peixe e todos os seus ovinhos reluzentes sendo comidos por um tubarão, caramba? Era pra ser um filme *infantil*.

procurar outra coisa menos violenta e brutal para assistir quando o interfone toca.

O que é estranho. Não estou esperando ninguém. A não ser que... Será que Toby e Tom chegaram dois dias antes? Seria a cara deles chegar à meia-noite, vindo direto de um trem barato. O interfone fica convenientemente ao alcance do sofá, então pego o fone, dou uma pausa em *Procurando Nemo* e, com hesitação, digo:

— Alô.

— É Magnus.

Magnus?

Eu me sento direito no sofá, como se tivesse levado um choque. Magnus. Aqui. Na minha porta. Será que ele ouviu o recado?

— Oi. — Eu engulo em seco, tentando me recompor. — Pensei que você estava em Bruges.

— Voltei.

— Certo. Então por que não usou sua chave?

— Pensei que você podia ter mudado a fechadura.

— Ah. — Empurro uma mecha de cabelo oleoso de cima dos olhos molhados. Então ele *ouviu* o recado. — Bem... não mudei.

— Então posso subir?

— Pode, né?!

Coloco o fone no lugar e olho ao redor. Merda. Está um chiqueiro aqui. Por um instante de tensão, sinto um impulso para me levantar, jogar fora as embalagens de Magnum, lavar o cabelo para tirar a máscara, arrumar as almofadas, passar delineador e arrumar uma roupa mais apresentável. É o que Annalise faria.

E talvez seja isso que me faça parar. Quem se importa se estou com os olhos inchados e máscara nos cabelos? Não vou me casar com esse homem, então minha aparência é irrelevante.[102]

Escuto a chave dele na fechadura e faço questão de colocar *Procurando Nemo* para rodar. Não vou pausar minha vida por causa dele. Já fiz muito isso. Aumento um pouco o volume e encho minha taça de vinho ainda mais. Não vou oferecer para ele, então ele não devia esperar. *Nem* um Magnum.[103]

A porta faz o ruído familiar e sei que ele está na sala, mas mantenho meu olhar fixo na tela.

— Oi.

— Oi. — Dou de ombros, como se quisesse dizer "Tanto faz".

Pela minha visão periférica, consigo ver Magnus expirar. Ele parece um pouco nervoso.

— E aí?

— E aí? — Também posso entrar nesse joguinho.

— Poppy.

— Poppy. Quero dizer, Magnus. — Faço cara de raiva. Ele me pegou. Por engano, levanto o olhar e encontro o dele, e ele corre até mim na mesma hora e segura minhas mãos, como fez quando nos conhecemos.

— Para! — Eu praticamente rosno para ele quando puxo as mãos. — Você não pode fazer isso.

— Me desculpa! — Ele ergue as mãos como se eu o tivesse queimado.

— Não sei quem é você. — Olho com infelicidade para Nemo e Dory. — Você mentiu sobre tudo. Não posso me casar

---

102. Obs.: Minha aparência não deveria ser irrelevante de qualquer maneira?
103. Porque comi todos.

com alguém que é um mentiroso traidor. Então é melhor você ir. Nem sei o que você está fazendo aqui.

Magnus dá outro enorme suspiro.

— Poppy... Tudo bem. Eu errei. Admito.

— "Errou"? — eu repito com sarcasmo.

— Sim, errei! Não sou perfeito, OK? — Ele enfia os dedos no cabelo num gesto de frustração. — É isso o que você espera de um homem? Perfeição? Quer um homem sem defeitos? Porque, vai por mim, esse homem não existe. E se é por isso que você está cancelando o casamento, porque dei uma erradinha... — Ele estica as mãos, com os olhos refletindo as luzes coloridas da TV. — Sou *humano*, Poppy. Sou um ser humano imperfeito, cheio de defeitos.

— Não quero um homem sem defeitos — respondo. — Quero um homem que não durma com a minha cerimonialista.

— Infelizmente, a gente não escolhe os nossos defeitos. E me arrependi da minha fraqueza várias vezes.

Como ele está fazendo para soar tão cheio de si, como se fosse a vítima aqui?

— Bem, coitadinho de você. — Aumento ainda mais o volume de *Procurando Nemo*, mas, para minha surpresa, Magnus pega o controle remoto e desliga o filme. Olho para ele no silêncio repentino.

— Poppy, você não pode estar falando sério. Não pode querer cancelar tudo por causa de um pequeno...

— Não é só isso. — Sinto uma dor ardente e antiga no peito. — Você nunca me contou sobre as outras noivas. Nunca me contou que tinha pedido Lucinda em casamento. Achei que aquele anel era *especial*. Aliás, sua mãe está com ele.

— Eu pedi outras garotas em casamento — diz ele lentamente. — Mas agora, não consigo saber por quê.

— Porque você as amava?

— Não — diz ele, com uma fúria repentina. — Não amava. Eu estava louco. Poppy, você e eu... Com a gente é diferente. Podia dar certo. Sei que podia. Só precisamos passar pelo casamento...

— *Passar* pelo casamento?

— Não é o que quero dizer. — Ele expira com impaciência. — Para com isso, Poppy. O casamento está todo pronto. Está tudo programado. Não tem nada a ver com o que aconteceu com Lucinda, tem a ver com nós dois. A gente pode fazer isso. Eu quero fazer. Quero muito. — Ele está falando com tanto fervor que olho para ele, surpresa.

— Magnus...

— Isso vai fazer você mudar de ideia?

Para minha surpresa, ele se apoia num dos joelhos ao lado do sofá e enfia a mão no bolso. Fico olhando sem palavras enquanto ele abre uma caixinha de joias. Dentro tem um anel feito de fios de ouro retorcidos, com um pequeno diamante preso na lateral.

— De onde... De onde veio isso? — Mal consigo falar.

— Comprei para você em Bruges. — Ele limpa a garganta, como se tivesse vergonha de admitir. — Eu estava andando pela rua hoje cedo. Vi numa vitrine, pensei em você.

Não consigo acreditar. Magnus comprou um anel para mim. Especialmente para mim. Ouço a voz de Wanda na minha cabeça: *Quando ele realmente quiser se comprometer com alguém, vai procurar um anel para dar. Vai escolher com cuidado. Pensar sobre ele.*

Mas ainda não consigo relaxar.

— Por que você escolheu *esse* anel? — eu insisto. — Por que ele fez você pensar em mim?

— Os fios de ouro. — Ele dá um sorriso envergonhado. — Eles me lembraram do seu cabelo. Não a cor, óbvio — conserta ele rapidamente. — O brilho.

Foi uma boa resposta. Bem romântica. Levanto o olhar e ele me dá um sorriso torto e esperançoso.

Ai, Deus. Quando Magnus age desse jeito doce de cachorrinho sem dono, ele é quase irresistível.

Os pensamentos estão girando na minha cabeça. Ele errou. Errou feio. Vou jogar tudo fora por causa disso? Será que eu mesma sou tão perfeita? Vamos encarar, 24 horas atrás os meus braços estavam ao redor do corpo de outro homem num bosque.

Sinto uma pontada no peito ao pensar em Sam, e me dou um sacolejo mental. Para. Não pensa nisso. Fui levada pela situação, só isso. Talvez Magnus também tenha sido.

— O que você acha? — Magnus está me observando com ansiedade.

— Adorei — sussurro. — É incrível.

— Eu sei. É único. Como você. E quero que você use. Então, Poppy... — Ele coloca a mão quente sobre a minha. — Minha doce Poppy... Você quer?

— Ai, Deus, Magnus — eu digo, indefesa. — Não sei...

Meu celular novo está piscando com mensagens novas e eu o pego, só para ganhar mais tempo. Tem um e-mail novo de assistentedesamroxton@consultoriawhiteglobe.com.

Meu coração dá um salto. Mandei meu novo número para Sam esta tarde. E, no último minuto, acrescentei "Me desculpe por hoje à tarde", junto com alguns beijos. Só para aliviar o clima. Agora ele está respondendo. À meia-noite. O que ele quer dizer? Com dedos trêmulos, os pensamentos viajando por entre possibilidades, clico na mensagem.

— Poppy? — Magnus parece um pouco afrontado. — Amor? Será que podemos focar aqui?

Sam ficou feliz em receber seu e-mail. Entrará em contato assim que puder. Mas agradecemos seu interesse.

Eu me sinto um pouco humilhada ao ler as palavras. O e-mail de dispensa. Ele fez a assistente dele me mandar um e-mail de dispensa.

De repente, me lembro dele naquela vez, no restaurante. *Você precisa ter um e-mail de dispensa... É bastante útil para afastar abordagens indesejadas.* Bem, ele não podia ter sido mais claro, não é?

E agora sinto mais do que uma pontada de dor no meu peito. Sinto uma dor lancinante. Fui tão burra. O que *pensei*? Pelo menos Magnus não se iludiu achando que ele e Lucinda eram mais do que um relacionamento casual. De certa forma, ele permaneceu mais fiel do que eu. Se Magnus soubesse *metade* do que tinha acontecido nos últimos dias...

— Poppy? — Magnus está olhando para mim. — Más notícias?

— Não. — Jogo o celular no sofá e, de alguma forma, consigo abrir um sorrisão. — Você está certo. Todo mundo era de um jeito idiota. Todo mundo se deixa levar. Somos distraídos por coisas que não são... não são reais. Mas a questão é... — Estou ficando desanimada.

— Sim? — diz Magnus, delicadamente.

— A questão é que... você comprou um anel pra mim. Você mesmo foi e comprou.

Quando digo as palavras, meus pensamentos parecem se unir e se consolidar. Todos os meus sonhos ilusórios se desfazem. Isso é a realidade, bem aqui, na minha frente. Sei o que quero agora. Tiro o anel da caixa e o examino por um momento, com o sangue pulsando com força na minha cabeça.

— Você o escolheu pra mim. E eu adorei. E Magnus... sim.

Olho nos olhos de Magnus, sem de repente me importar com Sam; querendo seguir minha vida, ir em frente, para longe daqui, para algum lugar novo.

— Sim? — Ele olha para mim como se não tivesse certeza do que está ouvindo.

— Sim —concordo.

Em silêncio, Magnus pega o anel da minha mão. Ele levanta a minha mão esquerda e o coloca no dedo anelar.

Não consigo acreditar. Vou me casar.

DEZESSEIS

Magnus não acredita em superstições. Ele é como o pai. Então, embora seja nosso casamento hoje, embora *todo mundo* saiba que dá azar, ele passou a noite na minha casa. Quando falei que ele devia ir para a casa dos pais, ele ficou aborrecido e disse que eu não podia ser tão ridícula e perguntou por que ele teria que fazer a mala para passar a noite fora. Em seguida, ainda disse que as únicas pessoas que acreditavam nesse tipo de coisas eram pessoas que...

Nesse ponto, ele parou. Mas sei que ele ia dizer "que têm mentes fracas". Foi bom ele não ter continuado, senão teríamos uma *baita* de uma briga. Na verdade, ainda estou p da vida com ele. E esse não é o sentimento ideal para o dia do nosso casamento. Eu devia estar com os olhos vidrados. Não devia estar esticando a cabeça para fora da cozinha a cada cinco minutos para dizer: "E *outra* coisa que você sempre faz..."

Agora eu sei exatamente por que inventaram a tradição de os noivos passarem a noite anterior ao casamento separados. Não tem nada a ver com romance ou sexo, nem ser virgem nem nada. É para os dois não brigarem e você não andar até o altar batendo os pés e olhando com raiva para o noivo, planejando todas as verdades que vai dizer para ele assim que o casamento acabar.

Eu ia fazê-lo dormir na sala de estar, mas Toby e Tom estavam lá, em sacos de dormir.[104] Pelo menos, eu o fiz prometer sair de casa antes de eu colocar o vestido de noiva. Até porque, isso já seria demais.

Enquanto me sirvo de uma xícara de café, eu o ouço declamando no banheiro e bate uma leve irritação. Ele está treinando o discurso. Aqui. No apartamento. O discurso dele não era para ser *surpresa*? Será que ele sabe *alguma coisa* sobre casamentos? Eu vou para perto do banheiro, pronta para dar uma bronca nele, mas paro. Posso muito bem ouvir uma parte.

A porta está entreaberta, e espio pela abertura e o vejo se dirigindo a si mesmo no espelho, de roupão. Para minha surpresa, ele parece bastante emocionado. Está com as bochechas rosadas e está respirando forte. Talvez esteja entrando no papel. Talvez faça um discurso realmente apaixonado sobre como completei a vida dele que vai levar todo mundo às lágrimas.

— Todo mundo dizia que eu nunca me casaria. Todo mundo disse que eu jamais faria isso. — Magnus faz uma pausa tão longa que me pergunto se esqueceu o que vinha depois. — Bem, vejam. Aqui estou eu. Certo? Aqui estou.

Ele toma um gole de uma coisa que parece gim e tônica e olha agressivamente para si mesmo.

— Aqui estou. Casado. Certo? *Casado.*

Olho para ele com incerteza. Não sei exatamente o que está errado no discurso, mas tem alguma coisa errada... Tem algum pequeno detalhe que parece errado... alguma coisa faltando... alguma coisa perturbadora...

---

104. Ainda estão lá, apagados.

Já sei. Ele não parece feliz.

Por que ele não parece feliz? É o dia do casamento dele.

— Consegui. — Ele ergue o copo para o espelho, com raiva. — Então todos vocês que disseram que eu não era capaz, fodam-se.

— Magnus! — Não consigo evitar a exclamação chocada. — Você não pode dizer "fodam-se" no discurso de casamento.

O rosto de Magnus se transforma e o ar agressivo desaparece de imediato quando ele se vira.

— Poppy! Querida! Eu não sabia que você estava ouvindo.

— Esse é seu discurso? — eu pergunto.

— Não! Não exatamente. — Ele toma um grande gole de bebida. — Estou desenvolvendo.

— Você ainda não o escreveu? — Eu olho para o copo. — Isso é gim e tônica?

— Acho que posso tomar um gim e tônica no dia do meu casamento, não acha?

O ar agressivo está voltando. Qual é o *problema* dele?

Se eu estivesse numa daquelas cozinhas luxuosas e reluzentes dos dramas americanos, iria até ele agora, pegaria no braço dele e diria delicadamente: "Vai ser um dia lindo, querido." O rosto dele se suavizaria e ele diria "eu sei", e nós nos beijaríamos, e eu teria acabado com a tensão com meu jeito amoroso e meu charme.

Mas não estou no clima. Se ele pode ser agressivo, eu também.

— Tudo bem. — Eu olho para ele com raiva. — Fica irritado, enche a cara. Ótima ideia.

— Não vou encher a cara. Meu Deus. Mas preciso tomar *alguma coisa* para aliviar... — Ele para de repente, e fico olhando para ele em estado de choque. Como exatamente ele ia terminar aquela frase?

Aliviar o *sacrifício*? Aliviar a *dor*?

Acho que a mente dele está trabalhando em sintonia com a minha, porque ele num instante termina a frase.

— ... a *emoção*. Preciso aliviar a emoção, senão vou ficar agitado demais para me concentrar. Querida, você está linda. O cabelo está maravilhoso. Vai ficar um espetáculo.

O jeito antigo e envolvente está de volta com força total, como o sol saindo de trás de uma nuvem.

— Eu ainda nem arrumei o cabelo — eu digo, com um sorriso rancoroso. — O cabeleireiro está vindo.

— Bem, não deixa ele estragar seu cabelo. — Ele pega as pontas do meu cabelo e as beija. — Vou sair do caminho. Vejo você na igreja!

— Tudo bem. — Olho para ele um tanto perturbada.

E fico perturbada durante o resto da manhã. Não é exatamente preocupação. É mais uma sensação de que não sei se eu *deveria* estar preocupada. Vamos analisar os fatos. Num momento, Magnus está em cima de mim, me implorando para casar com ele. Depois ele fica hostil, como se eu o estivesse forçando sob a mira de uma arma. É nervosismo? É assim que os homens sempre ficam no dia do casamento? Será que eu deveria aceitar isso como um comportamento masculino normal, como quando ele fica resfriado e começa a procurar no Google *sintomas de câncer de nariz coriza narinas*?[105]

Se papai estivesse vivo, eu poderia perguntar a ele.

Mas é uma linha de pensamento que *realmente* não posso me permitir seguir, não hoje, senão vou ficar péssima. Pisco com força e esfrego o nariz com um lenço de papel. Para, Poppy. Fica animada. Para de inventar problemas que não existem. Vou me casar!

---

105. Sério.

Toby e Tom saem de seus casulos quando o cabeleireiro chega e fazem enormes xícaras de chá em canecas que eles mesmos levaram.[106] Eles imediatamente começam a irritar o cabeleireiro e a colocar rolinhos no cabelo e me fazer rolar de rir, e desejo pela zilionésima vez que pudesse vê-los com mais frequência. Em seguida, eles saem para tomar café na rua, e Ruby e Annalise chegam duas horas antes porque não conseguiram esperar, e o cabeleireiro anuncia que está pronto para começar, e minha tia Trudy liga do celular dizendo que estão quase chegando e que a meia-calça dela desfiou e me pergunta se tem algum lugar onde ela possa comprar uma nova.[107]

Em pouco tempo, estamos no meio de uma confusão de secadores ligados, unhas sendo pintadas, cabelo sendo preso, flores chegando, vestidos sendo colocados, vestidos sendo tirados para uma ida ao banheiro, sanduíches sendo entregues, um quase-desastre com spray de bronzeamento (na verdade, era apenas uma mancha de café no joelho de Annalise) e, de alguma maneira, são 2 horas da tarde antes que eu me dê conta, e os carros chegaram e estou de pé na frente do espelho, de vestido e véu. Tom e Toby estão comigo, um de cada lado, tão bonitos de fraque que tenho que piscar para segurar o choro de novo. Annalise e Ruby já foram para a igreja. É agora. Esses são os meus últimos minutos solteira.

— Mamãe e papai ficariam tão orgulhosos de você — diz Toby com voz rouca. — Que vestido lindo.

— Obrigada. — Tento dar de ombros com indiferença.

Acho que estou bem, para uma noiva. Meu vestido é muito comprido e estreito, com decote atrás e pequenos detalhes

---

106. Aparentemente, minhas canecas são "de garota".
107. Minha tia Trudy não acredita que existem lojas fora de Taunton.

de renda nas mangas. Meu cabelo está preso num coque.[108] Meu véu é bem fino e estou com uma grinalda de contas e um belo buquê de lírios. Mas, de alguma forma, assim como com Magnus de manhã, alguma coisa parece errada...

É minha expressão, eu percebo de repente com ar de tristeza. Não está certa. Meus olhos estão tensos e minha boca fica se contorcendo para baixo, e não estou radiante. Tento dar um sorrisão e mostrar os dentes para mim mesma, mas agora fico meio sinistra, como uma espécie de palhaça-noiva aterrorizante.

— Você está bem? — Tom está me observando com curiosidade.

— Ótima! — Puxo o véu, tentando fazê-lo emoldurar mais meu rosto. A questão é que não importa como está minha expressão. Todo mundo vai olhar para a cauda do vestido.

— Ei, mana. — Toby olha para Tom como se pedisse aprovação. — Só para você saber, se *mudasse* de ideia, por nós dois estaria tranquilo. A gente te ajudaria a dar no pé. Conversamos sobre isso, não foi, Tom?

— O trem das 4 e meia que sai de St. Pancras. — Tom assente. — Te deixa em Paris ainda em tempo para o jantar.

— Dar no pé? — Olho para ele, consternada. — O que você quer dizer? Por que vocês iriam planejar uma fuga? Vocês não gostam do Magnus?

— Não! Ei! A gente nunca disse isso. — Toby ergue as mãos na defensiva. — Só... estamos te dizendo. Dando opções. Encaramos como nossa função.

— Então *não* vejam como função de vocês. — Falo com mais aspereza do que pretendia. — Temos que ir para a igreja.

— Comprei o jornal quando saí — acrescenta Tom, pegando uma pilha de jornais. — Quer ler no carro?

---

108. No final, estava comprido o suficiente. Apenas o suficiente.

— Não! — Eu me encolho de horror. — É claro que não! Vou manchar o vestido de tinta de jornal!

Só meu irmãozinho poderia sugerir que eu lesse o jornal a caminho do meu casamento. Como se fosse ser tão chato que seria melhor levar alguma coisa para nos distrair.

Apesar de ter dito isso, não consigo evitar dar uma olhadinha rápida no *Guardian* enquanto Toby vai ao banheiro antes de sair. Tem uma foto de Sam na página 5, debaixo de uma manchete que diz "Escândalo abala mundo empresarial" e, assim que a vejo, meu estômago se contrai com força.

Mas com menos força do que antes. Tenho certeza.

O carro é um Rolls-Royce preto, que causa grande impacto na minha pacata rua de Balham, e um pequeno grupo de vizinhos se reuniu para olhar na hora em que saio. Dou um giro e todo mundo aplaude quando entro no carro. Saímos e me sinto como uma noiva radiante, poderosa e perfeita.

Só que não consigo parecer *tão* radiante e poderosa, porque quando estamos passando pela Buckingham Palace Road, Tom se inclina para a frente e diz:

— Poppy? Você está enjoada?

— O quê?

— Está com cara de quem está passando mal.

— Não estou, não. — Olho para ele com raiva.

— Está sim — diz Toby, olhando para mim com dúvida. — Meio... verde.

— É, verde. — O rosto de Tom se ilumina. — Era isso que eu queria dizer. Como se fosse vomitar. Você *vai* vomitar?

Isso é tão típico de irmãos. Por que eu não podia ter irmãs, que me diriam que estou linda e me emprestariam o blush?

— Não, não vou vomitar! E não importa como parece que estou me sentindo. — Viro o rosto para o outro lado. — Ninguém vai conseguir ver através do véu.

Meu celular toca e o tiro da minha bolsinha de noiva. É uma mensagem de texto de Annalise.

Não sigam pela Park Lane! Acidente! Estamos presas!

— Ei. — Eu me inclino para a frente, para falar com o motorista. — Teve um acidente na Park Lane.

— Certo. — Ele assente. — Vamos evitar esse caminho, então.

Quando entramos numa ruazinha lateral, percebo Tom e Toby trocando olhares.

— O quê? — eu digo.

— Nada — diz Toby, de maneira tranquilizadora. — Só encosta no banco e relaxa. Quer que eu conte umas piadas, para você não ficar pensando no casamento?

— *Não.* Obrigada.

Olho pela janela e observo as ruas que passam. E, de repente, antes de eu me sentir pronta, chegamos. Os sinos da igreja estão tocando num tom rítmico quando saímos do carro. Alguns convidados atrasados que não reconheço estão subindo os degraus correndo, a mulher segurando o chapéu. Eles sorriem para mim e dou um aceno de cabeça constrangido.

É de verdade. Vou mesmo fazer isso. É o dia mais feliz da minha vida. Eu devia me lembrar de cada momento. Principalmente do quanto estou feliz.

Tom me avalia e faz uma careta.

— Pops, você está péssima. Vou dizer para o vigário que você está passando mal. — Ele passa por mim em direção à igreja.

— Não! Não estou passando mal! — eu exclamo com ênfase, mas é tarde demais. Ele saiu numa missão. E, alguns minutos depois, o reverendo Fox sai correndo da igreja com uma expressão ansiosa no rosto.

— Ai, meu Deus, seu irmão tem razão — diz ele assim que me vê. — Você não parece bem.

— Estou ótima!

— Por que você não tira alguns minutos sozinha para ficar melhor antes da gente começar a cerimônia? — Ele está me levando para uma salinha lateral. — Senta aqui um pouquinho, toma um copo de água. Um biscoito, talvez? Tem alguns no hall da igreja. Precisamos esperar as damas de honra, de qualquer jeito. Eu soube que elas estão presas no trânsito.

— Vou procurar as meninas lá na rua — diz Tom. — Não devem demorar.

— Vou pegar os biscoitos — diz Toby. — Você vai ficar bem, mana?

— Vou.

Eles todos saem e fico sozinha na sala silenciosa. Um pequeno espelho está apoiado numa prateleira, e quando me vejo nele, faço uma careta. Parece mesmo que estou mal. Qual é o meu *problema*?

Meu celular toca e olho para ele, surpresa. Recebi uma mensagem de texto da Sra. Randall.

6/4, 6/2. Obrigada, Poppy!

Ela conseguiu! Voltou para as quadras de tênis! É a melhor notícia que tive o dia todo. E, de repente, queria estar no trabalho, longe daqui, focada no processo de tratar alguém, fazendo uma coisa útil...

Não. Para. Não seja *idiota*, Poppy. Como você pode querer estar no trabalho no dia do seu casamento? Devo ser alguma espécie de aberração da natureza. Nenhuma outra noiva iria querer estar no trabalho. Nenhuma das revistas de noiva publica artigos intitulados "Como parecer radiante, e não que você quer vomitar".

Outra mensagem de texto chega no meu celular, mas essa é de Annalise.

> Finalmente!!! Estamos chegando! Você já chegou?

Muito bem. Vamos nos concentrar no aqui e agora. O simples ato de digitar uma resposta me deixa mais relaxada.

> Acabei de chegar.

Um instante depois, ela responde:

> Argh! Estamos indo o mais rápido que dá. De qualquer modo, você tem que se atrasar. Dá sorte. Ainda está com a liga azul?

Annalise estava tão obcecada com a ideia de eu usar a liga azul que levou três opções diferentes hoje de manhã. Me desculpa, mas *para que* servem as ligas? Para ser sincera, eu ficaria bem melhor agora sem um elástico apertado cortando a circulação da minha perna, mas prometi que usaria até o fim.

> É claro! Embora minha perna provavelmente vá cair agora. Boa surpresa para Magnus na noite de núpcias.

Dou um sorriso ao enviar a mensagem. Está me alegrando ter essa conversa boba. Coloco o celular na mesa, tomo um gole de água e respiro fundo. Muito bem. Estou me sentindo melhor. O celular toca com a chegada de uma nova mensagem de texto, e eu pego o aparelho para ver o que Annalise respondeu...

Mas é do celular de Sam.

Por alguns instantes, não consigo me mexer. Sinto um frio na barriga no mesmo instante, como se eu fosse adolescente. Ai, Deus. Isso é *patético*. É humilhante. Vejo a palavra "Sam" e desmorono.

Metade de mim quer ignorar a mensagem. Que importância tem o que ele quer dizer? Por que eu deveria dar um milímetro de espaço na minha mente ou de tempo para ele quando é meu casamento e tenho outras coisas em que pensar?

Mas sei que nunca vou conseguir ir até o fim do casamento com uma mensagem de texto não lida queimando um buraco no meu telefone. Eu a abro com o máximo de calma que consigo, percebendo que mal consigo mover os dedos. E vejo que é uma daquelas especialidades de Sam: uma mensagem de uma palavra.

Oi.

Oi? O que isso quer dizer, pelo amor de Deus?

Bem, não vou ser rude. Digito em resposta uma mensagem similarmente efusiva.

Oi.

Um momento depois, outro toque.

É um bom momento?

O quê?

Ele está falando sério? Ou está sendo sarcástico? Ou...

Então eu me dou conta. É claro. Ele acha que cancelei o casamento. Ele não sabe. Nem faz ideia.

E, de repente, vejo a mensagem dele sob um novo ângulo. Ele não está querendo dizer nada. Está apenas dizendo "oi".

Engulo em seco e tento pensar no que responder. Por algum motivo, não consigo suportar dizer para ele o que estou fazendo. Não diretamente.

Na verdade, não.

Vou ser breve, então. Você estava certa e eu errado.

Fico olhando para as palavras dele, perplexa. Certa sobre o quê? Lentamente, eu digito:

Como assim?

Quase no mesmo segundo, a resposta chega.

Sobre Willow. Você estava certa e eu estava errado. Desculpa por ter reagido mal. Eu não queria que você estivesse certa, mas você estava. Falei com ela.

O que você disse?

Falei que tinha terminado, *finito*. Mandei parar com os e-mails, senão eu faria um boletim de ocorrência por perseguição.

Ele *não* fez isso. Não acredito.

E ela?

Ficou bem chocada.

Imagino.

O silêncio se prolonga por um tempo. Uma mensagem nova de Annalise chegou ao meu celular, mas não a abro. Não consigo suportar romper a conversa entre mim e Sam. Aperto o aparelho com força, olho para a tela, espero para ver se ele vai mandar outra mensagem de texto. Ele tem que mandar...
Naquele momento, o celular toca.

Não pode ser um dia fácil pra você. Era pra ser seu casamento, não era?

É como se eu tivesse perdido o chão. O que respondo? O quê?

Sim.

Bem, olha aqui uma coisa pra te alegrar.

Para me alegrar? Estou olhando para a tela, intrigada, quando uma mensagem com foto chega e me faz rir de surpresa. É uma foto de Sam sentado numa cadeira de dentista. Ele está dando um sorrisão e usando um adesivo na lapela que diz: "Fui um bom paciente no dentista!!"
Ele fez isso por mim, é o que passa na minha cabeça antes que eu consiga impedir. *Ele foi ao dentista por mim.*
Não. Não seja burra. Ele foi por causa dos dentes dele. Eu hesito, e depois digito:

Você tem razão. Isso me alegrou. Muito bem. Já estava na hora!

Um instante depois, ele responde:

Pode sair pra tomar um café?

E, para meu horror, sem aviso, lágrimas surgem nos meus olhos. Como ele pode ligar *agora* para me convidar para tomar café? Como pode não perceber que as coisas seguiram em frente? O que ele *achou* que eu faria? Enquanto digito, meus polegares estão ágeis e agitados.

Você me dispensou.

O quê?

Você me mandou o e-mail de dispensa.

Nunca mando e-mails, sabe disso. Deve ter sido a minha assistente. Ela é eficiente demais.

Ele *não* mandou o e-mail?
Certo, agora não consigo suportar. Vou chorar, ou rir histericamente, ou *alguma coisa do tipo*. Eu tinha tudo resolvido na minha cabeça. Eu sabia como tudo estava. Agora, minha cabeça está um turbilhão de novo.
O telefone toca com uma mensagem de Sam.

Você não está ofendida, está?

Eu fecho os olhos. Preciso explicar. Mas o que eu... Como eu...
Por fim, sem nem abrir os olhos, eu digito:

Você não entende.

O que eu não entendo?

Não consigo suportar digitar as palavras. Simplesmente não consigo. O que faço é esticar o braço o mais longe possível, tiro uma foto de mim e olho o resultado.

Sim. Está tudo lá, na imagem: meu véu, minha grinalda, uma parte do vestido de noiva, o canto do meu buquê de lírios. Não há dúvida nenhuma quanto ao que está acontecendo.

Aperto o número do celular de Sam e envio. Pronto. Está percorrendo o cosmos. Agora ele sabe. Eu provavelmente não vou mais ter notícias dele depois disso. Acabou. Foi um encontro estranho entre duas pessoas, e este é o fim. Com um suspiro, afundo na cadeira. Os sinos pararam de soar e há um silêncio estranho na sala.

De repente, os bipes começam. Frenéticos e contínuos, como uma sirene de emergência. Pego meu celular em estado de choque, e elas estão se acumulando na minha caixa de entrada: mensagem após mensagem após mensagem, todas de Sam.

Não.

Não não não não não.

☹

Não faz isso.

Você não pode.

Está falando sério?

Poppy, por quê?

Minha respiração está rápida e entrecortada enquanto leio as palavras dele. Eu não estava pretendendo entrar na conversa, mas não consigo suportar mais. Tenho que responder.

O que você espera, que eu vá embora? Tem duzentas pessoas esperando aqui.

Imediatamente, a resposta de Sam chega.

Você acha que ele te ama?

Giro o anel de filetes de ouro no dedo da mão direita, tentando desesperadamente encontrar um caminho entre todos os pensamentos contraditórios que surgem na minha mente. Será que Magnus me ama? Quero dizer... o que é *amor*? Ninguém sabe exatamente o que é amor. Ninguém consegue defini-lo. Ninguém consegue provar que existe. Mas, se alguém escolhe um anel especialmente para você em Bruges, isso tem que ser um bom começo, não é?

Sim.

Acho que Sam devia já estar com a resposta pronta, porque ela chega rápido. Na verdade, chegam três seguidas.

Não.

Você está enganada.

Não faz isso. Não faz. Não. Não.

Quero gritar com ele. Não é justo. Ele *não pode* dizer essas coisas agora. Ele *não pode* me deixar balançada agora.

Bem, o que devo fazer???

Mando a mensagem assim que a porta se abre. É o reverendo Fox, seguido de Toby, Tom, Annalise e Ruby, todos falando de uma vez, numa confusão toda animada.

— Ai, meu Deus! O trânsito! Achei que nunca chegaríamos...

— É, mas não podiam começar sem vocês, não é? É como nos aviões.

— Mas podem, sabe. Uma vez tiraram minha bagagem do avião em que eu ia viajar só porque eu estava experimentando uma calça jeans e não ouvi a chamada...

— Tem espelho aqui? *Preciso* passar gloss de novo...

— Poppy, trouxemos biscoitos...

— Ela não quer biscoitos! Tem que ficar magra no grande momento dela! — Annalise me avalia. — O que aconteceu com seu véu? Está todo embolado. E seu vestido está torto! Vou...

— Tudo bem, moça? — Ruby me dá um abraço enquanto Annalise puxa minha cauda. — Pronta?

— Eu... — Estou confusa. — Acho que sim.

— Você está linda. — Toby está mastigando um biscoito. — Bem melhor. Ei, Felix queria dar um oi. Tudo bem?

— Ah, é claro.

Eu me sinto impotente, ali, de pé, com todo mundo ao meu redor. Nem consigo me mexer, porque Annalise ainda está ajeitando minha cauda. Meu celular toca e o reverendo Fox me lança um sorriso frio.

— É melhor desligar isso, não acha?

— Imagina se tocasse durante a cerimônia? — Annalise ri. — Quer que eu segure para você?

Ela estica a mão e olho para ela, paralisada. Tem uma mensagem de texto nova de Sam na minha caixa de entrada. A resposta dele. Parte de mim está tão desesperada para ler que quase não consigo conter minhas mãos.

Mas outra parte está me mandando parar. Não seguir esse caminho. Como posso ler agora, quando estou prestes a subir no altar? Vai me confundir. Estou aqui, no dia do meu casamento, cercada de amigos e família. *Esta* é minha vida real. Não um cara a quem estou unida pelo cosmos. É hora de dizer adeus. É hora de cortar o laço.

— Obrigada, Annalise. — Desligo o celular e olho para ele por um momento, quando a luz se apaga. Não tem mais ninguém ali. É apenas uma caixa de metal morta, vazia.

Eu o entrego para Annalise e ela enfia o aparelho no sutiã.

— Você está segurando as flores alto demais. — Ela franze a testa para mim. — Está parecendo muito tensa.

— Estou bem. — Evito o olhar dela.

— Ei, adivinha. — Ruby se aproxima, com o vestido balançando. — Eu me esqueci de contar, vamos ter um paciente famoso! Aquele empresário que está no noticiário. Sir Nicholas alguma coisa?

— Você quer dizer... Sir Nicholas Murray? — pergunto, incrédula.

— Ele mesmo. — Ela sorri. — A secretária dele ligou e marcou uma sessão comigo! Disse que fui recomendada por uma pessoa cuja opinião ele respeita muito. Quem você acha que pode ter sido?

— Eu... não faço ideia — eu digo.

Estou muito comovida. E meio apavorada. Nunca, nem em um bilhão de anos, pensei que Sir Nicholas fosse aceitar minha recomendação. Como posso encará-lo de novo? E se ele falar em Sam? E se...?

Não. Para com isso, Poppy. Quando eu voltar a ver Sir Nicholas, serei uma mulher casada. O pequeno e bizarro episódio todo estará esquecido. Vai ficar tudo bem.

— Vou avisar o organista que estamos prontos — diz o reverendo Fox. — Vão para os seus lugares, pessoal.

Annalise e Ruby estão de pé atrás de mim. Tom e Toby estão um de cada lado, cada um entrelaçado com um braço meu. Ouvimos uma batida na porta e o rosto de coruja de Felix aparece.

— Poppy, você está linda.

— Obrigada! Entre.

— Pensei em vir desejar sorte. — Ele anda até mim, desviando com cuidado do meu vestido. — E dizer que estou orgulhoso de você estar entrando para a família. Todos nós estamos. Meus pais acham você maravilhosa.

— É mesmo? — pergunto, tentando esconder meu tom de dúvida. — Os dois?

— Ah, sim. — Ele assente com veemência. — Eles te adoram. Ficaram tão arrasados quando ouviram que o casamento ia ser cancelado.

— *Cancelado?* — Quatro vozes atônitas ecoam, as quatro ao mesmo tempo.

— O casamento foi cancelado? — diz Tom.

— Quando foi cancelado? — pergunta Annalise. — Você não contou pra gente, Poppy! Por que não contou?

Que ótimo. É tudo de que eu preciso, um interrogatório de toda a minha comitiva de casamento.

— Foi só por um tempo. — Eu tento minimizar a situação. — Vocês sabem como é. Uma dessas crises de nervos de último minuto. Todo mundo tem.

— Mamãe foi muito dura com Magnus. — Os olhos de Felix brilham por trás das lentes. — Ela disse que ele foi um tolo e que jamais encontraria alguém melhor do que você.

— É mesmo? — Não consigo evitar uma sensação de júbilo.

— Ah, ela ficou furiosa. — Felix parece estar adorando. — Ela praticamente jogou o anel em cima dele.

— Ela jogou o anel de esmeralda? — eu digo, atônita. Aquele anel vale milhares de libras. Wanda não o jogaria assim.

— Não, o anel de ouro retorcido. Esse anel. — Ele assente em direção à minha mão. — Quando ela o pegou na penteadeira para Magnus. Ela jogou nele e cortou a testa dele. — Ele ri. — Não foi fundo, é claro.

Fico olhando para ele, paralisada. O que ele acabou de dizer? Wanda pegou o anel de ouro retorcido na penteadeira?

— Achei... — Tento parecer relaxada. — Achei que Magnus o tinha comprado em Bruges.

Felix parece não entender.

— Ah, não. É da mamãe. *Era* da mamãe.

— Certo. — Passo a língua nos lábios secos. — Mas, Felix, o que aconteceu exatamente? Por que ela deu o anel a ele? Eu queria estar lá! — Tento parecer casual. — Me conta tudo.

— Bem. — Felix aperta os olhos, como se estivesse tentando lembrar. — Mamãe falou para Magnus não se dar ao trabalho de tentar dar para você aquele anel de esmeralda de novo. E ela pegou o anel de ouro e disse que mal podia esperar para ter você como nora. Aí papai disse "Por que você se dá ao trabalho? Está óbvio que Magnus não tem capacidade de encarar um casamento", e Magnus ficou muito bravo com ele e disse que tem sim, aí papai disse "Veja o emprego de Birmingham", e eles tiveram uma briga enorme, como sempre têm, e então... pedimos comida de restaurante. — Ele pisca. — Acho que foi isso.

Atrás de mim, Annalise está inclinada para a frente para ouvir.

— Então foi *por isso* que você trocou de anel. Eu *sabia* que você não era alérgica a esmeraldas.

Este anel era de Wanda. Magnus não o comprou especialmente para mim. Enquanto olho para minha mão, me sinto um pouco enjoada. E então, uma outra coisa me ocorre.

— *Que* emprego de Birmingham?

— Você sabe. O que ele largou. Papai sempre pega no pé de Magnus por ser do tipo que abandona as coisas. Desculpa, achei que você soubesse. — Felix está me olhando com curiosidade quando o som de cordas de órgão vindo de cima nos faz dar um pulo de susto. — Ah, vamos começar. É melhor eu ir. Te vejo lá!

— Sim, claro. — De alguma forma, consigo assentir. Mas sinto como se estivesse em outro planeta. Preciso digerir isso tudo.

— Pronta?

O reverendo Fox está na porta, chamando a gente. Quando chegamos na parte de trás da igreja, mal consigo segurar um gritinho de surpresa. Ela está cheia de arranjos de flores espetaculares, de fileiras de pessoas de chapéus e uma atmosfera quase palpável de expectativa. Bem na frente, só consigo ver de relance a nuca de Magnus.

Magnus. O pensamento faz meu estômago revirar. Não posso... Preciso de tempo para pensar...

Mas não tenho tempo. A música do órgão está aumentando. O coral de repente se junta à música com triunfo. O reverendo

Fox já andou até o altar. A comitiva começou a andar, e logo terei que andar também.

— Tudo bem? — Toby sorri para Tom. — Não a derrube, Pé Grande.

E saímos andando. Entramos na igreja, e as pessoas estão sorrindo para mim, e estou procurando um olhar tranquilo e feliz, mas por dentro meus pensamentos estão tão tranquilos quanto as partículas disparadas estudadas na Organização Europeia para Investigação Nuclear.

Não importa... É apenas um anel... Estou exagerando... Mas ele mentiu pra mim...

Ah, uau, olha só o chapéu de Wanda...

Meu Deus, essa música é incrível. Lucinda estava certa em contratar o coral...

Que emprego em Birmingham? Por que ele nunca me contou sobre isso?

Estou deslizando? Merda. Certo, assim é melhor...

Vamos lá, Poppy. Vamos ter um pouco de foco. Você tem uma ótima relação com Magnus. Se ele comprou ou não o anel é irrelevante. Um emprego antigo em Birmingham é irrelevante. E quanto a Sam...

Não. Esqueça Sam. Esta é a realidade. Este é meu casamento. É meu casamento e nem consigo me concentrar direito. Qual é o meu problema?

Vou até o fim. Eu consigo. Sim. Sim. Vamos lá...

Por que diabos Magnus está tão suado?

Quando chego ao altar, todos os outros pensamentos são superados por este último. Não consigo evitar um olhar desanimado para ele. Ele está péssimo. Se eu pareço estar passando mal, ele parece estar com malária.

— Oi. — Ele me dá um sorrisinho chocho. — Você está linda.

— Você está bem? — sussurro enquanto entrego meu buquê para Ruby.

— Por que eu não estaria? — responde ele na defensiva.

Essa não parece a resposta certa, mas não posso exatamente desafiá-lo.

A música parou e o reverendo Fox está se dirigindo à congregação com um sorriso entusiasmado. Ele parece adorar celebrar casamentos.

— Meus amados. Estamos reunidos aqui sob o olhar de Deus...

Quando ouço as palavras familiares ecoando na igreja, começo a relaxar. Certo. Aqui vamos nós. É *isso* que importa. É *isso* que espero há muito tempo. As juras. Os votos. As antigas e mágicas palavras que foram repetidas sob esse teto tantas vezes, por gerações e mais gerações.

Talvez tenhamos tido atribulações e tensões no período que antecedeu o casamento. Que casal não tem? Mas, se conseguirmos nos concentrar em nossos votos, se pudermos torná-los especiais...

— Magnus. — O reverendo Fox se vira para Magnus e há uma movimentação de expectativa na congregação. — Receba esta mulher como esposa, para que vocês vivam juntos depois da união perante Deus, no regime do sagrado matrimônio. Você vai amá-la, confortá-la, honrá-la e cuidar dela, na doença e na saúde, e vai deixar todas as outras de lado para se manter fiel a ela, enquanto vocês dois viverem?

Magnus está com um olhar vidrado e respira pesadamente. Ele parece estar se preparando mentalmente para correr a final dos 100 metros rasos nas Olimpíadas.

— Magnus? — pergunta o reverendo Fox.

— OK — diz ele, quase que para si mesmo. — OK. É agora. Eu consigo. — Ele inspira profundamente e, numa voz alta e dramática que se eleva até o teto, diz com orgulho: — Aceito.

Aceito?

Aceito?

Ele não estava *ouvindo?*

— Magnus — eu sussurro com firmeza. — Não é "aceito". Magnus olha para mim, claramente confuso.

— É claro que é "aceito".

Sinto uma onda de irritação. Ele não estava ouvindo uma única palavra. Apenas disse "aceito" porque é o que dizem nos filmes americanos. Eu *sabia* que devíamos ter ensaiado nossos votos. Eu devia ter ignorado os comentários de Antony e feito Magnus repeti-los.

— Não é "aceito", é "eu vou"! — Estou tentando não parecer tão chateada quanto me sinto. — Você não ouviu a pergunta? "Você vai." *Você vai.*

— *Ah.* — Magnus relaxa a testa ao entender. — Entendi. Desculpa. "Eu vou", então. Mas é claro que não tem muita importância — acrescenta ele, dando de ombros.

O quê?

— Podemos continuar? — diz o reverendo Fox apressadamente. — Poppy. — Ele sorri para mim. — Receba este homem como marido...

Sinto muito. Não posso deixar isso passar.

— Me desculpa, reverendo Fox. — Eu levanto uma das mãos. — Só uma coisa. Me desculpa. — Eu me viro para a congregação. — Só preciso esclarecer uma coisinha, não vai demorar nada... — Eu me viro para Magnus e digo num tom baixo e furioso: — O que você quer dizer com "não tem muita importância"? É *claro* que tem importância! É uma pergunta. Você tem que *responder*.

— Querida, acho que isso é levar a coisa *um pouco* literalmente demais. — Magnus está parecendo desconfortável. — Podemos seguir em frente?

— Não, não podemos seguir em frente! É uma pergunta literal! Você vai me receber? Uma pergunta. O que *você* acha que é?

— Bem. — Magnus dá de ombros de novo. — Você sabe. Um símbolo.

É como se ele tivesse acendido meu pavio. Como pode dizer isso? Ele *sabe* o quanto os votos são importantes para mim.

— Nem tudo na vida é um maldito *símbolo*! — Eu me sinto explodir. — É uma pergunta real e adequada, e você não a respondeu adequadamente! Você não sente *nada* do que está dizendo aqui?

— Pelo amor de Deus, Poppy... — Magnus baixa a voz. — Essa é a hora certa?

O que ele está sugerindo, que devemos dizer nossos votos e *depois* discutir se sentimos ou não o que dissemos?

Certo, talvez então nós devêssemos ter discutido nossos votos antes de ficarmos na frente do altar. Agora, vejo isso. Se eu pudesse voltar no tempo, faria diferente. Mas não posso. É agora ou nunca. E, para não dizer que não estou certa, Magnus sabia o que eram os votos de casamento, não sabia? Quero dizer, eu não o surpreendi com os votos, não é? Não são exatamente um segredo, são?

— É, sim! — Minha voz se eleva de agitação. — A hora é agora! Agora mesmo é a hora! — Eu me viro para a congregação, que está olhando, inquieta. — Quem acha que, num casamento, o noivo tem que sentir o que diz nos votos levanta a mão!

O silêncio é absoluto. Em seguida, para minha surpresa, Antony levanta a mão, seguido de Wanda, parecendo encabulados. Ao vê-los, Annalise e Ruby levantam as mãos. Em trinta segundos, todos os bancos estão cheios de mãos levantadas. Tom e Toby levantaram *as duas* mãos, assim como meu tio e minha tia.

O reverendo Fox está completamente desnorteado.

— Eu *sinto* o que dizem os votos — diz Magnus, mas ele fala com tão pouca convicção que até o reverendo Fox faz uma careta.

— É mesmo? — Eu me viro para ele. — "Vai deixar todas as outras de lado"? "Na doença e na saúde"? "Até que a morte nos separe"? Você tem certeza disso? Ou só queria provar para todo mundo que consegue ir até o fim num casamento?

E, embora eu não estivesse planejando dizer isso, assim que as palavras saem da minha boca, sinto que são verdade.

É *disso* que se trata. Tudo se encaixa agora. O discurso agressivo hoje de manhã. A testa suada. Até o pedido. Não é de surpreender que ele só tenha esperado um mês. Isso nunca teve a ver com nós dois, tinha a ver com ele provar algo. Talvez tenha a ver com o pai dele dizer que ele desiste de tudo. Ou com os zilhões de pedidos de casamento anteriores. Só Deus sabe. Mas a coisa toda está errada desde o começo. Foi tudo ao contrário. E eu acreditei porque quis.

De repente, sinto a pressão de lágrimas surgindo nos olhos. Mas me *recuso* a desabar.

— Magnus — eu digo, com mais gentileza. — Escuta. Não faz sentido fazermos isso. Não casa comigo só para provar que você não desiste de tudo. Porque você *vai* desistir, mais cedo ou mais tarde. Independentemente de quais sejam suas intenções. Vai acontecer.

— Besteira — diz ele intensamente.

— Vai sim. Você não me ama o bastante para um relacionamento de vida toda.

— Amo, sim!

— *Não* ama, Magnus — eu digo, quase com cansaço. — Eu não ilumino sua vida como deveria. E você não ilumina a minha. — Eu faço uma pausa. — Não o bastante. Não o suficiente para o "para sempre".

— É mesmo? — Magnus parece chocado. — Não acendo?

— Consigo ver que feri a vaidade dele.

— Não. Me desculpa.

— Você não precisa pedir desculpas, Poppy — diz ele, mal-humorado. — Se é assim que você se sente...

— Mas é como você se sente também! — eu exclamo. — Seja sincero! Magnus, você e eu, nós não fomos feitos para ficarmos juntos para sempre. Não somos a história principal. Acho que somos... — Eu contorço meu rosto, tentando pensar numa maneira de dizer. — Acho que somos as notas de rodapé um do outro.

Ficamos em silêncio. Magnus parece querer encontrar uma resposta adequada, mas não consegue. Encosto na mão dele, depois me viro para o vigário.

— Reverendo Fox, sinto muito. Fizemos você perder seu tempo. Acho que devemos encerrar isso tudo.

— Entendo — diz o reverendo Fox. — Meu Deus. Eu entendo. — Ele seca a testa com o lenço, desnorteado. — Você tem certeza... Talvez uma conversa de cinco minutos na sacristia...

— Acho que não vai resolver — respondo gentilmente. — Acho que acabamos. Você não acha, Magnus?

— Se você diz que sim. — Magnus parece angustiado de verdade, e por um momento eu me pergunto...

Não. Não há dúvida. Estou fazendo a coisa certa.

— Bem... o que devemos fazer agora? — eu digo com hesitação. — Devemos ir em frente com a recepção?

Magnus parece inseguro, mas depois assente.

— Acho que devemos. Já pagamos por ela.

Desço do altar e faço uma pausa. É constrangedor. Não ensaiamos isso. A congregação está assistindo, ainda na expectativa, para ver o que vai acontecer.

— Então... Hum... Será que eu devo... — Eu me viro para Magnus. — Não podemos sair da igreja juntos.

— Você vai primeiro. — Ele dá de ombros. — Depois eu vou.

O reverendo Fox está fazendo um sinal para o organista, que de repente começa a tocar a Marcha Nupcial.

— Não! — eu grito, horrorizada. — Nada de música! Por favor!

— Perdão! — O reverendo Fox faz apressados sinais de "corta". — Eu estava tentando sinalizar para não tocarem. A Sra. Fortescue é um pouco surda, infelizmente. Ela pode não ter entendido direito o que está acontecendo.

Isso tudo é uma baita de uma confusão. Eu nem sei se seguro as flores ou não. No final, eu as pego da mão de Ruby, que me dá um apertão solidário no braço, enquanto Annalise sussurra:

— Você está *louca*?

A música finalmente parou, então começo a sair da igreja em silêncio, evitando o olhar de todo mundo e me coçando toda de vergonha. Ah, Deus, isso é horrível. Devia haver uma estratégia de saída para uma situação dessas. Devia haver uma opção no Livro de Oração Comum. *Procissão para a noiva que mudou de ideia.*

Ninguém fala enquanto caminho pelo corredor. Todos estão me observando, com os olhares fixos. Mas percebo celulares sendo ligados, pela cacofonia de bipes nos bancos. Que ótimo.

Imagino que vai ser uma correria para ver quem posta primeiro no Facebook.

De repente, uma mulher na ponta de um banco levanta a mão na minha frente. Ela está com um chapéu grande e rosa e não faço a menor ideia de quem seja.

— Pare!

— Eu? — Eu paro e olho para ela.

— É, você. — Ela parece um pouco envergonhada. — Lamento interromper, mas tenho um recado para você.

— Para *mim*? — eu digo, confusa. — Mas eu nem te conheço.

— É isso que é tão estranho. — Ela fica ruborizada. — Me desculpe, eu deveria me apresentar. Sou Margaret, a madrinha de Magnus. Não conheço muitas pessoas aqui. Mas chegou uma mensagem de texto no meu celular durante a cerimônia, de uma pessoa chamada Sam Roxton. Pelo menos... não é para você, é *sobre* você. Ela diz: *Se você por acaso estiver no casamento de Poppy Wyatt...*

Ouço um gritinho de surpresa atrás dela.

— Eu também recebi essa mensagem! — exclama uma garota. — Exatamente a mesma! *Se você por acaso estiver no casamento de Poppy Wyatt...*

— Eu também! Igualzinha! — As vozes começam a soar na igreja. — Acabei de receber! *Se você por acaso estiver no casamento de Poppy Wyatt...*

Estou desnorteada demais para falar. O que está acontecendo? Sam mandou mensagem de texto para todos os convidados? Mais e mais mãos estão se erguendo; mais e mais celulares estão tocando; mais e mais pessoas estão exclamando.

Ele mandou mensagem de texto para *todo mundo no casamento?*

— Nós *todos* recebemos a mesma mensagem de texto? — Margaret olha para o resto da congregação sem acreditar. — Certo, vamos ver. Se você recebeu a mensagem em seu celular, leia em voz alta. Vou contar. Um, dois, três... *Se você por acaso...*

Quando as vozes começam, todas juntas, sinto que vou desmaiar. Isso não pode ser real. Tem um grupo de duzentas pessoas neste casamento, e a maioria está falando, lendo em voz alta da tela do celular, em uníssono. Quando as palavras soam pela igreja, elas parecem uma oração de missa ou um grito de torcida de futebol.

— *... estiver no casamento de Poppy Wyatt, eu gostaria de pedir um favor. Pare o casamento. Faça com que ela pare. Impeça. Enrole. Ela está fazendo a coisa errada. Pelo menos, faça com que ela pense sobre isso...*

Estou imóvel no corredor, segurando o buquê, com o coração disparado. Não consigo acreditar que ele fez isso. Não consigo acreditar. Onde ele conseguiu todos os números? Com Lucinda?

— *Vou dizer o motivo. Como o sábio disse uma vez: um tesouro desses não pode ficar nas mãos dos filisteus. E Poppy é um tesouro, embora não perceba...*

Não consigo deixar de olhar para Antony, que está segurando o celular e ergueu muito as sobrancelhas.

— *Não há tempo para conversar ou discutir ou ser lógico. E é por isso que estou tomando essa medida extrema. E espero que você também tome. Qualquer coisa que possa fazer. Qualquer coisa que possa dizer. O casamento é errado. Obrigado.*

Quando a leitura termina, todos parecem um pouco chocados.

— Mas que porra... — Magnus está andando do altar em minha direção. — Quem *era* esse?

Não consigo responder. As palavras de Sam estão girando na minha cabeça. Quero agarrar o celular de alguém e lê-las de novo.

— Vou responder! — exclama Margaret de repente. — *Quem é você?* — diz ela em voz alta enquanto digita no celular. — *É amante dela?* — Ela aperta o botão de enviar com um floreio dramático, e há um silêncio arrebatado na igreja, até que o telefone dela toca de repente. — Ele respondeu! — Ela faz uma pausa para causar impacto, e depois lê em voz alta: — *Amante? Não sei. Não sei se ela me ama. Não sei se eu a amo.*

Lá dentro, sinto uma decepção intensa. É claro que ele não me ama. Ele apenas acha que não devo me casar com Magnus. Está acertando o que vê como um erro. É uma coisa completamente diferente. Não significa que tem sentimentos por mim. Muito menos...

— *Só posso dizer que é nela que eu penso.* — Margaret hesita e a voz dela se abranda quando lê. — *O tempo todo. É a voz dela que quero ouvir. É o rosto dela que espero ver.*

Estou com a garganta toda entalada, engolindo desesperadamente, tentando manter a compostura. É nele que eu penso. O tempo todo. É a voz dele que eu quero ouvir. Quando meu telefone toca, torço para que seja Sam.

— Quem *é* ele? — Magnus parece não acreditar.

— É, quem é? — pergunta Annalise do altar, e há uma onda de gargalhadas na igreja.

— É só... um cara. Achei o celular dele... — Paro de falar, impotente.

Não consigo nem começar a descrever quem é Sam e o que fomos um para o outro.

O celular de Margaret toca de novo e o burburinho cessa, e vira um silêncio cheio de expectativas.

— É dele — diz ela.
— O que ele diz? — Mal consigo confiar na minha voz.

A igreja está tão silenciosa e parada que quase consigo ouvir meu próprio coração batendo.

— Diz: *E vou estar do lado de fora da igreja. Diz pra ela.*

Ele está aqui.

Nem me dou conta de que estou correndo até que um dos pajens sai do caminho, parecendo chocado. A porta pesada da igreja está fechada, e preciso dar cinco puxões até conseguir abri-la. Saio da igreja e fico de pé nos degraus, ofegante, olhando de um lado para outro da calçada, procurando o rosto dele...

Lá está. Do outro lado da rua. Está de pé na porta de uma Starbucks, de jeans e camisa azul-escura. Quando o olhar dele encontra o meu, ele aperta os olhos, mas não sorri. Fica olhando para as minhas mãos. Seus olhos carregam uma pergunta enorme.

Ele não sabe? Ele não consegue *perceber* a resposta?

— É ele? — sussurra Annalise ao meu lado. — Um sonho. Posso ficar com Magnus?

— Annalise, me dá o meu celular — eu digo, sem tirar os olhos de Sam.

— Aqui está.

Um momento depois, o aparelho está na minha mão, ligado e pronto para ser usado, e mando uma mensagem de texto.

Oi.

Ele digita alguma coisa, que chega segundos depois.

Bela roupa.

Involuntariamente, olho para meu vestido de noiva.

Essa coisa velha.

Há um longo silêncio, e então vejo Sam digitando uma nova mensagem. A cabeça dele está abaixada e ele não olha para a frente, nem quando termina nem quando a mensagem chega ao meu celular.

E então, você está casada?

Eu posiciono cuidadosamente o celular e tiro uma foto do meu dedo anelar esquerdo, sem nada.
Sam Celular.
Enviar.
Um grupo de convidados do casamento está se juntando atrás de mim para ver, mas não mexo a cabeça um centímetro. Meus olhos estão grudados em Sam, para que eu veja a reação no rosto dele quando a mensagem chegar. Vejo a testa dele relaxar; vejo o rosto dele se expandir no sorriso mais incrível e alegre. E, por fim, ele olha para mim.

Eu poderia ir para a cama com aquele sorriso.
Agora ele está mandando outra mensagem de texto.

Quer um café?

— Poppy. — Uma voz no meu ouvido me interrompe, e me viro e vejo Wanda, olhando ansiosamente para mim por debaixo do chapéu, que parece uma mariposa enorme e morta.
— Poppy, me desculpe. Agi de maneira desonrada e egoísta.
— O que você quer dizer? — eu digo, momentaneamente confusa.

— O segundo anel. Falei para Magnus... Pelo menos, eu sugeri que ele podia... — Wanda para de falar, fazendo uma careta.

— Eu sei. Você falou para Magnus fingir que tinha escolhido o anel especialmente pra mim, não foi? — Eu encosto no braço dela. — Wanda, eu agradeço. Mas é melhor você ficar com este também. — Tiro o anel retorcido do dedo da mão direita e o entrego para ela.

— Eu adoraria que você entrasse para a nossa família — diz ela com melancolia. — Mas isso não deveria ter afetado o meu bom-senso. Foi errado da minha parte. — O olhar dela segue até o outro lado da rua, até Sam. — É ele, não é?

Eu faço que sim com a cabeça, e o rosto dela relaxa, como uma pétala de rosa amassada sendo libertada.

— Vai, então. Vai.

E, sem esperar mais nada, desço os degraus, atravesso a rua, desvio dos carros, ignoro os gritos, arranco o véu, até estar a trinta centímetros de Sam. Por um momento, ficamos ali parados, um olhando para o outro, respirando com dificuldade.

— Então você andou mandando algumas mensagens de texto — comento.

— Algumas. — Sam concorda com a cabeça.

— Interessante. — Eu também concordo. — Lucinda ajudou?

— Ela se mostrou bem entusiasmada para estragar o casamento. — Sam parece estar se divertindo.

— Mas não entendo. Como você a *encontrou*?

— Ela tem um site elegante. — Sam sorri com ironia. — Liguei para o celular dela, e ela estava ansiosa para ajudar. Na verdade, mandou a mensagem de texto por mim. Você não sabe que existem mecanismos modernos para se fazer contato com todos os convidados?

O sistema de alerta por mensagem de texto de Lucinda. Acabou sendo útil.

Passo o buquê para a outra mão. Eu nunca tinha percebido como flores eram pesadas.

— É uma roupa meio elegante para ir à Starbucks. — Sam está me olhando de cima a baixo.

— Sempre uso vestido de noiva pra encontros em cafés. Dá um toque legal, você não acha?

Olho para a igreja e não consigo evitar dar uma risada. A congregação inteira parece ter se espalhado e está parada na calçada, como uma plateia.

— O que eles estão esperando para ver? — Sam segue meu olhar e eu dou de ombros.

— Quem sabe? Você sempre pode dançar. Ou contar uma piada. Ou... beijar a noiva?

— Não a noiva. — Ele passa o braço ao redor da minha cintura e me puxa para perto aos poucos. Nossos narizes estão praticamente se tocando. Consigo ver bem dentro dos olhos dele. Consigo sentir o calor da pele dele. — Você.

— Eu.

— A garota que roubou o meu celular. — Os lábios dele se roçam no canto da minha boca. — A ladra.

— Estava na *lata do lixo*.

— Ainda é roubo.

— Não é, não... — eu começo a dizer, mas agora os lábios dele estão firmes sobre os meus e não consigo mais falar.

E, de repente, a vida é boa.

Sei que as coisas ainda são incertas; sei que a realidade não desapareceu. Sempre vai haver explicações e recriminações e confusão. Mas, agora, estou abraçando um homem que acho que posso amar. E não me casei com o homem que sei que não amo. E, pelo meu ponto de vista, isso é muito bom, por enquanto.

Por fim, nos afastamos um do outro, e, do outro lado da rua, consigo ouvir Annalise dando gritinhos de alegria. Que é um tanto cafona da parte dela, mas essa é Annalise.

— A propósito, eu trouxe um material de leitura — diz Sam. — Caso rolasse algum momento de tédio.

Ele enfia a mão na jaqueta e tira uma pilha de folhas A4 manchadas de café. E, quando as vejo, sinto um aperto no peito. Ele guardou. Mesmo depois de termos nos separado de uma maneira tão ruim. Ele guardou nossas mensagens.

— É bom? — Consigo falar num tom indiferente.

— Não é ruim. — Ele mexe nas folhas e ergue a cabeça. — Estou ansioso pela continuação.

— É mesmo? — E agora, o modo como ele está me olhando me faz formigar toda. — Você sabe o que acontece depois?

— Ah... tenho uma leve ideia. — Ele passa os dedos pelas minhas costas nuas e sinto uma onda instantânea de desejo. Estou *mais* do que pronta para a noite de núpcias.[109] Não preciso de champanhe, nem de canapés, nem de jantar com entrada, prato principal e sobremesa, nem de primeira dança. Nem mesmo de última dança.

Mas, por outro lado, existe a pequena questão das duzentas pessoas de pé do outro lado da rua, me observando, como se esperassem instruções. Algumas viajaram quilômetros. Não posso abandoná-las.

---

109. Tudo bem. Talvez não exatamente "noite de núpcias". Devia existir uma palavra especial que significasse "noite passada com o cara por quem se largou o noivo".

— Hum... temos uma festa — eu digo com hesitação para Sam. — É com todos os meus amigos e a minha família, todos de uma vez, formando um grupo muito intimidante, além de todos os amigos e a família do cara com quem eu ia casar hoje. E amêndoas cobertas de açúcar. Quer ir?

Sam ergue as sobrancelhas.

— Você acha que Magnus vai me dar um tiro?

— Não sei. — Olho para Magnus do outro lado da rua. Ele está lá parado, nos observando, junto com todo mundo. Mas, pelo que posso perceber, não parece possuído por instintos homicidas.[110] — Acho que não. Melhor eu mandar uma mensagem de texto para ele perguntando?

— Se você quiser. — Sam dá de ombros e pega o celular.

Magnus. Esse cara do meu lado é Sam. Sei que isso não é comum, mas posso levá-lo pra nossa recepção de casamento? Poppy bjsbjsbjs

PS: Por que você também não leva uma convidada?

Um momento depois, recebo uma resposta.

Se você quiser. Mag.

Não é exatamente uma resposta entusiasmada, mas ele não parece estar planejando atirar em ninguém.[111]

---

110. Na verdade, ele parece bem melhor do que quando ia ter que casar comigo.
111. Pessoalmente, eu apostaria *muito* dinheiro que Magnus vai dar uns amassos com Annalise até o final da noite.

Estou prestes a guardar o celular quando ele toca de novo e olho, surpresa. É uma mensagem de texto de Sam. Ele deve ter acabado de mandar, alguns segundos atrás. Sem olhar para ele, eu abro e vejo:

<3

É um coração. Ele me mandou um coração. Sem dizer nada. Como se fosse um segredinho.
Meus olhos ficam quentes, mas eu consigo ficar calma enquanto digito a resposta.

Eu também.

Quero acrescentar mais… só que não. Pode vir mais pela frente.
Aperto o botão de enviar e olho para ele com um sorrisão, pego Sam pelo braço e puxo a cauda do vestido do chão sujo.
— Então vamos nessa. Vamos pro meu casamento.

FIM[112]

---

112. Notas de rodapé por Poppy Wyatt.

AGRADECIMENTOS

Gostaria de aproveitar a oportunidade para agradecer aos meus editores ao redor do mundo. Sou muito grata por todas as edições fantásticas dos meus livros, nos quais vocês trabalham com tanto amor.

Também agradeço muitíssimo aos meus leitores, por continuarem a virar as páginas, com um "oi" especial para todos que me acompanham no Facebook.

Sou, em particular, eternamente grata a Araminta Whitley, Kim Witherspoon, David Forrer, Harry Man, Peta Nightingale, Nicki Kennedy e Sam Edenborough e a maravilhosa equipe em ILA. Um obrigada especial para Andrea Best, você sabe por quê! Na Transworld, tenho sorte o bastante de ter o apoio de uma equipe maravilhosa e gostaria de agradecer imensamente a minha editora Linda Evans, Larry Finlay, Bill Scott-Kerr, Polly Osborn, Janine Giovanni, Sarah Roscoe, Gavin Hilzbrich, Suzanne Riley, Claire Ward, Judith Welsh e Jo Williamson. Obrigada, Martin Higgins, por tudo. E uma menção especial vai para a equipe de revisores, que se dedica tanto a lapidar os meus livros — um muito obrigada a Kate Samano e Elisabeth Merriman.

Por fim, como sempre, meu agradecimento e meu amor vão para meus meninos e a Diretoria.

Este livro foi composto na tipografia Adobe
Caslon Pro, em corpo 11,5/15,8, e impresso
no Sistema Digital Instant Duplex da
Divisão Gráfica da Distribuidora Record.